Christopher Brookmyre est né en 1968 à Glasgow. Après des études de littérature anglaise, il devient journaliste à Édimbourg, Londres puis Los Angeles. Lauréat de nombreux prix littéraires, il est notamment l'auteur d'*Un matin de chien*, *Petite Bombe noire* et plus récemment *Les canards en plastique attaquent!*

DU MÊME AUTEUR

Un matin de chien
Gallimard, 1998

Le Royaume des aveugles
Gallimard, 2001

Petite Bombe noire
*Éditions de l'Aube, 2003, 2005, 2009
et « Points Policier », n° P2272*

Faites vos jeux !
Éditions de l'Aube, 2007, 2008

Les canards en plastique attaquent !
Denoël, 2010

Christopher Brookmyre

PETIT BRÉVIAIRE DU BRAQUEUR

ROMAN

*Traduit de l'anglais (Écosse)
par Emmanuelle Hardy*

Points

TEXTE INTÉGRAL

TITRE ORIGINAL
The Sacred Art of Stealing
ÉDITEUR ORIGINAL
Abacus, Grande-Bretagne, 2002

© Pergopolynices Ltd, 2002
© Christopher Brookmyre, 2002

ISBN 978-2-7578-1560-1

© Éditions de L'Aube, 2004, pour la traduction française
© Éditions Points, 2010, pour la présente édition

Le Code de la propriété intellectuelle interdit les copies ou reproductions destinées à une utilisation collective. Toute représentation ou reproduction intégrale ou partielle faite par quelque procédé que ce soit, sans le consentement de l'auteur ou de ses ayants cause, est illicite et constitue une contrefaçon sanctionnée par les articles L. 335-2 et suivants du Code de la propriété intellectuelle.

À Marisa

Prologue : au service du consommateur

Existe-t-il – en cet univers d'apparences garanti tout plastique, tout multinationales, « happy meals » et gadgets de merde compris, sous la bannière mondialisée de United Colours en promotion sur des gobelets top clâââsse qu'on obtient pour deux balles au distributeur – quelque chose de plus sous-estimé qu'une bonne vieille pipe de pro, efficace et sans chichis ?

La pipe reste l'une des très rares transactions au cours de laquelle le consommateur obtient ce pour quoi il a effectivement raqué, ni plus ni moins. Pas d'emballage, pas de pub, pas de sourire forcé, pas de ding-dong à l'entrée, pas de tape-à-l'œil (hé, vise un peu mon style de vie) : juste un bon suçage de queue, fonctionnel, sans passion, pour un prix convenu à l'avance, TTC.

Tous ces trous du cul pincés qui la ramènent *un peu trop* en affirmant que jamais, de leur vie entière, ils n'ont payé pour ça ne savent pas ce qu'ils ratent. En fait, ils ne saisissent pas la nature de la transaction. Ils pensent que payer pour ce genre de choses est une atteinte à leur dignité, que ça les rabaisse en tant qu'hommes. Quel genre de pauvre pisse-froid faut-il être pour penser ça, alors que dans tous les autres domaines de l'existence, c'est précisément le fait de payer quelqu'un pour vous rendre un service qui met votre statut en valeur ?

Ouais, c'est sûr, on peut toujours jouer au pompiste, laver sa propre caisse, cirer ses propres pompes ; on peut aussi pétrir son pain et fabriquer ses putains de pizzas tout seul. Mais quel est le con qui va le faire s'il a les poches bourrées de biftons ? C'est le genre de conneries qu'on est *obligé* de faire quand on n'a pas de fric – et elle est là, l'atteinte à la dignité. C'est le fait de ne pas avoir de pognon qui rabaisse en tant qu'homme. Le fait de payer ne veut pas dire qu'on ne l'aurait pas obtenu autrement, ça veut simplement dire qu'on peut se le permettre avec plus de facilité, comme n'importe quel autre service.

Et puis tu parles d'un démenti ! « Jamais payé pour me faire sucer. » T'as raison ! Peut-être pas directement, mais t'es bel et bien passé à la caisse, te fais pas d'illusions, pauvre naze. Plus subreptice encore qu'un impôt secret, mais tout aussi inévitable, il y a forcément une mise de fonds chaque fois qu'elle baisse ta braguette – épouse, maîtresse ou coup d'un soir. Et je ne parle pas des dîners au restau ni des chambres d'hôtel. Je parle du costard à cinq mille balles que t'as sur le dos, de ton abonnement à la salle de gym, du pourboire au coiffeur. Même si t'es une rock star après un concert à l'Hollywood Bowl, la gamine de dix-sept ans qui te lance des œillades énamourées avec ses grands yeux de biche, elle aussi a une idée derrière la tête, et ne quittera pas les lieux sans une portion de toi plus balèze que celle qu'elle a dans la bouche – que ce soit le nez plein de ta meilleure coke ou en pensant au chèque qu'elle touchera quand elle racontera son histoire. D'une manière ou d'une autre, tu la paieras, cette pipe.

Évidemment, il y a aussi ceux qui affirment qu'ils ne peuvent pas bander si la fille n'en pince pas pour eux. Probablement les mêmes pauvres demeurés qui vivent dans l'illusion qu'aucune pute n'a jamais simulé l'orgasme pendant qu'*ils* la baisaient. Sans déconner. Comme si toutes les filles qui les ont sucés avaient fait ça parce qu'elles les trouvaient irrésistibles. C'est vrai, il y a tellement de nanas que ça excite, le gros bide et l'haleine de phoque !? Voyez-vous ça… Même ta femme, qui t'adore depuis et pour toujours – même elle – est bien obligée de faire semblant de temps à autre. Alors, si ce dont tu as besoin se limite à un semblant d'intérêt, une prostituée sait simuler ça mieux que beaucoup. Et là, je parle pour les catégories gnangnan ou minets belle-gueule à l'ego boursouflé qui croient sérieusement que ça fait une putain de différence que la fille en ait quelque chose à foutre de leur gueule ou pas.

Ce que ces imbéciles ne comprennent pas, c'est qu'on paie les pros autant pour leur absence d'intérêt que pour leurs attentions.

Ce regard blasé fait partie intégrante de l'expérience de la fellation professionnelle et tarifée ; il lui est même essentiel. Bon sang, ce serait vraiment une insulte à votre intelligence si cette salope s'imaginait que vous pensez qu'elle y prend du plaisir. Il y a donc une inestimable honnêteté quant à la nature de la transaction quand elle a effectivement l'air de s'emmerder. Il n'y a pas toutes ces conneries – « Passe une bonne journée, mon chéri » – de sentiments bidon. C'est une pro, tu piges ? Sucer, c'est sa profession, pas son hobby. Elle ne le fait pas par plaisir, elle le fait parce qu'elle a besoin du fric que tu vas lui filer quand t'auras pris ton pied. À deux blocs de là, la fille qui sert des hamburgers se fait autant chier, si ce n'est plus, pour encore moins de pognon, mais c'est pas parce qu'elle te fait un putain de sourire que le Big Mac sera meilleur.

C'est une bonne vieille transaction capitaliste : pur jus, honnête, carrée, d'avant cette merde mondialiste multi logos. T'as besoin de ses services, elle a besoin de ton pognon et personne ne fait semblant qu'il s'agit d'autre chose. Pas de marque, pas de charte de satisfaction, pas de carte de fidélité. Tu veux de la qualité non étiquetée ? Paie-toi une pro.

Et si l'occasion se présente, paie-toi de préférence une pro du tiers monde. Faut bien qu'il y ait des compensations à tous les emmerdements qu'on a à se trouver coincé en plein cœur du Mexique, bordel ! La ville entière pue comme un égout percé, la bière a un goût de pisse de crevard et quand on roule jusqu'aux mouches qui ont envahi le magasin du coin, c'est comme si on se trouvait pris dans une course de stockcar. Mais les putes, elles, sacré nom de Dieu, elles valent le déplacement.

Ça a quelque chose de rassurant de savoir que quelque part sur cette planète culturellement colonisée et envahie de galeries marchandes, il y a encore des endroits où on peut trouver une fille qui ne va pas s'injecter illico chaque centime de ton fric dans les veines. Malheureusement, ces endroits ont une fâcheuse tendance à être les plus économiquement déshérités.

Je ne dis pas qu'une caillasse lancée dans la rue des putes d'une ville mexicaine ne rebondirait pas de camée au crack en shootée au shit comme une bille de flipper : aucun lieu n'est assez reculé pour avoir échappé à cet exemple des plus probants de la mondialisation. Je parierais même qu'il y a une junkie en train de vendre son cul au beau milieu du Sahara en ce moment même.

Mais le truc, c'est qu'au sud de la frontière, il y a des filles qui le vendent simplement parce qu'elles sont nées dans une misère noire. Elles n'ont pas eu besoin de la drogue pour les foutre sur le trottoir. Il y a quelque chose d'extrêmement satisfaisant dans la pureté logique et naturelle de ce processus, sans parler du fait encore plus terre à terre qu'il est beaucoup plus facile de bander quand la fille n'a pas les bras couverts de marques de seringue ou des yeux de panda insomniaque.

Et en plus, elles peaufinent le boulot. Peut-être parce qu'elles repèrent l'Américain susceptible de lâcher plus de biftons en récompense de leurs bontés. Mais quelle qu'en soit la raison, il n'y a aucun doute sur leurs efforts pour satisfaire le client – sans qu'on puisse leur reprocher un enthousiasme déplacé. Non, dévouement, soin et application. Des pros, quoi. Alors qu'on ne nous bassine plus avec l'éthique du perfectionnisme protestant. Ces filles donnent le meilleur d'elles-mêmes à chaque fois et elles sont catholiques jusqu'à la moelle.

Résultat : il est extrêmement difficile de résister à ces exquises distractions quand on est coincé dans ce trou sans rien d'autre à tuer que le temps.

Lorsqu'il était plus jeune et plus zélé, il se serait montré plus rigoureux. Il aurait appliqué les règles, celles qu'il s'était forgées, et d'autres que lui avaient enseignées des gars qui avaient roulé leur bosse ; l'une d'entre elles était de ne pas baiser tant que le boulot n'était pas terminé. Rien de tel qu'une gaule pour vous maintenir les sens en éveil. Déterminé, impitoyable. Sanguinaire.

Mais à présent, il avait suffisamment d'expérience pour savoir quand il lui était loisible – et même conseillé – de relâcher un peu la tension. Il n'avait même pas encore repéré sa cible, bordel, et quel est l'intérêt de traîner ses guêtres au Mexique si on ne peut même pas se bourrer une pute ?

Le téléphone sonna, d'une sonnerie préhistorique, à faire trembler la table de nuit branlante, et qui devait s'entendre depuis la réception au-dessous. Il était dans le meilleur hôtel de la ville, mais ça ne veut pas dire grand-chose quand la ville s'appelle Hermosillos. Dans ce job, c'est monnaie courante de prendre une chambre dans des endroits modestes et anonymes, et il se foutait de crécher dans des chambres miteuses ; mais tout est relatif. Dans ce trou à rats, le luxe ostentatoire d'un hôtel se définissait par la présence d'un téléphone dans les chambres et il ne pouvait vraiment pas s'en passer pour le moment.

Il y avait aussi des draps propres (qui sentaient la lessive bon marché, mais le fait même qu'ils sentent la lessive justifiait amplement l'étoile au-dessus de la porte d'entrée), une salle de bains et une télé couleur – ce qui pouvait être sympa pour un accro de la boxe ou du football, programmés non-stop sur toutes les chaînes sauf deux, les autres étant consacrées au téléachat en espagnol et immanquablement, à MTV. Mais l'accessoire domestique le plus utile lui avait été procuré par ses soins. Elle s'appelait Conchita – enfin, c'est comme ça qu'elle se faisait appeler – et jusque-là, elle s'était avéré un bien meilleur investissement que la chambre elle-même, même en tenant compte de la réduc Diner's Card.

Contrairement à lui, la fille ne sursauta pas, probablement parce que ce son lui était plus familier qu'à quelqu'un qui ne l'a pas entendu depuis cinq ans. Elle se redressa et commença à avancer vers le téléphone à genoux sur le lit pour y répondre. Joli geste, mais ce n'était pas d'une secrétaire dont il avait besoin.

« T'attends un appel, ou quoi ?
— Parrrdon, *señor*. »

Elle ne parlait pas anglais, mais il était clair qu'elle avait néanmoins compris le message.

« J'pense que ça doit être pour moi, tu vois, hein ? Continue plutôt à causer dans l'truc rose que j'ai là, ma poule. Et t'en fais pas pour moi, j'peux me concentrer sur deux choses à la fois. »

Conchita se remit au travail pendant qu'il décrochait le combiné, le calant sur son épaule en s'installant confortablement sur l'oreiller.

« Allô ? Qui c'est ?
— Miguel.
— Yo, Mickey. Quoi d'neuf ?
— Fais tes valises, Harry. T'es pas au bon endroit.
— J'suis pas… Mon cul, oui. Qui a dit ça ?
— Allez, ça fait combien de temps ? Presque une semaine ? T'es un accro du Mexique ? T'as pris racine ?
— Ouais. Vu qu'ta mère sait encore sucer, j'me dis pourquoi partir ?
— Ma mère est née au Texas, connard. Jamais mis les pieds au Mexique.
— T'as raison, pas d'puis qu'elle a traversé le Rio Grande avec toi dans un châle.
— Si tu l'dis, *Javier*. On a flairé une nouvelle piste. Vancouver.
— *Flairé ?* Qu'est-ce que c'est que ces conneries ? C'est les chiens qui flairent. Dis-moi que t'as la proie ou me fais pas perdre mon temps.
— On a vu Nunez, mec.

– Qui « on » ?
– Quelle différence ça fait, putain ? On l'a vu, point. Et si c'est suffisant pour Alessandro, c'est suffisant pour que tu mettes ton cul dans un avion, c'est clair ?
– Alessandro. » Harry parvint à ne pas ricaner, mais il cracha plus qu'il ne prononça le nom d'Alessandro. Miguel ne pouvait certes pas voir le rictus de dédain, mais il ne faisait aucun doute qu'il le visualisait très bien. Miguel n'estimait pas plus le gamin que Harry, mais sa position l'obligeait à demeurer plus circonspect.

Harry laissa le silence s'installer pendant quelques secondes, ce qui fit croire à Miguel qu'il allait obtempérer, mais ce n'était pas le cas.

« T'as une réservation sur le vol...
– J'irai pas.
– Harry, le...
– Nunez est à Hermosillos. Fais-moi confiance.
– On s'en branle de la confiance, Harry. Je te parle de preuves. On a un témoin oculaire à Vancouver et toi, qu'est-ce que t'as, hein ? À part des burritos pas chers et des turlutes encore meilleur marché.
– Hé, c'est pas parce que leurs tarifs sont bas qu'elles sont de mauvaise qualité.
– Je suis sérieux, *hombre*. On a besoin de résultats sur ce coup-là. Et vite.
– C'est sûr, mais c'est pas en m'envoyant à Vancouver alors que le lascar est au Mexique que tu vas les obtenir, si ?
– Qu'est-ce qui te rend si sûr de toi ?
– Bon sang, y'a combien d'temps que j'fais ce métier ?

— Alessandro Estobal se fout de ton instinct, Harry. Tu sais comment il est. »

Crédule. Ignorant. Irréfléchi.

« Crois-moi, Mickey, Nunez va aller vers ce qu'il connaît. C'est ce que les gens font quand ils ont peur et qu'ils se sentent exposés. Tu chies dans ton froc, t'as tout le temps l'impression d'être suivi – tu penses vraiment que c'est le moment que tu choisirais pour plonger dans l'inconnu ? Bien sûr que non, bordel. Vancouver ! Ce petit con ne sait même pas où est le Canada. Il a jamais mis les pieds au nord de Barstow ! Il va pas s'planquer dans une ville où il est jamais allé et où il connaît personne. Il ira là où il connaît le terrain, un bled familier, qu'il associe avec la sécurité. Sa ville natale. Hermosillos. Tu t'souviens ce trésorier il y a quelques années ? Celui qui…

— L'écrémeur, ouais. Celui qui arrondissait tous les chiffres et plaçait ce qui dépassait sur son petit fonds de pension personnel.

— Lui-même. Tout l'monde avait dit qu'il était parti en Suisse, au Liechtenstein ou à Disneyland Paris, putain. Et où j'le r'trouve ? Planqué dans l'entresol de maman, de retour à Inceste, Alabama.

— Ouais, ben t'as pas trouvé çui-là chez maman, et Alessandro devient nerveux. Il te veut à bord de ce putain d'avion.

— Ce s'rait gaspiller l'temps et l'argent de tout l'monde, Mickey. Bien sûr que j'pourrais aller en planque à Vancouver le temps de démontrer que c'que vous avez soi-disant flairé, c'est d'la merde ; pendant c'temps-là, j'contrôlerais mes contacts ici au Mexique. Et après, faudrait que j'reprenne un putain d'avion direction Hermosillos pour me retrouver dans la chambre d'où j'te parle. Moi, j'm'en fous, mais ça m'paraît beaucoup de factures à payer juste pour qu'Alessandro apprenne la différence entre nerveux et patient.

– Comme si j'allais lui dire ça ! Donne-moi un truc utilisable, Harry. Dis que tu as besoin de deux jours de plus, dis-moi que tu t'agites, bordel !

– Bien sûr que j'm'ag… Oh oui, mmm, aah, oh poupée ! Quel pied !

– Qu'est-ce que t'as dit ?

– Oh, putain, merde, désolé, Miguel. J'viens d'éjaculer.

– Tu… quoi ? Tu veux dire que t'es en train d'te faire sucer depuis le début ?

– Oh ! ça va, hein ? Ta mère t'embrasse.

– Pauvre connard. À moins que tu la lui aies foutue dans l'oreille, ça veut dire qu'elle a entendu tout ce qu'on a dit !

– Relax, bon sang ! Elle parle pas anglais. C'est la première chose que j'lui ai demandé. Tiens, on va essayer. Écoute bien. »

Harry ôta le combiné de son oreille et attira le regard de Conchita.

« Hé, poupée, celle-là, elle était gratis, hein ? C'est c'qu'on avait convenu, OK ?

– *No hablo inglese, señor*.* »

Harry replaça le combiné sur son épaule.

« Et voilà !

– Et il ne t'est pas venu à l'esprit qu'elle pouvait baratiner ? J'sais pas si t'es au courant, mais il arrive occasionnellement aux putes de mentir.

– Sans blague. J'te la fais courte : elle cherche le client au bar de l'hôtel. J'lui demande "tu parles

---

* En espagnol dans le texte.

anglais ?" Elle sait que j'suis américain et ça crève les yeux que la bonne réponse est oui si elle veut emporter l'affaire. Au lieu d'ça, elle dit non, juste au cas où j'aurais des infos confidentielles à révéler ? Lâche-moi, tu veux ? Je suis à Hermosillos en plein été, pas à Berlin pendant la guerre froide !

– Bon, alors qu'est-ce que je dis à Alessandro, moi ? Que t'es trop occupé à te faire sucer la bite pour obéir à ses ordres ?

– Dis-lui c'que tu veux, putain. Dis-lui que j'suis un sale con si ça t'chante. Mais j'compte bien qu'on m'fasse des putains d'excuses quand j'aurai fini c'que j'suis v'nu faire ici.

– Comment ? Tu veux dire que, s'il se trouve que tu as raison, tu ne feras pas étalage de la modestie ni de l'humilité touchantes qui te caractérisent d'habitude ?

– Va t'faire foutre.

– Il mettra quelqu'un d'autre sur le coup si t'es pas un bon chien-chien.

– Tant mieux. Qu'un autre couillon aille se g'ler les burnes au Canada. Ça m'arrange.

– Tu sais, Harry, il semblerait qu'il y ait un été, même dans le Grand Nord.

– Super ! Comme ça, le gars pourra faire du tourisme, vu qu'c'est tout c'qu'il aura à faire là-bas. Putain, qu'il mette quelqu'un d'autre sur le coup, j'attends qu'ça, t'es content ?

– Ça marche.

– J'vois pas bien pourquoi c'est si pressé. Nunez va faire le mort pendant un moment. Est-ce qu'Alessandro pense qu'il y a un respectomètre qui fait l'compte de chaque minute que l'gars qui l'a entubé passe encore en vie ?

– Alessandro est jeune. Ce genre de connerie a davantage d'importance quand t'as des trucs à prouver à tout le monde.

– Le problème, c'est qu'il pense que c'est l'*seul* moyen de prouver des trucs. Si tu veux mon avis, le gosse compte trop sur la peur pour motiver les gens. Est-ce qu'il croit que Nunez l'a arnaqué parce qu'il n'avait pas assez peur ? Nunez l'a arnaqué parce que l'gosse s'est montré mesquin. Alessandro est un putain de gros bonnet, bordel de merde, un gangster à la tête de la famille Estobal. Nunez avait une putain d'trouille : trouille des Estobal, trouille des flics. Il cherchait une porte de sortie, pas étonnant qu'il ait pris la première qui s'ouvrait. Nunez l'aurait sûrement jouée plus relax si l'gosse avait allongé la fraîche. Faudrait qu'Alessandro comprenne un truc : on peut toujours terroriser les gens et leur faire faire un truc pour pas cher, ou même pour rien, mais c'est pas du bon boulot. C'est pas parce que quelqu'un a la trouille qu'il va pas t'entuber si l'occasion se présente. On peut faire davantage confiance à quelqu'un qui sait qu'c'est toi qui l'fait bouffer.

– Faudrait qu'Alessandro comprenne beaucoup de choses. Mais qu'est-ce qu'on peut faire, à part attendre ? »

Attendre… Attendre quoi, Miguel ne le disait pas, mais ils savaient tous deux que ce n'était pas attendre que le gosse ait du plomb dans la tête. Tôt ou tard, c'est une vraie balle qu'il se prendrait à cet endroit. Possibilité à ne pas écarter dans la stratégie à long terme des esprits les plus avisés de la *familia* des Estobal. Un désaveu officiel ne les tentait pas, du moins pas encore. Ce serait la pagaille, ils en sortiraient affaiblis, signalant encore plus clairement aux prédateurs que le grand fauve était malade.

En attendant, il fallait donc que des types comme Miguel et Harry s'assurent que le gosse ne bousille pas trop l'opération avant son inévitable dévissage sur la pente bien trop raide de ses apprentissages.

Alessandro avait été le seul et le pire aveuglement du Vieux. S'il avait été son propre fils, il aurait été assez proche de lui pour s'apercevoir de ses défauts, et sans aucun doute assez influent pour les rectifier. Mais le Vieux n'avait jamais eu de fils. Aussi son neveu avait-il brillé tel un astre éblouissant. Il était béni, il était l'élu. Le gosse avait tout eu sans effort, il n'avait rien gagné, que ce soit le pouvoir ou les biens matériels, et par conséquent en ignorait la valeur. Il confondait peur et respect, obéissance et loyauté, nombrilisme et ambition.

Le Vieux était un survivant. Sans parler de son cancer du poumon, bien sûr. Il savait que le secret de la survie, c'est se réveiller le matin en se demandant ce que le monde va vous enseigner aujourd'hui. Le gosse était persuadé que la réponse à cette question était : que dalle. C'est ce que tous les gosses pensent, notez bien, mais les plus futés changent. Les plus futés survivent. C'est ce qui s'appelle la sélection naturelle.

De plus, le Vieux était conscient de ses limites, autre élément vital de la stratégie qui consiste à rester en vie. Il n'avait rien d'une grosse tête : rusé, astucieux, oui, mais pas *intelligent*, et il le savait. Il était donc en mesure de jouer de ses points forts en évitant de dévoiler ses points faibles. Malheureusement, Alessandro se considérait comme une sorte de putain de génie et cette illusion était sa plus grande faiblesse. Il avait pensé faire un coup de maître avec l'affaire Nunez : il n'y avait qu'à voir comment ça avait tourné.

« J'me suis toujours dit qu'on s'ferait baiser par ces tafioles des Beaux-Arts », dit Harry, après une pause qu'il estima suffisante pour que le sens de la dernière remarque de Miguel soit clair dans leurs deux esprits. « Ils sont sournois et ils sont malins.

– Pas si malins que ça.

– Te fais pas d'illusions. Ils sont *très* malins. Ou alors, c'est juste que j'arrive pas à les cerner. J'pige pas comment ils pensent et ça fait d'eux des gens imprévisibles. Personne n'a vu venir le p'tit copain de Nunez, pas vrai ?

– Non, sinon nous n'aurions pas cette conversation.

– Précisément. On n'doit pas sous-estimer des gars comme ça, et j'aurais tendance à penser qu'il devrait être évident pour tout l'monde qu'on peut encore moins leur faire confiance, bordel ! Plus tôt on mettra un point final à c't'embrouille, mieux ce s'ra.

– Mmmh.

– Ça veut dire quoi, mmmh ? C'est quoi c'putain de mmmh ?

– Un truc que tu vas pas aimer, mais alors pas du tout.

– Écoute, j'viens d'me faire sucer. J'peux difficilement être dans un état plus propice à la gestion des mauvaises nouvelles.

– J'étais censé te le dire quand tu serais à Vancouver, mais vu que tu n'y vas pas…

– Ça, c'est sûr.

– La donne a changé. Alessandro a un nouveau plan pour nous sortir d'affaire. Nunez se fait toujours buter, ça c'est clair, mais c'est pas tout, parce que tu peux pas t'asseoir sur une embrouille à cinq millions de dollars.

— Alessandro a un nouveau plan… Pourquoi j'ai l'sentiment qu'il s'est mis à flotter, tout d'un coup ?

— T'inquiète pas, c'est pas toi qui va tremper là-dedans. Ça va se passer en Angleterre ! Un endroit qui s'appelle Glasgow – t'imagines ?

— Mais bordel, qui c'est qui va s'taper l'boulot pour nous là-bas ?

— Innez.

— Felipe Innez ? Mais il a jamais quitté l'est de Los Angeles ! Même à Vegas, il s'rait désorienté.

— Pas Felipe, Harry.

— Ben alors, qui… » Et là, il comprit. Le vrai sens du mmmh, le truc qu'il n'allait pas aimer, mais alors pas du tout.

Zal Innez.

« Oh bordel. Non. Non.

— Ben si.

— Mais il est en taule.

— Il sort de Walla Walla dans moins de trois mois.

— Ça m'paraît long comme délai pour régler une affaire qui foire.

— Ce que nous voulons n'ira nulle part entre-temps, crois-moi. C'est sous très bonne garde. En plus, Alessandro n'est peut-être pas très patient, mais il sait qu'un truc de cette importance nécessite une vision à long terme.

— Il est complètement dingue.

— Qui ? Innez ou le gosse ?

— Le gosse. Dingue, débile, déjanté pour avoir encore envie de traiter avec Innez, sans parler du monstre de foire compris dans l'prix. Le gosse est dingue, mais Innez est un vrai cinglé. Le plus cinglé des salopards avec qui on a été assez cons pour bosser. Parce qu'en plus, il est malin, tordu, ingénieux, imprévisible, et il suffit de deux putains d'neurones pour se rendre compte que c'est la dernière personne à impliquer dans c't'histoire qui est déjà foireuse, bordel. Il ne vit que pour duper les autres. C'est sa nature profonde, sa putain d'*raison d'être**.

– C'est vraiment dommage. Avec une meilleure éducation, Innez aurait pu orienter ses talents vers une véritable carrière criminelle. C'est sans doute la raison pour laquelle Alessandro pense qu'il est le seul à pouvoir régler ça.

– Nan. Alessandro veut juste posséder Innez, parce qu'il se sent mal à l'aise devant lui. Innez est dix fois plus intelligent que le gosse et le gosse n'a même pas la finesse de voir ça et de lui foutre la paix, de rester bien à l'écart. Innez nous doublera, j't'le dis.

– Je ne sais pas, Harry. Il me semble que tu surestimes un peu ce type. En plus, il vient de passer trois ans à se faire enculer au fond du bloc D. J'ai bon espoir que Walla Walla lui ait enseigné un truc ou deux à propos du respect.

– Ça j'en doute pas, qu'ça lui ait appris un truc ou deux. Ça veut dire que quand il sortira, il s'ra tout ce qu'il était avant, mais qu'en plus, ce s'ra un vrai dur.

– On le tient, Harry, crois-moi. Il fera ce qu'on lui demande. Même le gosse tire des leçons de ses erreurs parfois.

– Vous l'tenez par où ?

– Ah haaa ! Tu le sauras en temps et en heure. Mais ça n'empêche qu'Innez doit apprendre ce qui est arrivé au dernier gars qui n'a pas fait ce qu'on lui demandait.

---

* En français dans le texte.

Alors t'as intérêt à accélérer le mouvement et à trouver ce fils de pute. Et n'oublie pas, tu vas avoir besoin d'un appareil, genre Polaroid, hein ?

– Un appareil ? Pour… Oh, merde.

– Eh oui ! On veut un vrai beau gâchis. C'est ce qu'a dit le gosse, texto.

– Ça, pour un beau gâchis, ça va être un beau gâchis, Miguel. Alessandro est en train de faire tout c'qu'il faut pour. »

Hermosillos, pensait Harry en conduisant dans les rues mal éclairées de ce qui passait pour un centre-ville. Bon sang, quel endroit de merde – laid, lugubre. Industrie lourde. Boulots pénibles. Salaires minables et partout cette sueur qui pue la résignation des bêtes de somme. C'est à cause d'endroits comme ça qu'on a inventé l'alcool. Après avoir pointé en sortant de l'usine, il n'y a rien d'autre à faire que boire, baiser et se bastonner – le premier s'avérant un puissant incitatif aux deux activités suivantes. Il ne serait pas surpris d'apprendre que le premier vendeur d'héro à fouler ce sol ait été accueilli en fanfare.

C'était pas le désespoir. Il avait vu le désespoir. Les cheminées d'usine de cette ville-là ne crachaient que de la grisaille. En un sens, c'était presque pire.

Le désespoir amène les gens à tout tenter pour sortir de la merde. Ici, ils s'y étaient habitués. Bosser, boire, baiser, se bastonner, dormir et recommencer. Comme si la conscience de pouvoir se retrouver dans une merde encore plus noire leur avait ôté l'étincelle : ils n'essayaient même plus de trouver mieux.

C'est de là que venait Nunez. Enfin, géographiquement du moins. Car, comme toutes ces petites tapettes soi-disant artistes qui la ramènent avec leurs « racines », il se trouvait bien évidemment du bon côté de la barrière. Même dans un trou pourri et pollué comme le Hermosillos industriel, les usines ont des propriétaires et on ne peut brasser autant de misère sans que quelqu'un en tire de sérieux bénéfices. Le père de Nunez possédait l'aciérie, et c'est de là qu'il venait. Bien sûr, la famille ne s'était pas éternisée quand ils avaient eu assez de pognon pour s'en aller ailleurs. Qui serait resté ? À présent, leur cher foyer se trouvait à Guadalajara. Nunez Senior ne prenait l'avion qu'occasionnellement pour garder un œil sur ce qui n'était plus que l'un de ses nombreux pôles de profit dans le nord du pays. Nunez Junior avait son atelier d'artiste sur la Baha California, à deux heures de route au sud de Tijuana.

Quand Nunez s'était fait griller, Harry savait qu'il n'irait pas pleurer chez Maman. Trop évident, même si l'aisance de Papa aurait pu lui valoir quelques protections. Ensuite venait Hermosillos. Nunez connaissait l'endroit mieux qu'aucun autre au monde ; qui plus est, la ville était isolée, anonyme et inintéressante. Qui, avait-il dû se dire, viendrait le chercher dans ce déprimant dédale de béton ? Et s'il la jouait profil bas et bouche cousue, qui le trouverait ?

Qui, en effet ?

Eh bien, le problème, c'est que les gens voient des trucs, entendent des trucs, *remarquent* des trucs, profil bas ou pas. Et on peut toujours la jouer bouche cousue, ça ne veut pas dire qu'on puisse boucler celle de tout le monde, surtout dans une ville où quelques billets suffisent à délier les langues.

Cela étant dit, et malgré ses réserves quant à l'impulsivité d'Alessandro, Harry savait qu'il y a une différence (parfois imperceptible bien qu'essentielle) entre exercer sa patience et rester assis avec un doigt dans le cul. Il y a également une nuance entre donner du temps à quelqu'un pour qu'il obtienne des résultats et se faire balader par une tête de nœud qui vous prend pour un pigeon ; et il devenait assez clair que son soi-disant informateur avait élu résidence du côté des nœuds.

Harry gara sa voiture dans la rue et entra dans un bar – enfin, l'idée que se fait Hermosillos d'un endroit classe, avec des prétentions au statut de night-club. Celles-ci ne pétaient pas plus loin qu'une piste de danse de la taille d'un timbre-poste entourée de trois canapés et d'une stéréo merdique qui ne connaissait que Ricky Martin et Gloria Estefan. Apparemment, ils ne fermaient pas non plus avant que le dernier pilier de comptoir ne s'effondre – la classe. La chose la plus frappante quant au standing de l'établissement, et fait unique en ville, était qu'on pouvait y trouver des clients ne portant pas bottes en peau de serpent/jeans moule-boules/chapeau de cow-boy. Oh, et aussi, les femmes qui se trouvaient là pouvaient *ne pas* être des putes.

Martinez « joli minois » était assis sur l'un des canapés, en train de parler à deux filles qui avaient l'air juste assez âgé pour avoir le droit de boire, et devaient être vraiment jeunes pour être encore impressionnées par un loser dans son genre. Cette espèce de petit avorton se la jouait à la *Scarface* – trop d'imagination pour un voyou à la petite semaine perdu dans ce trou minable ; il n'avait pas assez de jugeote pour se rendre compte que Harry et lui ne boxaient pas dans la même catégorie. Il fit même semblant de ne pas le remarquer quand Harry entra, ce que ce dernier n'apprécia que très modérément.

Harry prit une bière et s'avança vers la table de son indic, qui leva « soudain » les yeux vers lui et prit la pose de « nonchalance imperturbable » qu'il préparait depuis trois bonnes minutes.

« Harry, dit-il en indiquant le tabouret face à lui, sans même prendre la peine de se redresser sur son siège. Asseyez-vous. Comment ça va ?

– Dégage-moi les pouffiasses, Luis. Il faut qu'on cause.

– Hé, c'est pas une façon de s'adresser aux dames, mec. Faut se détendre un peu et peut-être qu'elles seront gentilles avec vous après, vous me suivez ? »

Les filles étaient peut-être jeunes, mais elles comprirent la situation bien mieux que Martinez. Elles se levèrent immédiatement et filèrent vers le bar en le laissant à sa leçon de courtoisie de Señor.

« Écoute-moi, petite couille, j'te paie pour me donner des infos, pas pour rester le cul vissé dans c'te turne à boire des cocktails et à flairer des chattes à taulards. J'attends depuis… quoi, une semaine ? Et tu m'as donné que dalle. Nib. »

Martinez conserva l'apparence imperturbable mais laissa tomber le sourire potes-de-toujours.

« Vous me payez pour garder les oreilles et les yeux ouverts. C'est c'que vous avez dit, c'est c'que je fais.

– Ah, c'est c'que tu fais ? Et pendant tout c'temps, t'as rien vu, t'as rien entendu. C'est ça qu't'es en train d'me dire ? »

Martinez glissa légèrement sur le canapé, pour adopter une posture encore plus paresseuse (encore moins respectueuse, aux yeux de Harry) qui lui déformait un peu le côté droit du visage. Harry ne parvint pas à déterminer s'il était censé s'agir d'un sourire sarcastique ou d'un haussement d'épaules, mais il comprit très bien ce que cela voulait dire. La petite couille savait quelque chose, mais n'était tout simplement pas décidée à cracher le morceau.

« Y'a l'argent pour regarder et l'argent pour parler – c'est pas le même, mec. Le premier, c'est comme qui dirait des arrhes, hein ? » Il but une gorgée de son cocktail et reprit sa position avachie. « Et celui qui vient après, c'est plus cher », ajouta-t-il, l'air chafouin.

Harry but une longue rasade de bière sans quitter la petite couille des yeux un seul instant. Il n'y avait qu'une chose à faire.

« Combien ? » demanda-t-il en reposant sa bouteille sur la table.

« Deux mille. »

Harry hocha la tête. « OK. Deux mille pesos, donc.
– Dollars. Deux mille dollars américains. »

Harry éclata de rire. « Ouais, c'est ça. T'as vu trop de films, gamin. C'est pas Jimmy Hoffa[1] que j'recherche, putain. Deux mille balles ! Tu peux te brosser.

– Je ne connais pas de Jimmy Hoffa. Mais je sais que c'est Nunez que vous voulez, et c'est le prix. Ça m'est égal si on ne fait pas affaire. Ce type a des ennemis, peut-être que quelqu'un d'autre paiera ce qu'il faut pour l'avoir. J'ai tout mon temps. »

L'arrogant petit nabot – il rêvait sûrement d'avoir ça sur une cassette vidéo : *Moi jouant au dur avec le grand gangster d'Amérique.*

« Te fais pas d'illusions, Luis. Que j'aie besoin de ton aide, c't'une vraie bénédiction, tu vois ? C'est pour

---

1. Leader syndicaliste américain, célèbre dans les années soixante, qui disparut mystérieusement et définitivement, sans doute « aidé » par ses trop nombreuses relations mafieuses.
Toutes les notes sont du traducteur.

ça qu't'u fais durer ces conneries, parce que tu sais qu'une fois qu'je s'rai plus là, t'auras plus qu'à foutre ta sœur sur l'trottoir ou sucer l'père Noël. J't'e file mille dollars et t'as intérêt à t'montrer reconnaissant, tu piges ?

– Mille cinq cents.

– J'ai dit mille, mais si tu veux marchander, on va dire qu'en plus, j'te promets de pas te tabasser à mort. Et c'est ma dernière offre.

– Mille deux cents.

– Tu comptes avec ou sans la déduction de tout l'temps qu't'as passé assis là alors que tu connaissais déjà la réponse à ma question ? »

Martinez finit par se redresser sur son siège.

« Mille dollars. Marché conclu.

– Vas-y, accouche. J'te donne deux cents maintenant et le reste quand et s'il s'avère que ça valait ça.

– Pas question, mec. J'veux tout, tout de suite. Comme si on allait vous revoir une fois que vous aurez Nunez.

– J'ai qu'deux cents sur moi.

– Eh bien, revenez quand vous aurez mille.

– Je peux que te filer l'équivalent en pesos dans un délai si bref. Y'a un distributeur quelque part dans c'trou ?

– En face de la gare, répondit Martinez en s'adossant de nouveau au canapé. J'vais vous expliquer.

– Mon cul, oui. Debout. J'en ai marre de ces conneries, j'en ai marre de toi et j'en ai marre de cette putain de ville. Tu viens avec moi, je veux en finir avec cette histoire. »

Martinez fit mine de rechigner un peu et se mit debout avec lenteur. Ben voyons, comme s'il avait pas déjà giclé dans son froc à l'idée de palper autant de fric. Harry se dirigea d'un pas vif vers la sortie et Martinez se mit à trotter derrière lui, comme s'il avait subitement peur d'être laissé là. Son empressement disparut néanmoins lorsqu'ils parvinrent à la voiture.

« Pas question que je monte là-dedans, mec. Comment je saurai si vous allez pas me buter au lieu de me payer, putain ? »

Harry soupira.

« Comme si tu valais la peine qu'on gaspille une balle. À quoi tu m'servirais une fois mort ? J'te bute et j'te dis, parle ? Tu sais que si j'appuie sur la détente, il faudra que j'me retape toutes ces conneries avec un autre minable dans ton genre, alors arrête de m'gonfler et monte dans la voiture. »

Harry les conduisit à la gare et ordonna à Martinez de ne pas bouger pendant qu'il retirait le liquide. Il se pencha et glissa les billets dans sa chaussette gauche de sorte que son passager ait bien vu la manœuvre. Comme il avait laissé le moteur tourner, il ne voulait pas que ce dernier devienne nerveux au point de changer de siège et de se barrer s'il pensait que le marché était foireux.

Martinez le regardait plein d'espoir lorsqu'il remonta en voiture, comme s'il allait lui donner le fric tout de suite.

« OK, cassons-nous », dit Harry en démarrant sans lui accorder un regard. Il fit demi-tour sur la place et bifurqua à droite après un feu.

« C'est pas la direction du bar, mec.
– Ouais, c'est ça, j'vais te tendre une liasse de billets dans un endroit public bourré de monde. T'es pas l'seul indic en ville, Luis.
– Où on va ?

– J'te dirai quand on y s'ra. Jusque-là, tais-toi, à moins qu'tu veuilles me dire où est Nunez tout de suite.

– Pas tant que j'aurai pas le fric, mec.

– C'est bien c'qui m'semblait. »

Harry conduisit sans dire un mot jusqu'à ce qu'ils aient quitté le centre et atteint la zone industrielle, loin des éclairages publics.

« Ici, ça ira », dit-il en s'engageant sur un parking désert qui bordait un entrepôt. Il immobilisa la voiture, alluma la lumière, puis se pencha en avant pour retirer les billets de sa chaussette gauche.

De la chaussette droite, il retira discrètement un cran d'arrêt.

Il plaça la liasse sur le tableau de bord et se cala contre son siège. « C'est à toi », dit-il. Quand Martinez se pencha et tendit la main pour l'attraper, Harry lui planta la lame dans la cuisse et lui plaqua la main gauche sur la bouche. Lentement, il fit jouer la lame dans la plaie, pendant que son coude clouait la poitrine de Martinez au siège, malgré la panique qui le faisait se tordre en tous sens.

« À présent, écoute-moi bien, espèce de petite tache de foutre, je viens de sectionner ton artère fémorale. C'est comme ça qu'les Romains se suicidaient, tu savais ça ? Tu disposes d'environ une demi-heure. Alors voilà comment on va faire. Soit tu m'dis où est Nunez et j'te conduis à l'hôpital, soit j'reste assis là à te regarder te vider de ton sang. Qu'est-ce que t'en dis ? »

Harry ôta la main de la bouche de Martinez mais laissa la lame où elle était. Il la fit pivoter brusquement, ce qui arracha un glapissement de douleur à

Martinez, mais il n'y avait personne à proximité pour l'entendre.

« L'heure tourne, Luis. »

Martinez débita tout ce qu'il savait aussi vite que ses petits poumons en hyperventilation le lui permettaient, après quoi Harry empocha les billets, retira la lame et ouvrit la portière côté passager.

« Dehors.
– Et l'hôpital, mec ?
– Appelle une ambulance, connard », dit Harry en l'éjectant de la voiture d'un grand coup de pied. Il referma la portière et démarra pour venir se placer à côté de Martinez qui avait réussi à se relever et avançait en boitant vers la route. Harry appuya sur la commande électrique qui abaissa la vitre.

« J'espère que tu vas t'en sortir, Luis. Vraiment. Et si tu survis, j'espère que t'auras au moins compris la leçon : il y a des gens avec qui faut pas jouer au con. *Adios.* »

La « maison » se trouvait à une quinzaine de minutes de la ville, près de la route du Sud, pour permettre une fuite rapide. Nunez avait, semble-t-il, fait davantage confiance au secret qu'à la sécurité, car l'endroit était une cabane anonyme en préfabriqué, délabrée, qui aurait été de toute évidence incapable de résister au Grand Méchant Loup s'il avait décidé de souffler dessus. Harry avait dépassé la rue étroite où elle se trouvait pour se garer plus loin, puis était revenu à pied à l'endroit d'où la vue était meilleure.

Pas de lumière, mais ce n'était pas surprenant. En fait, rien ne montrait que l'endroit pouvait être habité par autre chose que des rats et des cafards, mis à part la forme indistincte d'une grande bâche du côté de la maison dissimulé à la route.

Harry alla chercher son matériel dans le coffre, maudissant Alessandro à cause de ce cinoche avec le Polaroid. « Un vrai beau gâchis. » Quel connard. Comme si les gens n'étaient pas suffisamment effrayés par une menace de mort.

Il marcha silencieusement dans la poussière, évitant les buissons épars, se dirigeant vers la bâche à la lueur de la lune et des phares des voitures qui passaient au loin. À part le bruit des moteurs et des pneus sur l'asphalte à deux cents mètres environ, tout était silencieux. Harry s'accroupit à côté de la bâche et chercha sa lampe torche. Sous la bâche, sa main avait rencontré du métal, ce qui confirmait sa supposition qu'une voiture était dissimulée là, très probablement un 4×4 Toyota bleu sombre, année 99. Perfectionniste, il vérifia néanmoins le numéro d'immatriculation.

Bingo.

Il progressa ensuite à pas feutrés vers l'avant de la maison, reculant chaque fois que les planches de la terrasse menaçaient de grincer sous son poids. La porte avait l'air incapable de résister au moindre pipi de chien, mais il opta néanmoins pour une manipulation discrète du verrou branlant, du style de ceux qu'on trouve dans les motels bon marché. Si, pour une raison quelconque, il s'avérait que Nunez n'était pas dans les lieux, l'effet de surprise (et le traquenard y afférent) serait un tant soit peu compromis s'il découvrirait en revenant que sa porte d'entrée avait disparu.

Harry s'accroupit sous le porche et posa son arme sur le sol pour prendre dans sa poche un poinçon minuscule avec un manche en plastique. De la main droite, il inséra le poinçon dans la serrure tandis que de la gauche, il manipulait la poignée ronde ; celle-ci lui resta dans les mains et la porte s'entrouvrit de quelques centimètres. Harry se rua sur son arme, manquant s'étaler de tout son long, sous l'effet combiné de la surprise et de la perte d'équilibre.

Aucun mouvement n'était perceptible à l'intérieur et la porte ne révélait que l'obscurité, mais tous ses sens étaient en alerte. Il lui aurait été difficile de dire ce qui l'avait frappé en premier, l'odeur ou le bruit des mouches ; mais il n'y avait aucun doute quant à celle qui cognait le plus fort.

« Nom de Dieu. »

Harry ravala son haut-le-cœur. Cette discipline, il l'avait acquise à la dure, ayant approché beaucoup de cadavres, dont deux qu'il avait dû sortir de terre et réensevelir ; mais cette puanteur particulière en éprouvait les limites et il n'avait pas encore franchi le seuil. Il se pencha vers son sac et en sortit un tissu prévu pour effacer les empreintes. Il le noua pour se protéger le nez et la bouche, comme pour un hold-up de western. Puis il ramassa sa lampe torche et ouvrit la porte du pied avec répugnance.

Le faisceau lumineux dissipait à peine l'obscurité, ne révélant que de petites zones sur son passage. Harry se retourna et pointa la lampe sur le mur près de la porte, découvrant un interrupteur.

Malheureusement, il fonctionnait.

La cabane se résumait à une unique pièce salon/chambre à coucher, avec une kitchenette dans un coin et des toilettes séparées. L'évier, la plaque électrique deux feux et le plan de travail de la « cuisine » constituaient tout le mobilier, mis à part le canapé transformable que recouvrait un unique drap.

Les autres éléments marquants du décor incluaient des boîtes de conserve vides et des emballages de pizzas disséminés sur le sol, un sac de toile contenant des vêtements d'homme, une paire de chaussures, une bouteille de bière à moitié bue, un exemplaire de *Hustler*, une veste en daim marron, des livres de poche écornés et la tête de Nunez dans un bocal en verre.

Génial…

Elle était posée là, bordel de Dieu, au bout du lit, sur un oreiller, comme si c'était ce putain de diamant Hope. Elle était pleine de bleus et d'entailles, gonflée, décolorée, nageant dans du liquide, mais c'était bien celle de Nunez, regardant dans le vide avec cette expression de demeuré qu'ont toujours les macchabées après quelques jours passés sous l'eau.

Et partout dans la pièce, des traînées de sang. Comme s'ils avaient branché l'arrosage automatique : les murs, le sol, les ordures, les vêtements, absolument *tout* était constellé de sang. La seule chose épargnée, dans une certaine mesure, était le drap qui recouvrait le canapé : épargné par les traînées, pas par le sang. Il était plutôt taché.

Non, maculé.

Une chance, il ne semblait pas y avoir autant de mouches que le bruit le laissait croire. Le son avait été sans doute amplifié par son imagination – bien qu'il se soit attendu à ce que son cerveau délaisse ce détail phonique au profit de toute la merde que ses yeux lui balançaient depuis.

Harry s'approcha du lit d'un pas hésitant, puis se ravisa avant de toucher le drap à main nue. Il ressortit pour prendre une paire de gants en latex dans son sac. En fait, il était moins animé par des considérations médico-légales que par une appréhension épidermique quant à ce que le drap maculé recouvrait. Il retourna à l'intérieur, d'un pas un peu lourd, il fallait l'admettre, inspira profondément et ôta vivement le drap.

Instantanément, il se retrouva au milieu d'un nuage bourdonnant de millions de mouches, qu'il avait distraites de leur glutathlon géant. Il ferma les yeux et battit l'air pour tenter d'en éloigner au moins quelques milliers. S'il avait résisté à l'envie de gerber quand la porte s'était ouverte, alors à ce stade, il méritait vraiment une récompense spéciale pour être parvenu à garder le contenu de son estomac en place. La puanteur empira, accompagnée par le contact – indolore mais néanmoins totalement répugnant – de dizaines d'insectes grouillant dans ses cheveux.

Après quelques instants et quelques mouvements de bras supplémentaires, l'intensité de l'attaque aérienne faiblit, une majorité de mouches retournant à leur festin, et il se sentit en mesure de rouvrir les yeux.

« Oh, bordel. »

On aurait dit que le reste de Nunez avait été passé au hachoir. Le lit était entièrement couvert de chairs en putréfaction, avec ici et là, quelques os qui émergeaient de l'ensemble, ainsi qu'un ou deux organes internes. Les poumons étaient les plus visibles, leur taille plutôt que leurs contours les rendant encore reconnaissables après les bons soins dispensés par l'Escadron d'Élite Aéroporté de Belzébuth. À part ça, il était assez difficile de déterminer la provenance de tel ou tel tronçon infesté d'insectes, d'autant qu'il ne semblait plus y avoir trace de peau. Était-ce du fait des mouches ou… ? Et merde, qui avait envie de savoir ?

Harry avait vu des trucs vraiment dégueu dans sa

vie – mais ça... Ça, c'était un truc de barje, un truc de serial killer vraiment allumé. Néanmoins, certaines habitudes ont la vie dure ; peut-être même qu'elles deviennent réflexes. Harry ramassa la veste en daim et palpa les poches jusqu'à ce qu'il trouve ce qu'il cherchait : le portefeuille de Nunez. Les cartes de crédit étaient toujours là, ainsi que quelques petites coupures, mais il y avait un emplacement vide là où aurait dû se trouver son permis de conduire.

Procédure standard de l'assassinat commandité.

« Enculé. »

Quelqu'un l'avait précédé. De quelques jours, qui plus est.

« Je veux un vrai beau gâchis. »

Alessandro. Ce salopard d'Alessandro. Il avait mis un contrat sur Nunez depuis le début, ce petit connard de faux cul. C'est peut-être même pour ça qu'il voulait envoyer Harry à Vancouver – il avait peut-être déjà quelqu'un en planque à Hermosillos. Fils de pute.

Mais si c'était le cas, pourquoi personne n'était-il au courant ? Pourquoi avaient-ils attendu cet après-midi pour l'appeler ? Harry n'était pas légiste, mais il en savait assez pour deviner que la mort de Nunez remontait à au moins deux jours. Et qu'est-ce que Martinez avait dit ? « Nunez a des ennemis. » Harry avait pensé que le pluriel faisait référence aux Estobal dans leur ensemble, mais peut-être n'étaient-ils pas les seuls à s'être fait entuber par Nunez.

Enfin, d'une manière ou d'une autre, le boulot était fait et c'était le principal pour l'instant. Il allait pouvoir prendre ses Polaroid et foutre le camp loin de cette merde. Malgré tout, il ne pouvait s'empêcher de se sentir un peu abattu. C'est le problème avec la libre concurrence. Il savait qu'il était bon dans son job, et tout le monde aime se sentir un peu spécial, mais un truc comme ça ne pouvait que lui rappeler que, d'un point de vue plus vaste, enfin, c'est une image, il n'était qu'une pute de plus le long d'une très longue rue.

I
Tous vos avoirs m'appartiennent

> *Donnez un masque à un homme
> et il dira la vérité.*
>
> Oscar Wilde

Épanouie, tu parles

Angélique avait un goût de sueur mâle sur la langue tandis qu'elle appuyait la main sur son torse. La sueur avait coulé de sa lèvre supérieure. La bouche d'Angélique n'était qu'à quelques centimètres au-dessous, partageant le même air tiède et vicié. Ils étaient sans doute assez proches pour n'échanger que leurs haleines respectives. Leurs pieds étaient noués à hauteur de cheville. Leurs muscles se contractaient pendant qu'ils s'arc-boutaient l'un contre l'autre. Les talons et les omoplates d'Angélique formaient quatre supports alors qu'elle soulevait leurs deux corps du sol. Ils restèrent dans cette position pendant quelques instants, leur regard allant des yeux de l'autre à leurs corps entrelacés, comme s'ils étaient tous deux en train de s'assurer que l'autre avait bien saisi la signification de ce qui se passait enfin entre eux.

Elle était en train de *céder*. Elle avait cédé. Elle était vulnérable, elle le savait, mais c'est tout de même elle qui s'était mise dans cette situation à un moment pareil. Elle avait l'esprit ailleurs, affaiblie par les coups portés à sa perception d'elle-même. Et lui était là, pour une fois en mesure de vaincre ses défenses, grâce à des assauts qu'elle avait si facilement repoussés auparavant.

Il en était conscient. Après tout ce temps passé ensemble, il n'y avait aucune chance que cela lui échappe, pas plus qu'elle n'aurait pu envisager de le lui cacher. Elle tendit sa main libre vers son visage, mais il balaya son geste avec une facilité que tous deux enregistrèrent comme n'étant pas davantage qu'un geste obligé, effectué presque à contrecœur.

Stewart soupira avec une déception si manifeste qu'elle appelait quelques réponses. Angélique relâcha tous ses muscles et sentit l'énergie quitter son partenaire tout aussi brusquement.

« Pourquoi tu fais la gueule ? demanda-t-elle sans chercher à dissimuler sa propre irritation.

– Je vois bien que tu n'es pas à ce que tu fais.

– Quoi, simplement parce que c'est toi qui es dessus ?

– Tu sais très bien ce que je veux dire. »

Stewart prit appui sur un coude et roula sur le côté. Il se mit en position assise, en appui sur sa main droite. « Si tu ne me donnes pas tout ce que tu as dans le ventre, je sais très bien que ça fausse tout.

– Et c'est un revers si cinglant que ça pour ta virilité ?

– Non, mais je suis suffisamment lucide pour savoir que nous perdons tous les deux notre temps. »

Remarque on ne peut plus sage. Angélique se redressa et s'essuya le front, le dégageant des cheveux que la sueur y avait collés. « Je suis désolée. Je me sens comme un canif rouillé en ce moment. Je n'aurais même pas dû venir aujourd'hui. Simplement, je pensais que ça pourrait me remettre les yeux en face des trous, me laver l'esprit, de me concentrer sur quelque chose de purement physique, tu comprends ?

– Je comprends. Ça m'est arrivé quelques fois, mais dans ton cas, il est clair que ça ne marche pas. C'est comme si tu n'étais là qu'à moitié.

– Je ne m'en sors pas. Je pensais qu'être ici m'aiderait à évacuer toute la merde, mais je ne vaux rien ici non plus parce que, justement je *n'arrive pas* à évacuer toute cette merde.

– Le mieux, si tu es dans cet état, serait que tu travailles tes katas.

– Qu'est-ce que tu es en train de me dire ? Faute de pouvoir baiser, faut que je me tape une branlette ? »

Stewart éclata de rire.

« C'est dit avec délicatesse, comme toujours, mais en gros, t'as raison. Si tu te concentres seulement sur les mouvements, ça peut aider, parce que c'est plus basique. Et tu ne te concentres que sur toi. Et si tu le fais assez longtemps, tu seras vraiment crevée, c'est déjà ça. Enfin, moi, ça m'aide à faire le vide en tout cas.

– Merci. Mais je crois que le mieux pour moi dans cet état, c'est de laisser tomber. La mécanique est enrayée. Désolée.

– Ça ne sert à rien d'insister.

– Et toi ? Qu'est-ce que… ?

– Je vais cogner sur les sacs pendant un petit moment. Tu n'as beau être là qu'à moitié, cette moitié pare quand même mes coups de pied comme si mes jambes étaient des brindilles.

– Je ne pare pas…

– Tu dévies, je sais. Mais le fait de t'entendre le dire pour la centième fois ne m'a pas rendu plus rapide.

– Tu ne m'as pas encore vraiment pardonné de t'avoir pété cette clavicule, hein ? »

Stewart sourit, esquissant un geste faussement instinctif vers son ancienne blessure.

« C'est moi que je n'ai pas pardonné d'avoir tenté une prise équivalant à la charge d'un rhinocéros sur un colibri. J'ai retenu la leçon, mais la théorie est de loin plus facile que la pratique. »

Angélique avait envie de rester là, sous la douche, toute la journée. Mauvais signe. C'était comme une zone tampon entre des états différents, un moment d'ablutions autant que de suspension temporelle, une préparation à l'état de plus grande vigilance qui serait bientôt exigé d'elle – ou simplement une occasion de ne pas y penser pendant quelques minutes de plus. Il y avait des moments où elle aurait aimé demeurer dans ce cocon protecteur, surtout quand elle se retournait et qu'elle sentait l'eau couler dans ses cheveux et le long de son dos.

Ces moments n'étaient jamais heureux.

Même si elle prétendait le contraire – mensonge, déni de la réalité – elle ne pouvait se mentir à elle-même. Elle serait démasquée, même là.

Angélique n'était pas du genre à se laisser abattre. Elle fonctionnait sur de grandes quantités d'autodiscipline et de maigres réserves d'apitoiement sur soi-même. Elle était capable de faire bonne figure devant les autres et de convaincre suffisamment de gens qu'elle allait bien qu'elle finissait presque par y croire. Comme un éditeur de presse « people » devant les résultats téléphonés de son sondage bidon. Mais elle savait que, quand elle commençait à chercher refuge sous la douche et avait envie d'y rester, c'est qu'elle souffrait d'un état psychologique que les publications médicales décrivent comme « complètement à côté de ses pompes ».

L'exercice inabouti de ce matin lui avait semblé une bonne thérapie, histoire de libérer son esprit de… Tiens, voilà pourquoi ça n'avait pas marché ! Elle n'arrivait pas à savoir précisément de quoi ; et ce symptôme problématique faisait partie intégrante de son malaise. De nombreuses fois, une séance au dojo s'était révélée le parfait antidote à ce qui la préoccupait à ce moment-là : elle dirigeait toute sa concentration sur l'aspect physique, à l'exclusion de tout autre souci annexe. Elle s'oubliait dans l'effort, en un lieu au-delà de la douleur et de l'épuisement, se souciant uniquement de son adversaire et des quatre murs qui abritaient leur combat. Comme l'avait dit Stewart, l'épuisement physique suffisait parfois à éclaircir l'esprit. Mieux que cela, il permettait de réduire les soucis à de simples faits et de ne voir que les enjeux réels, pas les ombres épaisses que l'anxiété maintenait autour d'eux.

Ce matin pourtant, ce n'était pas le cas. Il n'était pas question de soucis. Avec les soucis, au moins, on sait ce qui ne va pas et on peut même se sentir suffisamment préparé à leurs conséquences possibles. Quand on a des soucis, c'est signe qu'on en a quelque chose à foutre.

Mais dans l'état où elle était, elle avait eu de la chance de s'en sortir sans être blessée. Elle et Stewart prenaient bien soin de retenir leurs coups pendant leurs entraînements au combat, le contact en un point spécifique suffisant à marquer le point, mais il était évident, par respect mutuel, que chacun d'entre eux s'attendait à ce que l'autre évite certains assauts – et comptait même dessus pour élaborer sa stratégie ; par conséquent, un écart de concentration pouvait avoir des conséquences extrêmement fâcheuses.

Stewart avait été son professeur de judo lors de leurs premières rencontres (et entraînait toujours des groupes de policiers), mais depuis quelques années, ils avaient mis en commun leur connaissance des arts martiaux lors d'innombrables séances en tête à tête, tels deux obsessionnels trop contents de s'être trouvés sans avoir à redouter l'imminence d'un retour à une vie sociale digne de ce nom.

Leurs affrontements étaient faits d'un méli-mélo indistinct de différentes disciplines ; d'une part, c'était un bon moyen d'entraînement et d'autre part, cela équilibrait les chances de victoire : Stewart détenait un avantage incontestable quand ils se limitaient au judo, mais Angélique lui tenait la dragée haute quand ils se limitaient… à tous les autres.

Elle n'avait jamais perdu un combat jusqu'à aujourd'hui, bien qu'il y ait eu des victoires à l'arrachée sur un nombre aussi considérable de rencontres. Néanmoins, ce n'était pas le fait de perdre qui en disait long sur l'état d'esprit d'Angélique, c'était la nature de sa défaite : sa facilité, sans que lui n'y soit pour rien.

Cela passerait, elle le savait. Elle s'en remettrait et sortirait souriante du tunnel. Elle attribuerait ça aux biorythmes, ou au prétexte qui dissimulerait le mieux la vraie raison de son état. Mais ce qui était encore plus sûr, c'est que ça reviendrait, peut-être encore plus tôt que prévu et que cette spirale se resserrerait autour d'elle un tout petit peu plus étroitement à l'avenir.

La première fois qu'elle s'était sentie ainsi, elle avait dû admettre bien malgré elle qu'elle était sortie de Dubh Ardrain avec plus de séquelles que quelques côtes fêlées. Puis, lorsque cela s'était produit à nouveau, elle avait compris, de façon encore moins bienvenue, qu'elle ne s'en était toujours pas remise. À présent, pour ce troisième épisode, elle en était réduite à se demander si elle s'en remettrait jamais.

Dubh Ardrain : son heure de gloire, ou du moins était-ce la version officielle si quelqu'un posait des questions concernant les actes de bravoure policière ayant évité de justesse une catastrophe à grande échelle. En interne, on lui avait fait comprendre que sa contribution n'avait pas été reçue avec la même gratitude sans réserve que ses supérieurs avaient été heureux d'accepter du grand public. Elle faisait les frais des calculs politiques au sein de la police depuis trop longtemps pour qu'il lui reste une once de l'idéalisme ingénu qu'elle aurait éventuellement pu avoir sur la nature de ce boulot. Néanmoins, une dose de cynisme supplémentaire avait empoisonné son âme quand elle avait entendu – en guise de reconnaissance officielle pour tout ce qu'elle avait accompli à Dubh Ardrain – la phrase : « Une action disciplinaire serait malvenue. » Hé, les gars, vous excitez pas comme ça sur moi, ça devient gênant !

Lors de tous les débriefings officiels, il y a une manière à peine voilée de dire que tous vos efforts sont le strict minimum qu'on était en droit d'attendre de vous et de vous faire sentir que vous êtes au bord du blâme pour négligence, ou même de la poursuite pour défaut de zèle au vu de vos initiatives indisciplinées et brouillonnes.

Bon, il est vrai qu'il faut que ces types examinent froidement la succession des événements pour tirer des enseignements de ce qui s'est produit ; mais est-ce que cette procédure doit absolument se faire sans tenir aucun compte d'une vision d'ensemble ?

Le nombre de morts se serait chiffré en milliers, et pourtant ils ne parlaient que de dégâts structurels et de coûts de reconstruction. Elle avait évité un carnage, avec l'aide d'un seul et unique civil, et ce grâce à un bref effet de surprise, à l'autosatisfaction délirante des terroristes – et à un facteur chance frisant la ionosphère. Au cours de ces événements, des choses avaient explosé. Des choses coûteuses. Des choses logistiquement complexes à évacuer et à reconstruire. Mais pour finir, des choses remplaçables. Des choses matérielles. Est-ce que, le 11 septembre 2001, quelqu'un a versé une larme sur la perte d'avions valant plusieurs millions de dollars ? Les avions n'ont pas de mère, pas de mari, pas d'enfant. Les centrales électriques non plus.

Ils ont des propriétaires. Cela étant, elle ne se faisait aucune illusion : les implications financières n'étaient pas la préoccupation réelle des costards-cravates pompeux à qui elle avait dû répondre de ses actes après Dubh Ardrain. Elle était certaine que, si par miracle, quelqu'un avait pu empêcher l'attaque du World Trade Center, il ou elle se serait quand même retrouvé(e) après coup devant une rangée de galons immérités qui lui auraient demandé : « Pourquoi n'avez-vous pas… ? » ci et : « N'avez-vous pas envisagé… ? » ça.

Chacune de ses décisions fut minutieusement décortiquée, ses choix passés au faisceau aveuglant du rétrospectoscope, ses actions évaluées dans une pièce climatisée avec du café bien chaud et des biscuits au chocolat. Pour autant qu'elle puisse en juger, leurs délibérations n'étaient perturbées ni par des rafales de mitraillette ni par des grenades shrapnel.

Il aurait peut-être mieux valu. Elle avait en tout cas davantage gardé la tête froide à Dubh Ardrain que pendant l'enquête. Angélique avait eu à se justifier à plusieurs reprises pendant les divers interrogatoires ; aussi, inévitablement, une hypothèse accusatrice de trop et elle était entrée en fusion.

« C'est facile de se foutre de la gueule des joueurs quand on a le cul posé dans la loge présidentielle ! avait-elle craché en se levant brusquement. Ça n'a pas la même allure quand on va au charbon. Essayez de vous souvenir que j'étais en train de tirer sur des terroristes pendant que vous tiriez votre putain de balle de golf !

– Asseyez-vous, je vous prie, Inspecteur de Xavia. Vous devez comprendre : nous ne critiquons pas nécessairement vos initiatives, nous tentons d'établir une description exacte de ce qui s'est produit. »

Pas nécessairement. Ce fut le détonateur.

« Allez vous faire foutre. »

Ah, ce penchant carriériste froidement calculateur, saisissant à pleines mains la chance de faire forte impression sur ceux qui comptent. Autrement connu – et heureusement interprété – comme sévère pétage de plombs. Ils s'étaient montrés assez coulants vis-à-vis de ce petit psychodrame, elle devait le reconnaître. Des paroles apaisantes prononcées par des hommes sages, un peu de complaisance de la part d'alliés respectés, de la compréhension et on avait fermé les yeux sur son petit éclat. Il était donc peut-être injuste de les taxer d'ingratitude, puisque le fait de sauver la vie de milliers de civils lui avait fait marquer assez de points pour insulter les pontes de la fonction sans perdre son job.

Une action disciplinaire serait malvenue.

Naturellement, Angélique ne manquait pas de soutien parmi ses collègues. Ceux qui étaient en première ligne, ayant bien évidemment une idée plus claire de ce qu'elle avait accompli, ne lésinaient pas sur les manifestations de solidarité. Néanmoins, dans ces circonstances, les tapes dans le dos et les paroles d'encouragement ne faisaient qu'ajouter au sentiment d'être en disgrâce. C'est le genre de soutien qu'on obtient quand une réputation est en jeu, et malgré leurs intentions louables, elle avait de plus en plus cette impression. Au lieu d'une histoire à raconter, elle avait un cas à défendre.

Elle ne recherchait ni flatteries ni acclamations. Ce n'était pas l'origine de son mécontentement. L'anonymat avait été son choix lorsque les médias avaient voulu connaître « le héros de Dubh Ardrain » – leur appétit pour ce genre de personnage ayant été décuplé quelques jours plus tard par les événements du 11 septembre. Plus que jamais, les gens avaient envie de croire que leurs propres forces de l'ordre étaient en mesure de les protéger du terrorisme. Et plus que jamais, les forces de l'ordre voulaient qu'ils le croient. En cet instant de panique et de désespoir rarement égalé, ils ne voulaient pas simplement un héros, ils voulaient un superhéros ; et Angélique savait mieux que personne que les superhéros n'existent pas.

Un coup de chance tout bête et une pure coïncidence lui avaient donné l'avantage sur l'Esprit des Ténèbres et ses sbires, rien de plus. Ce n'était grâce à aucune de ces choses que les gens ont désespérément besoin de croire mises en œuvre pour leur protection – contre-espionnage, infrastructures de sécurité, vigilance policière. Une unique coïncidence avait tout changé, sans quoi le Royaume-Uni aurait eu son propre Ground Zero. Il était dans l'intérêt de la police de suggérer le contraire, mais elle n'était pas prête à participer à ce mensonge.

Sa décision avait été partiellement motivée par un désir personnel de préserver sa vie privée, et surtout par un désir professionnel de pouvoir encore travailler anonymement en cas de nécessité. Si son nom et son visage avaient été diffusés par toute la presse, non seulement cela aurait été rendu impossible, mais cela l'aurait condamnée à restreindre son champ d'action aux relations publiques de la police. Si elle avait depuis si longtemps résisté aux désirs de ses supérieurs de la mettre en vitrine en tant qu'emblème féminin d'origine étrangère, ce n'était certainement pas pour devenir maintenant la mascotte ethnique de la police de Strathclyde.

Non pas que leur donner ce qu'ils voulaient lui aurait épargné le traitement de faveur du Cercle des Galonnés ! Peut-être même qu'ils se seraient montrés deux fois plus durs, histoire de la remettre à sa place au cas où elle se serait mise à croire les salades qu'ils vendaient au public à son propos. C'étaient des salopards, des comploteurs, des vieux réacs, des hypocrites, des psychorigides, des lèche-culs, des menteurs, des enculés machiavéliques ; en bref, ils étaient dotés de toutes les vertus nécessaires pour atteindre et honorer leurs postes de hauts responsables de la magouille intrapolicière. Ce n'était pas une révélation. Alors pour quelle raison, était-elle bien forcée de se demander, était-elle exaspérée par les réactions de gens qu'elle respectait si peu ?

La réponse était la même pour les félicitations reçues de ses collègues les plus proches. Tout sonnait creux.

Elle n'avait pas plus besoin de leur approbation qu'elle n'avait besoin des critiques du Comité des Huiles Maison. Ce dont elle avait besoin, c'était de sentir que quelqu'un comprenait ce qu'elle avait subi à Dubh Ardrain, que ce n'était pas simplement une journée un peu chargée comme il en arrive dans l'exercice de ses fonctions. Les gradés voulaient des explications concernant la facture de plusieurs millions de livres de dégâts. Ses collègues voulaient entendre des histoires de méchants, de bombes et de baston. Personne ne voulait entendre parler d'angoisses, de nuits sans sommeil, de vomissements ni de crises de larmes au milieu du secteur alimentation de Marks & Spencer.

Au début, il lui avait été facile de se dire qu'elle était OK. Elle s'en était super bien tirée, après tout : elle avait dégommé les vilains, démasqué l'Esprit des Ténèbres, remporté la victoire et évité le pire ; en contrepartie, elle avait seulement encaissé un coup de flingue dans la poitrine, bien à l'abri derrière le Kevlar. Le lendemain matin, elle avait eu l'impression de pouvoir réitérer l'exploit, mais seule, cette fois. Ce qui ne vous tue pas vous rend plus fort, etc.

Le lendemain matin était un dimanche. Le mardi suivant était le 11 septembre. La souffrance qu'elle était sur le point d'expérimenter était déjà postée et timbrée, mais les événements de New York et de Washington la transformèrent en recommandé AR.

Ce sentiment d'exaltation, elle le comprenait à présent, n'avait été que l'euphorie post traumatique du survivant : une sensation de vitalité exacerbée suscitée par le fait d'avoir frôlé la mort. Dans le cas d'Angélique, ce sentiment avait également contribué à maintenir son adrénaline au niveau (pulvérisant tous les records) atteint lors de sa lutte avec les terroristes. Néanmoins, tôt ou tard, l'adrénaline et l'euphorie étaient vouées à se dissiper, ainsi que leurs propriétés analgésiques – physiques et psychologiques. On pouvait prendre de l'Ibuprofène pour remplacer les premières, mais l'absence des secondes, c'était pire qu'une crise de manque.

Ses principales émotions, écrasantes, étaient la terreur et le dégoût. Elle se sentait tourbillonner comme une hirondelle dans le sillage d'un 747 à mesure qu'elle prenait conscience de l'énormité de ce à quoi elle avait échappé. Comme si elle était soumise, contre sa volonté, à la version non expurgée de tout ce qui s'était passé, jusque dans le moindre détail sensoriel, et que son esprit avait censuré sur le moment pour lui permettre de s'en sortir. Chaque souvenir, précis jusque dans l'odeur et presque le goût, lui revenait avec une charge de peur refoulée qui devait exploser avant qu'elle puisse éprouver un quelconque soulagement.

Ce qui lui avait semblé, dans le feu de l'action, des déductions, des objectifs, des stratégies – ainsi que des réflexes, des sensations, des actions justifiées – s'organisaient dans leur complexité, et la peur liée à chaque instant était décuplée par cette vision d'ensemble qu'elle n'avait pas eue sur le coup.

Et comme s'il ne suffisait pas d'être torturée sans merci par la compréhension à retardement de ce qu'elle avait évité, elle devait aussi faire face à la prise de conscience des actes qu'elle avait commis (et auxquels elle avait assisté) pendant le cours des événements. Le rouge sang dominait nettement la palette, abondamment répandu sur une quantité impressionnante d'images illustrant de manière saisissante l'incapacité du corps humain à partager l'espace avec des matériaux plus denses ou plus compacts. La mort avait frappé souvent et sous des formes très diverses, certaines pas belles à voir et presque toutes de son fait.

Peu de gens sur cette terre sont moins à pleurer que les terroristes, ou méritent davantage de mourir ; mais cela ne changeait rien au fait qu'il y avait à présent des scènes de souffrance et d'horreur imprimées de manière indélébile dans l'esprit d'Angélique. Sa conscience était sans tache, pourtant elle devrait vivre dorénavant avec la représentation de ce que ses mains (et ses pieds) avaient accompli.

On lui répondrait sûrement : d'accord, mais c'est à ça qu'sert l'assistance psychologique, pas vrai ? De nos jours, au sein de cette nouvelle police d'âmes sensibles, on pouvait l'obtenir après avoir assisté à une infraction au stationnement particulièrement traumatisante. Les portes des professionnels de la compassion étaient toujours ouvertes, tasse de thé à l'appui. Néanmoins, Angélique ne voulait pas de la sollicitude praticienne d'étrangers ; elle prenait soin toute seule de ses petits problèmes émotionnels, pour le plus grand confort de la maréchaussée. Ce qu'elle voulait, c'est que ceux avec (et pour) qui elle travaillait prennent conscience du prix qu'elle avait payé, fût-ce dans l'exercice de ses fonctions ; qu'ils se rendent compte qu'elle avait risqué sa vie et fait des choses dangereuses, effrayantes, douloureuses, horribles et même carrément répugnantes ce jour-là.

Elle avait besoin que ses collègues – y compris ces pontes pompeux du Rotary bons pour la retraite – le comprennent, eux, et pas un clampin qui n'avait d'assistant social que le nom.

Leur manque d'empathie n'était pas entièrement dû à l'indifférence, elle devait le reconnaître. Elle donnait l'apparence de quelqu'un-sur-qui-les-balles-rebondissent depuis si longtemps qu'elle en payait maintenant le prix. Son nom figurait tout en bas de la liste de ceux à qui on s'attend devoir prêter une oreille compatissante. Au début, cela avait été un mode de défense nécessaire face à ceux qui avaient du mal à l'accepter. Ils n'étaient pas spécialement racistes ou sexistes, mais il était facile de penser, en voyant cette femme menue à la peau sombre, qu'elle avait bénéficié de quotas spéciaux à l'embauche – ou pire, qu'elle n'était qu'un poids mort pour la police. Si le cliché qui consiste à dire qu'une femme ou un étranger doivent bosser deux fois plus pour un salaire deux fois moindre est vrai, alors dans cette profession, Angélique avait dû se montrer quatre fois plus coriace que les autres et se plaindre quatre fois moins.

Mais il n'y avait pas que les rigueurs du métier auxquelles il fallait faire face derrière ce bouclier d'invincibilité. Il fallait aussi gérer les sous-entendus blessants, les remarques humiliantes et même les insultes ouvertes de ses collègues – qui se rangeaient dans deux catégories.

Les premiers étaient ceux qui, disaient-ils, voulaient « juste la taquiner un peu, pour voir » (elle avait dû manquer la réunion où ces branleurs avaient été désignés officiellement pour jauger son caractère) comment elle se défendait – sans prendre la mouche et la porte ensuite. Obtenir et valider son statut de mec « réglo » (selon leurs critères) requérait de « ne pas faire tout un plat » de son origine ethnique. Le fait que ce soit *eux* qui en fassent tout un plat était un paradoxe qu'ils étaient tragiquement incapables de saisir. Il n'y avait donc pas grand-chose à gagner à le leur faire remarquer. Ce n'étaient pas des mauvais gars, seulement des gens immatures qui portaient sans le savoir leur manque d'assurance à la boutonnière. Pour certains d'entre eux, elle avait « fait ses preuves » et le respect requis lui avait été accordé depuis. Pour d'autres, sa réputation de casse-couilles avait fait d'elle un « sacré phénomène » et l'on s'attendait donc à ce qu'elle soit fidèle à son image.

Les seconds étaient ceux qui ne l'avaient jamais vraiment acceptée, ni elle ni ce que leur amertume personnelle projetait sur elle. Ils ne la respecteraient sans doute jamais, mais du moins son attitude dissuasive (on-joue-pas-au-con-avec-moi) leur donnait-elle l'impression que, quoi qu'ils fassent, ils ne pourraient pas la blesser.

C'était pourtant souvent le cas. Elle n'était *pas* invincible derrière son bouclier, et cette image n'était qu'une façade, une illusion, rien de plus. C'était un masque qui lui avait été très utile pour s'intégrer, mais depuis Dubh Ardrain, elle s'en était servie pour dissimuler le fait qu'elle se sentait de plus en plus une étrangère parmi ses collègues.

Elle ne se racontait pas d'histoires : c'était l'un des symptômes répertoriés du stress post traumatique que de se sentir à l'écart de ceux qui n'ont pas vécu le même événement, et donc une preuve de plus qu'une assistance psychologique, sous une forme ou sous une autre, était vraiment nécessaire ; c'était aussi la raison pour laquelle le seul « assistant psychologique » à valoir quelque chose était Ray Ash. Il était la seule personne à pouvoir vraiment la comprendre – au-delà des platitudes ressassées, des répliques convenues et des exercices de sympathie, parce qu'il était là-bas. Ils s'étaient cachés, battus côte à côte, ils avaient couru, traqué l'ennemi dans ces tunnels, ces conduits et ces chambres de retenue, essuyant fusillades et explosions, dans la peur, la colère, au milieu de ce massacre. Contrairement à Angélique, l'unique entraînement au combat que Ray avait subi avant cette épreuve se limitait au jeu vidéo *Quake*. En dépit de cela, il semblait maîtriser le contrecoup mieux qu'elle. Il était donc une source de réconfort doublement précieuse.

Mais le réconfort n'est pas une thérapie. Même si elle s'était sentie mieux après leurs discussions, elle savait que ce n'était pas très constructif. Et ce n'était pas très chouette non plus. Angélique représentait la pire chose qui soit jamais arrivée à Ray et à sa famille ; il fallait donc qu'elle garde à l'esprit la toxicité de ce qu'elle ranimait chaque fois qu'elle pointait son nez chez lui. De plus, il existe un nombre limité de fois où une femme célibataire peut raisonnablement inviter un homme marié à boire un verre.

Et c'était bien le hic.

Ray avait pu rebondir grâce à ce qui l'attendait chez lui, une fois la dernière balle tirée et la poussière des décombres retombée. Cette expérience lui avait enseigné, leçon obtenue de haute lutte, ce qui comptait vraiment dans sa vie. Si jamais Ray s'était senti taraudé par le concentré d'horreurs auxquelles il avait assisté ou celles qu'il avait commises, il lui suffisait de regarder sa femme et son enfant pour les remettre en perspective. Non seulement chérissait-il ce qu'il avait pour avoir failli le perdre, mais sa famille constituait tout ce qu'il avait au monde, ici, maintenant et à l'avenir, lui fournissant une motivation de tout premier ordre pour abandonner Dubh Ardrain au passé.

En comparaison, vers quoi Angélique était-elle retournée ? Vers un métier qui, elle le comprenait à présent, ne l'aimerait jamais en retour (pour reprendre les mots de sa mère dans sa veine je-te-l'avais-bien-dit). Cette relation à son métier prenait de plus en plus l'allure de maltraitance, mais le pire, c'est qu'il n'y en avait pas d'autre dans sa vie.

Dieu sait qu'elle avait enduré des épreuves récemment, mais y a-t-il quelque chose de plus épouvantable que de devoir s'avouer que sa mère a raison ? Hum, oui, évidemment : le lui avouer *à elle*. Fort heureusement, la dépression d'Angélique n'avait pas atteint le stade de l'autopunition et elle ne s'était donc pas laissée aller, jusqu'à présent, à l'humiliation sus-spécifiée.

Elle saisit mollement le shampoing, entamant à regret le processus trop rapide qui ne lui laisserait d'autre choix que de mettre fin à ses ablutions. Du moins pouvait-elle à présent diriger son esprit embrouillé sur une raison précise de vouloir rester sous la douche aujourd'hui : *dîner chez ses parents ce soir**, perspective qui, à elle seule, pouvait la rendre nostalgique de Dubh Ardrain.

Ce boulot ne l'aimerait jamais, elle était à présent d'accord avec sa mère sur ce point. Mais leurs opinions divergeaient encore à propos de la théorie selon laquelle rien n'aurait plus d'importance si seulement Angélique pouvait se dégotter un fiancé. La mère d'Angélique en parlait comme s'il s'agissait d'une chose toute simple, comme de l'achat d'un appareil électroménager qu'elle aurait refusé de faire sans motif

58

valable : satisfaction garantie – l'acquisition n'étant pas le problème, une fois la décision prise.

Just do it, comme disaient les réclames de cette marque qui exploite le travail des enfants dans des ateliers sordides. Si tu t'en occupais un peu, ça le ferait venir ; ouais, et certains même un peu trop *praecox*, d'après l'expérience d'Angélique.

« N'y a-t-il toujours personne à l'horizon ? » était la phrase préférée de Maman (oh-ça-me-gêne-de-demander-mais-je-dois-quand-même-car-je-me-fais-du-souci-pour-toi) pour faire remonter le sujet à la surface, généralement accompagnée d'un faible sourire de commisération, comme si elle anticipait déjà la réponse, inévitablement décevante.

« Pas que je puisse voir sans un putain de télescope géant, Maman », se retenait-elle à grand-peine de rétorquer.

En réalité, Angélique trouvait les mots choisis inconsciemment par sa mère très appropriés. Si l'homme de sa vie existait quelque part en ce monde, l'horizon était précisément l'endroit où elle pouvait s'attendre à le voir, et ne jamais l'atteindre.

Depuis quelque temps il n'y avait tout simplement pas eu d'homme dans sa vie, et les seules étreintes qu'elle était amenée à goûter avaient lieu au dojo, ce qui ne risquait pas de la mener bien loin. Stewart était attentionné, amical, attirant, extrêmement bien bâti et désespérément célibataire, mais hélas, il manquait quelque chose de crucial à Angélique pour être vraiment son type : un pénis.

Peut-être devrait-elle essayer une petite annonce :

Femme bourreau de travail, pleine d'amertume et de désillusions, de plus en plus revêche et rompue à la violence, cherche homme habitant l'horizon pour que plus rien n'ait plus d'importance. Non fumeur, solide sens de l'humour, devant composer avec horaires anarchiques et ne pas être rebuté par la perspective de coucher avec quelqu'un qui a dorénavant plus de morts que d'amants à son palmarès. Réponse boîte 999 SVP, référence DS-POIR.

Elle la ferait passer dans le *Herald* dès aujourd'hui ; comme ça, elle pourrait au moins dire à sa mère qu'elle faisait des efforts.

Son frère James avait également suggéré un remède à la mélancolie qu'Angélique avait lamentablement échoué à dissimuler la veille au soir pendant le repas de « fête » que sa femme Michelle avait cuisiné. Le traitement semblait plus modeste, et plus plausible, que celui préconisé par leur mère, mais James n'avait pas donné d'indices sérieux concernant l'endroit où elle pourrait se le procurer. « Tu as besoin de t'amuser, » avait-il dit. Il faudrait lui offrir la pipe et la casquette de Sherlock en urgence ! Lors de sa prochaine enquête, il pourrait peut-être parvenir à déduire que le corps sans vie découvert dans la surface de réparation des Glasgow Rangers était celui de Bert Konterman[1].

James avait sans doute raison ; mais de même que l'éviction de Bert des sélections, ce n'était pas parce que c'était l'évidence (qui sautait aux yeux de *tout* le monde) que cela résoudrait tous les problèmes. Bon, cela étant, tout comme la radiation définitive de Bert, cela ne pourrait qu'améliorer les choses.

Mais la comparaison butait sur la mise en applica-

---

1. Joueur des Glasgow Rangers, « célèbre » pour être un fort piètre défenseur – et un religieux très pratiquant.

tion. Tout ce que le Grand Eck[1] avait à faire était de cesser d'intégrer ce pauvre couillon dans la composition de l'équipe. Pour Angélique, « s'amuser » semblait une suggestion plus aléatoire – surtout dans son état, surtout aujourd'hui, à cette date précise.

Stewart l'attendait à la sortie des vestiaires. Il était toujours en tenue et semblait s'être offert une bonne suée pendant qu'elle était dans les limbes de l'oubli volontaire. Son odeur était plus marquée et plus perceptible encore pour une personne intégralement lavée, désodorisée et parfumée. Une bouffée de phéromones ; loin d'être désagréable, mais susceptible d'entraîner des désirs libidineux qu'il était peu probable de voir satisfaits dans un futur proche. Il tenait un stylo et une liasse de papiers.

« J'ai cru que tu t'étais délitée, à force.

– Dans le chaudron de la Vilaine Sorcière des Gradins Ouest ?

– Je croyais que tu avais ta place côté Govan[2] ?

– Ouais, mais c'est pas marqué sur mon front, si ?

– C'est vrai.

– C'est dur de sortir de la douche parfois, tu sais...

– En général on est deux à l'intérieur quand j'ai cette impression.

– T'es vraiment une pute. »

Stewart sourit, mais il n'avait pas l'air particulièrement réjoui. Les nuages au-dessus d'Angélique commençaient à éclabousser sa proche périphérie de manière plus abondante.

« Angélique, ça va ? demanda-t-il d'une voix douce, d'un ton préoccupé. Tu as l'air...

---

1. Surnom d'Alex McLeash, manager des Glasgow Rangers.
2. Nom d'un secteur du stade d'Ibrox, fief des Glasgow Rangers.

– D'une déterrée ?

– C'est le moins qu'on puisse dire. Tu veux qu'on casse la croûte ? Qu'on fasse un brin de causette ?

– Merci, Stewart, mais je crois que je serais mieux toute seule, plutôt que d'infliger ma présence à d'innocentes victimes. Qu'est-ce que tu as là ? » demanda-t-elle avant qu'il ne se lance dans une autre tentative bien intentionnée, mais inutile.

Stewart feuilleta sa liasse et en retira une feuille qu'il posa sur les autres.

« Ce sont les documents de réinscription pour le club. J'ai juste besoin de ta signature, sauf si des choses ont changé. Tu n'as pas déménagé au cours de l'année écoulée ?

– Non. »

Il commença à parcourir le formulaire, suivant les rubriques avec son stylo. « Donc, nom, adresse, téléphone, date de… oh. »

Angélique soupira, ne trouvant pas les mots appropriés.

« Eh bien, je suppose que ça explique bien des choses, dit Stewart avec une petite grimace. Trente ans. Vu ta mine, j'imagine qu'il vaut mieux que j'évite de te souhaiter un heureux anniversaire.

– Sauf si tu veux que je te casse l'autre clavicule. »

Bon, oui, d'accord, ça expliquait des choses, mais pas tout. Il fallait prendre un peu de recul. Angélique n'était pas convaincue qu'il y ait un *bon* moment pour avoir trente ans, de la même façon qu'il n'y a pas de bon moment pour encaisser un but. Mais ça ressemblait étrangement au coup de sifflet de la mi-temps. Elle avait peine à croire que la vue de ces deux chiffres sur une carte d'anniversaire l'aurait rendue aussi consciente de son état de mortelle si son ego ne venait pas d'encaisser autant de coups – au propre comme au figuré. Mais peut-être était-ce ce qu'on éprouvait le jour de ses trente ans, même si on venait de passer l'année à bord d'un yacht dans les Caraïbes.

Peut-être ce processus était-il aussi inévitable que l'âge en lui-même : l'approche de la trentaine suscitait un examen sans concession de sa propre vie. De ce qu'on avait accompli jusque-là et de ce qui restait à faire ; et sans doute se serait-elle posé les mêmes questions, avec les mêmes réponses amères, si Dubh Ardrain ne s'était jamais produit.

En tout cas, un point sur lequel elle avait entièrement raison était son besoin de solitude, et d'après son expérience, il n'existait rien de mieux pour cela que la proximité immédiate d'autres personnes. Ce n'est pas aussi loufoque que ça en a l'air : c'est de football qu'on parle, et si on assiste seul à un match, il y a des fois où le cœur d'une foule peut sembler l'endroit le plus isolé sur terre. Pas seulement parce que son équipe est menée deux-zéro ; et pas non plus parce qu'on est le seul visage basané dans un océan de blanc ; ou peut-être précisément pour ces deux raisons-là.

Même avec cinquante mille personnes autour de soi en train de regarder le même spectacle, de ressentir les mêmes émotions et de souhaiter la même issue, il est possible de se sentir totalement abstrait de toute relation humaine. Car peu importe qu'on soit cinquante mille ou tout seul, on reste un spectateur impuissant, misant toutes ses émotions sur le résultat d'un combat auquel on ne participe pas. Peut-être que c'est différent lorsqu'on vient avec ses dix meilleurs amis (encore que…), mais Angélique, elle, avait l'impression que tout contact avec ceux qui l'entouraient était totalement suspendu jusqu'à l'issue de certains événements, que ce soit un échange serré entre les deux équipes ou le match dans son entier.

Parfois elle se perdait dans le jeu, parfois elle se perdait tout court. Elle n'avait nul besoin que les équipes soient en D1 ; en fait, elle n'avait nul besoin que le match soit bon. Elle parvenait malgré tout à se laisser dériver là où elle était totalement seule, embrassant du regard le stade, les joueurs et elle-même. Ses pensées pouvaient être entièrement absorbées par le jeu, la tactique, les remplacements souhaitables et les sanctions souhaitées ; ou son esprit se vider totalement, jusqu'à ce qu'un incident sur le terrain la fasse sursauter et revenir au match. D'une manière ou d'une autre, lorsque retentissait le coup de sifflet final, son cerveau lui donnait l'impression d'être un PC réinitialisé. Les éléments essentiels remis en place lui ouvraient une perspective claire et lucide, avant que ne soient rechargés dans la mémoire tous les vieux trucs encombrants.

Elle avait toujours assisté aux matchs seule, même avant que la tyrannie de l'abonnement fasse qu'il soit impossible de choisir deux places côte à côte, à moins de réserver neuf mois à l'avance ou de se taper la totalité des vingt et quelque matchs à domicile prévus dans la saison. Quoi qu'il en soit, Angélique ne pouvait citer aucun ami que ce système l'empêchât d'avoir à ses côtés ; et, bien qu'elle soit en termes amicaux avec certains des habitués de son rang (signes de tête et à l'occasion une accolade), ce n'étaient pas des « connaissances » à proprement parler. Ils soutenaient la même équipe et exprimaient haut et fort leur opinion commune sur certains de ceux qui étaient rétribués pour porter leur maillot. Ceux parmi lesquels elle était assise un samedi sur deux (du moins quand elle n'était pas en service) ne savaient rien de plus sur son compte ; à l'inverse, la majorité de ceux qui en savaient beaucoup sur elle ignorait tout de l'endroit où elle venait prendre place un samedi sur deux.

C'est parce que Angélique de Xavia était supportrice des Glasgow Rangers.

Non, non.
Rassurez-vous, pas ce genre de supporter des Rangers... Angélique ne haïssait pas les catholiques, n'était pas de droite, ne soutenait pas le Parti national britannique[1], n'avait rien contre les Irlandais, n'était pas monarchiste, ni arrogante, ni grossière, ni inculte. Elle ne portait pas d'écharpe partisane, pas de chapeau melon, pas de pantalon en polyester. Elle n'avait pas de tatouage de Volontaire pour la Défense de l'Ulster, elle ne jouait pas de flûte, n'avait pas le portrait du roi William III d'Orange au-dessus de la cheminée, ne faisait pas semblant d'être fan avant l'arrivée de Souness[2] dans l'équipe, n'allait pas casser du pédé si les gars avaient perdu, pouvait citer d'autres joueurs que ceux de Glasgow, n'agitait pas de drapeau anglais, ne détestait pas l'Écosse, ne faisait pas le salut nazi, ne lançait pas de bombes à eau, ne laissait pas le dentifrice débouché et ne pétait pas dans un ascenseur bondé.

Cela va de soi.

---

1. Équivalent du Front national français, quoique beaucoup moins important en nombre et moins influent.
2. Graham Souness, très bon joueur des Rangers, arrivé dans l'équipe en 1986.

Elle n'était pas du genre à relever les défauts les plus navrants d'individus au sein d'un groupe pour les attribuer en bloc à tous les membres de ce groupe. Non, ce genre de personnes étaient des fanatiques.

La majorité des amis d'Angélique et presque tous ses collègues ignoraient même qu'elle fût fan de football, qui plus est une « Teddy Bear ». Elle avait même réussi à le cacher à James lorsqu'ils étaient adolescents, jusqu'à ce que la tentation grandissante de lui clouer le bec pour cesser d'entendre son baratin bien-pensant sur le Celtic soit devenue irrésistible. Bizarrement, cette révélation les avait rapprochés, sauf peut-être lors des matchs des Vieux Clubs (Celtic *vs* Rangers), mais depuis ce jour-là, il ne la désignait plus que par son surnom : « L'Orange de Kampala[1] ».

En tant qu'adulte, en revanche, elle demeurait extrêmement réticente sur le sujet, pour des motifs différents selon ses interlocuteurs. En dehors du travail, elle ne parlait pas de football ; non qu'elle se sentît honteuse, mais elle en avait marre des démentis, des explications, des justifications, des clarifications, de toute cette routine d'épouillage idéologique que le simple fait d'être fan des bleus ne manquait pas de susciter en cette compagnie aux prétentions intellectuelles politiquement correctes. Et en service, elle fuyait systématiquement le sujet, car elle détestait sa capacité à créer une fausse camaraderie. Elle refusait tout simplement de s'abaisser à faire quoi que ce soit qui puisse laisser penser qu'elle essayait de fraterniser avec les « p'tits

---

1. Les protestants orangistes sont traditionnellement associés aux Rangers, d'où la couleur, et Kampala est la capitale de l'Ouganda, allusion au fait que la famille d'Angélique en a été expulsée par Idi Amin Dada (Cf. *Petite bombe noire*).

gars ». C'était un moyen un peu trop facile d'attirer reconnaissance et approbation : même les collègues fans du Celtic se seraient sans aucun doute sentis plus proches d'elle s'ils avaient su qu'elle s'intéressait de près au football, et ça la foutait en rogne. Si ceux qui négligeaient habituellement ses autres qualités décidaient soudain qu'elle était « réglo » parce qu'elle était supporter des Rangers, ou simplement parce qu'elle aimait le football, alors elle n'avait que faire de leur approbation.

C'est pour cette raison que ne pas en parler était plus facile au bureau qu'ailleurs, puisqu'elle en faisait une question d'éthique. Néanmoins, c'est en raison de son sens aigu de l'éthique qu'il était parfois très frustrant pour elle de devoir rester muette en privé. En tant qu'officier de police, Angélique n'ignorait rien des abominations qu'étaient susceptibles de commettre certains des dégénérés qui se rangeaient sous la bannière du Rangers FC. Et comme elle était détentrice d'un abonnement, elle n'avait nul besoin qu'on lui brosse un descriptif approfondi des sentiments, opinions, croyances et idéologies peu amènes qui s'exprimaient à Ibrox les jours de match. Elle acceptait cela comme étant le courant dominant dans la perception populaire des choses, puisque, hélas, les pires représentations des fans des Rangers étaient celles qui leur collaient à la peau, fussent-elles injustes et erronées (des séquences télévisées montrant cinquante mille « Bears » se rendant au match, y assistant et rentrant chez eux calmement ne constituaient pas un scoop, surtout si cela arrivait chaque semaine).

Elle acceptait le fait que reprendre à chaque match la chanson qui parlait de « baigner dans le sang des Fenians jusqu'au genou » n'était pas une très bonne opération de relations publiques, dans un endroit du monde où le mot « Fenian » était compris par la plupart des gens comme un terme péjoratif et grossier pour décrire les catholiques. Personne ne tenait compte du fait qu'une minorité de gens bien informés y voyaient plutôt une référence aux politiciens véreux qui sévissaient à New York au début du vingtième siècle.

Elle acceptait que les demeurés qui tendaient le bras droit pendant les matchs extérieurs soient taxés de nazis par les observateurs (par opposition à des loyalistes effectuant un salut de solidarité avec l'Irlande du Nord : une distinction capitale, ces derniers étant une bande de voyous réactionnaires partisans de la suprématie ethnique de l'Ulster, les autres étant allemands).

Elle acceptait donc d'avoir toujours à rassurer un tant soit peu ses interlocuteurs lorsqu'elle en venait à mentionner son petit enthousiasme sportif et acceptait cela comme un inconvénient lié au soutien d'un club de tout premier plan, extrêmement populaire et doté d'un budget non négligeable (on n'exigeait pas des fans de St. Mirren qui avouaient leur allégeance, par exemple, de s'excuser encore des insultes racistes proférées à l'encontre de Ruud Gullit lorsque Feyenoord avait joué à Love Street en 1983[1]). Étant une personne à l'esprit éclairé et aux solides principes moraux – ainsi qu'une personne comprenant qu'il était peu vraisemblable que les souffrances d'une fan de foot incomprise inspirent un chef-d'œuvre à Thomas Keneally[2] –, elle acceptait tout cela.

---

1. Référence au premier match auquel s'est rendu Angélique.
2. Écrivain australien, auteur de *La liste de Schindler* qui a inspiré Steven Spielberg pour son film, mais cité ici pour ses ouvrages sur la diaspora irlandaise. Les éditions de l'Aube ont publié un très beau roman de cet auteur, *Femme en mer intérieure* (N.d.E.).

Ce qu'elle n'acceptait pas, c'est que les mêmes règles, les mêmes valeurs et les mêmes présupposés ne semblent pas s'appliquer à tous ces enculés de voyous pseudo-irlandais qui circulaient en ville, s'autorisant à la moindre provocation à brandir en braillant leur certificat de fan du Celtic sans avoir à redouter le même ostracisme potentiel. Ils comptaient dans leurs rangs autant de paumés assoiffés de gloire, de timbrés imprévisibles, de fanatiques et d'extrémistes que les Rangers ; et si autant de squelettes s'agitaient dans les placards de leur club, mais en bonne compagnie, les fans du Celtic ne semblaient pas tenus pour personnellement responsables de ces errements fâcheux et de ces incidents embarrassants au même titre que les Rangers.

En fait, ces sympathies pour le Celtic étaient présentées comme des preuves d'une espèce de sensibilité de gauche et de sympathie pour les challengers (sans tenir aucun compte du fait qu'en Écosse, le Celtic Club était en réalité précédé par quarante et un autres clubs de vrais challengers). Néanmoins, quand James annonçait qu'il était « Tim » (en moyenne trois minutes après le début d'une conversation), personne ne lui demandait jamais s'il était partisan de l'IRA, s'il aimait leur branche armée, s'il détestait les protestants, s'il n'était qu'un Irlandais amoureux des terroristes et n'ayant mis le pied dans un stade qu'après la sélection de Fergus McCann, s'il chantait des chansons à la gloire des assassins d'enfants, s'il était en accord avec le silence qui avait entouré les actes pédophiles au sein du club des minimes pendant trente ans, s'il soutenait la décision du conseil d'administration de ne pas offrir de place à Jock Stein[1]

---

[1]. Excellent entraîneur que le conseil d'administration du Celtic n'a pas recruté en raison de son appartenance à la religion judaïque.

parce qu'il n'était pas catholique et s'il mettait toujours un peu d'argent dans la cagnotte destinée aux « p'tits gars » après une nuit au pub.

Quand elle faisait remarquer ces incohérences à James, il lui expliquait que ses tourments étaient la conséquence du fait que les Rangers étaient « le club de l'*establishment* ». Étant donné que la moitié des ministres écossais étaient des abonnés de Parkhead[1] et que tous les acteurs, stars du rock et autres personnalités publiques de l'autre bord juraient leur foi éternelle au Celtic Club, il était difficile de déterminer qui faisait partie de cet « establishment ». À moins, bien sûr, que les types qui occupaient la loge d'honneur avec leurs pardessus en poil de chameau ne fassent partie d'un cénacle dirigeant secrètement le pays. Mmmouais. Cela dit, ça expliquait sûrement pourquoi ces connards ne restaient jamais jusqu'à la fin des quatre-vingt-dix minutes.

Bizarrement, Angélique avait beau trouver tout cela injuste et révoltant, elle devait bien admettre que, d'une certaine façon, cela lui convenait. Cette situation faisait perdurer à l'âge adulte le statut spécial lié aux supporters des Rangers qu'elle avait connu plus jeune. C'était son petit secret personnel depuis toujours, comme un vice d'autant plus excitant qu'il était clandestin. Enfin, pas tant un vice – puisqu'il n'y avait rien d'immoral là-dedans – qu'un acte subversif.

Étant allée dans une école bourrée de fans du Celtic, elle était la seule à pouvoir se déclarer authentiquement rebelle.

Angélique avait pris la décision de devenir supporter des Rangers quand elle était à l'école primaire Sainte-

---

1. Fief du Celtic FC.

Marie à Leeside, bien avant de savoir qui étaient les Rangers, ou ce qu'ils représentaient, et avant même de s'être penchée sur ce sport ou d'y connaître quoi que ce soit. La seule chose qu'elle savait, c'est que ceux qui la haïssaient, haïssaient aussi les Rangers, et semblaient les haïr pour un certain nombre de raisons similaires. Ils étaient les Autres : différents, étrangers, contre qui il fallait serrer les rangs, qu'il fallait tenir à l'écart, et mépriser. Donc, si les gamins qui étaient sans cesse en train de tourmenter la petite gamine à la peau sombre et au nom bizarre éprouvaient un tel ressentiment contre les « Rangers », celle-ci estima qu'elle devrait rejoindre leur camp. Après quoi, ayant pris cette décision, elle s'efforça de découvrir qui étaient vraiment ses nouveaux alliés.

Ce ne fut jamais une prise de position ouverte, vu qu'elle n'avait manifestement nul besoin de fournir aux hooligans en herbe de l'école une raison supplémentaire de la choisir pour cible de leurs insultes ; cela constituait plutôt un acte de défi clandestin, comme un rasséréhant doigt d'honneur brandi du fond de sa poche. À partir de ce moment-là, l'annonce le samedi d'une victoire des Rangers ou d'une défaite du Celtic lui permettait de redouter un tout petit peu moins le lundi matin. Leurs victoires étaient ses victoires, et les défaites du Celtic représentaient la défaite de toutes ces petites merdes qui l'avaient un jour appelée « la crotte en chocolat ». Elle en vint bientôt à regarder les dernières pages des journaux en premier et, le dimanche après-midi, elle attendait avec davantage d'impatience l'émission des sports que les dessins animés qui la précédaient. Avec le temps, la perspective d'assister à un vrai match devint naturellement aussi alléchante qu'apparemment inaccessible.

À l'époque où elle entra au Sacré-Cœur, James allait aux matchs du Celtic avec ses copains depuis longtemps et, grâce à cela, elle le savait, s'en sortait mieux qu'elle avec les petites brutes du collège. Apparemment, il était moins grave d'être un « bronzé » quand on était aussi et avant tout un supporter du Celtic. Le fait de jouer dans l'équipe du collège lui avait également valu quelques lauriers ; Angélique ne disposait pas de cette possibilité, même si en dernier ressort, elle se moquait éperdument du statut conféré à ce titre.

En application du principe d'obligation qui régissait l'éducation physique, contraignant les filles à la pratique d'une morne variante du basket (dépourvue de panneaux, de dribbles, de coordination et d'un quelconque intérêt), Angélique avait préféré opter pour les compétitions de hockey. Mais à chaque récréation, à chaque pause de midi, elle jouait au football avec les garçons et mieux que la plupart d'entre eux, d'ailleurs. Grâce à ces contributions, elle eut bientôt davantage d'amis de sexe masculin, mais cela ne lui valut aucune considération supplémentaire : simplement, elle cessa vite de faire tapisserie parmi les remplaçants.

Étant à présent collégienne à part entière, Angélique put bénéficier des mêmes libertés que ses parents accordaient à James, libertés qu'ils n'auraient d'ailleurs pas concédées s'ils avaient su qu'elle allait les employer comme lui.

James n'avait fini par obtenir la permission de se rendre à Parkhead qu'à l'issue d'un combat acharné, et encore, seulement grâce à la promesse qu'il y aurait là de nombreux pères, oncles et grands frères de camarades de classe. Angélique savait que sa requête – aller voir un match des Rangers toute seule comme une grande – se verrait gratifiée d'à peu près la même réponse que celle qu'on ferait à Idi Amin Dada s'il proposait de passer dîner chez eux à l'improviste ; elle dut donc avoir recours à une petite ruse – gros bobard étant le terme plus communément employé.

Rappelant à Maman et à Papa, que James, au même âge, avait été autorisé à aller jusqu'à Aberdeen avec ses copains pour voir un match, la petite Angélique de bientôt douze ans obtint la permission de visiter Paisley (beaucoup plus proche), qui se trouvait être sur la route du cinéma (beaucoup moins dangereux) de Kelburne où elle se rendrait avec ses amies. Elle avait menti à propos du cinéma, et des amies bien sûr, mais elle se rendit vraiment à Paisley, où elle aperçut pour la première fois en vrai l'équipe des Rangers en action.

Ils se firent laminer. Ils encaissèrent trois buts (à zéro) de Scanlon, McDougall et Jarvie[1], après une saison déjà marquée par des résultats médiocres, et des plaisanteries commençaient à circuler parmi les spécialistes, qui leur prédisaient une relégation en quatrième division dans la même poule que les Chardons de Partick. Mais pour Angélique, debout au sommet de la terrasse courbe de Caledonia Street, ils auraient très bien pu être en train de gagner la Coupe des Coupes à Barcelone : c'étaient les joueurs de son équipe et elle les voyait enfin en chair et en os. Leur défaite n'avait fait que rendre plus nécessaire à ses yeux le fait de retourner les voir le plus vite possible, ce qu'elle continuerait de faire, seule et en secret, pendant toutes ces années à venir.

Se remémorant cette journée sombre et glaciale, Angélique s'immobilisa un instant en haut des

---

1. Auteurs des buts infligés ce jour-là aux Rangers par la petite équipe de St. Mirren, dont l'auteur est supporter.

escaliers, observant le stade se remplir par vagues avant de rejoindre sa place. Elle pensait à la fillette qu'elle avait été et se demandait ce que celle-ci penserait de la femme qui venait d'avoir trente ans aujourd'hui. Aurait-elle été impressionnée par sa carrière, ses talents et sa réussite ? Certainement : la jeune Angélique admirait éperdument tout ceux qui tenaient tête aux brutes, aux voyous et aux gros bras. Aurait-elle été déçue de la voir vivre encore seule, et qu'il n'y ait pas de galant à la musculature avantageuse en vue ? Un peu, bien qu'elle n'ait jamais vraiment rêvé du coup de foudre. Aurait-elle donc considéré que le second point valait d'être sacrifié au premier ? Sans aucun doute. Mais d'un autre côté, qu'est-ce qu'une pisseuse de douze ans, teigneuse et butée, sait de la désillusion ?

À cet âge rebelle et obstiné, elle avait encore un goût immodéré pour les claques dans la figure ; le goût de son propre sang la faisait redoubler d'énergie. Bon sang, cette petite imbécile assimilait un camouflet de trois-zéro infligé par St. Mirren à une belle journée, c'est dire !

Pathétique, pensa-t-elle alors qu'elle se frayait un passage vers son siège, cet apitoiement sur soi-même, inutile et pleurnichard ; c'est précisément ce qu'elle aurait méprisé chez les autres il n'y a pas si longtemps. Seigneur, en être réduite à ça : à ces méditations nostalgiques sur ce qu'elle aurait aimé dire à son jeune moi ; en général, quand les autres se livrent à ce lamentable exercice, c'est qu'ils avouent leur échec et leurs regrets. Il serait sans doute plus constructif de se demander ce que son jeune moi autoritaire, direct et acéré avait à lui dire.

« Arrête de te regarder le nombril. Tu crois que tu as des problèmes ? Je suis en train de nous voir nous faire chahuter à Love Street ; Graham Souness ne pointera pas son nez avant trois ans et Cammy Fraser[1] est dans cette fichue équipe : est-ce que tu m'entends me plaindre ? Allez, du nerf, ma vieille. »

Ah, c'était le bon temps. Pas une époque à regretter spécialement (cf. la composition de l'équipe et la pénurie de médailles en proportion), mais comme dans toutes les histoires d'amour, c'est le souvenir des débuts qui fait naître les plus grands frissons. En fait, s'il fallait trouver de quoi se consoler des faiblesses actuelles du club, il suffisait de se remémorer l'époque où Angélique l'avait découvert, et la fin de la saison, quand le Celtic avait remporté le titre haut la main. Aujourd'hui encore, quand il leur manquait un but ou deux à quinze minutes de la fin, il lui arrivait de se retrouver dans un stade à moitié vide, où ne restaient que les jusqu'au-boutistes qui avaient passé le match à espérer plutôt qu'à attendre la victoire, exactement comme à cette époque reculée.

Pourtant Angélique misait sur eux aujourd'hui, sans doute grâce à un reste d'optimisme las et esseulé que son esprit était parvenu à faire émerger de la morosité accumulée. Ils jouaient contre Aberdeen, merde quoi ! Et la dernière fois que cette équipe avait gagné dans ce stade, Fred West[2] aurait pu être l'invité d'*Une famille en or*[3].

Ou alors ce n'était pas de l'optimisme, mais du désespoir pur et dur. Elle savait bien que s'en remettre à un match de foot pour se remonter le moral signifiait qu'elle était vraiment descendue très bas. Mais

---

1. Joueur sans talent, à l'époque membre des Rangers.
2. Tueur en série qui a fini par tuer toute sa famille avant de se suicider.
3. Jeu télévisé (*Family Fortunes* en Angleterre).

aujourd'hui, aussi navrant que cela puisse paraître, elle s'accommoderait d'une victoire à l'arraché, un-zéro, pendant le temps additionnel après quatre-vingt-treize minutes de cafouillage complet, car elle avait vraiment besoin qu'une toute petite chose lui sourie.

Les équipes pénétrèrent sur le terrain ; à la vue des maillots bleu clair, le stade s'emplit immédiatement d'un brouhaha. Angélique se leva, ajouta sa voix au vacarme et ressentit l'excitation – craintes, impatience et espoir mêlés – qu'elle avait ressentie lors de ce premier match à Paisley. C'est précisément ce dont elle avait besoin en cet instant précis. Au minimum, au pire, les deux prochaines heures étaient à elle, et aucune de toutes ces autres conneries ne pourrait l'atteindre pendant ce laps de temps.

Les équipes prirent position de chaque côté de la ligne de milieu de terrain. Les gardiens de but donnèrent quelques coups de pied sur les poteaux et jetèrent leurs gants de rechange à l'arrière des filets. L'arbitre regarda sa montre et donna le coup de sifflet. Barry Ferguson fit une passe à Shota Arveladze, et le biper d'Angélique sonna avant même que le ballon ait quitté le cercle central.

Récits de témoins :
Andy Webster (19 ans)

Noël était arrivé très vite.

Bon, en fait, comme il restait encore trois semaines avant d'y être, il était plus exact de dire qu'au moins Noël ne serait pas annulé cette année. Alléluia ! Hosanna ! Trois semaines, trois samedis dont aujourd'hui, parmi les plus rentables de l'année et par conséquent d'une importance capitale pour le système économique de la grand rue. Trois jours de paie qui ne seraient pas menacés par des ravages d'une ampleur littéralement biblique. Le père Noël pouvait se remettre en selle, finalement.

La baisse des taux d'intérêt en novembre avait été accueillie avec reconnaissance par le secteur de la vente au détail dans la mesure où la période la plus lucrative du commerce annuel approchait, et des retombées bénéfiques avaient été promises, même aux plus négligeables de ses acteurs. Andy se considérait non pas comme un acteur négligeable, mais plutôt indirect, de cette agitation commerciale. Et de même qu'il ne s'attendait pas à ce que la richesse générée par cet événement touche son petit commerce de façon substantielle – OK, ça ne ferait pas de mal non plus – il ne partageait pas totalement l'enthousiasme de ses confrères du secteur. En toute honnêteté, il y connaissait que dalle en taux d'intérêt, et c'était le cadet de ses soucis. Son affaire ne nécessitait aucun investissement et, fort heureusement, très peu de frais généraux. D'un autre côté, c'était un commerce subordonné à des variables dont le reste du secteur de la vente au détail n'avait pas à se soucier. Marks & Spencer, par exemple ; même s'ils se rongeaient les sangs à propos de l'indice de confiance de la clientèle ou se posaient des questions quant au positionnement de leur marque sur un marché en rapide et constante évolution, ils n'avaient généralement pas à se préoccuper de leur délocalisation par la police.

Les magasins Gap pouvaient très bien être la cible de l'idéologie altermondialiste ou soumis aux caprices damoclésiens d'une culture vestimentaire ô combien inconstante (qui pouvait décréter à chaque instant que les pantalons cigarette étaient à nouveau tendance), jamais leurs gains n'avaient été raflés par de petites brutes pubescentes armées de cutters. Et pendant tout le mois de novembre, le reste du secteur de la vente au détail avait levé son verre à la Banque d'Angleterre et graissé les rails de ses tiroirs-caisses en prévision d'une affluence record avant les fêtes, parce qu'il n'avait pas eu ses plates-bandes piétinées par un prédicateur yankee armé d'une Bible, d'un micro et d'un ampli à piles.

Andy était chanteur de rue au coin de Buchanan Street, près du croisement avec Gordon Street – moyen de s'offrir quelques bières supplémentaires et tentative de s'assurer que son emprunt-étudiant serait finalement remboursé grâce à son salaire et non grâce à sa retraite. Il se tenait là presque tous les samedis et quelques après-midi dans la semaine, en fonction de divers impondérables : présence en cours, retard pris dans les dissertations et vent du Nord dominant, selon que celui-ci était accompagné d'une pluie battante ou menaçait tout bonnement de lui congeler les doigts de la main gauche sur les cordes. Après avoir essayé un certain nombre de sites entre Argyle et Gordon Street, il avait finalement opté pour celui-ci, certes un peu à l'écart de la partie la plus animée de la zone piétonne, mais pour cette raison même, moins susceptible de susciter des interventions de la maréchaussée.

Il se tenait dos à la façade de grès patiné d'une ancienne banque devenue boutique de téléphonie mobile, persuadé que les vendeurs de ce type de produits pourraient difficilement venir se plaindre en cas d'interférences sonores non désirées.

Jusque-là, son raisonnement s'était avéré certes astucieux, mais l'épaisseur de la pierre et un double vitrage dernier cri y étaient vraisemblablement pour quelque chose. Un aspect plus probant de son bon sens résidait dans le choix de cet endroit. Il faisait face au McLennan Building, un hôtel particulier de l'époque victorienne – style gréco-romain – portant le nom de son architecte, mais principalement connu grâce à l'institution financière qui l'avait commandité, édifié et occupé depuis.

Andy ne savait trop comment désigner le bâtiment à présent – la Banque de l'Austérité Presbytérienne d'Écosse ayant fusionné avec la Rébarbative Société Immobilière du Nord et engendré un monstre, mais la conséquence pratique de la chose était que l'établissement était ouvert le samedi matin, ce qui provoquait une affluence supérieure à celle déjà créée par les distributeurs de billets.

Bien sûr, il y avait un inconvénient : partout en ce monde où se trouvent des distributeurs, il y a aussi des vendeurs de journaux de bienfaisance. Leur présence se résume souvent à la Plaie du Chanteur de Rues.

Andy n'avait rien contre ces pauvres types, mais les affaires sont les affaires, et elles sont régies par une réalité incontournable : s'il vous reste une livre au fond de la poche, et que votre orgie consumériste vient de provoquer en vous un sursaut de conscience sur le chemin du parking, vous êtes davantage susceptible de donner cette pièce au sans-domicile dûment badgé et accrédité qu'au petit connard d'étudiant avec sa dégaine de hippie qui se débrouille suffisamment bien pour être l'heureux propriétaire de la douze-cordes sur laquelle il joue *No Surprises*. Heureusement, Andy se trouvait à une trentaine de mètres des abords de la banque, suffisamment à l'écart de la sphère d'influence du vendeur pour recueillir les oboles de ceux qui n'avaient pas encore atteint le SDF, et même pour profiter de la culpabilité à retardement de ceux qui avaient songé à lui acheter son journal, puis changé d'avis et hâté le pas.

Tout ça pour dire qu'il y a très peu de données intangibles dans la microéconomie du chanteur de rue. On ne peut jamais savoir à l'avance comment ces variables aléatoires vont se répercuter sur les gains, comment le battement d'ailes de ce papillon en Amazonie va affecter les fortunes qui soufflent sur Argyle Street : peut-être que cette baisse d'un demi-point des taux d'intérêt trouverait un chemin vers son étui à guitare ; ou alors ce type, fan de Green Day, dépenserait un tout petit peu trop pour la lingerie de sa femme et n'aurait plus que des centimes lorsqu'il passerait devant Andy en train de chanter *Time of Your Life*. Ce qu'on gagne d'un côté, on le perd de l'autre.

Parfois, pour respirer un peu, il s'écartait des standards et mettait tout son cœur dans un titre moins universellement connu, au risque que pas un clampin ne le connaisse – et que pas une pièce ne tombe ; ou au contraire, de manière totalement inattendue, qu'il y ait un membre de l'assistance surpris et ravi d'entendre quelque chose qu'il ou elle estime être un petit trésor méconnu. *Closer to Fine*, par les Indigo Girls, avait un fort taux de succès dans ce domaine, bien qu'il se souvienne d'un incident déplaisant impliquant une femme assez collet monté qui l'avait accusé d'insinuer qu'elle était lesbienne, simplement parce qu'il avait entamé l'air au moment où elle passait devant lui.

Un seul de ces facteurs aléatoires s'était révélé une bataille perdue d'avance, transformant tout le voisinage en zone désertique, plus sûrement qu'un soûlot empestant la bière et le vomi (et sans l'heureux dénouement qui le conduirait soit à s'endormir, soit à foutre le camp). Depuis trois semaines, le centre de la zone comprise entre la banque et le magasin de portables était devenu la tribune en plein air de cet accro de Jésus doté d'une barbe de bûcheron et souffrant d'une diarrhée verbale aiguë. Il était là chaque samedi matin et quelques jours durant la semaine, et ne cessait de déblatérer dans son micro en brandissant une bible.

D'où l'effet « évangélisateur à ciel ouvert » classique, observable dans toutes les rues piétonnières du monde, qui provoque chez les acheteurs un syndrome d'accélération de l'allure, concomitant à une surdité brutale et une soudaine cécité à l'intérieur d'une zone de rejet sensoriel qui, malheureusement, s'étendait dans ce cas précis jusqu'à recouvrir l'emplacement d'Andy. D'accord, le type laissait généralement tomber l'affaire vers midi, mais à ce moment-là, il avait déjà amputé les perspectives de gains d'Andy de plus d'une demi-journée.

Ce n'était pas un cinglé, bavant et écumant à propos des supplices de l'Enfer, mais sa constitution physique était suffisamment intimidante pour dissuader Andy de toute tentative de l'inciter à foutre le camp. L'autre se contentait d'être là, debout, à débiter ses discours interminables et ineptes, faisant penser Andy à un Prédicateur de Rue Pas Tout à Fait Maniaque[1]. Il pouvait parler pendant des heures, vraiment, et malgré le fait qu'il stationne en plein au milieu du passage, il n'y avait aucune chance que la police mette un terme à sa prestation, en accord avec le principe tacitement admis qui excuse tout comportement antisocial du moment que son auteur tient la Bible d'une main ferme. Dans le cas du PRPTFM, sa main était plus ferme que son sens des réalités. Il ouvrait la bouche et en laissait sortir tout un bric-à-brac. Il n'avait même pas l'air d'être contrarié par le fait que personne ne l'écoute ; il continuait à jacasser, le regard dans le vague : il avait les yeux dirigés sur le hall d'entrée de la banque, mais probablement en train d'explorer une autre dimension. Andy faisait de son mieux pour couvrir sa voix, mais même en chantant, il ne pouvait s'empêcher de saisir des bribes de son charabia, se demandant si les parties qu'il manquait pouvaient rendre un sens à l'ensemble, qui permette de rattacher d'une manière ou d'une autre ce gars à la planète Terre.

Le slip comme métaphore de l'amour de Jésus, bordel de merde ! « Jésus, votre slip : vous les considérez comme allant de soi, mais que feriez-vous sans eux ? Ils font pour vous des choses que vous ne remarqueriez que si elles n'étaient plus là. Ne devriez-vous pas y songer de temps à autre ? Songez à ce confort, à

---

1. Allusion à un groupe rock écossais, les Manic Street Preachers.

cette sécurité, cette chaleur et ce soutien qui semblent tout naturels parce qu'ils sont toujours là. Un soutien inconditionnel. Jamais de plainte. Mais ne devriez-vous pas dire merci de temps à autre ? »

Andy avait brièvement envisagé que le type soit en train de se foutre de leur gueule. Mais il s'était souvenu que les gars dans son genre sont toujours, *toujours*, totalement sérieux, et officiellement garantis cent pour cent dépourvus d'ironie. En plus, comme tout était prononcé de ce ton pieux, mièvre et faussement humble, cela semblait n'être qu'une homélie comme les autres. La Parabole du Saint Slip n'était en rien moins poignante que les imbécillités diffusées chaque matin dans « La Pensée du Jour » sur les ondes de Radio Scotland. Hier, le Révérend Chouinard O'Malheur avait asséné l'inévitable jérémiade annuelle sur le tout-commercial et le « véritable esprit de Noël ». Andy avait été sur le point d'appeler pour faire valoir son droit de réponse, et exposer que la coutume qui consiste à s'échanger des cadeaux, s'empiffrer, se bourrer la gueule et s'envoyer en l'air avec des partenaires totalement incongrus existait dans la région bien avant l'arrivée du christianisme. Il serait même allé jusqu'à prédire qu'un jour, aux alentours de la plaine de Salisbury[1], des archéologues découvriraient une collection de parchemins ne montrant que des culs, dessinés pendant une beuverie du solstice d'hiver trois mille ans avant que Xerox n'invente le premier photocopieur.

Confronté à une période festive désespérément calme et de maigres rentrées commerciales, il était juste de dire qu'Andy constituait un public peu réceptif. Au vu de ce qu'il avait gagné lors des samedis

---

1. Site de Stonehenge.

précédents, il était vraisemblable que, cette année, ses moyens ne lui permettraient d'offrir à sa famille et à ses amis que quelques photocopies de son propre postérieur.

Mais c'est alors qu'en cette période de miracles, advint quelque chose de merveilleux. Il n'était arrivé qu'à onze heures et demie, ayant renoncé à la matinée du samedi et également à l'espoir de finir assez tôt pour assister au dernier match à domicile de l'année à Brockville. Il leva les yeux en traversant West Nile Street et ne vit… rien. Un cercle désert à l'endroit où le PRPTFM s'était commis auparavant. Les passants faisaient même un détour, comme si leur inconscient les avertissait d'éviter ce lieu. En proie à un afflux d'euphorie tout en harmonie avec la saison des réjouissances, Andy acheta un chapeau de père Noël vermillon au vendeur qui se spécialisait dans le briquet et le cheveu gras le reste de l'année. Il prit ensuite sa guitare et entonna à tue-tête *cette* chanson de Slade[1] qu'il avait juré de ne jamais chanter.

Il venait à peine d'en arriver à la transition, jouant doucement pour faire contraste avec le volume sonore du dernier couplet, quand le vacarme d'une voix équipée d'un amplificateur le fit sursauter. Avec un véritable soulagement, il se rendit compte qu'il la connaissait, et la bonne nouvelle, c'est qu'elle n'était ni américaine ni en direct. C'était l'intro parlée de *One Step Beyond*, dans la version longue qui figurait sur l'album. La mauvaise nouvelle, c'est qu'elle était déjà assourdissante alors que sa source n'était même

---

1. Groupe ayant sévi dans les années soixante-dix avec l'incontournable *Merry Christmas Everybody*.

pas en vue et qu'on n'avait pas encore atteint la partie musicale.

Devant lui, Andy vit les têtes se détourner *en masse* vers le square du Royal Exchange au moment où ce passage instrumental qui était l'emblème de Madness atteignait ce riff de saxo reconnaissable entre tous. Avec un peu de bol, c'était une voiture publicitaire ou un char de parade faisant la pub d'un bar, d'un spectacle ou de soldes anticipés. Conscient qu'il était devenu invisible, Andy mit son médiator dans sa poche et monta sur son étui à guitare pour voir par-dessus la foule.

La plupart des passants s'étaient arrêtés net, bouche bée, pour regarder ce qui s'approchait. Ce n'était ni une voiture ni un char, et si l'ensemble avait un but promotionnel, c'était sans doute celui de vendre des anti hallucinogènes.

Il y avait cinq personnes – il aurait parié sur cinq hommes, mais c'était difficile à dire – avançant dans la rue à la queue leu leu, effectuant la danse rendue célèbre par les clips de Madness, ultérieurement galvaudée par l'interlude musical on ne peut plus déplorable et mal avisé du *Breakfast Club*[1]. C'était une sorte de swing, balançant d'avant en arrière : les genoux, les coudes et les poings des participants étaient suffisamment rapprochés pour se chevaucher durant leurs mouvements parfaitement synchronisés. Leur belle coordination aurait été un spectacle suffisant pour attirer l'attention un samedi matin, même à

---

[1]. Référence ironique à *The Breakfast Club*, film pour adolescents des années 1980, ayant pour décor un pensionnat où les jeunes en retenue le samedi matin s'esquivent pour aller fumer du haschish.

Glasgow, mais il aurait été difficile de les manquer pour d'autres raisons : ils avaient tous les cinq le visage maquillé à l'identique, en clown triste. Le teint verdâtre, une croix bleue sur chaque œil mouillé de larmes et un sourire éclatant, s'étendant presque, joyeusement malveillant, d'une oreille à l'autre. Ils avaient tous des cheveux roux et bouclés, probablement des perruques, et étaient vêtus de la même combinaison bouffante de toutes les couleurs, avec un grand T jaune entre les omoplates, bordé de bandes vertes et bleues.

Celui du milieu portait la sono sur l'épaule, pendant que trois autres avaient à la main des sacs à dos jaune fluo, ce qui rendait leur chorégraphie encore plus impressionnante. Le premier de la file était dispensé de toute fonction porteuse, sans doute parce qu'il mesurait environ soixante-cinq centimètres de moins que les autres. Une raison supplémentaire de son absence de charge fut rendue plus claire lorsqu'ils parvinrent en bas de Buchanan Street, où il fut soulevé par celui qui était derrière lui et propulsé en un saut périlleux arrière jusque dans les bras de celui qui fermait la marche. Quand le petit fut reposé sur la terre ferme, ils firent tous demi-tour, de sorte qu'il se retrouva à nouveau à l'avant-garde.

Cette petite acrobatie fut renouvelée deux ou trois fois pendant qu'ils arpentaient les abords de la banque : les gens, amusés, formaient un large cercle autour d'eux, laissant impitoyablement Andy à l'extérieur. Jetant l'éponge, il ramassa le maigre pécule que ses deux premiers couplets lui avaient rapporté et s'avança pour regarder ce qui, espérait-il, serait un numéro de courte durée.

« Ça doit êt' McDonald's qui s'fait un coup d'pub », hasarda une voix, mais Andy était sûr du contraire.

Les cheveux, les habits et le sourire ne collaient pas ; et l'employé ayant suggéré que Ronald McDonald puisse avoir des larmes sur les joues aurait vu sa carrière sérieusement écourtée au sein de la Corporation Maléfique du Marketing Mondial. Le personnage en qui ils étaient grimés était peut-être célèbre pour son maquillage, mais n'était certainement pas un clown. S'approchant un peu, Andy fut surpris de voir qu'ils portaient tous, non pas le même maquillage, mais le même visage, les cheveux orange fixés à ce qui semblait être des masques en latex. Cela semblait un attirail assez coûteux pour des artistes de rue, laissant augurer de motifs non financiers de leur part.

La chanson se clôtura sur un écho vibrant, mettant fin au spectacle, les cinq silhouettes amorçant des gestes saccadés comme une vieille loco qui ralentit progressivement jusqu'à s'immobiliser. Ils reçurent de chaleureux applaudissements des spectateurs rassemblés, dont plusieurs exprimaient l'opinion que c'était « vach'ment mieux qu'ces mimes de robot merdiques qu'on t'sert d'habitude sur Argyle Street ». Andy se joignit aux applaudissements à contrecœur, mais y mit davantage d'enthousiasme lorsqu'il vit que la troupe ne recueillait pas d'argent.

Certains passants s'en allèrent, mais d'autres ne bougèrent pas, attendant une suite éventuelle à ces cabrioles.

En accord avec les règles de la curiosité des piétons, la foule se vit bientôt grossie de nouveaux curieux qui n'avaient encore rien vu ni entendu, mais voulaient enquêter sur la nature de ce que tous les autres avaient considéré comme valant la peine de rester là, debout dans le froid glacial de l'hiver. Merde, pensa Andy. Ils ne font rien de vraiment spécial et ces putains de magiciens attirent plus de monde que moi en un mois.

Les cinq types étaient restés figés comme la pierre depuis la fin de la chanson. Il y avait seulement une vingtaine de secondes, peut-être moins, qu'ils ne bougeaient plus, mais le sentiment d'attente semblait prolonger ce moment. Puis, celui placé au centre appuya un doigt sur la stéréo et la musique retentit de nouveau : une basse aux pulsations rapides.

« Ah, chiotte, y *vont* nous faire c'te merde de robot comme les z'autres, final'ment. »

Andy en doutait. Il s'autorisa un sourire entendu en reconnaissant la chanson : *Faith Healer*. Il n'y aurait donc plus de ska tonitruant maintenant, mais il était intéressant de voir ce qu'ils avaient en tête. La guitare s'immisça doucement, et un par un, ils se remirent en mouvement, comme réactivés chacun à leur tour par ses accords. Puis, comme une unique créature un peu mal en point, ils s'avancèrent en se trémoussant et firent le tour de la foule. De retour à leur point de départ, ils commencèrent à avancer vers les larges marches de pierre du perron de la banque, la foule s'écartant pour les laisser passer.

« C'est p'têt un genre de protestation ?

– Ah ouais ? Sans doute que c'te banque soutient un gouvernement qu'opprime les clowns ? Dis donc pas d'conneries.

– Nan. Tu sais bien c'que j'veux dire. P'têt c'est pour dire qu'les banquiers sont des clowns.

– N'import'quoi. Y vont faire circuler l'chapeau comme les z'autres, j'te dis. »

Mais, chose plaisante, aucun chapeau n'était encore apparu. Ils montèrent les marches en zigzaguant vers les portes vitrées, le type de petite taille s'arrêtant sur l'avant-dernière marche et s'agenouillant. Les deux suivants l'enjambèrent en faisant mine de tomber, se précipitant dans des directions opposées pour se placer chacun près d'une porte qu'ils ouvrirent en même temps qu'un crescendo se faisait entendre sur la bande-son. Les deux derniers sautèrent par-dessus le petit et entrèrent à l'intérieur. Le petit bonhomme s'était relevé, faisant maintenant face à la foule. Il salua en faisant de grands mouvements à mesure qu'il reculait vers l'intérieur, puis les deux premiers se mirent devant lui et fermèrent les portes comme un tomber de rideau définitif.

À l'extérieur, le public sembla soudain démuni ; un sentiment de déception devint palpable dans la foule. C'était comme si les extraterrestres avaient atterri, secoué leurs antennes et foutu le camp à bord du vaisseau mère avant qu'on ait pu leur demander comment allait Elvis ou si ce tir de Peter Van Vossen[1] avait déjà atteint la Nébuleuse du Centaure. Cela ne dura qu'un instant, après quoi les passants semblèrent se souvenir tous en même temps qu'il fallait encore acheter cette théière électrique pour tata Suzanne et reprirent leur chemin comme s'ils ne s'étaient jamais arrêtés.

Andy, ravi de voir le charme rompu, mais déçu par l'absence de conclusion claire, retourna à son emplacement et se sentit inspiré à l'idée de reprendre les choses là où *ils* les avaient laissées. Plaquant les accords avec une belle énergie, il entonna gaiement *Boston Tea Party*, sans tenir aucun compte du fait que les seules personnes alentour susceptibles de connaître cette chanson venaient de disparaître dans la banque.

---

1. Joueur hollandais engagé par les Rangers, connu pour avoir manqué un but à cinq mètres de la cage adverse.

Récits de témoins :
Michelle Jackson (26 ans)

Michelle, cachée derrière son PC au centre de la zone d'Accueil de la Clientèle imprudemment exposée à tous les regards, tentait d'avoir l'air occupé. Elle était déterminée à s'assurer qu'aucun des clients actuellement présents ne parviendrait à attirer son regard, même s'ils se mettaient tous à poil et commençaient à se barbouiller de peinture bleue. Les traits tirés par une expression authentiquement soucieuse, elle faisait semblant d'être absorbée par des colonnes de chiffres dépourvus de sens pendant qu'elle attendait les résultats d'une recherche en cours dans un coin de l'écran. Elle cherchait un antidote à la gueule de bois, ce que l'on peut considérer comme priorité numéro un des recherches sur Internet, classée loin devant la Législation Britannique du Travail (pour savoir si elle proscrit l'obligation de travailler le matin du samedi qui suit le banquet de Noël de l'entreprise), la Convention Européenne des Droits de l'Homme (pourvoir si elle proscrit l'obligation de travailler le samedi matin tout court) ou le site Mourir dans la Dignité, considérant la forte probabilité qu'elle se voie contrainte au suicide, si l'incident d'hier soir venait à être rendu public.

Samedi matin de merde – c'était vraiment pas juste. On s'en fiche de l'heure à laquelle on finit en semaine.

Et qu'est-ce qu'on en a à faire d'être en congé le mardi après-midi ? Sans même parler du shabbat ; dans cette partie du monde, et c'est ce qui importait à Michelle, le samedi est jour de repos ; surtout si on s'en est pris une carabinée la veille au soir. Leur syndicat s'était bien fait arnaquer dans l'histoire, sous prétexte de la complexité et des chausse-trapes potentielles liées à la fusion.

Ceux de la société immobilière travaillaient déjà le samedi matin, ce qui avait permis à la nouvelle équipe dirigeante de faire un grand pas en avant sur ce terrain, mais naturellement, l'axe principal des négociations avait été l'obtention de garanties contre les licenciements secs. Ces salauds savaient parfaitement qu'il vaut mieux aller au bureau un samedi matin que ne plus avoir de bureau du tout – encore que... en cet instant précis, le chômage lui semblait une option vachement séduisante.

Il restait encore un quart d'heure avant la fermeture, mais cette impression de « si près et pourtant si loin » le transformait en torture impitoyable. C'était un miracle qu'elle ait tenu le coup jusque-là, mais le fait d'avoir survécu à ces trois heures lui donnait davantage la sensation d'être au bout du rouleau que d'être au bord de la délivrance. Elle avait l'impression que quelqu'un avait fait disparaître la membrane interne de son crâne à l'aide d'une paille de fer puis aspiré environ trois quarts du fluide protecteur qui empêchait d'habitude son cerveau d'en heurter violemment les parois. Les plus infimes mouvements obligeaient ses yeux à se fermer en un réflexe de protection contre les flashes de lumière blanche provenant malheureusement de la face interne de ses paupières, et bien qu'il n'y ait plus rien à vomir dans son estomac, elle savait que la moindre odeur de graillon provoquerait illico un afflux de bile qui la plierait en deux. Néanmoins, ces symptômes n'étaient que les aspects cliniques de son mal, généralement surmontables grâce à de l'eau pétillante, un peu d'Ibuprofène et une bonne huitaine d'heures devant une télé murale à s'enfiler des séries pour adolescentes attardées. Ce dont Michelle souffrait était d'une ampleur bien plus considérable, bien plus. La véritable gueule de bois, celle qui mine en profondeur, qui exacerbe tous les symptômes physiques tout en rendant leur soulagement impossible, est le résultat d'abus de boisson, mais aussi d'abus en paroles et en actes commis de ce fait.

Hélas…

C'était bien *ce* genre de gueule de bois : une combinaison, cruelle entre toutes, de toxicité et de regret, dans laquelle douleur physique et fragilité émotionnelle s'associent et décuplent leurs nuisances respectives. Culpabilité multipliée par migraine, nausée multipliée par gêne. Mais même au sein de cette souffrance insondable, il y a tout de même deux niveaux.

Il y a les fois où, même avec l'odeur de son propre vomi plein les narines, on sort sur la pointe des pieds des toilettes en gardant suffisamment de présence d'esprit pour se dire que l'on se fait trop de souci à propos de comportements ou de remarques que les autres sont vraisemblablement trop bourrés pour remarquer – qui plus est pour s'en souvenir le lendemain. Ça, ce sont les suites de cuites qui s'accrochent au dernier barreau de l'échelle.

Au niveau du dessous – bien, bien loin au-dessous, si bas que l'on ne distingue plus l'échelle qu'à grand-peine – il y a celles qui rendent toute lucidité redoutable ; à chaque répit de la douleur et des nausées, on est envahi par les miasmes immondes qui polluent la mémoire et détruisent toute perspective d'avenir.

Le regret n'est pas un mot assez fort pour décrire cet état. Le regret, c'est ce que les gens éprouvent quand leur maison disparaît dans un incendie, ou quand ils se viandent à Stalingrad. Il aurait fallu inventer un mot nouveau pour décrire le fait de se murger la gueule au Bayley's et d'offrir au nouveau conseiller financier une petite gâterie manuelle – *non, Michelle, toute la vérité : dans l'univers impitoyable des langues de pute, si la chose franchit tes lèvres ne serait-ce qu'une seconde, cela s'appelle…*, – d'accord, d'accord, une pipe dans la cage d'escalier d'un hôtel plein de courants d'air.

Oh pourquoi pourquoi pourquoi pourquoi pourquoi pourquoi pourquoi pourquoi…

Elle était perdue dans un endroit très sombre et il était totalement inhumain d'exiger d'elle une quelconque interaction avec d'autres êtres humains – ou même des clients – à un moment pareil.

Elle aurait eu besoin d'une période de solitude et de convalescence, ce week-end au moins, avant de devoir affronter quiconque, encore moins ses collègues de la banque, sans parler de *lui*, Grant Kelly. Jusque-là, l'horreur de cette rencontre lui avait été épargnée, mais seulement parce qu'il avait eu des rendez-vous toute la matinée et qu'elle plongeait sous le bureau chaque fois qu'il surgissait dans le hall pour accueillir le client suivant.

Il était arrivé après la fusion ; auparavant, il travaillait dans une succursale voisine de la Great Northern Bank, dont la gestion du personnel avait été « rationalisée ». Ils ne s'étaient pas beaucoup adressé la parole depuis son arrivée, trois mois auparavant ; il lui avait juste donné l'impression d'être amical et un petit peu trop sûr de lui, tout en en étant conscient et tentant trop visiblement de se le faire pardonner. Il était aussi plus beau que la plupart des autres employés mâles de la banque, mais certainement pas autant que le laissaient supposer les gloussements de ses collègues féminines. Malgré tout, le fait d'être courtisé par ces dernières l'avait incontestablement rendu plus désirable lorsque les errements musicaux de la soirée disco-rétro années 90 les avaient réunis à la même table.

Comme la plupart des événements récents, ce qui s'était produit ensuite était imputable à la fusion. Dans l'incertitude, l'indécision, le remue-ménage et le chaos ambiants, l'organisation de la soirée de Noël avait été négligée pendant si longtemps qu'ils n'avaient pu obtenir de réservation que pour le premier vendredi de décembre, date à laquelle ni son esprit ni son corps n'étaient tout à fait assez entraînés aux folles saturnales des fêtes de Noël.

Ce fut donc un exemple catastrophique de flirt alcoolisé, menant à d'imprudentes bravades sexuelles, créant une surenchère et annonçant une confrontation directe qu'il devenait de plus en plus difficile d'éviter, sous peine de passer pour des dégonflés. Une partie d'elle-même était flattée d'être l'objet de ses attentions, mais une autre était déterminée à faire très attention à ne pas se limiter à ce rôle d'objet, précisément. Il fanfaronnait, elle aussi. Son charme et sa confiance en lui faisaient de l'effet à Michelle, mais lui donnaient en même temps envie de le piquer au vif. Il fallait y être pour comprendre : c'est beaucoup plus clair après deux vodkas, six verres de vin et Dieu sait quelle quantité de cet écœurant sirop alcoolisé en provenance d'Irlande. Elle avait espéré qu'il finisse par être gêné et qu'il décide de déclarer forfait, oubliant que les mecs, même quand ils sont gênés, ne renoncent jamais. Et puis, dans son esprit embrumé par l'alcool, elle se la jouait à la madame de Verteuil. Dommage que Laclos n'ait jamais mentionné d'astuce pour enlever les taches de sperme d'un vêtement en Lycra noir.

Oh mon Dieu mon Dieu mon Dieu.

Elle allait finir comme cette pauvre fille à Londres dont le petit ami avait inondé le Net du message : « J'aime ton sperme », qu'elle lui avait envoyé. La technologie des communications du vingt et unième siècle faisait de la planète non pas tant un village géant qu'une immense salle de classe pleine de puceaux ricanants et de petites garces hypocrites.

C'était son karma, un karma cruel et malsain, sa punition pour avoir largué Alasdair Young à la soirée de fin d'année du lycée dix ans avant. Elle aurait dû danser avec lui, lui rouler des pelles et, pour finir, l'épouser. Bon d'accord, à l'heure qu'il est, elle s'ennuierait à mourir dans un pavillon encombré de merdouilles à Bishopbriggs, coincée dans un mariage sans amour, entre un mari barbant et au minimum trois gosses – mais au moins, elle ne se serait pas trouvée là pour branler Grant Kelly dans l'escalier de secours de l'hôtel Central.

Michelle jeta un coup d'œil furtif à son écran. L'icône en forme de sablier refusait obstinément de reprendre ses fonctions de curseur et l'effort de maintenir son regard sur les statistiques s'avéra incompatible avec son mal de tête.

Les gens qui faisaient la queue étaient trop absorbés par les guichets des caisses pour la remarquer, mais il valait certainement mieux pour les clients qu'ils ne rencontrent pas son regard. Son état psychologique oscillait sans cesse entre le besoin pathétique d'être réconfortée et la misanthropie la plus féroce. Si jamais quelqu'un se risquait à lui poser une question, elle estimait les probabilités qu'elle lui réponde correctement à 3/1, à 11/4 qu'elle éclate en sanglots et à 7/2 qu'elle lui saute à la gorge en hurlant : « D'accord, d'accord, je le reconnais, j'ai tripoté la bite du conseiller financier ! T'es content, maintenant, SAAAALE CONNAAARD ? »

La queue était vraiment splendide : le groupe droit devant elle n'avait pas l'air d'une file d'attente mais d'une reconstitution de « L'Ascension de l'Homme », ou plus exactement de l'ascension du Ranger. « *We are the people* – Nous sommes le peuple » était leur devise : Michelle était contente de ne pas en être. Derrière, se trouvait un assortiment de femmes, certaines agrémentées d'un mari, accessoire logistique indispensable pour les courses, ce petit groupe séparant « Le Peuple » de deux anomalies anthropologiques d'une teinte plus verdoyante. Ces deux-là défilaient pour la collection d'hiver du Celtic, suivant à la lettre la tradition de la haute couture des tarés selon laquelle plus il fait froid dehors, moins on doit porter d'épaisseurs. Avec le mercure proche de zéro, il ne serait pas dit que le dandy du foot porte quoi que ce soit de plus épais qu'un maillot fin comme de la gaze. Le Peuple avait au moins le bon sens de s'envelopper plus chaudement, même s'il était peu vraisemblable qu'ils créent l'événement dans la rubrique mode de *Paris-Match*.

Tout était calme, tout le monde semblait chuchoter, encore qu'il soit possible que le cerveau assiégé de Michelle ait filtré une large part des données sensorielles pour mieux se concentrer sur les choses susceptibles d'aggraver son malaise et sa paranoïa.

Or donc, pendant que dans la banque les gens étaient muets, le son irritant du saxophone parvenait seul, à travers le double vitrage, à son cerveau dévasté.

Saletés de chanteurs et d'animateurs de rue. Que le diable les emporte ! Ces salauds n'ont-ils donc aucune considération envers les autres ? Est-ce que ces gens ne boivent jamais ?

Finalement, les assauts du saxo cessèrent, mais des applaudissement suspects s'ensuivirent, ce qui ne pouvait qu'inciter à ressusciter la symphonie. Et ça ne loupa pas. La musique reprit, un raffut dissonant, et elle aurait pu jurer qu'elle l'entendait plus fort. De plus en plus fort.

Michelle entendait aussi des gens frapper dans leurs mains en rythme, une tripotée d'abrutis insouciants qui ne faisaient que contribuer à son martyre personnel. La musique était de plus en plus forte, mais aussi de plus en plus proche. Elle reporta son attention sur l'écran et essaya d'afficher pleine page la fenêtre du moteur de recherches, mais le système semblait bloqué, peut-être en signe de solidarité.

« Qu'est-ce que c'est qu'ce cirque ? » dit tout fort l'un des membres du Peuple à son camarade, mais avec l'intention visible de faire partager son humour à l'assemblée. « Hi hi hi, elle est bonne, hein ? »

Michelle leva la tête pour voir de quoi il s'agissait. Un air de saxophone était précisément la dernière chose qu'elle ait besoin d'entendre en cet instant (hormis une classe de maternelle à la flûte), mais cette agression visuelle, à la palette criarde conçue tout exprès pour violenter son nerf optique, lui sembla tellement brutale qu'elle se sentit personnellement visée. Et comme si les couleurs n'étaient pas suffisamment pénibles en elles-mêmes, elles étaient combinées à un effet kaléidoscopique, car l'un des clowns ne cessait de faire des bonds sur les mains, des roulades et des sauts périlleux.

Vu la hardiesse de leur entrée, pour ne rien dire de leurs prouesses chorégraphiques, ils devaient être autre chose que de simples artistes de rue, ce qui augurait mal de leur évacuation imminente. Bien qu'elle soit Responsable des Relations avec la Clientèle, on n'avait rien dit à Michelle concernant les trucs publicitaires, mais il était certain qu'elle aurait immédiatement demandé des explications si elle avait été physiquement en état de se tenir debout et de se concentrer jusqu'à la fin de sa question.

Elle n'eut que l'énergie de regarder Fraser, le chargé de la sécurité, pour l'inciter à intervenir, mais quelques-uns des demeurés de la file d'attente étaient déjà en train de frapper dans leurs mains à l'invitation des clowns, provoquant chez Fraser l'apparition d'un sourire débile devant le spectacle qui s'annonçait. Il finit par remarquer son regard furieux et s'avança vers celui qui portait la stéréo. Ce dernier, devançant l'objection, lui tendit la grosse radiocassette que Fraser prit avec un enthousiasme candide.

« Y'en a que pour deux minutes, vieux, lui dit le clown d'un air engageant. C'est pour l'Enfance Nécessiteuse. Merci. »

Mais bien sûr. Tout acte délirant à l'encontre de la société était immédiatement sanctifié par les mots magiques « œuvre de bienfaisance ». Comme l'avait dit quelqu'un, si Hitler avait envahi la Pologne au nom des Victimes de la Trisomie, tout le monde l'aurait tranquillement laissé faire. Michelle était fort mal disposée à l'égard de l'Enfance Nécessiteuse ou de Rire à l'Hôpital. Ce n'était pas par manque de compassion ou pour des questions de contenu idéologique. Non. Mais partout où elle avait travaillé, les connards les plus réacs (ceux qui passent leur temps à râler contre les demandeurs d'asile, les arnaques aux indemnités de chômage et les mères célibataires vivant aux crochets de la société) se considéraient comme des parangons de générosité parce qu'un vendredi après-midi par an, ils se déguisaient en putains de poulets et allaient faire chier leurs collègues jusqu'à ce qu'ils mettent « un sou dans la boîte ».

Il était donc dorénavant impossible de mettre fin au spectacle. Ils avaient un nain avec eux (Michelle ne connaissait pas le terme politiquement correct en vogue ces derniers temps, mais vu son humeur, toute appellation moins insultante que « nabot » devait être considérée d'une politesse exquise). Il virevoltait entre deux autres, posant son pied en appui sur leurs mains entremêlées, et exécutait des sauts périlleux en les survolant alternativement. Fait déprimant, la plupart des clients buvaient du petit lait. Non seulement ils applaudissaient en cadence, mais nombre d'entre eux levaient les bras chaque fois qu'ils entendaient les paroles de la chanson : « Puis-je poser les mains sur vous ? ». Quelques autres, bien sûr, étaient totalement pétrifiés à l'idée d'une quelconque participation, espérant visiblement échapper à l'embarras de devoir se séparer de quelques pièces de monnaie.

Les collègues de Michelle souriaient, bien à l'abri derrière le verre blindé à l'épreuve de toute participation-embarras-et-cession-de-monnaie qui les séparait de la plèbe. Cette robuste devanture avait été installée en même temps que leur nouveau système de sécurité. La direction avait manifesté beaucoup moins d'inquiétude que les guichetiers à propos du fait que le verre blindé s'interrompe à un bon mètre cinquante du plafond. « Vous n'aurez du souci à vous faire que si vous voyez arriver des gens en cagoule noire armés d'un grand trampoline », les avait rassurés le Con en Chef d'un ton désinvolte.

Cette réminiscence n'était pas due au hasard, mais provoquée par la vision du nain courant (plutôt que gambadant) vers son assistant et propulsé verticalement jusqu'au sommet des guichets, d'où il effectua une profonde révérence très théâtrale. Même ceux qui se trouvaient précédemment mortifiés dans l'assistance se mirent à applaudir cet exploit, et certains allèrent même jusqu'à lever les bras au moment approprié du refrain.

Peut-être était-ce le triste état dans lequel elle se trouvait, et l'irritabilité l'accompagnant, qui maintenait Michelle à l'écart de l'enthousiasme général, mais son manque de dispositions à être captivée par le spectacle lui permit de voir ce qui avait délibérément été éclipsé par cette démonstration d'adresse. Il n'y avait eu nul besoin de trampoline, mais quelqu'un se tenait à présent au sommet de la barrière de sécurité. Aucune cagoule en vue et pourtant cinq hommes masqués avaient pris position dans le hall de la banque. Et bien que personne n'ait produit une arme, les clients avaient déjà les mains en l'air.

Elle verbalisa cette révélation avant même de se rendre compte qu'elle avait pensé tout haut.

« C'est un hold-up », dit-elle.

Le clown le plus proche se retourna et la montra du doigt, levant son autre main gantée de latex pour indiquer qu'elle avait trouvé la solution de l'énigme. Puis, dans un grand geste dramatique, il leva les deux mains et tonna : « Alakazammi, c'est le grand rififi ! »

Sur ce, le nain se laissa tomber à l'intérieur des guichets paysagés, captant presque tous les regards présents. Au moment où ses pieds touchèrent le comptoir, il avait extrait de sa combinaison quelque chose qui, d'après Michelle, ressemblait fort à une mitraillette et la braquait sur le personnel. Comme tous les autres membres de l'assistance, Michelle se tourna alors vers les autres et put constater que quatre autres armes à feu étaient à présent dirigées vers eux. Le clown situé près de l'entrée tenait le garde en joue, dos à la porte. Il approcha une main de la sono et baissa le son de manière significative, mais pas totalement. Le reste des clowns regardaient dans les yeux autant de personnes (personnel ou clientèle) que possible, tenant leur arme d'une main et plaçant un doigt de l'autre sur leur bouche.

Personne n'avait laissé échapper davantage qu'un petit cri de surprise ou qu'un « oh, mon Dieu », mais le calme et subtil enchaînement des actions des malfaiteurs s'était avéré d'une efficacité désarmante pour réduire l'assistance à un silence quasi total.

« Comme la jeune dame ici l'a très justement deviné, annonça le clown le plus proche de Michelle, sans doute le chef, ceci est un hold-up. Par conséquent, ceux d'entre vous qui ont les mains en l'air seront assez aimables pour les y laisser, et ceux d'entre vous dans le cas contraire voudront bien excuser cette entrave momentanée à leur droit de libre expression et les y placer afin que nous puissions toutes les voir. »

Le personnel des guichets avait déjà satisfait à cet exercice à la vue de l'arme du nain, mais il était impossible de savoir si l'un d'entre eux avait gardé la tête suffisamment froide pour déclencher l'alarme avant. Il y avait un bouton sous chaque caisse ; une pression suffisait à prévenir automatiquement la police et initiait un certain nombre de procédures de sécurité automatisées. Il n'activait fort judicieusement aucune alarme sonore, qui ne ferait que renseigner les voleurs sur les atouts adverses.

L'homme parlait d'un ton sûr, sans hausser la voix, avec une jovialité surprenante qui dénotait une absence totale d'agressivité et suggérait même qu'il n'y en avait nul besoin. Il avait l'accent américain, pimenté de façon troublante par quelques inflexions de Glasgow, comme quelqu'un du coin essayant de le masquer ou un DJ de Radio Clyde.

S'étant assuré qu'aucune dissidence ne se manifestait, il poursuivit : « Merci. Sincèrement. Nous apprécions énormément votre collaboration, et je peux vous assurer que nous allons faire du bon boulot ensemble cet après-midi. Nous devons néanmoins procéder à quelques préliminaires avant de commencer. Puis-je donc vous demander de tous vous mettre à genoux un moment ? Voilà. Et si les membres du personnel pouvaient nous rejoindre ici, ce serait vraiment super chouette. »

Michelle quitta son siège sur des jambes mal assurées, prise de vertige en raison du changement d'altitude. Elle tomba ensuite à genoux et eut l'impression qu'elle allait s'évanouir, mais reprit malencontreusement ses esprits, probablement grâce à l'afflux de sang roboratif qui parvenait de ses bras levés.

« Vous pouvez faire reposer les mains sur la tête une fois à terre, suggéra leur chef quand il remarqua certains visages tendus. Nul besoin de ressembler à une chorale de l'Église pentecôtiste, et j'ai moi-même horreur d'avoir des fourmis. »

Pendant que le personnel était escorté à travers le sas de sécurité, Fraser, toujours debout à l'autre bout du hall et les deux bras encombrés de la radiocassette, était délesté de ses clés. Le bandit lui demanda de s'agenouiller et de déposer doucement la sono sur le sol. Il lui attacha ensuite les mains dans le dos à l'aide d'un ruban adhésif blanc. Puis il sélectionna une touche sur la machine et la *Suite pour violoncelle en sol majeur* de Bach emplit la pièce avec douceur. Les collègues de Michelle arrivèrent dans le hall en file indienne et prirent place à leur tour sur le dallage froid devant le comptoir principal, où les voleurs, et leurs otages docilement immobilisés, déposèrent également leurs sacs de toile.

« Êtes-vous confortablement assis ? demanda le clown en chef. Je peux donc commencer. Tout d'abord, afin de rendre les choses un peu moins solennelles, permettez-moi de vous présenter notre équipe de voleurs. Mon nom est M. Jarry et mes associés sont M. Dali, ici, et à ses côtés, M. Chagall. Derrière le verre blindé, nous avons M. Ionesco, qui a bien voulu nous montrer ses talents d'acrobate ; et enfin près de la porte se trouve M. Athéna. »

Chacun d'entre eux salua de la tête ou fit un signe de la main lorsque son nom fut mentionné. Cela rappela à Michelle les épouvantables réunions qui inaugurent tout séjour dans un club de vacances, quand les GO condescendants se présentent aux vacanciers avant de décourager vertement toute velléité d'entrer en contact avec la culture indigène. Elle s'attendait presque à ce que Jarry ajoute : « Et s'il y a quoi que ce soit que nous puissions faire pour vous aider, n'hésitez pas à nous le demander. »

Jarry ne dit rien de tel, mais la comparaison tenait la route malgré tout.

« Malheureusement, les places pour le spectacle d'aujourd'hui sont limitées et nous devons appliquer quelques restrictions », dit-il en se dirigeant vers une femme aux yeux humides, mais à l'expression déterminée, qui tenait dans ses bras un bébé fort heureusement endormi. « Ce programme ne convient malheureusement pas aux enfants, Madame, alors si cela ne vous ennuie pas, veuillez vous rendre près de M. Athéna, qui vous laissera sortir dans quelques minutes. Désolé », ajouta-t-il d'une voix douce, lui tendant la main pour l'aider à se relever. La femme regarda autour d'elle, étonnée de sa bonne fortune et s'excusant presque auprès des autres.

Jarry se pencha ensuite vers deux vieilles dames, tendant un avant-bras à chacune pour l'aider à se remettre debout. « Je ne veux certes pas sembler faire de discrimination contre les personnes âgées, mais j'ai bien peur que nos manières d'agir ne soient guère du goût de ces dames. Vous êtes bien sûr cordialement invitées à rester si vous êtes d'une opinion contraire.

– Non, merci, mon jeune ami. Nous allons y aller avant la fermeture de l'agence de Gordon Street », répondit l'une d'elles de manière très prosaïque. Michelle entendit la remarque de l'autre alors qu'elles se dirigeaient d'un pas traînant vers la sortie : « Il est vraiment très correct, n'est-ce pas ? »

« Bien, à présent, y a-t-il quelqu'un qui souffre d'asthme ou d'un trouble cardiaque ? » Presque toutes les mains se levèrent, ce qui le fit éclater de rire. « Et moi, je suis la reine d'Angleterre, sans doute ? OK, je repose la question. Y a-t-il quelqu'un qui ait l'un de ces deux problèmes et qui soit en mesure de le prouver ? »

Cette fois, seulement quatre mains se levèrent, dont l'une appartenait à cette chipie d'Arlène Fleck, qui se baladait toujours avec sa Ventoline, mais était connue pour ne s'en servir que lorsqu'on lui demandait des explications sur la dernière catastrophe en date causée par sa négligence. Deux autres inhalateurs furent dûment présentés, ainsi qu'un flacon de comprimés, brandi triomphalement par l'un des maris, porteur de cabas malgré lui. Son soulagement et son euphorie furent de courte durée, car il devint bientôt clair que son épouse allait être autorisée à l'accompagner.

« C'est tout ? » demanda Jarry.

Michelle regarda en direction de l'incorrigible timide du service, Caroline Reilly. Ses instincts protecteurs à l'égard de son enfant à naître semblaient insuffisamment développés pour lui permettre de surmonter sa peur maladive de se faire remarquer. Michelle lui fit un signe de la tête pour l'inciter à se manifester, mais la pauvre semblait paralysée. Caroline était le genre de femme qui, une fois en salle d'accouchement, endurerait silencieusement d'atroces souffrances plutôt que de déranger l'anesthésiste, au cas où il ou elle aurait des choses plus importantes à faire. Michelle leva la main. « Cette dame est enceinte de cinq mois, » dit-elle d'une voix affreusement rocailleuse, témoignage probant de sa réussite à avoir évité toute conversation durant la matinée.

« Malheureusement, notre politique exclut la participation des femmes enceintes à cette attraction », dit Jarry.

Michelle aida Caroline à se lever, sachant qu'elle aurait besoin que quelqu'un l'y pousse. Jarry l'aida ensuite à passer entre ses collègues, puis se retourna vers Michelle. « La gueule de bois ne fait pas partie des motifs d'exclusion.

– Pas besoin de m'accabler », marmonna-t-elle en se remettant à genoux.

Jarry fit un signe de tête à Athéna, le clown de

l'entrée, qui laissa sortir la file des chanceux, puis referma la porte derrière eux.

Obéissant au même signal, Dali et Chagall firent passer leur arme derrière l'épaule et se mirent en devoir de lier les mains tremblantes des otages dans leur dos courbé, à l'aide du même adhésif blanc. Jarry observait la pièce en marchant pendant que ses camarades s'activaient. Un sourire était certes peint sur le latex, mais la voix de Jarry suggérait qu'il était vraiment en train de sourire sous son masque. Ses yeux, à l'affût de tout, étaient tout ce qu'elle pouvait apercevoir de son vrai visage, et ils semblaient étinceler de malice, à moins que la lueur joyeuse qui les habitait soit celle de la folie.

« Merci encore, Mesdames et Messieurs, vous êtes tous vraiment adorables. J'aimerais maintenant vous rassurer : nous n'avons ni le désir ni l'intention de vous faire du mal et vous ne risquez aucune perte financière d'aucun ordre suite à notre petite intervention d'aujourd'hui ; il n'y a donc nulle raison de vous laisser aller à des impulsions héroïques. Même dans l'éventualité où l'un d'entre vous parviendrait à nous maîtriser tous les cinq, je peux vous assurer que le seul bénéfice matériel que vous pourriez en tirer serait une maigre récompense de la banque (accordée à regret et sans rapport avec les pertes évitées) ainsi que plusieurs semaines de harcèlement de la part d'une presse réactionnaire qui n'aurait de cesse que de faire de vous son héros d'un jour – ou héroïne, bien sûr », ajouta-t-il en observant l'effectif féminin en surnombre. « Alors, pensez-y. Est-il pire d'être momentanément retenu en otage par de gentils braqueurs de banque, ou d'être poursuivi et assiégé jusque chez soi par des journalistes au comportement grossier de la presse à scandale ?... Ah ! vous voyez bien que j'ai raison. »

Michelle n'arrivait pas à savoir si son sentiment de terreur était en train de se dissiper ou si, ayant passé la matinée au bord du vomissement, elle avait simplement fini par s'habituer à la sensation. Le vertige initial, celui de se sentir dépassée par ces événements inattendus et dramatiques, semblait céder du terrain à une appréciation plus pragmatique de la situation actuelle (qui n'en demeurait pas moins étrange) et des réalités pratiques. Une petite voix dans sa tête lui disait que cette histoire lui permettrait du moins de relativiser ses préoccupations à propos de ses errements de la veille au soir. Mais l'allusion aux journaux à scandale lui rappela qu'il était impossible de relativiser des choses de cet ordre. Et que lundi matin, les ragots feraient leurs choux gras de *deux* jolis scandales.

Le seul côté positif, c'était qu'ils la tueraient peut-être ; ou mieux encore, qu'ils tueraient Grant avant qu'il ait eu le temps d'en souffler mot. Soudain, Michelle se rendit compte que Grant n'était pas là. Elle fit un mouvement involontaire de la tête vers son bureau, qui fut immédiatement repéré et compris par Jarry. Le clown en chef dirigea ses regards vers la porte jusque-là négligée – et qui semblait maintenant d'autant plus visible qu'elle était fermée. Michelle baissa la tête, doublement furieuse contre elle-même d'avoir non seulement trahi la présence de Grant, mais d'avoir eu juste avant ces pensées indignes et inconsidérées. Elle n'avait certes pas eu conscience de tout cela, mais le résultat était le même.

« Ne vous flagellez pas, dit-il. Croyez-moi, il vaut mieux amener tout le monde ici dès maintenant. Cela évitera une mauvaise surprise plus tard. Un accident est si vite arrivé. Monsieur Chagall ? »

Chagall en finit avec la paire de mains qu'il était en train d'attacher et se dirigea sans hâte vers le bureau de Grant. Michelle tentait de minimiser sa faute en caressant l'espoir que le fait de ne pas avoir été repéré ait permis à Grant de déclencher l'alarme, mais son optimisme fut tempéré par la prise de conscience que ces types ne suivaient nullement le schéma classique des casseurs pressés de s'enfuir.

Ils venaient de laisser sortir plusieurs otages par la grande porte, et n'avaient donc certainement pas l'intention de garder le secret sur leur opération. Quel que soit leur projet, ils étaient retranchés là pour un bon moment.

Légèrement surprise, elle regarda Chagall tourner délicatement la poignée et pousser doucement la porte, se rendant compte qu'elle s'était attendue à ce qu'il la défonce à grands coups de pied. Trop de films. À quoi bon une agressivité disproportionnée lorsqu'on est couvert par quatre fusils d'assaut ? Il disparut dans la pièce, mais en ressortit rapidement et sans escorte.

« La cage était ouverte, et l'oiseau, envolé. » Cette fois, son accent suggérait soit un Américain essayant de contrefaire un Anglais de la haute, soit un Anglais de la haute tentant d'imiter un Américain. Chagall poursuivit son rapport : « Néanmoins, je ne pense pas que la personne en question soit engagée dans un scénario à la Bruce Willis, car il y a le plastique qui recouvre habituellement *FHM*[1] dans la corbeille, mais, chose assez significative, point de *FHM* en vue. »

---

1. Magazine pour homme, généralement agrémenté de photos de jeunes femmes très déshabillées.

Jarry se tourna vers Michelle. « Combien en manque-t-il ? » Ce fut seulement lorsque la question fut posée qu'elle se rendit compte qu'il lui était impossible de se souvenir avoir vu le dernier client de Grant partir.

« Un, répondit-elle.

— Monsieur Ionesco, héla Jarry. En avez-vous terminé avec l'inspection de la zone sécurisée ?

— Pas tout à fait.

— Bien. Pourriez-vous axer vos priorités sur les toilettes des hommes, je vous prie ?

— C'est comme si c'était fait. »

Quelques minutes plus tard, une silhouette au visage d'une pâleur fantomatique émergea du sas de sécurité, suivie du nain et de son arme : mais ce n'était pas Grant. Heureusement, le client effrayé portait un costume et une cravate, et l'équipe de Jarry ne se douta pas qu'il leur manquait encore un membre du personnel. Michelle ne pensait pas pour autant que Grant puisse endosser, comme l'avait dit Chagall, le rôle de Bruce Willis, mais du moins cela lui épargnait-elle tout contact visuel avec le susnommé ; cette prise d'otages offrait donc un aspect positif, après tout.

Pendant ce temps, la troupe des clowns était passée à l'action. Athéna était de surveillance, ce qui se résumait à rester debout, un doigt sur la sous-garde de son arme, les yeux rivés sur les prisonniers, pendant que ses camarades étaient occupés ailleurs.

Chagall et Dali emportèrent l'un des sacs de toile vers l'entrée principale et en retirèrent deux bombes de peinture ainsi qu'un rouleau de papier-cache adhésif. L'un d'entre eux scotcha une bande horizontale de quinze centimètres de papier-cache au centre de chacune des portes vitrées, environ à hauteur de ceinture, puis recouvrit complètement les portes de peinture blanche. Son acolyte avait entrepris de faire de même avec les fenêtres. Après quoi Chagall, plus grand et plus imposant, fit la courte échelle à Dali pour recouvrir de peinture l'objectif de chacune des cinq caméras de vidéo surveillance placées dans le hall. Ils savaient probablement qu'elles pouvaient fournir des informations à l'extérieur, de même que des enregistrements.

Jarry retourna derrière le comptoir des caisses et les vida méthodiquement de tout le liquide qu'elles contenaient, sans toucher à aucun des récépissés. Les clients de la banque ne le sauraient jamais, mais il était fidèle à sa parole : leur argent ne craignait rien, puisque les preuves de dépôt de l'argent qu'il était en train de voler devraient malgré tout être honorées par la banque.

Le nain, Ionesco, n'était pas visible, ce qui voulait dire qu'il pouvait être en train de fouiller les placards derrière le comptoir, mais plus vraisemblablement en train de manigancer quelque chose dans les bureaux de l'administration, comme, par exemple, accéder au sous-sol. À l'étage, il y avait également une grande mezzanine vitrée qui donnait sur le hall et abritait des bureaux plus vastes, mais elle était fermée le samedi (les personnels de catégorie supérieure, eux, n'étaient pas obligés de traîner leur gueule de bois au bureau pendant le week-end) et Michelle n'avait pas vu Athéna en donner les clés à qui que ce soit.

Il n'y avait rien qui ait de la valeur là-haut de toute façon, à part des chiottes mieux équipées. Au sous-sol, en revanche, il y avait la chambre forte, qui contenait le coffre principal et deux cents coffres individuels. Si quelqu'un avait déclenché l'alarme, les portes d'accès s'étaient verrouillées automatiquement.

Jarry émergea du sas de sécurité quelques minutes plus tard, ne portant que son arme, ce qui laissait penser qu'il avait laissé ses biens mal acquis quelque part dans les bureaux, dans l'attente d'un supplément plus substantiel.

« Monsieur Dali, interpella-t-il, comment est la vue ? »

Dali décolla l'une des bandes placées sur la porte et s'accroupit pour jeter un œil à l'extérieur.

« Que des unifowmes jusqu'à pwésent, répondit-il avec un accent américain qui laissait penser que le visage derrière le masque était de couleur noire. J'en vois quatwe, non, attendez... cinq. Ils appliquent pour l'instant à la lettwe les pwotocoles du Poulet Sans Tête : ils s'agitent et font weculer les gens, appawemment ils ne songent pas à se wendre utiles autwement en attendant l'awivée du boss. Une voituwe de patwouille, pas d'Unité d'Intewvention Awmée. Ce n'est que le début. » Dali recolla l'adhésif et se releva.

« Ils seront là bien assez tôt, dit Jarry. Si vous avez terminé ici, vous devriez vous préparer.

– Ça woule. »

Dali marcha d'un pas vif vers les guichets et s'accroupit pour vérifier le contenu invisible d'un autre sac, pendant que Jarry se retournait pour s'adresser aux otages.

« Pour notre prochain numéro, nous allons avoir besoin de volontaires dans le public. Pour être plus précis, nous allons d'abord avoir besoin d'un certain Thomas Peat qui, je le pense, fait aujourd'hui fonction de directeur. »

Tom n'eut même pas besoin de lever la main, car l'afflux de couleur sur sa peau généreusement constellée de taches de rousseur rendait suffisamment évidente l'identité du membre du personnel – déjà en train de regretter amèrement d'avoir fait tant de lèche au patron pour obtenir cette responsabilité désormais si peu enviable.

« Allons, ne soyez pas timide, lui dit Jarry en l'aidant à se remettre debout. Je n'aime pas l'idée de vous mettre sur la sellette, mais j'ai bien peur que l'un des ces petits coquins ait joué avec le bouton de vos systèmes d'alarme automatisés, et nous allons avoir besoin d'un coup de main pour ouvrir la chambre forte.

– Je… je ne peux pas faire ça », bredouilla Tom, prononçant sans doute ces mots pour la première fois de sa carrière dans cet établissement. Ce gars-là était une charte de satisfaction de la clientèle ambulante, la personnification du slogan publicitaire de la banque et de sa philosophie interne : *Bien sûr que nous pouvons vous aider.* « Je veux dire, je veux bien aider, je ne suis pas en train de refuser, s'empressa-t-il d'ajouter, soit par crainte des conséquences, soit par automatisme professionnel. Mais si le système de sécurité a été activé, je ne peux pas annuler la procédure d'ici. Je veux dire, je peux entrer mon code, mais ça ne changera rien, parce que, vous voyez, c'est un…

– Système Retard à Double Verrouillage Télécommandé à Distance, l'interrompit Jarry, mis au point par Berkley Security Solutions pour la Banque Pacific Western en 1998. Le coffre est doté d'un verrouillage automatique et ne peut être rouvert que quand le code du directeur ou de celui faisant fonction est validé par le siège de la banque ; après quoi il reste encore un délai incompressible de six heures avant que les vérins soient libérés.

– C'est ça », ajouta bien inutilement Tom, d'un air penaud.

Jarry poursuivit, comme s'il lisait un manuel. « La promotion de ce système auprès des employés est axée sur leur sécurité en cas de prise d'otages, dans la mesure où toute information ou coopération qui serait exigée d'eux ne serait d'aucune utilité aux malfaiteurs. »

Michelle se souvint avoir entendu une phrase similaire quand le système avait été installé. Comme les autres, elle n'y avait guère prêté attention à ce moment-là, car personne ne s'attend à voir ce genre de choses se produire en vrai, et encore moins à être capable de détecter une faille qui aurait échappé aux experts. Dans le cas présent, il semblait rationnel de supposer qu'il en existait une grosse, et elle devina que Jarry allait bientôt la mettre en lumière.

« Ce n'est pas de gaieté de cœur que je vais vous dire ça, Thomas, mais le Système Retard à Double Verrouillage Télécommandé à Distance a été conçu pour protéger l'argent, et c'est la raison pour laquelle tant de banques l'ont adopté de par le monde. Son but premier est de gagner du temps pendant que les flics prennent position dehors ; ainsi les vilains se laissent distraire, oublient le pognon et se concentrent sur les destinations (excluant toute extradition ultérieure) de l'hélico qu'ils ont négocié. Lors d'une prise d'otages, cela évite que de bonnes personnes comme vous ne révèlent les codes d'accès ou les mots de passe en échange d'une chose aussi futile que leur vie, mais n'offre aucune protection contre des voleurs menaçant de les exécuter si le siège de la banque refuse d'ouvrir son foutu coffre. »

C'est ce moment, assez pénible, que choisit Dali pour se relever. Il tenait entre les mains l'arme à feu la plus effrayante et la plus complexe que Michelle ait jamais vue.

En comparaison, les armes de poing que tenaient les autres clowns avaient l'air minuscules et artificielles. Elle était composée de deux canons verticaux, dont l'un était doté d'un viseur et l'autre agrémenté d'une poignée de fusil à pompe, émergeant d'un impressionnant corps en acier. Mais l'accessoire le plus inquiétant était un support amovible, sans doute destiné à mettre l'arme sur l'épaule et pour l'instant replié : il était composé de quatre cylindres gris, placés chacun dans un orifice circulaire. Michelle ne connaissait rien aux armes, que dalle, si ce n'est qu'elles font pan et qu'il vaut mieux se trouver derrière elles à ce moment-là ; mais elle avait été traînée contre son gré au cinéma par suffisamment de machos pour savoir que celle-là allait forcément tirer des projectiles plus balèzes que des balles.

« Mais rassurez-vous, poursuivit Jarry d'un ton jovial, plus allumé que jamais. Nous ne sommes pas là pour menacer qui que ce soit. Nous avons juste besoin que Thomas nous connecte au réseau. »

Esprit de siège

Andy était amusé de voir la police prise de panique. Il était extrêmement gratifiant de voir Cassetoi et Barretoi, les deux mêmes grandes gueules en uniforme usant habituellement avec délectation de leur baratin prétentieux et condescendant, style « nous contrôlons la situation », merdouiller lamentablement à présent qu'il fallait faire face à un truc un peu plus costaud que la persécution quotidienne de pauvres chanteurs innocents.

Quand il vit des clients renoncer à entrer dans la banque et se mettre à courir dans Buchanan Street, il se dit que quelque chose clochait. Il n'entendit pas ce qu'ils criaient (car il était en train de poursuivre son tribut spontané à Vambo en effectuant une interprétation enivrante de *Ain't Nothing Like a Gang Bang*), mais la plupart des passants qu'ils croisèrent stoppèrent net, sauf les abrutis qui se mirent à courir dans la direction opposée – ben ouais, pour voir c'qui se passe. D'un habile coup de cheville, Andy referma son étui et bien qu'il soit parvenu à monter dessus sans louper un accord, sa performance vocale ne suivit pas lorsqu'il aperçut l'intérieur de la banque. Soit les Clones de Cleminson avaient enrôlé les clients présents dans une contribution unanime à la Danse des

Canards, soit ils étaient en train de braquer la banque. Des lueurs de métal à hauteur de ceinture le firent plutôt pencher pour la seconde hypothèse.

Le célèbre duo guitarophobe remonta Argyle Street quelques minutes plus tard ; fait surprenant, un groupe de gens avait été autorisé à quitter la banque. Cassetoi et Barretoi criaient frénétiquement dans leurs radios tout en courant d'un pas lourd, à une allure étudiée pour donner une impression de hâte, sans pourtant être aussi rapide qu'elle aurait dû. Les deux casse-couilles en bleu devaient sans doute prier pour que quelqu'un d'autre arrive sur les lieux avant eux.

Pas de chance.

Après avoir eu confirmation de la situation par le groupe sortant, tous deux se retrouvèrent en charge (très temporairement, espérait Andy) d'une situation qu'ils étaient de toute évidence incapables de gérer. Faute de mieux, ils se rabattirent donc sur une tactique policière bien connue, à savoir hurler des instructions à des membres du public choisis au hasard, ce qui n'aboutit en général à rien de très constructif, mais a le mérite d'une apparente maîtrise de la situation. En outre, ils agitaient énormément les bras, sans doute dans le but de maintenir le public à distance de la banque, à moins que ce ne soit celui de s'envoler ; dans les deux cas, cette technique s'avéra totalement inefficace. Deux flics, trois artères, une vaste zone pour piétons et plusieurs centaines de badauds extrêmement motivés, pour la plupart natifs de Glasgow : imaginez.

Exactement.

Toujours prêt à saisir la balle au bond, Andy se remit à la guitare et commença à chanter *Police and*

Thieves[1], suivi de *My Daddy Was a Bank Robber*[2], achevant sa rétrospective criminologiste de Clash avec *I Fought the Law*[3]. Il réussit à recueillir environ dix livres avant que Cassetoi et Barretoi se souviennent de *la seule chose* pour laquelle ils étaient efficaces. Hors d'haleine, ils lui intimèrent l'ordre de fermer sa gueule. Néanmoins, avant qu'ils n'aient le temps de joindre le geste à la parole, la cavalerie fit bruyamment irruption, leur imposant d'en référer à un supérieur quant à l'évolution de la situation suscitée par l'agitation de leurs petits bras.

Deux camionnettes et quatre voitures de police convergèrent vers la banque, l'une arrivant de Gordon Street et les autres forçant le passage depuis West Regent Street à travers la zone piétonnière. De toutes parts et à pied, arrivaient également d'autres membres de la maréchaussée.

De l'une des voitures émergea un homme de petite taille, d'une cinquantaine d'années, doté d'une coiffure ridicule et d'un manteau anthracite plus grand que lui. Le manteau avait l'air rigide, l'enveloppant à la manière d'une carapace de tortue, et semblait pouvoir tenir debout tout seul si son hôte s'en extirpait en le laissant là. Le fait qu'aucun policier ne se foute de sa gueule indiquait assez clairement son rang d'officier supérieur. Il convoqua une brève réunion au sommet, tendit le bras dans toutes les directions, mais il fallait un œil acéré pour apercevoir si des doigts parvenaient à émerger de la belle allonge de ses manches. Des têtes furent hochées, l'on retourna

---

1. *Gendarmes et voleurs.*
2. *Mon papa était braqueur de banques.*
3. *J'ai résisté aux forces de l'ordre.*

aux véhicules, après quoi un cordon de police plus cohérent fut mis en place. Des voitures furent garées de manière à barrer les trois accès principaux et les interstices laissés de chaque côté comblés par des barrières rayées rouges et blanches provenant de l'une des camionnettes. Cassetoi, Barretoi et leur grande famille prirent position près de ces barrages, saisissant avec empressement l'occasion de jouer de leurs points forts incontestables, à savoir : arborer un air impénétrablement buté et dire aux gens de circuler. Les barrières eurent pourtant l'effet inverse – paradoxe familier –, attirant derrière elles les gens désireux de voir de quoi on les tenait à l'écart. Une foule compacte se pressait des trois côtés de la place désormais vide, comme si les gens attendaient que quelqu'un exécute un putt magistral dans le dix-huitième trou situé en son centre.

Andy fut forcé de se déplacer vers le coin de Gordon Street, où il se réfugia sous un porche désaffecté qui lui offrait une vue légèrement surélevée ainsi qu'un espace propice à la poursuite de ses commentaires musicaux. Il était improbable que la police, vaquant à d'autres activités, ne vienne lui opposer ses objections officielles.

Le Manteau se tenait à proximité, dans l'espace libéré, séparé de la foule par une voiture de patrouille. Des policiers en civil étaient présents à ses côtés ; mais bien qu'ils soient en pleine discussion, il était clair qu'ils étaient dans l'expectative, attendant manifestement quelque chose.

Le quelque chose arriva dix minutes plus tard dans deux voitures de police dont les sirènes se firent entendre un bon moment avant qu'elles ne parviennent à fendre le flot des curieux et à atteindre l'extrémité de Gordon Street. Quatre hommes sortirent de chaque véhicule, équipés de gilets pare-balles et d'armes automatiques. Aucun n'eut à demander à quiconque de s'écarter lorsque leur petite troupe rejoignit le Manteau. Il y eut davantage de discussions, encore des bras tendus et quantité de sourcils froncés lorsque les flics en armes notèrent qu'il leur était impossible de voir l'intérieur de la banque. Néanmoins, quatre d'entre eux quittèrent bientôt le groupe et vinrent prendre position deux par deux près du dispositif qui barrait Buchanan Street. Ils s'accroupirent sur le pavé et pointèrent leurs armes sur les portes de la banque. Ce qui eut pour effet immédiat de faire reculer les spectateurs bien plus sûrement que toutes les admonestations de Cassetoi et Barretoi. Ce petit aperçu du matériel dirigé sur la banque suffit à provoquer une prise de conscience générale de celui qui pouvait être pointé sur eux et la foule procéda à une manœuvre de repli collectif de quelques pas.

La seconde unité resta groupée autour du Manteau, se préparant peut-être à un déploiement tactique plus spécifique, mais très vraisemblablement, comme tous les autres, ne sachant trop que faire jusqu'à ce que la situation se clarifie un peu. L'un d'entre eux observait le toit des immeubles environnants, mais Andy avait des doutes quant à la capacité du Manteau à soulever ses lourdes manches pour indiquer une direction aussi élevée, même dans le cas où il souhaiterait y poster des hommes.

Puis, un officier en civil, qui venait de l'une des voitures faisant barrage, se dirigea vers leur groupe en tenant un portable à la main : un appel important, sans doute destiné au Manteau. Les hommes du Groupe d'Intervention Armée se retournèrent avec intérêt pour écouter ce que disait le mec en civil et c'est à cet instant que tous disparurent sous un nuage de poudre blanche.

Andy entendit une série d'impacts étouffés et vit plusieurs nuages identiques apparaître rapidement sur le parvis. Les deux premiers frappèrent de plein fouet deux des flics accroupis et les quatre suivants atterrirent autour des deux autres hommes en armes, devançant leur tentative de fuite. Ils eurent à peine le temps d'en localiser la source et de pointer leur arme en direction du toit de la banque, qu'ils se retrouvèrent enveloppés dans un nuage de poussière, duquel ils émergèrent en faisant des mouvements désordonnés, tâchant de couvrir leurs yeux tout en titubant. Andy, doté de réflexes considérablement plus lents, leva les yeux juste à temps pour apercevoir un mouvement sur le toit avant qu'une rafale de vent ne disperse une petite bouffée du nuage dans sa direction. Il ferma les yeux et fit un pas en arrière, le renfoncement du porche ne laissant parvenir jusqu'à lui qu'une quantité infime de poussière.

Le petit rassemblement près de la barrière n'avait pas eu cette chance. Le Manteau devait avoir détourné la tête au moment opportun (ou être tout simplement rentré dans sa carapace), car il s'en tirait bien mieux que les autres. Les gars du Groupe d'Intervention, eux, semblaient prêts à être panés, leur visage et leurs cheveux entièrement recouverts de poudre blanche, poudre dont les puissants effets devenaient rapidement manifestes. Les pauvres bougres étaient cuits ; relevés de leurs fonctions aussi sûrement que s'ils avaient été faits prisonniers. Ils toussaient, frottaient leurs yeux ruisselants de larmes, époussetaient ou frottaient leurs vêtements avec vigueur, mais surtout, ils se grattaient.

Comme si des milliers de puces les avaient assaillis ; chacun griffait frénétiquement chaque parcelle de peau découverte et se contorsionnait à l'envi, tentant d'atteindre sous les vêtements les endroits où s'était insinuée et propagée cette infestation. L'un d'entre eux laissa tomber son arme sur le sol là où il se trouvait et commença à ôter son gilet pare-balles, pendant que des collègues épargnés effectuaient (manifestement à contrecœur) quelques gestes timides pour l'y aider.

Très vite, des membres du public se retrouvèrent en train de se gratter également, mais d'une façon bien moins intense et à des intervalles suffisamment espacés pour diagnostiquer une réaction psychosomatique. Cela les fit pourtant reculer davantage et ce, derrière les trois cordons de sécurité. Cassetoi et Barretoi, dans l'impossibilité de procéder à une retraite similaire, étaient visiblement en train de subir quelques effets collatéraux mineurs, mais néanmoins fort satisfaisants pour l'esprit.

Deux tribus

Les déductions de Michelle concernant l'occupation à long terme de la banque étaient en train de se révéler d'une justesse proche de la torpeur. Après toute la tension initiale, la confusion, la peur et les émotions fortes, il ne se passait à présent quasiment rien, à part quelques harangues au mégaphone de la police, dont personne n'avait que foutre. À l'intérieur, la peur se transformait en ennui, la confusion en déception et les émotions fortes avaient disparu ; seule la tension persistait.

Le dernier développement vaguement intéressant avait été l'incursion de Dali « à l'étage », qu'elle avait d'abord pensé mener aux bureaux des directeurs de service, mais qui avait abouti au toit. Chagall, surveillant Buchanan Street à travers ses judas, avait signalé l'arrivée des flics armés, les autres variétés de poulets s'étant annoncées très distinctement grâce à leur sirène. Suite à des cris, des imprécations et une augmentation globale du brouhaha des badauds, le clown de guet annonça joyeusement que les flics avaient été « poudrés », terme que Michelle comprit comme l'un des – apparemment innombrables – euphémismes que les Américains emploient à la place du verbe tuer. Les autres otages partageant à l'évidence cette inquiétante supputation et en considérant les conséquences fâcheuses sur leurs propres destinées, Chagall leur assura que ce n'était « pas ce qu'ils pensaient », sans toutefois leur fournir de plus amples informations.

Depuis lors, il n'y avait rien eu d'autre à faire que se ronger les sangs et, en ce qui concernait Michelle, souffrir. Les symptômes de ses excès de la veille avaient temporairement faibli dans le tourbillon captivant des premiers moments du hold-up ; mais maintenant, son esprit était libre de se reporter sur l'état lamentable dans lequel elle se trouvait et l'éternité écoulée depuis sa dernière prise d'analgésiques. En outre, le problème Grant Kelly s'était légèrement modifié. À présent, chaque fois qu'elle pensait à lui, au lieu de craindre qu'il ne bavât sur ce qui s'était passé la veille, elle s'inquiétait de le voir tué, lui ou d'autres, à cause de la phrase de Jarry sur les « mauvaises surprises » et les « accidents » qui résonnait, menaçante, dans son esprit.

Nullement troublés par de telles craintes, certains des clients-otages étaient de plus en plus enclins à verbaliser leurs propres préoccupations.

« Hé, mon gars, on en est où, là ? » demanda un membre du Peuple à Athéna qui continua à faire les cent pas, ne manifestant nul désir apparent de lui fournir une réponse. « C'est comme qui dirait abuser un peu. J'veux dire, combien d'temps vous allez nous garder ici ?

– Aussi longtemps qu'il faudra », répondit Athéna, catégorique. Il n'avait pas parlé assez pour que Michelle identifie son accent, mais ce qu'elle entendit avait bien l'air d'être américain.

« C'est parce qu'on doit aller au match des Rangers, persista le porte-parole du Peuple. Alors, j'demande, tu vois, mec. Tu penses qu'on pourra y être pour la deuxième mi-temps ?

– C'est à M. Ionesco qu'il faut poser la question, répondit Athéna d'un ton irrité. Mais j'espère que votre magnétoscope est programmé sur *Sportscene*, c'est tout ce que j'peux dire. »

Cette fois, l'accent était facilement reconnaissable : pseudo-américain peu convaincant, avec d'authentiques et évidentes origines de Glasgow.

Autre point également facile à détecter : Athéna était convaincu que les choses ne se déroulaient pas comme prévu, soupçon que Michelle avait déjà nourri auparavant. Brisé par sa trahison, Tom Peat était revenu dans le hall seulement quelques minutes après avoir été emmené et depuis lors, ni Jarry ni Ionesco n'avaient donné signe de vie, ce qui laissait penser que le coffre ne s'était pas ouvert gentiment sur leur requête confiante et pleine d'assurance. Peut-être que Michelle souffrait des premiers symptômes du syndrome de Stockholm, mais elle ne pouvait s'empêcher de leur souhaiter un succès rapide, estimant que ce qui était bon pour les voleurs était bon aussi pour les otages. Et ce qui était mauvais… donnait des frissons dans le dos. Quitte à être dévalisé par quelqu'un, on préfère que ce soit par des hors-la-loi compétents, sûrs d'eux, aux propos mesurés, que par des hommes nerveux, angoissés et désespérés ; mais pour assister à cette transformation, il suffisait d'un échec. La tension grandissante ne fut d'ailleurs pas subie en silence par tout le monde.

« Pourriez pas utiliser vot'influence pour nous sortir de là ? » s'enquit le porte-parole du Peuple auprès de l'un des membres de l'expédition Antarctique des fans du Celtic.

« Quoi ? » fut la réponse du Tim, une expression de surprise et de mépris sur le visage – exprimant clairement incrédulité et agressivité devant le fait que le supporter des Rangers puisse oser s'adresser à lui.

« Ben, c'te bande de cons, ça peut être que des vôt', pas vrai ? Presque tous les criminels d'Écosse sont des cathos. J'pensais qu'vous pourriez leur glisser un mot.

– Ah ouais, t'as raison, ducon. Y'a pas d'voleurs chez les protestants, p'têt ?

– J'dis pas qu'y en a aucun, j'parle en moyenne. Le pourcentage des cathos en prison est j'sais pas combien d'fois plus que leur nombre dans la population.

– Et ça n'aurait pas un rapport avec tous ces connards sectaires d'orangistes qui font d'la discrimination contre les cathos qui cherchent un boulot ?

– Hé, les mecs, on a un plaisantin là, dit le porte-parole à ses camarades. Il parle de cathos qui s'cherchent un boulot. Pourquoi est-ce qu'ils boss'raient alors qu'ils peuvent vivre aux crochets de l'État dans c'pays qu'ils méprisent ? Écoute ça, mon gars : c'est nous les contribuab'britanniques qui finançons les abonnements d'ton club de foot, là, qui fait la promo des terrorist'qui viennent nous faire sauter dans not'pays.

– Nous on n'est qu'un club irlandais et i's'trouve qu'on joue dans la ligue écossaise. Et le terrorist'de quelqu'un, c'est l'libérateur d'un autre. Si tu veux parler d'un club qui fait la promo de vrais sectaires, c'est pas nous qui r'fusons d'engager des cathos d'puis cent ans. Et m'baratine pas avec Don Kitchenbrand[1], pasqu'on sait qu'vous l'avez engagé seul'ment pasque

---

1. Joueur des Glasgow Rangers qui a effectivement été engagé parce que la direction ignorait tout de ses sympathies catholiques.

vous aviez mal fait l'travail et vous saviez même pas qu'c'était un catholique.

– Moi, j'écoute pas les l'çons d'morale de la part d'un supporter d'un club qui a couvert pendant trente ans des agressions sexuelles sur des gamins… »

Et ainsi de suite.

Il y a une espèce de fan des Vieux Clubs pour qui la haine de l'« autre camp » est si virulente qu'elle l'emporte non seulement sur leur intérêt (apparemment accessoire) pour le football, mais sur leur perception des circonstances extérieures, au point qu'ils se mettraient probablement sur la gueule à proximité d'une explosion nucléaire. Des braqueurs munis d'armes à feu étaient par conséquent rangés parmi les considérations mineures.

« Nous au moins, on nous a pas donné la Coupe des Champions dans un putain d'placard pasque nos fans mettaient la ville à feu et à sang[1]. Vous êtes la seule équipe en Europe à avoir été interdite pasqu'elle fêtait sa prop'victoire.

– Ouais, ça t'va d'dire ça, l'casseur de gueule ; les "plus Chouettes Fans du Monde", tu parles ! Z'allez bousiller la voiture de l'arbitre quand vous avez perdu, et vous lui éclatez l'crâne quand il sanctionne vos sales coups ».

Athéna continuait d'arpenter le hall pendant que la dispute faisait rage, donnant l'impression – bien moins

---

1. Allusion aux événements de 1972 à Barcelone, de sinistre mémoire, quand les Rangers ont reçu la coupe d'Europe hors caméras, car le terrain avait été envahi par des supporters déchaînés, d'où puglats et affrontement avec les forces de l'ordre de Franco.

convaincante que celle donnée par les argumentateurs à son égard – de ne pas leur prêter attention.

Inévitablement, quelque chose devait se produire.

« ... culot de parler de recrutement sectaire alors qu'les vôt'ont jamais eu un protestant au conseil d'administration en cent ans ! Même pas offert un siège à Jock Stein, le meilleur manager qu'vous ayez jamais eu, tout ça pasqu'il est pas de la bonne confession. Et il vous en a même pas voulu, sinon il aurait pu se mettre à table et raconter tout c'qu'il savait de Jim Torbett et du "scandale du Club des Minimes". »

Michelle ne comprenait strictement rien à ce qu'ils baragouinaient, mais cette dernière remarque avait dû dépasser la limite. Le fan du Celtic se mit debout et lança un coup de pied en direction de l'Ambassadeur du Peuple, quand celui-ci bondit également sur ses pieds, avec une rapidité que démentait sa corpulence, et lui rendit la pareille, effectuant un mouvement rotatif qui frôla la tête baissée de Kathy Claremont. Avant qu'aucun de leurs alliés n'ait eu le temps de se joindre à cette ridicule échauffourée, Athéna s'avança et flanqua la crosse de son arme en plein visage de l'Ambassadeur. Celui-ci s'effondra, le nez en sang, et c'est le moment que choisit le Tim à la garde-robe minimaliste pour plonger vers lui avec l'intention de profiter pleinement de son avantage. Au lieu de cela, il se trouva nez à nez avec l'autre extrémité de l'arme d'Athéna. Il s'arrêta net, parcouru par un frisson et amorça un mouvement de recul, mais pas assez vite. Athéna fit pivoter son arme et asséna un grand coup de crosse dans le ventre du fan.

« Monsieur Athéna ! » tonna une voix forte. Michelle tourna la tête pour découvrir Jarry devant le sas de sécurité, sa propre arme en bandoulière. Athéna recula de quelques pas et Jarry s'avança vers les otages recroquevillés au sol.

« Pouvez-vous me dire où sont les autres otages ? demanda-t-il à Athéna, suffisamment fort pour que tout le monde l'entende.

– Quels autres otages ?

– C'est bien ce que je voulais dire. Alors s'il vous plaît, n'endommagez pas ceux que nous avons.

– Mais ils étaient...

– Je sais. Mais détendez-vous. Faites une petite pause.

– Oui, *Monsieur* », répondit Athéna, ouvertement sarcastique.

Jarry se pencha sur le contingent des Vieux Clubs qui prêtait assistance à ses blessés. « Toutes mes excuses. Que pourrais-je ajouter ? Maudits soient les Supporters du Chardon de Partick, mmh ? »

L'Ambassadeur leva les yeux vers lui, un mouchoir sous le nez. « Valait mieux qu'il intervienne : j'peux démolir ce connard de catho même avec les mains attachées dans l'dos.

– Bien, mais j'aimerais que vous renonciez à le prouver, ou nous serons peut-être contraints de vous attacher également les pieds. »

Jarry se redressa. « Toutes mes excuses à chacun d'entre vous. Il semblerait que nous soyons dans l'obligation de vous retenir un peu plus longtemps tandis que M. Ionesco opère des manœuvres d'incitation à l'ouverture du coffre. Il a reçu des encouragements, mais la belle résiste encore un peu.

– Combien de temps ? demanda Athéna d'un ton renfrogné.

– Pour paraphraser Oscar Wilde, monsieur Athéna, les œuvres de haut vol, comme les grandes œuvres d'art, demandent du temps. Mais pendant que nous patientons, monsieur Chagall, peut-être pourriez-vous offrir une petite distraction à nos invités ?

— Oh, je suis sûr que cela ne les passionnerait guère, monsieur Jarry, répliqua Chagall sur un ton de timidité exagérée. Je détesterais abuser d'un auditoire captif.

— Vous êtes trop modeste, monsieur C. Allez-y, je vous en conjure.

— Bon, d'accord. Mais si quelqu'un s'ennuie, qu'il lève la main. »

Récits de témoins :
Angélique de Xavia
(mention de l'âge exclue)

Comme ils le lui avaient promis au téléphone, une Rover bleue attendait Angélique devant l'entrée principale. La voiture était facile à repérer, même à distance, car c'était la seule que les préposés à la circulation ne conviaient pas à foutre le camp. Elle sentit une petite partie d'elle-même se ratatiner et mourir à la vue de la voiture, d'abord à la perspective de ce vers quoi elle allait la conduire, mais davantage encore, parce qu'elle confirmait le fait qu'ils savaient où la trouver les samedis où elle n'était pas en service. La Rover avait été envoyée à Ibrox avant même que ces salauds ne la joignent ; ils avaient même sûrement attendu trois heures pour qu'il n'y ait pas de foule à traverser aux abords du stade.

En ce qui la concernait, traverser les gradins lui avait suffi.

« Allez, quoi ! Donne-leur une chance, fillette. Ils sont pas déjà si mauvais... » lui avait dit un supporter pendant qu'elle effectuait son trajet, tout sauf discret, vers la sortie à peine deux minutes après le coup d'envoi.

« Les Loyalistes du Métro partent de plus en plus tôt chaque semaine, plaisanta un autre.

« Hé, tu r'viendras si l'Grand Eck promet d'virer Kontermann ? »

Elle avait eu envie de leur répondre, avec un clin d'œil et un sourire, avait même pensé à un trait d'humour, genre pas envie de subir une de ces tactiques merdiques à la 3-4-3, mais elle n'en n'eut pas le courage. Au lieu de cela, elle garda la tête baissée et descendit vivement les escaliers, croisant les retardataires essoufflés et les Loyalistes du Cholestérol qui engloutissaient quelques RangerBurgers au cas où la famine sévirait lors des quarante-cinq prochaines minutes.

Elle marcha jusqu'à la Rover et fit un signe de la main au conducteur qui se pencha côté passager et lui ouvrit la portière. Elle le reconnut : Bailey, un bleu de la PJ, jeune, zélé, soucieux de satisfaire et déférent jusqu'à l'enthousiasme. Quelques années et un Dubh Ardrain auparavant, elle aurait trouvé cela rafraîchissant, presque attendrissant. À présent, elle ne voyait qu'un carriériste lèche-cul en devenir et un autre « bon p'tit gars » à venir.

« Salut, lança-t-elle d'un ton sec en montant dans la voiture.

— Bonjour, Inspecteur, l'accueillit-il avec un sourire. Désolé de devoir vous arracher au match. Je ne savais pas que vous étiez...

— Évitons de développer, d'accord ? » l'interrompit-elle avec brusquerie, déterminée à couper court à toute discussion sur le sujet. Mais cela ne marcha pas, car le Béat de service était incapable de reconnaître les mots « lâche-moi » lorsqu'il les entendait.

« Non, non, je ne vous charrie pas. Je suis un bleu...

— ... un bleubite qui a du mal à s'habituer à l'uniforme et à la cravate. Contentez-vous de conduire.

– Oui, Madame », marmonna-t-il, notablement déconfit par la réprimande. On sentait venir le petit menton qui tremble.

Sirène en marche, ils filèrent dans Paisley Road vers Tradeston, zigzaguant à travers le trafic à toute allure, Bailey ayant transféré sa vexation et son inépuisable désir de faire bonne impression sur sa conduite automobile.

« Alors, où en est-on ? lui demanda-t-elle, n'ayant obtenu que peu de détails lors de l'appel téléphonique. Pourquoi quelqu'un d'autre ne peut-il pas régler ça ? Je suis des Renseignements généraux et c'est mon putain de jour de congé. Il doit bien y avoir plus de huit clampins de l'Intervention Armée dans cette ville.

– D'autres vont arriver, mais McMaster vous a demandée personnellement. »

Angélique s'esclaffa, d'un rire factice plein d'amertume, et secoua la tête.

« Quoi ? demanda Bailey.

– Rien », murmura-t-elle, sans quitter son sourire de dédain.

McMaster. L'un des branleurs de la Chambre d'Accusation des je-sais-tout, qui s'était acharné sur elle pendant l'enquête. « Inconsidérée » avait été son épithète favorite et Dieu sait qu'il l'avait dite et redite, de sa bouche en forme de cul pincé luttant contre une tempête de neige. « Responsabilité » faisait aussi partie des dadas préférés de l'écurie McMaster, aux côtés de « respect des ordres ».

Angélique en avait autant à son service : « hypocrisie », pour commencer, suivi de près par « sacré culot ». Angélique ne savait plus si elle devait se sentir réhabilitée ou encore plus furieuse, mais quoi qu'il en soit, c'était la confirmation de ce qu'elle avait soupçonné depuis le début.

Ils savaient très bien qu'ils la niquaient ; en fait, ils savaient ce qu'elle valait, ils savaient ce qu'elle était capable d'accomplir, mais jamais ils ne le reconnaîtraient, jusqu'à ce que les circonstances les y obligent.

McMaster vous a demandée personnellement.

Inconsidérée. Irresponsable. Impétueuse. Indisciplinée. Ah ouais ? Et quand on a le nez dans le caca, qui on appelle ?

Bailey la conduisit dans Gordon Street ralentissant à l'approche du carrefour avec West Nile Street, où un attroupement bloquait le passage. Elle apercevait le haut des camionnettes de police en face, mais ne pourrait guère s'en approcher plus en voiture. Bailey allait rebrancher la sirène quand elle lui demanda de s'arrêter. « J'irai plus vite à pied. » Elle posa la main sur la poignée de la portière.

« Avant que vous partiez, lâcha-t-il à la hâte comme si c'était sa dernière chance de lui demander un rancard. Comme je sais qu'il y a peu de chances que nos chemins se croisent beaucoup, je voulais juste vous dire… ce que vous avez fait, vous savez, à Dubh Ardrain… Il vous en a fallu des couilles. Je sais que c'est bête, mais je voulais vous le… » Il lui tendit la main pour qu'elle la serre, trop timide ou peut-être réticent au moment de verbaliser la chose.

Angélique lui serra vigoureusement la main. « Il m'en manque encore deux pour que mes perspectives de carrière soient mises en valeur par ici, dit-elle. Mais merci quand même. »

Lentement, elle se fraya un chemin dans la foule, davantage ralentie par la persistance de sentiments ambivalents à l'idée d'aller se présenter à un tel abruti que par la cohue elle-même. L'idée de savourer la déconfiture de celui qui était dans l'obligation d'avoir recours à elle en ce moment difficile était fortement tempérée par la perspective de ce qu'il allait pouvoir lui demander de faire. Pour autant qu'elle puisse en juger, il s'agissait là d'un état de siège et on ne l'avait pas « demandée personnellement » pour sa diplomatie ou ses talents de négociatrice.

En dépit de la présence de nombreuses personnes grouillant autour de lui et du mégaphone qui lui dissimulait la figure, McMaster n'était pas difficile à repérer, engoncé qu'il était dans ce manteau ridicule. Il ressemblait à l'un des concurrents des *Fous du Volant*, le dessin animé, encore qu'aujourd'hui il ait jeté son dévolu sur une version très bovine des ses atours favoris.

« Je répète, hurla-t-il dans le porte-voix, le bâtiment est cerné. » Mon Dieu, venait-il vraiment de dire ça ?

« Vous ne vous en sortirez pas, mais nous sommes prêts à négocier pour protéger les otages. »

Bien sûr qu'on est prêts. On a toutes les cartes en main. C'est pour ça qu'on appelle des officiers des RG impétueux et indisciplinés à la rescousse pendant leur jour de congé.

Angélique s'approcha d'un « uniforme » posté près de la barrière mobile et lui présenta sa carte, sachant très bien que si elle ne le faisait pas, il estimerait qu'elle était trop menue pour être flic et lui bloquerait le passage.

Au lieu de ça, il tapota l'épaule de McMaster dès qu'il la vit, pendant qu'elle lisait « Inspecteur de Xavia, Monsieur », sur ses lèvres. Tout le groupe se retourna vers elle dans l'instant, tous plus vite que le susdit Monsieur, encombré par ses vêtements. Elle reconnut leurs visages : Dave Keogh, Greame Hardie, Judith Newman, Bob Hogg. Que des cracks. L'équipe regorgeait d'expérience, d'assurance, d'intelligence et de compétences, le tout enrobé par une abondance de muscles. En conséquence, les raisons de la présence d'Angélique ne sautaient pas aux yeux, mais elle commençait à soupçonner que le mot « pigeon » pourrait s'avérer une description appropriée de son rôle. Ou « bouc émissaire », si l'on ne tenait pas compte du sexe.

Les yeux de McMaster étaient affreusement injectés de sang et ourlés d'un relief rose vif. En regardant les autres, Angélique remarqua des symptômes similaires quoique moins prononcés sur l'ensemble des personnes présentes.

« Angélique », dit McMaster en la gratifiant d'un signe de tête et, ça alors, était-ce l'esquisse d'un sourire ? « Merci d'être venue et désolé de vous arracher au repos. » Et poli en plus ! Alors sans aucun doute, c'était pigeon. « J'espère que vous n'étiez pas au milieu de quelque chose de vital.

– Non, Monsieur », assura-t-elle avec un grand sens du devoir pendant que Bob Hogg avait commencé à siffler la mélodie de *Follow, follow, we will follow Rangers*, ce qui lui valut un regard noir auquel il répondit par un éclat de rire.

« Alors ? Racontez-moi tout.

– En gros, nous avons cinq braqueurs masqués dans la banque, avec armes automatiques, et ils retiennent un nombre indéterminé d'otages – sans doute douze, peut-être quinze.

– Indéterminé ?

– Nous nous fions aux estimations de ceux qu'ils ont laissé sortir.

– Ils ont laissé sortir des otages ? Pourquoi ?

– Ils n'étaient pas aptes, intervint Hogg. Ils ont relâché deux retraitées, une mère et son bébé, une femme enceinte, un type avec le palpitant déréglé et même des asthmatiques.

– Mais on parle de quoi, là ? D'un braquage ou d'un club d'aérobic ?

– Il ne s'agit pas d'un petit hold-up qui aurait mal tourné, reprit McMaster. Nous pensons qu'ils ont prévu une opération de longue durée ; ils avaient besoin d'otages qui tiennent la route.

– Et alors ? Quelles sont leurs exigences ? »

La question fit visiblement frémir McMaster de rage. Judith Newman y répondit à sa place.

« Ils n'en ont aucune. Ils refusent de répondre. Ils ne semblent pas avoir envie d'entrer en contact.

– Pas *encore*, ajouta McMaster avec condescendance. Mais il semblait davantage soucieux de se convaincre lui-même.

– Ils ont aussi peint les portes et les fenêtres, ainsi que les caméras vidéo de la banque.

– Est-ce qu'on peut voir les enregistrements de leur arrivée ?

– Droit devant, dit Judith. Mais ils portaient déjà des masques quand ils sont entrés dans la banque.

– Ils se sont mis un bas sur la tête en montant les marches, alors. Et les caméras extérieures ?

– Ils étaient masqués à l'extérieur également.

– Vous n'êtes pas en train de me dire, j'espère, qu'ils ont remonté toute la rue vers la banque en étant masqués et que personne, en ce samedi très chargé, n'a rien remarqué de suspect ? »

À ce stade du dialogue, McMaster avait le regard mauvais de quelqu'un qui aurait volontiers étranglé quelques petits animaux à fourrure sans pour autant épuiser toute sa tension intérieure.

« Ils étaient déguisés en clowns, inspecteur de Xavia, dit-il, maîtrisant à peine sa fureur. Ils se sont fait passer pour des artistes de rue avant d'entrer dans la banque.

– Ils ont dansé sur le vieux tube de Madness. Apparemment, ils ont attiré pas mal de spectat…

– Oui, merci, inspecteur Newman. Je crois que nous pouvons nous dispenser de certains détails peu pertinents.

– Certainement, Monsieur.

– Et qu'est-il arrivé aux hommes des Groupes d'Intervention ? » demanda Angélique.

À ces mots, McMaster se mit à cligner des yeux, puis à les frotter. Quelques-uns des policiers présents l'imitèrent.

« Nous avons été soumis à une attaque. Ils ont utilisé une espèce de poudre, un irritant épidermique, tirée du toit, dit McMaster.

– Lance-grenades ou fusil à pompe, on suppose, ajouta Hogg. Un SPAS ou un LAW, quelque chose dans le genre. Du matos de qualité.

– Nos agents armés semblent avoir été tout spécialement visés : ils ont donc essuyé le plus gros de l'attaque, reprit McMaster.

– Un irritant épidermique ? s'enquit Angélique sans parvenir à dissimuler tout à fait l'expression amusée de son visage.

– À l'évidence, si vous avez besoin de vos deux mains pour vous gratter et que vos yeux dégoulinent de larmes, vos talents de tireur ne servent pas à grand-chose, n'est-ce pas ?

– Je suppose que non, Monsieur.

– Les pauvres bougres sont tous à la Royal Infirmary pour des bains de solution alcaline. C'est vraiment une saleté, je vous assure.

– On dirait que ces types ont le sens de l'humour, en tout cas.

– Pardonnez-moi si je n'y vois personnellement rien d'amusant.

– Non, je pense que c'est une déclaration d'intention. Ils ont visé les hommes du GIA, or les gens accusent toujours la police armée d'avoir "la gâchette qui les démange". C'est bien la phrase qu'ils emploient, non ? Peut-être que c'est leur manière de nous signifier qu'ils ne souhaitent pas voir tout ça finir en fusillade.

– Vraiment ravi que vous soyez là pour interpréter la fonction sémiotique de tout ceci, inspecteur de Xavia, car c'est vraisemblablement tout ce que nous obtiendrons en matière de communication.

– Si je peux me rendre utile… Mais je n'imagine pas que ce soit la seule raison de ma présence ici, n'est-ce pas, Monsieur ?

– Non, dit-il en tendant le mégaphone à Hogg. Venez avec moi. »

McMaster, s'éloignant du barrage, la conduisit vers West Nile Street.

« Vous êtes ici à cause de Grant Kelly, lui dit-il.

– Qui cela peut-il bien être ?

– Pour l'instant, il est l'homme que nous avons à l'intérieur.

– Il est de chez nous ?

– Non, répondit McMaster d'un ton agacé. Il fait partie du personnel. Un putain de conseiller financier. Nous avons appelé son patron pour être sûrs que le nom était valable.

– Je ne vous suis pas.

– Il était à l'étage dans l'un des bureaux de la direction, là où personne n'est censé se trouver un samedi matin, quand ces dingues ont pris la banque. Enfin bref, il nous a appelés sur son portable pour dire qu'il était coincé là, et que les types ne le savent pas. C'est ce que je voulais dire par valable, par opposition à un crétin qui nous baratinerait d'un autre bureau.

– Pigé.

– Il a pu jeter quelques coups d'œil à ce qui se passe, parce que certains bureaux ont des baies vitrées qui donnent sur le hall. Le problème, c'est qu'il se chie dessus à l'idée d'être découvert, ce qu'on peut comprendre ; alors il ne communique que par SMS depuis le coup de fil initial. La fille qui l'a eu en ligne l'a d'abord pris pour le détraqué le plus débile de la planète, genre gros halètements en direct sur le standard de la police, mais en fait il chuchotait. Depuis, il a mis son portable sur silence et nous pouvons donc répondre à ses messages sans attirer l'attention. »

McMaster s'engagea dans une petite rue qui ramenait sur Buchanan Street, au nord du barrage de West Regent. Angélique aperçut une grosse camionnette noire, garée vers le milieu de la ruelle, et qu'on ne pouvait pas voir de la banque. À l'extérieur se tenaient six hommes des GIA en gilet pare-balles de Kevlar, non poudrés, et dotés de casques antiémeute, à visière cette fois.

« Les messages nous parviennent sur ce téléphone. Il ne se passe pas grand-chose, mais il en envoie de temps à autre pour nous faire savoir qu'ils ne l'ont toujours pas repéré.

– Et où est-ce que j'entre en scène ? »

McMaster ouvrit les portes arrière de la camionnette.

On aurait dit que la police avait fait une descente dans un magasin d'ordinateurs et confisqué le matériel, preuve d'une sévère répression à l'encontre des commerçants qui plument sans vergogne les consommateurs crédules et mal informés. Il y avait des rangées d'écrans le long de chaque paroi, surveillés et manipulés par deux femmes officiers en uniforme, qui avaient dû escalader des centaines de cadavres de collègues technophiles mâles pour avoir le poste. La plupart des écrans montraient des images prises sur les lieux par des caméras internes et pouvaient se manipuler à l'aide de joysticks et de claviers situés devant chacun d'entre eux. Sur une étagère à gauche de la porte se trouvaient, fort mauvais présage, un gilet en Kevlar et un casque très élaboré, avec caméra vidéo, oreillette et micro. Sur la même étagère se trouvaient également deux Caméscope miniatures et deux petits micros paraboliques sur des pieds en plastique.

« Laissez-moi deviner. Vous avez des soucis avec une de ces télés et vous vous êtes laissé dire que j'étais championne avec un tournevis et un fer à souder.

– Il y a un vasistas sur le toit de la banque, accessible par le deuxième étage des bureaux de la direction. C'est par là que leur sniper est passé. Selon Kelly, personne n'a remonté ces escaliers depuis, mais il nous tiendra au courant s'il y a du changement.

– C'est pour ça que vous n'avez pas replacé de GIA devant la banque : pour éviter les sorties sur le toit.

– Exactement. Nous voulons qu'ils croient que nous sommes en attente.

– Mais c'est bien là où nous en sommes.

– Pour l'instant, oui.

– Je n'aime guère ce sous-entendu.

– Calmez-vous, de Xavia. Nous n'avons pas l'intention de nous lancer dans une prise d'assaut inconsidérée. » Encore ce putain de mot. « Je ne veux pas débouler à l'intérieur et que ça finisse en bain de sang. Mais pour l'instant nous sommes sourds et aveugles et nous avons donc besoin d'yeux et d'oreilles. »

Son regard se posa sur le casque et tout le matériel furtif qui allait avec. Angélique le regarda elle aussi quelques instants, puis se retourna vers McMaster.

« Pourquoi moi ? » demanda-t-elle d'un ton de défi tel qu'il équivalait presque à une bourrade dans la poitrine.

Il soupira bruyamment.

« Est-ce que ce vasistas est si étroit que je sois la seule à pouvoir m'y glisser ? Ou c'est le casque qui est trop petit pour aller à quelqu'un d'autre ? Hein ?

– Qu'est-ce que vous voulez, Angélique ? Vous avez besoin que je vous fasse des excuses à genoux ? Vous voulez que je caresse votre ego dans le sens du poil ? Il y a des gens dans cette banque qui ont des préoccupations plus graves. Nous nous devons de leur donner ce que nous avons de mieux à leur offrir, et dans ce genre de situation, ça veut dire vous. Vous le savez, et je le sais. Là, je l'ai dit. Vous êtes satisfaite ?

– Je me serais contentée d'un s'il vous plaît.

– Alors je vous le dis en plus du reste. S'il vous plaît.

– Le mot magique qui ouvre toutes les portes. »

McMaster sortit pendant que les deux officiers de surveillance donnaient des instructions à Angélique, lui indiquant le positionnement souhaité de leur matériel. Elles voulaient deux angles de vue, ce qui signifiait que les caméscopes devaient être placés chacun à une extrémité des bureaux dotés de baies vitrées. Les micros paraboliques étaient télécommandés, et pouvaient être dirigés à distance sur la cible souhaitée. Il fallait donc les installer en hauteur, sur une surface plane proche du centre de la mezzanine.

Angélique enfila son gilet pare-balles et sortit de la camionnette, la sacoche rembourrée contenant le matériel en bandoulière sur l'épaule gauche, et le casque à la main.

« Nous venons d'avoir un message de notre homme, lui dit McMaster. La voie est libre.

— J'ai besoin d'une arme.

— Wilson », ordonna McMaster. Le plus proche des gradés en armes saisit le MP5 qu'il avait en bandoulière.

« Non, pas un de ces trucs encombrants, on va entendre le métal cogner sur les murs. Donnez-moi une arme de poing, et autant de chargeurs que possible. »

Un autre membre de l'équipe s'avança et obéit en lui remettant son Walther P990. « C'est du calibre quarante, par opposition au neuf millimètres, donc les chargeurs ont douze… »

Un regard de calibre encore plus imposant lui cloua le bec.

« L'inspecteur de Xavia n'a pas besoin de cours sur les armes à feu », clarifia poliment McMaster.

Angélique vérifia l'arme, éjectant le magasin et testant le glissoir avant de recharger et d'armer. Elle prit ensuite les chargeurs disponibles et les glissa dans sa sacoche.

« Prête ? demanda McMaster.

— Pas encore. Il manque un accessoire capital à mon équipement. Est-ce que quelqu'un a un élastique ?

— Hein ? »

Pendant que les hommes du groupe se regardaient, impuissants, l'une des femmes officiers chargée de la surveillance plongea la main dans une poche murale de la camionnette et lui en offrit une sélection.

« Merci beaucoup », dit Angélique. Elle en prit un pour se faire une queue de cheval très serrée et installa le casque par-dessus.

« *Maintenant* je suis prête. »

Le gentleman cambrioleur

Suite à ses précédentes réflexions, alors que Michelle était à présent certaine que des voleurs inexpérimentés représentaient un danger plus grand que les autres, elle n'avait pas la moindre idée de ce que disait la sagesse populaire concernant ceux qui sont cinglés.

L'adjectif « dément » est l'un des plus galvaudés – et souvent mal employés – de la langue moderne, à égalité avec « dingue » et « barjo ». « Tu dois absolument rencontrer ma copine Mandy, elle est démente. » « Ils sont tous barjos dans mon pub, j'te dis pas. » « T'aurais dû venir à la fête d'Eileen, c'était dingue. » Les gens les plus ordinaires et les plus ternes se voient décerner ce statut comme une espèce de compliment lié à leur personnalité, habituellement basé sur un soupçon d'originalité ou un souvenir d'hilarité partagée (généralement en état d'ivresse). Tout le monde est « dément ». On a des amis « déments ». Une famille « démente ». Des collègues de travail « déments ». Même certains présentateurs télé sont « déments ». Sauf qu'ils n'ont rien de dément. Ce sont juste des gens qu'on trouve vaguement intéressants.

En revanche, les gens qui étaient en train de dévaliser la banque de Michelle étaient des mecs complètement, totalement, absolument cinglés.

Elle en avait été de plus en plus convaincue au fur et à mesure du déroulement des événements, mais ce à quoi elle avait assisté durant cette dernière demi-heure, c'était le pompon ! Pendant que Ionesco était toujours occupé à tenter d'ouvrir le coffre, Chagall avait été chargé de distraire les otages – fonction très peu orthodoxe parmi les gangsters, ce qu'il avait fait en recréant des œuvres d'art célèbres sur les portes et les fenêtres blanchies à la peinture, sans cesser de solliciter des contributions de la part du « public ».

Il avait d'abord dessiné un pont avec un personnage, le visage angoissé entre les mains, avec deux autres silhouettes à l'arrière-plan. Michelle reconnut le tableau, mais n'aurait pas su dire qu'il s'appelait *Le Cri*[1] si Chagall ne l'avait pas fait dire à l'un des clients de la banque. Il modifia ensuite le dessin pour faire apparaître sur l'épaule de l'un des deux personnages une énorme sono et demanda quelques suggestions de titres de chansons pouvant inspirer une telle horreur. *My Heart Will Go On* ne pouvait manquer d'arriver gagnant, récompensé par une gerbe de notes de musique s'élevant tout autour du titre.

Après cela, il dessina sur l'une des portes un homme appuyé contre un arbre, d'une sérénité incongrue compte tenu du nombre de flèches qui le transperçaient. Aux dires du même client apparemment amateur d'art, il s'agissait du *Martyre de Saint Sébastien*, qui devint l'objet d'un concours de légendes. « Raté ! » se révéla la plus populaire, au milieu d'une quantité de rires que Michelle estima supérieure à la norme prescrite lors d'une prise d'otages dans une banque assiégée.

---

1. Sans conteste la plus célèbre toile d'Edvard Munch.

Sur la seconde porte, il dessina, s'excusant auprès de Van Eyck, une femme à la grossesse prononcée debout aux côtés d'un homme en vêtements médiévaux et en fit le sujet d'autres propositions de légendes, salaces pour la plupart (« C'est l'ultime fois que je laiffe ma médiévale pépée partir en tournée avec Oafif » l'emporta cette fois).

Enfin, sur la fenêtre de droite, il recréa un autre tableau que Michelle reconnut, avec plein de corps morts ou mourants s'accrochant à un radeau ballotté dans la tempête. L'Ambassadeur du Peuple se saisit de l'occasion pour reprendre ses arguments précédents. « J'vous l'avais bien dit qu'c'étaient des putains d'cathos. Il est en train de dessiner la couverture de l'album de c'te vermine républicaine, d'ces poseurs de bombes, là, les Pogues ». Ou plutôt, *Le Radeau de la Méduse*, comme l'un des cathos susmentionnés (sans doute amateur des Pogues plus que d'art) fut en mesure de le lui indiquer.

Quels qu'aient été les plans de Chagall pour modifier ce chef-d'œuvre, Michelle ne les vit pas, car Jarry fit l'une de ses apparitions périodiques et fut interpellé par un client aux traits tirés qui, selon ses propres mots, était sur le point de « renverser le vin de messe ». C'était un signe stupéfiant du degré de confiance suscité par Jarry que ce type attende son retour plutôt que de dire à l'un des autres qu'il avait envie d'aller pisser.

Jarry demanda qui d'autre avait besoin d'utiliser les toilettes et ordonna à Athéna de les y escorter deux par deux. Michelle, souffrant toujours d'une totale déshydratation, n'avait pas de besoin urgent, mais prétendit le contraire, car elle voulait saisir l'occasion de se dégourdir les jambes. Cette occasion se présenta bel et bien, mais pas de la façon dont elle s'y attendait.

En arrivant au sas de sécurité, Athéna, qui ne l'avait pas encore emprunté, demanda à l'otage le plus proche de lui donner le code. Par malheur, l'otage le plus proche se trouva être le client de Grant Kelly. Lorsqu'il répondit en s'excusant qu'il ne savait pas, Athéna se contenta de regarder vers quelqu'un d'autre, mais Jarry tourna la tête et comprit tout de suite ce que cela impliquait.

Il tourna ensuite la tête vers Michelle.

Elle sentit ses joues s'enflammer quand son regard se posa sur elle et eut envie de baisser les yeux, mais elle se sentit obligée de le regarder, de peur qu'il ne croie qu'elle le narguait. Jarry s'avança et lui fit signe de se lever, en agitant quatre doigts incitatifs. Michelle se mit debout, les entrailles en émoi, cette fois sans lien avec l'alcool.

« Vous avez du cran, dit Jarry. J'aimerais vous avoir de mon côté si c'était moi qui étais caché. »

Les autres clowns regardaient la scène, intrigués.

« Il nous manque un membre du personnel, les gars. Mais rien de grave. » Il regarda le badge qui portait son nom. « Michelle que voici va m'aider à résoudre ce petit problème n'est-ce pas ? »

Elle ne répondit rien, essayant de toutes ses forces de ne pas s'écrouler. Il lui semblait que tous ses os menaçaient de se transformer en bouillie gluante, identique à celle qui bouillonnait dans son système digestif.

Jarry la suivit à travers le sas et lui demanda de se diriger vers l'entrée de la mezzanine. « Ionesco a fait le ménage en bas, et soyons francs, il n'y a pas beaucoup de cachettes. Les bureaux du haut n'ouvrent pas le samedi, mais j'imagine que quelqu'un a la clé, hein ? Qui cherchons-nous, Michelle ? »

Ils marquèrent une pause devant la porte.

« Conseiller financier, parvint-elle à articuler.

– Oh, c'est bon à savoir. Peut-être pourra-t-il, ou elle, m'aider à dépenser ce qui est dans le coffre, mais pour tout dire, je voulais un nom. Écoutez, vous ne trahissez personne. Vous avez déjà fait un sacré bon boulot de couverture pendant tout ce temps. »

On ne pouvait pas dire que la trahison était la raison première des réticences de Michelle. Cela avait davantage à voir avec la satisfaction d'être demeurée loin de Grant jusque-là ; sans parler de l'embarras persistant qui l'empêchait presque de prononcer son nom. *Presque.* C'est stupéfiant ce que la vue d'une arme à feu peut faire subir à notre sens des priorités.

« Grant Kelly, chuchota-t-elle, la voix brisée.

– Vous êtes intimes ou…? » demanda Jarry, notant son émotion. Michelle se sentit rougir une fois encore. « Enfin, ça ne me regarde pas, à vrai dire », ajouta-t-il, ce qui, dans un sens, était pire que d'autres questions auxquelles elle aurait pu au moins répondre par la négative. « Bon, qu'est-ce que vous en pensez ? Il accompagne son client jusqu'aux toilettes du bas, sans doute à la fin de leur entretien, puis se carapate là-haut, où théoriquement, il ne devrait pas se trouver, le vilain garnement. Pourquoi ?

– Chiottes de luxe, dit-elle en haussant les épaules.

– C'est plausible. Chagall a trouvé un emballage de *FHM*, mais pas le magazine. Et vous étiez à un quart d'heure de la fermeture, donc pourquoi ne pas attendre là où personne ne va venir vous embêter ? Admirable. On ne peut pas dire que les tire-au-flanc manquent d'initiative. »

Jarry ouvrit la porte et conduisit Michelle doucement jusqu'en haut, s'arrêtant dans le couloir.

« Appelez-le par son nom, chuchota Jarry. Et dites-lui que c'est vous.

– Oh, mon Dieu », coassa Michelle de manière totalement involontaire. Jarry agita sa mitraillette. Michelle avala sa salive, inspira profondément et parla enfin, tentant désespérément de bannir de son esprit la vision de ce qu'elle était en train de faire la dernière fois qu'elle lui avait adressé la parole. « Grant, c'est Michelle. »

Jarry approuva d'un signe de tête et fit un geste avec son arme, qu'elle interpréta comme « encore ».

« Grant, tu m'entends ? C'est Michelle. Où es-tu ? »

Silence. Elle regarda le couloir sur chaque côté duquel s'ouvraient des portes, la plupart entrebâillées et quelques-unes grandes ouvertes.

« Monsieur Kelly, cria Jarry d'une voix intimidante. Je sais que vous m'entendez et je sais que vous entendez Michelle. Vous avez dix secondes pour vous rendre, ou je fais gicler le contenu de son cerveau sur le putain de tapis qui est devant moi. »

Michelle se retourna et lança à Jarry un regard empli d'horreur à l'état pur.

Il secoua la tête et écarta l'idée d'un geste rassurant, mais commença à compter tout haut. Lorsqu'il parvint à cinq, il tira un levier de son arme, ce qui produisit un son métallique dont l'écho se propagea comme une menace le long du couloir.

« Quatre, trois, oh, et gardez à l'esprit, s'il vous plaît, le nom de la personne que je suis le plus susceptible de tuer après Michelle. »

À cet instant, les mots « Je suis là, je suis là » furent précipitamment énoncés. Ils provenaient du bureau de Bob McEwan, aussitôt suivis d'une main timide.

« Restez où vous êtes », lui ordonna Jarry, indiquant à Michelle d'avancer la première vers la porte.

Elle aurait largement préféré se trouver nez à nez avec un voleur. Grant était là, avec l'air de quelqu'un pour qui la veille au soir semblait loin, bien loin de ses préoccupations. Il tremblait, son teint était quasiment cadavérique et il avait les yeux pleins de larmes. N'ayant pas assisté au joyeux spectacle qui se déroulait en bas, il n'avait eu pour compagnie que son imagination terrifiée.

Enfin, du moins le croyait-elle. Jarry repéra autre chose.

« Est-ce que par hasard, vous auriez un portable dans la poche ou bien est-ce Michelle qui vous fait de l'effet ?

– Oh, non… » soufflèrent Grant et Michelle en même temps, pour des raisons très différentes. Grant remit son téléphone à Jarry.

« Asseyez-vous », lui dit celui-ci avant d'adresser la même invite à Michelle. Ils reculèrent à l'intérieur du bureau du directeur adjoint, d'où elle put voir la partie avant du hall. Le Radeau de la Méduse était à présent attaqué par la Dame du Lac dont la barque était équipée d'un canon généralement absent des représentations officielles.

« Jolie vue, dit Jarry. À qui avez-vous parlé ?

– À p-p-personne », bredouilla Grant. Michelle claqua la langue et soupira. Cela rendrait les choses de la nuit passée plus faciles à supporter s'il faisait preuve d'*un tout petit peu* de maîtrise et de courage.

« Merde, quel dommage, reprit Jarry. Moi, j'aurais appelé les flics illico. » Il se mit à appuyer sur des touches, le regard rivé au portable. « Bien sûr, il aurait fallu que je parle à voix basse, avec toutes ces allées et venues des braqueurs. Peut-être même que j'aurais envoyé un texto. »

Grant ne prononça pas un mot.

« Là, qu'est-ce que j'apprends ? 15.56 : "Tjs ok. Tjs en ba. Ok cheval 2-3." Cheval 2-3, allons bon, qu'est-ce que ça peut bien vouloir dire ? Voyons ce qu'il y a avant. 15.47 : "Ils peign fnêtr. 1 ordevu." 15.39 : "Tjs ok." 15.29 : "Tjs ok." 15.22 : "Bagar entre otaj. Otaj frappés avec arm." 15.17 : "Tjs ok." Et ainsi de suite, bla bla bla. »

Le pouce de Jarry continuait à pianoter sur le clavier à mesure qu'il lisait les messages de Grant. « Vous avez fait un commentaire très suivi, à ce que je vois. À ce propos, je ne goûte pas franchement votre prose, d'ailleurs, mais bon, vous êtes sous pression. Merde alors ! »

Il cessa de pianoter et lança un regard dur à Grant ; il y avait de la colère dans ses yeux, même si l'expression peinte sur le masque suggérait une humeur plus affable.

« Ils envoient quelqu'un, lâcha Grant. S'il vous plaît, ne me tuez pas. Je vous dirai tout ce que je sais, tout ce que je leur ai dit. »

Jarry agita le portable qu'il tenait dans la main. « Il n'y a rien que vous puissiez me dire que je ne sache déjà. Je sais qu'ils envoient quelqu'un, mais ce n'est pas pour ça que je suis en pétard. »

Grant avait l'air perdu et cela ne faisait qu'ajouter à sa terreur lamentable. Michelle était en train de se dire qu'elle aurait dû être moins sévère dans son jugement, dans la mesure où elle-même s'était montrée pitoyablement docile quelques minutes auparavant, lorsqu'elle avait craint de s'attirer les foudres de ce même voleur armé. Le pauvre. Ce qu'il avait fait était très courageux.

« 11.48 : "Donny, mon pote ! QueL nuit. Michelle J. m'a fait 1 pip. Détails à suivre." »

Jarry jeta un nouveau coup d'œil au badge de Michelle pour lire son nom de famille, mais l'expression mortifiée de son visage rendit la manœuvre inutile ; il n'avait pas davantage besoin de demander si c'était la vérité.

« Espèce de sale con ! » cria-t-elle d'une voix stridente.

Grant baissa la tête, la couleur, principalement le rouge, effectuant une belle réapparition sur ses joues.

« Qui est Donny ? demanda Jarry.

– Mon meilleur ami, marmonna Grant, incapable de les regarder en face.

– Ce n'est vraiment pas le genre de détails qu'un gentleman est censé confier à ses amis, ou à quiconque, soit dit en passant. Est-ce que nous avons le numéro de Donny ? Ah, voilà ! »

Jarry recommença à pianoter sur le clavier tout en gardant un doigt de l'autre main sur la gâchette de son arme.

« Je suis désolé, je suis tellement désoléééé, dit Grant d'un ton qui pouvait laisser croire qu'il allait éclater en sanglots.

– Il est un petit peu tard pour ça, répondit Jarry. Mais on peut encore arranger les choses. Nous y voilà. "Donny, vieille branche ! Alors, tu y as cru ? Michelle j'en rêve, mais c'est tout, hélas !" »

Jarry mit le portable dans sa poche et reprit son arme à deux mains avant de faire un pas vers Grant en lui braquant le canon de sa mitraillette sous le menton.

« Bien, on va passer un marché. Tu apprends à garder pour toi les secrets d'une dame et on ne dira à personne que tu te branles devant des magazines dans les chiottes du premier. Ça te va ? »

Les yeux de Grant lui sortirent des orbites. Il se demandait sans doute s'il lui restait encore quelque chose à cacher. Michelle aurait même pu le plaindre, si chaque molécule alcoolisée de son organisme ne l'avait haï en ce moment précis.

Grant hocha la tête autant que le lui permettait le canon de l'arme. « Oui, oui. Tout à fait. D'accord.

– Bien. Et maintenant, si vous n'y voyez pas d'inconvénient, il semble que je doive accueillir des visiteurs ; aussi vous allez transporter vos fesses en bas. »

Jarry plaça Grant en joue pour qu'il ouvre la marche et lui donna un petit coup dans le dos avec le museau de son arme. Grant couina et frissonna au contact du métal, comme du bétail qu'on aiguillonne.

Ouais, souffre un peu, salaud, pensa Michelle.

Ce n'était pas le syndrome de Stockholm. Michelle se sentait plus proche du bandit que de son compagnon otage, parce qu'un seul d'entre eux l'avait traitée comme une vraie dame. Cela pouvait être dû à une effrayante obsession personnelle ou cacher une psychose qui se déchaînerait lors d'un mauvais enchaînement de circonstances, mais pour l'instant, cela paraissait peu vraisemblable. Néanmoins, Michelle n'était pas encore prête à fantasmer au sujet de l'homme qui se dissimulait derrière le masque. Elle avait effectué son quota d'actes sexuels désespérés pour l'année, merci, et en plus, grâce à un enchaînement hautement improbable d'événements, elle allait, semble-t-il, s'en tirer à bon compte.

Ils retournèrent aux bureaux du rez-de-chaussée, où Ionesco fixait d'un air consterné un écran d'ordinateur. Jarry regarda sa montre.

« Comment ça se passe ? demanda-t-il.

– Lentement, répondit Ionesco.

– Lentement mais sûrement ?

– Aussi sûrement que la nuit suit le jour, mais je ne sais pas lequel va arriver en premier.

– Pourquoi ?

– C'est ce putain d'encodage en 256 bits.

– Mais je pensais que les tests du compilateur avaient été faits en 256 bits.

– Le compilateur fonctionne très bien. Le problème, c'est que je l'ai écrit et essayé sur un Athlon 2.2 Giga.

– Et celui-là est un… ?

– La plus rapide de ces bécanes est un Celeron 400.

– Merde. Et donc… pronostic ?

– J'ai trafiqué le disque dur autant que je pouvais, j'ai déshabillé le DOS jusqu'aux os. Il y a eu du progrès, mais je ne peux toujours pas savoir combien de temps ça va prendre. Il n'y a plus qu'à attendre.

– Pas la peine de rester là, donc. Allons-y. J'ai besoin de monde dans le hall.

– Ça roule. »

Ils débouchèrent tous les quatre dans le hall, où les autres clowns se tournèrent immédiatement vers Jarry pour une mise à jour. Ionesco équipa Grant du classique adhésif et lui dit de s'asseoir sur le sol. Pendant ce temps, Michelle contourna le groupe pour se placer aussi loin de Grant que possible.

« Messieurs, nous avons quelques points à régler, leur annonça Jarry. Tout d'abord, nous allons avoir un visiteur. Les flics envoient quelqu'un pour placer des micros. Nous ne pouvons pas leur en vouloir, les pauvres. Mais nous disposons d'un peu de temps. Je leur ai demandé de patienter.

– *Vous* leuw avez demandé ? dit Dali.

– J'expliquerai plus tard. Monsieur Chagall, si vous êtes à court de toile, je pense que vous feriez mieux de mettre en place le plan B.
– Ah, mewde, dit Dali.
– Chier, surenchérit Athéna avec un accent qui ne fit que confirmer qu'il était aussi américain qu'un toast marmelade.
– C'est juste au cas où. Monsieur Athéna, j'ai besoin de vos talents personnels à l'étage. Dali et Ionesco, les otages sont à vous.
– Ça woule.
– Cool. »

Plan B, pensa Michelle. Peu importe le ton rassurant que Jarry adoptait pour ses camarades, il était indéniable que leur opération rencontrait des obstacles. C'était précisément le genre d'évolution qu'elle savait redouter le plus ; mais au lieu de ça, un détachement serein était en train de l'envahir. Les symptômes de sa gueule de bois avaient considérablement faibli depuis que Jarry avait envoyé ce SMS, ce qui la fit se poser des questions sur les processus de transfert qui avaient opéré en elle jusque-là. En dépit des armes, de l'état de siège et de la folie ambiante, ce n'était pas de Jarry et de ses hommes qu'elle avait eu le plus peur. Cette crainte ayant été levée, elle se sentait capable de faire face à tout le reste.

Il était sans doute totalement incongru de ressentir de la gratitude à l'égard d'un voleur brandissant une arme, mais elle voulut néanmoins l'exprimer ; de plus, ça ne ferait pas de mal de rappeler à Grant qui elle avait dans son camp.

« Monsieur Jarry », appela-t-elle au moment où il allait disparaître par le sas de sécurité. Il fit demi-tour et vint s'accroupir à côté d'elle.

« Je voulais juste vous dire… merci. Je ne comprends pas pourquoi… Je ne sais pas du tout, mais… merci.

– Hé, ce n'est pas parce que je suis braqueur de banque que je suis mauvais gars. »

Et là-dessus, il s'en alla.

Encore un truc qui tourne mal

« Ter1 DgaG. Tous en ba. Volrs attnd qqch ? OK pr vs. »

Maudits soient les SMS, se dit Angélique.

Elle n'avait plus assisté à autant de crimes impitoyables contre les Belles-Lettres que depuis cette enquête sur un réseau de pédophiles qui l'avait conduite à passer des heures terribles sur des sites de chat, littéralement en manque de mots correctement orthographiés. Volrs attnd qqch. Merci pour le scoop.

Elle marchait à vive allure à travers la galerie marchande de Princes Square, escortée par deux types du GIA, et à la seule vue de leur petit groupe, les clients s'écartaient de leur chemin. Le plus déprimant dans l'histoire, c'est qu'elle attirait l'essentiel des regards, et pas seulement parce qu'elle était une femme. Tous les trois portaient des gilets en Kevlar, mais elle était la seule à arborer un pantalon bleu clair à pattes d'éléphant et un casque qui la faisait ressembler à un Cyborg récemment mis en service. Eh bien, au moins, ça la distinguait de ses deux camarades aux chromosomes YY qui se la jouaient protecteurs alors qu'ils étaient sur le point de lui dire au revoir et bonne chance pour sa petite mission personnelle.

Pire encore que son harnachement était la voix désincarnée de McMaster à son oreille. Maintenant, elle comprenait ce que doit éprouver un schizophrène, sauf que dans le cas du schizophrène, les voix doivent parfois sembler cohérentes, même si c'est occasionnel.

La pensée que McMaster puisse voir ce qu'elle regardait, et entende les mêmes choses qu'elle, était vraiment inconfortable. De là à ce qu'il sache ce qu'elle pensait, il n'y avait qu'un pas, et il était heureux qu'il ne puisse le franchir, car il n'y avait rien de rassurant là-dedans. Elle entretenait des soupçons, voire une franche paranoïa, quant aux motifs de sa participation à cette farce – dont le plus plausible était qu'elle ferait un parfait bouc émissaire dans le cas où ça tournerait mal – si un civil se faisait tuer, par exemple. « Ah oui, l'inspecteur de Xavia. De lourds antécédents : conduite imprévisible, décisions inconsidérées. Tendance à court-circuiter la hiérarchie. » C'est plus simple de faire porter le chapeau à un petit flic plein d'enthousiasme qu'à une erreur de tactique de ladite hiérarchie.

Mais il y avait plus déstabilisant encore pour un éventuel mouchard télépathique : le manque de confiance en ses capacités actuelles et une absence de conviction encore plus grande à les mettre en pratique. Non seulement entretenait-elle des inquiétudes sur sa performance de la matinée au dojo – pas vraiment la préparation idéale à la tâche qui l'attendait –, mais elle trouvait également difficile de se concentrer sur l'imminence de la chose. En temps normal, elle aurait déjà été prête au combat ; mais là, quelques minutes avant d'affronter le danger, elle surprit son regard (et par conséquent sa caméra) en train de se laisser distraire par un petit haut violet dans la vitrine de chez Whistles – Je me demande quel pantalon irait le mieux avec… Elle fut sur le point de marmonner :

« Je suis trop vieille pour ces conneries », quand elle se souvint que ses auditeurs étaient plus nombreux qu'à l'accoutumée.

Assistés par un agent de sécurité, ils montèrent jusqu'au toit du centre commercial. Pour atteindre celui de la banque, Angélique devait descendre en rappel sur environ deux étages. Elle ajusta son harnais puis regarda par-dessus le bord de l'immeuble pendant que son escorte s'occupait d'assembler et de fixer la poulie à quelque chose de résistant. Le vasistas était non seulement bien visible, mais encore ouvert, sans doute pour permettre un accès rapide dans l'éventualité où la police aurait été assez stupide pour renvoyer un GIA devant la banque. Même après les sommations, ils n'auraient pas pu viser grand-chose si les malfaiteurs tiraient à partir d'une position élevée ; et si les flics se mettaient à finasser, il était possible que le prochain bombardement soit d'une autre nature que du poil à gratter. Cette pensée suffit à Angélique pour retrouver tardivement un peu de la concentration qui lui avait manqué jusque-là. Un lance-grenade à pompe, comme un SPAS ou un LAW, est couramment employé dans son mode de tir classique, à savoir celui d'un fusil automatique. La pompe n'est utilisée que pour des projectiles qui ne sont pas éjectés par l'air comprimé. En ce qui concerne les cartouches normales, ces joujoux en contiennent onze dans le chargeur plus une engagée, et peuvent tout expédier en quelques secondes. Angélique connaissait l'effet produit sur sa poitrine (à l'abri du Kevlar) par un seul coup de fusil ; et encore, c'était le scénario le moins catastrophique.

Les gros bras du GIA finirent d'installer le dispositif et prirent position sur le toit, braquant leur arme sur le vasistas. Angélique résista à la tentation de leur demander sur quoi ils allaient bien pouvoir tirer, à part sur ses fesses à elle, mais après tout, si ça leur faisait plaisir de se sentir utiles…

Sur le conseil auriculaire de McMaster, elle fit une dernière vérification téléphonique en tapant le raccourci pour envoyer le message enregistré : « Entrons maintenant. Toujours dégagé ? »

Trente secondes, peut-être soixante s'écoulèrent, assez pour redouter/espérer que le type s'était fait choper, avant que le téléphone se mette à vibrer dans la main d'Angélique.

« Volrs attnd tjs. OK pr vs. »

Elle glissa le portable dans une poche de son pantalon et accrocha son mousqueton à la corde.

« J'espère que vous me revaudrez ça, les mecs », dit-elle à l'intention de McMaster, puis elle s'élança sur la paroi.

Elle atterrit délicatement, pliant les genoux pour atténuer l'impact de sa chute, puis défit rapidement son harnais et s'avança vers le vasistas, arme au poing.

Accroupie près de l'ouverture, elle apercevait un mur de la pièce au-dessous, avec des étagères pleines de matériel de bureau en désordre. C'était une réserve, les cadres supérieurs ne souhaitant sans doute pas voir des ouvriers piétiner leur bureau avec leurs sales godasses chaque fois qu'une intervention sur le toit était nécessaire. Elle s'approcha encore, pas pour regarder directement à l'intérieur, mais pour détecter le son d'éventuels mouvements. Une bouffée de vent apporta jusqu'à elle le murmure de la foule au-dessous ; si elle levait les yeux, elle apercevait la gare centrale, avec la file des taxis et le flot des piétons dans Renfield Street. Dans des moments pareils, le reste du monde avait une manière cyniquement insouciante de vaquer à ses occupations, totalement inconscient des dangereux et dramatiques événements qui avaient lieu à peine quelques rues plus loin.

Il y avait un conduit d'aération à trente centimètres du vasistas. Angélique le toucha pour vérifier sa température, puis passa une jambe derrière et serra. Tenant le Walther à deux mains, elle prit une inspiration et bascula à plat ventre dans l'ouverture, contractant ses abdominaux pour garder la tête à hauteur du plafond. Elle regarda dans toutes les directions que sa position lui autorisait, puis relâcha ses muscles et se pencha davantage pour jeter un œil derrière elle, la tête en bas. Il n'y avait personne en vue, seulement d'autres étagères, des placards et du mobilier de bureau : chaises et bureaux encore enveloppés de papier bulle ou en fin de vie.

La mauvaise nouvelle concernait l'échelle, qui était appuyée, hors d'atteinte, sur un mur à environ deux mètres. Elle n'avait d'autre choix que de « couler », nom sous lequel cette technique est connue à Glasgow.

Elle avait pour cela besoin de ses deux mains et dut par conséquent coincer son arme dans sa ceinture. Ce n'était pas une manœuvre qu'elle aurait recommandée habituellement, mais dans le cas d'un P990, on pouvait faire une exception. Les Walther ont trois dispositifs de sécurité distincts, il est donc presque impossible que le coup parte par accident ; pour faire effectivement feu avec ces machins, il fallait quasiment signer une décharge en trois exemplaires.

Angélique se glissa avec agilité dans le vasistas et se laissa descendre silencieusement jusqu'à ce qu'elle ait les bras tendus. Ses pieds étaient encore à un mètre du sol, ce qui ne représentait pas une longue chute, mais l'impact à l'arrivée était susceptible d'être entendu. Il y avait un bureau à environ un mètre à sa gauche : elle effectua une rotation de quatre-vingt-dix degrés et commença à se balancer d'avant en arrière pour pouvoir l'atteindre. Au quatrième balancement, elle lâcha prise et sauta en avant, atterrissant en déséquilibre mais debout sur le bois qui avait absorbé le choc.

Lorsque ses pieds touchèrent le bureau, Angélique dut rapidement songer à modifier sa posture, faute de quoi elle allait tomber en arrière en produisant un son beaucoup plus lourd (et aux conséquences plus douloureuses) que celui qu'elle avait tâché d'éviter. Elle y parvint grâce à cette technique d'un classicisme et d'une élégance rares (bien qu'à sa connaissance, Nadia Comaneci ne l'ait jamais employée), qui consiste à se pencher en avant en battant des bras comme un jeune héron particulièrement mal coordonné. Une fois presque obtenu le résultat désiré, demeura l'inconvénient pratique de se retrouver les bras déployés de chaque côté du corps (et donc totalement inutilisables) au moment où deux malfaiteurs au visage de clown sortirent de l'ombre et pointèrent leur arme sur elle.

« Et merde. »

Le plus grand des deux saisit délicatement son P990 et le plaça dans sa propre ceinture, tandis que McMaster susurrait en vain : « Oh, mon Dieu » à l'oreille d'Angélique.

« Le casque également, s'il vous plaît, et le sac », dit le plus grand des deux clowns, son accent américain ne faisant que confirmer les dires des otages.

« Avec plaisir », lui dit-elle en lui tendant le casque en premier sans une once de regret.

« Est-ce que ces trucs valent cher ? » demanda-t-il en tenant le gadget entre ses doigts pendant qu'Angélique déposait le sac rembourré sur le bureau.

« J'ai oublié de regarder le ticket.

– Eh bien, quoi qu'il en soit, toutes mes excuses au contribuable », dit-il avant de laisser tomber l'équipement au sol et de l'écraser avec le talon. Il prit ensuite le sac et recula.

« Monsieur Athéna, auriez-vous l'obligeance d'équiper notre invitée de l'adhésif de rigueur ? »

Angélique descendit lentement du bureau pour se retrouver face à « M. Athéna ». Son masque souriant ne parvenait pas à détourner l'attention de la rage qui flamboyait dans ses yeux.

« Tourne-toi », ordonna-t-il d'un ton bourru, remplissant son second rôle de « méchant » avec une passion qui, perçut Angélique, ne devait rien à la méthode Stanislavski[1]. La confirmation de cet état d'esprit survolté survint après qu'elle eut obéi, lorsqu'il lui frappa la nuque avec la crosse de son arme en criant : « À genoux, salope ! » La colère avait anéanti ses piètres efforts pour adopter l'accent américain. Ce type était du cent pour cent pur timbré made in Glasgow – ce que prouvait son recours instinctif à la violence à la seule vue d'un officier de police.

Le coup était moins violent que surprenant, et Angélique tomba à genoux davantage par obéissance que grâce à la puissance de l'impact. Il la poussa ensuite brutalement vers l'avant et posa un genou sur son dos pendant qu'il lui attachait les mains avec de l'adhésif

---

1. Alekseïev Stanislavski (1863-1938), acteur et fondateur du Théâtre d'art de Moscou, basait sa pratique artistique sur la prise de conscience intériorisée de la psychologie du personnage.

blanc. Ceci effectué, il la saisit par les narines, et toujours en appui sur sa colonne vertébrale, tira douloureusement sur sa queue de cheval pour que l'oreille d'Angélique se retrouve à proximité de sa bouche.

Mais avant qu'il ait pu parler, son compagnon se racla bruyamment la gorge.

« Monsieur Athéna, juste une petite question… Pouvez-vous m'expliquer ce que vous êtes en train de foutre au juste ? »

Il avait parlé doucement, très calmement, comme si la question était banale.

« Je m'assure que cette pouffiasse se fasse pas d'idées, grogna Athéna d'une voix rauque, tout près de l'oreille d'Angélique.

– J'aurais tendance à penser que l'officier de police ici présent, si toutefois c'est bien de cette personne dont vous parlez, a parfaitement saisi sa situation, considérant le fait que nous disposons de toutes les armes. Ils sont entraînés à être très observateurs, l'ignoriez-vous ?

– Ils ne sont pas entraînés que pour ça ! répliqua Athéna, en tirant encore plus fort sur les narines d'Angélique. Vous oubliez comment ça marche, *Monsieur Jarry*. Si on donne la moindre occasion à cette connasse…

– Bon, alors laisse-moi clarifier mon propos. Tu ôtes tes pattes de la dame ou je te bute illico. Tu crèves et nous, on se partage ta part. C'est plus clair comme ça ? »

Athéna se releva mais garda les doigts serrés sur le nez d'Angélique, qu'il tira pour la remettre à genoux. « Vous auriez pas les couilles, dit-il. Et ça foutrait le bazar dans vos jolis plans.

– Monsieur Athéna, je te traiterais bien de trou du

cul, si un trou du cul n'était pas une chose vraiment indispensable. Toi, en revanche... »

Athéna lorgna l'arme qui était braquée sur lui et finit par lâcher le nez d'Angélique, mais en profita pour saisir sa mitraillette à deux mains. Il pouvait ainsi viser Jarry à la seconde où celui-ci baisserait sa garde. Angélique ne reconnut pas les modèles, mais c'était visiblement ce qui se fait de mieux. Quoi qu'il en soit, à cette distance, un pistolet de duel du dix-huitième siècle aurait fait l'affaire.

Elle combattit l'envie de fermer les yeux. Il suffisait que Jarry touche à son arme pour que la pièce se transforme en moulinette Moulinex. Mais Jarry resta impassible.

« Monsieur Athéna, nous sommes en passe de voler une grosse somme d'argent. Pourriez-vous essayer de ne pas perdre cela de vue ? Une fois que nous aurons le liquide, vous pourrez vous offrir une thérapie et faire la lumière sur vos problèmes d'ego.

– Ôte tes mains du flingue », ordonna Athéna.

Jarry obéit en poussant un soupir, laissant pendre son arme en bandoulière. À la grande surprise d'Angélique, Jarry se pencha alors vers elle, aussi calme que si c'était un bouquet de fleurs qu'on lui braquait sur la poitrine. « Excusez-nous. C'est une histoire de corporatisme. Toutes les associations de malfaiteurs sont obligées d'employer un connard psychotique. On ne plaisante pas avec les syndicats.

– Ouais, j'suis le connard psychotique et toi, t'es le génie. Mais si j'te fais sauter le caisson en disant que c'est la pute, là, et que j'la bute, c'est moi qui encaisse une plus grosse part du pognon. T'as pas pensé à ça, hein, ducon ? »

Jarry s'adressa à son compagnon une nouvelle fois.

La petite touche d'exaspération qu'il avait dans la voix faisait penser à un père patient certes, mais un peu las.

« Écoute, mon gars, je croyais avoir été assez clair, mais laisse-moi te faire un résumé de la situation une dernière fois. C'est moi qui commande ici, et s'il y a bien une chose qui te manque pour pouvoir jouer au con avec moi, c'est un cerveau. Alors si tu posais ce flingue et qu'on se remette à faire ce pour quoi on est là, hein ? »

Athéna regarda Jarry, puis l'arme qu'il avait dans les mains, puis Angélique, puis son adversaire à nouveau.

« En fait, je préfère mon plan », dit-il, et il appuya sur la gâchette.

Angélique plongea, épaule en avant pour amortir le choc. Au-dessus d'elle, Athéna tenait encore sa mitraillette, les yeux emplis d'incompréhension alors qu'il fixait le drapeau qui avait surgi du canon au moment où il avait tiré. On pouvait y lire, en majuscules rouge vif et minuscules bleues :

Abruti
Total
Handicapé mental
Excité
Notoire des
Armes à feu

« Putain, qu'est-ce que c'est que ça ? demanda Athéna, incrédule.

– La preuve que tu es aussi prévisible que tout ce qui est écrit là.

– J'ai vérifié et chargé cette arme moi-même.

– Tu as vérifié et chargé *une* arme, mais pas celle-là. Et maintenant, à cause de toi, l'officier de police est au courant de notre petit secret.

– Elles sont toutes fausses ? lui demanda Angélique.

– Sauf celle-là, répondit-il en prenant le P990 dans sa ceinture. Bien, reprenons. Monsieur Athéna, heureusement pour vous, je suis d'une nature clémente, alors si vous êtes disposé à transporter vos fesses en bas et à être un bon petit abruti bien sage jusqu'à la fin de la journée, personne d'autre que nous ne saura ce qui s'est passé ici.

– Et qui d'autre que nous est au courant de ça ? demanda-t-il en replaçant le drapeau à ressort dans le canon de son arme.

– À votre avis ?

– Putains d'enculés, grommela-t-il avant de sortir.

– J'arrive dans une minute, cria Jarry. Entre-temps, concentrez vos pensées sur l'argent.

– Quel putain d'argent ? »

Jarry attendit que les pas lourds du susceptible Athéna aient disparu, puis il se pencha pour aider Angélique à se remettre debout. Elle songea un bref instant à lui envoyer un coup de genou dans les couilles, mais considérant qu'elle avait les mains liées dans le dos et qu'il disposait de la seule arme en état de marche, cette initiative aurait été plus que stupide, et peut-être même suicidaire.

« Vous avez aussi un lance-grenade quelque part, se souvint-elle.

– Ah, oui. Mais pas de munitions. Seulement ces bombes à gratter. Asseyez-vous », dit-il en lui montrant un fauteuil pivotant enveloppé de papier bulle. Il se pencha sur le bureau où elle avait atterri et farfouilla négligemment à l'intérieur du sac rembourré. « Ah, encore des gadgets hors de prix. Je suppose que vous n'étiez pas censée être la cavalerie.

– Pas exactement, non. »

Il fit quelques pas vers elle et la regarda de haut en bas. «Où est votre badge?» demanda-t-il. Angélique leva une cuisse pour lui indiquer une poche fermée par du Velcro. Jarry l'ouvrit et en retira sa carte, qu'il examina soigneusement.

« Sympa comme nom, dit-il.

— Merci. Je suppose que vous n'avez pas l'intention de me dire le vôtre?

— Pas aujourd'hui.

— Je suis donc à votre merci, dit-elle en regrettant instantanément d'avoir dit ça. Ouais, c'est ça, ma fille. Vas-y, drague-le, tu vas en faire ce que tu veux. Idiote!

«Mmm. Ce serait mon jour de chance, dit-il d'un ton suffisamment distrait pour ne pas avoir l'air complètement tarte. Mais pour l'instant, je me contenterai de piller cette banque.

— Bang bang, répondit-elle dédaigneusement. Alors, de quoi vouliez-vous me parler?

— Euh», marmonna-t-il, comme s'il était soudain timide ou ne se rappelait plus les circonstances pourtant marquantes qui les entouraient. « Ah oui. De vos responsabilités, je suppose. »

Je *suppose*?

« Un braqueur de banque veut me parler de *mes* responsabilités?

— Oui. Là où il y a du pouvoir, il y a forcément des responsabilités. Et en ce moment, c'est vous qui avez le pouvoir.

— Ce n'est pas du tout l'impression que j'ai.

— Non. J'ai dit en ce moment, mais je voulais dire... Nous allons descendre très bientôt, et rejoindre seize personnes retenues en otage par des hommes sans armes, comme vous le savez à présent. En l'état actuel des choses, il ne peut rien arriver à ces otages.

– Tant que votre ami Athéna ne se remet pas à leur taper dessus.

– Taper dess… Oh. Vous avez reçu un message qui parle de ça, hein ? Ce n'était pas ce que vous imaginez ; enfin, si, mais il n'a fait qu'intervenir dans une bagarre entre otages.

– Les otages se bagarraient entre eux ? Entourés par des hommes armés ? Non, mais vous espérez que j'avale ça ?

– Eh bien, je ne suis pas du coin, alors vous êtes mieux placée que moi pour en juger, mais si je vous dis que certains portaient du bleu et les autres du vert, est-ce que ma cote de crédibilité remonte ? »

Angélique soupira. « Elle crève le plafond, concéda-t-elle.

– Ce que je veux vous dire, c'est que nous contrôlons la situation et que les gens qui sont dans le hall ne risquent rien pour l'instant. Leur sécurité est sous votre responsabilité, n'est-ce pas ? À moins que vous ayez un gros paquet d'actions placées à la Royal Scottish Great Northern Bank…

– Pas la dernière fois que j'ai vérifié mon portefeuille.

– Donc, la chose la plus *ir*responsable que vous puissiez faire serait de dire à ces gens que nos armes sont factices, car là, la situation pourrait nous échapper. Et c'est là que les choses pourraient mal tourner.

– Seulement si vous vous servez du Walther, lui rappela-t-elle, retournant l'enjeu moral à l'envoyeur.

– *Si* je m'en servais, mais pas seulement. Vos copains des GIA n'ont pas la réputation d'être particulièrement prudents ni précautionneux dans le feu de l'action. Je me suis laissé dire qu'il suffisait de se promener avec un barreau de chaise dans un sac en plastique pour qu'ils vous descendent. Et en ce qui me concerne, il n'y a pas que la vie des otages qui me soit précieuse.

– Vous êtes animé de préoccupations très humanistes, pour un braqueur armé.

– Armé de fraîche date seulement. Braqueur, certes. Mais je ne suis pas le mauvais gars. » Il riait presque en disant cela : il s'attendait à ce qu'elle soit sceptique, mais n'en avait cure.

« Pourquoi est-ce que vous ne me laissez pas là, dans ce cas ? » demanda-t-elle, mais elle aurait été déçue s'il s'était montré assez stupide pour le faire.

« Bien sûr, si vous préférez... Mais je serais dans l'obligation de vous laisser dans une position hautement inconfortable, pour le cas où vous feriez quelque chose de totalement inattendu, comme tenter de vous échapper, par exemple. Ces liens adhésifs sont juste bons pour des otages que l'on peut surveiller et menacer d'une arme, mais ils ne sont pas très résistants. Je pourrais toujours vous bâillonner, mais ce serait une insulte à votre professionnalisme, je suppose.

– Comment ça ?

– Parce que cela montrerait que je n'ai pas confiance en votre sens des responsabilités, ce dont nous parlions à l'instant. » Encore ce rire dans la voix : doux, amical et totalement incongru. « De plus, j'imagine que la première personne que les flics envoient sur place bénéficie de toute *leur* confiance pour ne pas mettre les otages en péril. »

Ce fut au tour d'Angélique de rire, mais son rire était amer, presque méprisant. « Aaah, c'est pour *ça* qu'ils m'ont choisie !

– Hein ?

– Il y a des chances pour que cela ait plutôt à voir avec… Enfin, ça n'a pas d'importance », dit-elle, tout en essayant de ne pas penser à ce que ces paroles trahissaient de son présent état d'esprit. C'était très embarrassant. Elle avait été sur le point d'ouvrir son cœur à un braqueur de banque déguisé en clown. En outre, la remarque de Jarry lui rappelait qu'il fallait choisir : soit ils l'utilisaient cyniquement comme possible bouc émissaire, soit Jarry avait raison et ces salopards étaient parfaitement conscients du fait qu'elle avait été tout sauf imprudente à Dubh Ardrain.

« Plutôt à voir avec quoi ? Est-ce que je ne vous rends pas les honneurs qui vous sont dus ? Ils vous ont juste envoyée parce que vous êtes leur dure à cuire numéro un, ou quelque chose comme ça ? »

Il était en train de se payer sa tête. Pas méchamment, mais ce saligaud se fichait d'elle, chose pour laquelle Angélique ne s'était jamais montrée très tolérante.

« Vous n'avez pas une banque à cambrioler ?

– Ah, oui, *ça* ! Descendons, que vous puissiez voir ce que les *otges* et les *volrs attnd. Ok pr vs ?* »

Angélique leva les yeux au ciel. Voilà qui expliquait le comité d'accueil ; ce qui signifiait également qu'elle n'avait pas vendu la mèche elle-même en faisant trop de bruit. C'est Jarry lui-même qui avait envoyé les textos, du moins les plus récents.

« C'est vous qui les avez tous envoyés ? Vous vouliez un flic en otage ?

– Non, on a découvert le type. J'aurais pu vous dissuader de venir après ça, mais en effet, j'ai pensé qu'un flic serait une pièce de valeur à ajouter à notre petite collection. »

Il se plaça à côté de la porte et fit une révérence appuyée pour l'inviter à passer la première. Angélique le fusilla du regard, mais elle était loin de ressentir à son égard l'animosité que suscitaient habituellement en elle ceux de sa profession.

« Alors, comment ça se passe ?
— Comment ?
— Le *braquage*.
— Oh. Comme ci, comme ça. La gestion des otages et l'accueil des forces de police se passent plutôt bien, mais la partie qui consiste à prélever une grosse somme d'argent est encore un peu incertaine.
— Pas de cul.
— Non. Des problèmes informatiques ; heureusement, nous avons un plan B. Mais j'apprécie votre sollicitude.
— Je suis flic. Vos problèmes sont mes problèmes, c'est comme ça. Nous sommes tout amour.
— Oui, oui, je le ressens. Un amour de neuf millimètres, juste là, dans ma main.
— Calibre quarante, pour être exact. Et il y en a plein d'autres à l'extérieur. C'est bizarre comme nous, Britanniques, devenons nerveux dès que quelqu'un pointe une arme sur des civils. Pourquoi aviez-vous besoin de tous ces otages, en fait ?
— Eh bien, en ce moment même, ils sont la seule chose qui empêche vos copains de donner l'assaut et de nous faire un remake de la fin de ce film avec Warren Beatty et Faye Dunaway.
— Vous comprenez très bien ce que je veux dire. Ils sont votre bouclier humain et votre monnaie d'échange : alors, quelles sont vos exigences ?
— Qu'est-ce que vous offrez ?

– Moi ? Rien. Je ne suis pas mandatée pour négocier.

– Alors ça ne sert à rien que j'exige quoi que ce soit de vous.

– Hé, donnez-moi une chance, quoi.

– Règle d'or du braquage de banque, officier de Xavia. Pas de négociations tant qu'on n'a pas l'argent. Quelle est l'utilité d'un hélicoptère et d'un billet garanti pour un pays qui n'extrade pas les criminels si on est fauché ?

– C'est toujours mieux qu'une cellule, une unité de soins intensifs ou une place à la morgue.

– On ne négocie pas. Pas avant qu'il n'y ait plus d'autre option.

– On dirait que vous avez une certaine pratique de ces choses ?

– À votre avis ?

– Alors, quelles sont vos options ? »

Jarry lui passa devant pour ouvrir la porte située en bas des escaliers. Cela semblait un geste très courtois, jusqu'à ce qu'elle se souvienne qu'avec les mains dans le dos, elle n'aurait pas pu l'ouvrir toute seule.

« Arrêtez de fouiner, dit-il en lui tenant la porte qui menait vers le bureau à l'arrière du hall. Il n'y a pas grand-chose que vous puissiez faire pour l'instant. Pourquoi ne pas vous considérer en congé ?

– J'*étais* en congé, jusqu'à ce que vos… espèces de cinglés entrent en action. » Elle avait été sur le point de dire clowns, et n'avait pu s'y résoudre.

« Toutes mes excuses. S'il y a quoi que ce soit que nous puissions faire, à part interrompre nos activités en cours…

– Je suppose que vous ne savez pas où en sont les Rangers ? » demanda-t-elle, s'imaginant que, comme il ne saurait même pas ce qu'étaient les « Rangers », cela équivaudrait à un merde poli.

« Une petite seconde, dit-il, et il attrapa un portable à l'intérieur de son déguisement. Il appuya sur quelques touches et regarda l'écran. « Soixante-six minutes. Trois zéro. Deux par Arveladze et un contre leur propre camp, par Guntveit. Ça vous va ? » Angélique était sidérée. Est-ce que ce salopard lisait dans les pensées ? Elle n'avait pas vu l'écran de ses yeux et il aurait pu tout inventer, mais dans ce cas, comment aurait-il su quels noms donner, ou que Cato Guntveit était un candidat plausible pour laisser étourdiment échapper le ballon et marquer contre son camp ?

« Y a-t-il ici quelque chose que vous ne contrôliez pas ?

— Oui, ça, répondit-il en montrant du doigt un écran d'ordinateur posé sur un bureau. Il y avait une barre de progression au centre de l'écran, et la ligne bleue n'en était qu'à moitié chemin.

— Qu'est-ce que c'est ?

— Le programme qui était censé nous ouvrir le coffre. Nous pensions que cette banque, brassant des milliards de dollars partout dans le monde, aurait au moins une bécane décente pour que nous puissions pirater tout ça correctement.

— Quel manque d'égards de leur part !

— Je suppose qu'ils essaient simplement de protéger l'argent de leurs clients. Les banques sont tout amour.

— On dirait pourtant que le fait d'avoir des ordinateurs pas chers est en train d'économiser à leurs clients *beaucoup* d'argent.

— Hé ! c'est moi qui porte le masque de clown : *je* m'occupe des blagues. Et c'est moi qui rirai le dernier. Le programme est lent, mais je n'ai pas dit qu'il ne fonctionnait pas. Et du temps, nous en avons. Laissez-moi vous montrer.

– Alors, c'est quoi ce plan B ?
– Encore en train de fouiner ? répondit-il en la conduisant vers une autre porte.

– Vous pouvez toujours me bâillonner », lui rappela Angélique, sans savoir pourquoi elle disait cela, ou plus exactement intimement persuadée qu'il ne le ferait pas. Il y avait quelque chose dans toute cette discussion de totalement... désarmant. Il y avait quelque chose qui clochait, ça ne collait pas, mais ce n'était pas désagréable. Cela aurait dû être désagréable. Elle aurait dû bouillonner de rage et déborder de mépris ; alors qu'en fait, converser avec ce type était la chose la plus sympathique qu'elle ait eu à faire durant cette journée par ailleurs assez pénible. Peut-être était-elle en train de se résigner : comme Jarry l'avait fait remarquer, les otages étaient en sécurité du moment qu'elle ne tentait rien. Une partie plus enfouie et plus avisée de son subconscient devait lui souffler de botter en touche, pour l'instant du moins.

L'expérience lui souffla que la vision de seize otages terrifiés transformerait rapidement son état d'esprit et son attitude envers leur ravisseur.

Jarry ouvrit la porte et la conduisit à travers le sas sans faire de bruit. Les otages lui tournaient le dos, assis soit sur des chaises, soit sur les bureaux, et faisaient face à l'entrée de la banque. Il y avait des gobelets en plastique éparpillés sur le sol ainsi qu'une ou deux flaques d'eau. Elle regarda les caricatures saisissantes des œuvres d'art qui ornaient les portes et les fenêtres, ainsi que les légendes irrévérencieuses et les bulles humoristiques. Debout devant la petite assemblée se tenaient deux clowns, dont l'un était le nain mentionné par les témoins. Un troisième, sans doute Athéna, se tenait en retrait. En dépit de leurs visages de latex identiques et de leurs costumes assortis, l'incontournable « connard psychotique » du gang n'était pas difficile à distinguer des autres, car il était impossible de l'imaginer se livrer à la même activité que ses deux camarades.

Ils déclamaient des propos trop absurdes et inconséquents pour être autre chose qu'un texte récité, par lequel les membres de ce public forcé étaient néanmoins intrigués.

« Que faisons-nous à présent ? demanda le plus petit.

— On attend.

— Oui, mais pendant qu'on attend ?

— Et si nous nous pendions ?

— Je vote pour, cria l'un des otages, suscitant quelques gloussements.

— Ce serait une belle gaffe », reprit le nain, provoquant des rires.

Angélique se retourna vers Jarry, qui était en train de refermer la porte du sas tout doucement, comme pour ne pas perturber le spectacle.

Dans le même esprit, Angélique lui adressa la parole en chuchotant :

« Qu'est-ce qui se passe ici, bon sang ?

— Je vous ai dit qu'ils attendaient.

— Ils attendent quoi ?

— C'est vous l'enquêtrice. À vous de deviner. »

Durant quelques minutes, Angélique se tourna vers le spectacle, n'en croyant ni ses yeux ni ses oreilles.

« Suis-je plus lourd que vous ? demanda le nain à son compagnon fort baraqué.

— Je n'en sais wien. À vous de me le dire. Les possibilités sont équivalentes, en quelque sowte.

— Alors, que faisons-nous ?

— Wien. C'est plus sûw ainsi.

— Des paroles sages… lui rappela Jarry.

— Attendons et voyons ce qu'il dit, suggéra le nain.

— Qui ça ?

— Godot », chuchota Angélique en même temps que l'acteur, comprenant enfin de quoi il s'agissait. « Vous êtes vraiment des enfoirés », siffla-t-elle, sans pouvoir s'empêcher de pouffer.

Les épaules de Jarry étaient secouées par un rire silencieux.

« Vous comptez plaider la folie ? On vous a dit que l'HP était plus sympa que les QHS ? »

Jarry rouvrit la porte du sas et fit signe à Angélique de le suivre.

Une femme dans le « public », qui avait remarqué un mouvement derrière elle, se retourna alors. Elle regarda brièvement Angélique, assez pour saisir la signification du gilet pare-balles et celle, encore plus marquante, des liens dans le dos, puis se retourna vers le spectacle, à l'évidence plus captivant de son point de vue. Angélique s'attendait presque à ce que cette femme leur lance un « Chut ! » vigoureux, à présent qu'elle avait saisi que cette intrusion n'annonçait pas un sauvetage de grande envergure.

Tout le monde ne regardait pas la pièce, il fallait le reconnaître. Un groupe d'otages était assis par terre derrière les chaises des spectateurs. Ils portaient presque tous les couleurs de leur équipe : certains Rangers, les autres Celtic. Ils discutaient, mais à voix basse, pour ne pas déranger. Elle distingua quelques mots de-ci, de-là, entre les déclamations provenant de la « scène », et comprit que leurs rivalités étaient temporairement mises de côté parce qu'ils discutaient de la seule chose capable de les réconcilier : leur haine pour ces cons d'enculeurs de brebis d'Aberdeen.

Angélique marqua une pause au moment de sortir, ayant du mal à s'arracher à ce spectacle. Son rapport aurait l'air d'avoir été écrit sous mescaline.

Jarry l'attendait patiemment en lui tenant la porte.
« Qu'est-ce que ça dit sous le Hérisson ?
– Le hérisson ?
– Saint Sébastien.
– Ah, lui ! "Raté". »

Angélique eut recours à des années d'entraînement intensif et de discipline durement acquise pour tenter de conserver son sérieux, mais échoua lamentablement.

« Ouais, j'ai bien aimé celui-là, approuva Jarry. Mais ce n'est pas Chagall qui l'a trouvé – c'était une "suggestion" de l'un des otages.
– Chagall ?
– Ouaip. Vous ne l'avez pas encore rencontré. Il travaille au Plan B.
– Je peux imaginer à quoi il ressemble. Enfin, vaguement. »

Jarry s'appuya sur le bureau où se trouvait l'ordinateur déjà fustigé pour sa lenteur et indiqua un siège à Angélique. Elle préféra s'appuyer sur un autre bureau, ne souhaitant pas concéder l'avantage psychologique donné par une position de supériorité.

« Qui sont Vladimir et Estragon ? demanda-t-elle.
– *Encore* en train de fouiner ! Pour mémoire, Ionesco et Dali. Dans cet ordre. Dali est le plus grand des deux. Vous connaissez la pièce ?

– Je la connais mieux en français. Ils prennent quelques libertés avec la traduction.

– Ah, bien sûr. C'est pour ça que vous ne l'avez pas reconnue tout de suite. Mille excuses. Vous parlez français ?

– Je parle français, espagnol… » Angélique s'interrompit au beau milieu de sa phrase, un reste de lucidité lui faisant perdre le fil de ses pensées inexplicablement détendues. « Qu'est-ce qui se passe ici ? demanda-t-elle. Je veux dire, est-ce que tout… »

Elle cherchait ses mots, ne sachant même plus quelles questions elle voulait poser.

« Je suppose que vous êtes en train de penser que la situation serait plus facile à saisir si nous fendions quelques crânes et si tous ces gens étaient en train de se pisser dessus.

– Pas joli joli. Mais vous avez raison. J'étais absente de l'école d'officiers le jour où ma classe a eu le cours sur les Techniques de Neutralisation des Braqueurs Situationnistes. Vous voulez bien me donner quelques tuyaux ?

– Jusqu'ici, vous ne vous débrouillez pas mal. Mais situationniste n'est pas le terme exact. Le situationnisme est par définition une fin en soi. Ce que nous faisons n'est qu'un moyen. Mais en fin de compte, que nous soyons des fendeurs de crânes ou des situationnistes, votre priorité est la même : la sécurité des otages.

– Je crois que ce qui m'a déstabilisée, c'est de voir à quel point c'est aussi la vôtre.

– Je vous l'ai dit : je ne suis pas le mauvais gars.

– Sans vouloir vous vexer, vu ce que vous êtes en train de faire, vous n'êtes pas non plus sur la liste des gentils garçons.

– Êtes-vous en train de me dire que je n'ai pas une tête qui inspire la confiance ? »

Angélique, ayant décidé qu'il n'y avait pas de raison de résister, lui fit un grand sourire. À la lumière des événements qui se déroulaient sous ses yeux, Angélique se sentait de moins en moins motivée par son rôle de « dure à cuire numéro un » de la police, et devinait en outre que ce rôle n'aurait guère eu d'impact en l'occurrence. Elle avait également l'impression que Jarry l'aimait bien et elle avait très envie de préserver ce statut. Pour trois raisons, dont seulement deux – instinct de survie et intérêt professionnel – pouvaient être envisagées comme rationnelles et justifiées. La troisième était que Jarry se montrait plus respectueux, attentionné et compatissant à son égard que quiconque depuis longtemps. Elle n'avait pas hâte de voir tout cela s'arrêter.

« Je ne suis pas le gentil garçon, poursuivit-il. C'est *vous*, le gentil garçon. Enfin, la gentille fille. Femme.

– Merci.

– Mais je trouve néanmoins commode d'être gentil. Psychologie de la prise d'otages. Ils savent que vous avez la situation en main tant que vous braquez une arme sur eux ; pas besoin de leur flanquer une trouille de tous les diables en permanence. Les gens qui sont là savent très bien que nous ne les laisserons pas sortir, même s'ils le demandent poliment. Mais ils n'ont pas peur que nous leur fassions sauter la cervelle non plus. Alors ils restent assis là, ils font ce qu'on leur dit et ils attendent patiemment.

– Ils attendent Godot.

– L'ennui est un facteur aggravant du stress. On ne pense qu'à sa peur. La peur conduit à des gestes désespérés. Alors nous les aidons à passer le temps.

– Le temps aurait passé de toute façon.

– Touché. Vous connaissez vraiment la pièce.

– Et que se passe-t-il s'ils cessent de vous prendre au sérieux ?

– Est-ce que j'ai l'air d'un mec qui veut être pris au sérieux ?

– Oui. Tant que vous avez une arme, peu importe la façon dont vous êtes habillé.

– Bien sûr. Mais si vous voulez dire que je m'inquiète à propos de héros potentiels... Une fois encore, c'est pour ça qu'il faut que vous soyez gentille. L'impulsion d'autodéfense ne surgit que lorsqu'on se sent menacé et humilié par le pouvoir que l'autre a sur vous. Il faut minimiser l'animosité – qu'ils voient que c'est après la banque que vous en avez, pas après eux. Hé, ça peut même être la banque qui en a après eux. Alors là, ils se mettent carrément à vous encourager.

– Vous avez fait ça souvent ?

– À votre avis ?

– Pas par ici. On vous aurait remarqué, même la police. Puis-je poser une question moins stupide ?

– Fouiner, fouiner... Vous avez besoin du fric des heures supplémentaires ? Si vous voulez, je vous signe une déclaration comme quoi vous m'avez empoisonné la vie avec vos questions pendant toute la durée de votre détention : ça nous épargnera à tous deux des tracas. »

Angélique prit ça pour un non, mais posa quand même la question :

« Comment comptez-vous sortir d'ici ?

– Beaucoup plus riche. »

Elle rejeta la tête en arrière et poussa un grand soupir de feinte exaspération. À quoi bon ? Elle aurait aussi bien fait d'aller s'asseoir avec les autres otages et profiter de la suite du spectacle. Quand on se retrouve piégé, il faut savoir… et merde.

« À propos de cette déclaration signée », dit-elle.

Jarry applaudit de ses mains gantées de latex. « Elle est en train d'apprendre !

– J'ai enfin compris pourquoi vous me dites d'arrêter de fouiner. Cela n'a rien à voir avec des informations, n'est-ce pas ? »

Jarry secoua la tête. « Conseil d'ami.

– J'aurais bien aimé que vous soyez là pour me donner ce conseil avant que je fasse l'erreur de me lever ce matin. »

Il y eut une pause, de courte durée, mais suffisante pour que chacun d'entre eux prenne conscience du sous-entendu gênant, bien qu'involontaire, contenu dans la remarque d'Angélique.

« Il y a un *millier* et raisons pour lesquelles vous ne souhaitez pas que je réponde à ça, inspecteur de Xavia ; alors laissez-moi vous dire, tout simplement et en toute sincérité, que cela m'aurait plu aussi. »

Angélique se sentit rougir, en partie à cause de ce millier de raisons possibles, et en partie à cause de la colère de s'être piégée toute seule. Jarry avait suffisamment d'avantages sur elle pour qu'elle ne lui offre pas sur un plateau la possibilité de se montrer condescendant ou lubrique envers sa captive. Le fait qu'il choisisse de ne pas utiliser cette possibilité était hors sujet. Les émotions cumulées de cette journée menaçaient soudain de la rattraper, et pendant un moment particulièrement horrible, elle crut qu'elle allait pleurer ; après quoi elle n'aurait eu d'autre choix que de se ruer sur lui dans l'espoir qu'il lui fasse sauter la cervelle.

Ressaisis-toi, ma fille. Elle arbora un sourire pour camoufler les pensées qui l'agitaient.

« Je ne peux pas m'empêcher de fouiner. »

Le masque d'Angélique n'étant pas aussi opaque que le sien, Jarry ne fut pas dupe.

Il la regarda en silence pendant quelques secondes, son regard bleu, insondable et pénétrant, la scrutant à l'abri du latex. Angélique combattit l'envie de détourner les yeux, habitée par un mélange de curiosité et de bravade. Ces yeux étaient tout ce qu'elle pouvait voir de lui, tout ce qu'elle pourrait identifier si leurs chemins se croisaient à nouveau, mais elle savait, au fond d'elle-même, que ce serait suffisant. Les secondes passèrent, le silence persista, pendant que se poursuivait, étouffé, le dialogue de Beckett.

« J'ai comme l'impression que vous n'êtes pas dans un bon jour, dit-il, la voix soudain radoucie.

– Votre impression est tout à fait juste », dit-elle en reniflant une goutte de liquide qui, elle l'aurait juré devant la plus haute cour du pays, n'était qu'une sécrétion normale de ses muqueuses.

– Qui sait, il est peut-être encore temps d'y remédier.

– Il y a un gros déficit à combler, croyez-moi.

– Gros comment ?

– Vous voulez dire, à part se faire expédier au boulot pendant son jour de congé, descendre en rappel dans une banque assiégée, se faire prendre en otage par des braqueurs situationnistes, à moitié assommer par le psychotique de service et foutre de sa gueule par un petit futé portant un masque de clown qui détient accessoirement un flingue appartenant à la police, introduit par *mes* soins ?

– Oui, oui, dit-il en riant. Mais ça, c'est l'enchère minimum. Il faut faire grimper. »

Vous l'aurez voulu.

« J'ai trente ans aujourd'hui.

– Merde. Ça, ça doit faire mal.

– Vous pensez toujours qu'on peut y remédier ?

– Tout est possible. »

Il prit son portable une nouvelle fois et fit jouer son pouce.

« Ah, au moins, votre équipe participe à l'effort. Quatre à zéro. Hugues, quatre-vingt-dixième minute. Làààà. Les choses vont déjà mieux, non ?

– Je suis censée aller dîner chez mes parents.

– Mmm. Je commence à comprendre ce que vous entendez par gros déficit. D'un autre côté, il se pourrait que vous soyez encore retenue en otage à ce moment-là.

– C'est une promesse ? »

Avant que Jarry ait pu répondre, ils furent interrompus par l'arrivée d'un clown qui surgit d'une porte à l'arrière des bureaux administratifs, près des toilettes du personnel. Par élimination, Angélique déduisit qu'il s'agissait de celui que Jarry désignait sous le nom de Chagall, celui qui travaillait sur le « Plan B. »

« Monsieur J, dit-il d'une voix naturellement tonitruante, mais légèrement essoufflée, comme s'il avait couru en montant l'escalier.

– Monsieur Chagall, laissez-moi vous présenter l'inspecteur de Xavia, qui nous rend une petite visite. Et c'est son anniversaire.

– Bonjour, dit-il, hésitant, et bon anniversaire. »

Angélique adressa à Jarry un regard réprobateur, mais il regardait déjà Chagall.

« Sommes-nous prêts à tambouriner les trois coups ?

– Euh, oui et non, répondit Chagall, de l'inquiétude dans la voix.

– Comment ça ?

– Ce que je veux dire, c'est qu'on va tambouriner, ça, c'est certain, mais je ne suis pas sûr qu'on soit prêts. Vous feriez mieux de venir voir.

– Merde. »

Jarry sauta du bureau où il était assis et fit un signe de tête à Angélique. « Ne me lâchez pas d'une semelle », lui glissa-t-il.

Ils se dépêchèrent de suivre Chagall à l'étage au-dessous, où un couloir menait à l'entrée des coffres. La porte d'acier luisant ressemblait à l'entrée d'un sas de décompression. Elle était de forme ronde, faisant saillie comme une cloque cylindrique, dotée de deux énormes gonds à quatre dents qui semblaient pénétrer de manière presque organique dans le panneau central. Le mécanisme d'ouverture était constitué par un gros cadran circulaire qui semblait équipé d'une servo-commande, et au centre du cadran, à côté de la poignée, se trouvaient un clavier et un écran à cristaux liquides, sur lequel étaient affichés neuf zéros.

Le perçage de coffre électronique de Ionesco s'étant trouvé compromis à cause d'un matériel informatique dépassé, Chagall s'était rabattu sur une méthode plus traditionnelle. Il y avait des pains de plastic – *beaucoup* de pains de plastic – fixés autour de chaque gond et une charge d'explosifs encore plus imposante formait comme un croissant de lune autour de l'autre moitié du sas blindé. Un réseau de fils électriques connectait les trois charges, traversant la porte à partir du gond le plus élevé, comme si la princesse Rapunzel avait posé là une tresse de rechange.

Angélique n'était pas experte en la matière, mais l'ensemble semblait résulter d'un travail très professionnel et qui, à son avis, suffirait amplement à faire sauter la porte. Que le bâtiment tienne encore debout après l'explosion était en revanche loin d'être une certitude.

« Ça m'a l'air bien, observa calmement Jarry. Quel est le problème ? »

D'un mouvement de tête, Chagall montra un dispositif posé par terre, auquel tous les fils étaient raccordés. Comme l'écran sur le sas, il possédait un écran à cristaux liquides. Mais, contrairement à l'autre, les chiffres changeaient ; comme lors d'un compte à rebours, avec les minutes, les secondes et le flou des décimales ensuite. Il restait moins de huit minutes.

« La minuterie est réglée sur un décompte de dix minutes.

– Je sais bien », répliqua Jarry, une touche d'impatience apparaissant dans la voix.

Ils savaient tous ce qui allait être dit, mais ils avaient tout de même besoin de l'entendre de la bouche de Chagall avant de pouvoir prendre des dispositions.

« Quand j'ai appuyé sur "reset" pour le remettre à zéro, le compte à rebours s'est enclenché.

– Tu as appuyé sur le mauvais bouton ? Il y a une touche "confirmez" quand on…

– Non, l'interrompit Chagall. Je te dis que j'ai appuyé sur le bouton de remise à zéro et que ce putain de machin n'a pas obéi et a déclenché le compte à rebours.

– Mais on n'est pas prêts. On attend toujours le… Merde, mec, c'est pas vrai ! »

L'apparence de calme imperturbable de Jarry semblait s'évaporer rapidement. « Comment est-ce que ça a pu… ? Combien de fois as-tu testé ce matériel ?

– Des milliers de fois.

– Je t'ai *vu* le tester.

– C'est ce que je dis. J'ai fait exactement la même chose que d'habitude, sauf que ça n'a pas fonctionné.

Il y a peut-être des circuits qui ont pris l'humidité avec toute la flotte de merde qui tombe sur cette putain de ville. »

Jarry soupira ostensiblement. Il commençait à ressentir une tension visible. « On aurait dû utiliser une télécommande, murmura-t-il, à peine audible.

– On a déjà parlé de ça. Il y a trop de pierre. Au pays, les banques sont toutes en gypse et en ferraille. Cet endroit ressemble à une putain de cathédrale. C'est même pour ça qu'on peut se permettre de faire sauter un coffre comme celui-là. La plupart des bâtiments ne résisteraient pas à une charge pareille.

– Comment pouvez-vous savoir si celui-ci va résister ? se sentit obligée de demander Angélique.

– Tu ne peux pas désamorcer tout ça ? Déconnecter ce putain de machin ? demanda Jarry sans que ni lui ni Chagall ne prêtent attention à la question d'Angélique.

– Le mieux que je puisse faire, c'est bricoler un circuit de dérivation.

– Et qu'est-ce que ça fera ?

– Étant donné que le boîtier ne marche pas, je ne peux pas vraiment le dire. En théorie, ça devrait mettre le minuteur hors circuit, mais ça peut tout aussi bien faire sauter les charges. »

Jarry poussa un grognement de contrariété. La colère sembla l'envahir tout entier, puis refluer ; mais il attrapa soudain son arme factice et la fit éclater contre le mur.

« Toute cette préparation, cette longue attente, toutes ces répétitions. On touche au but, et tout se casse la figure à cause d'un putain de court-circuit.

– Je suis désolé, mon vieux. Mais il va falloir qu'on décide quoi faire.

– J'ai besoin d'une petite seconde, là, dit Jarry sur la défensive, se détournant des autres. Il faut que je réfléchisse. »

Angélique regarda de nouveau la minuterie. Elle indiquait moins de six minutes.

« Mais vous n'avez pas une seconde, lui dit-elle. Vous avez seize otages civils là-haut et franchement, je ne suis pas convaincue que le bâtiment supporte bien ce qu'il y a au bout de ces fils. »

Jarry posa la main sur le mur, comme s'il avait besoin d'un appui pour tenir debout. Il regarda Angélique mais ne dit rien. Ses yeux étaient emplis d'une inquiétude compréhensible et d'une indécision qu'il ne pouvait plus se permettre.

« En y pensant bien, je suis presque sûr que le circuit auxiliaire devrait marcher, dit Chagall, loin d'être convaincant. Je vais faire un essai.

– Non ! cria Angélique, en se plaçant entre Chagall et le système de minuterie. Le circuit est foutu. » Elle essaya de ne pas crier, mais était incapable de faire taire sa colère. « Vous n'avez pas le droit de prendre ce risque, vous pourriez tout faire s'écrouler. »

Jarry sortit le P990 de sa ceinture et le pointa sur Angélique pour l'éloigner.

« Vous n'avez risqué la vie de personne avant, pourquoi commencer maintenant ? plaida-t-elle. Vous n'êtes pas le mauvais gars, vous vous souvenez ? »

Jarry la regarda, puis regarda le coffre, puis Chagall et enfin revint à Angélique.

« Vous avez raison, dit-il, prenant une tenaille parmi les outils de Chagall. Tournez-vous. »

Angélique obéit. Jarry garda le pistolet dans la main gauche et sectionna les liens en plastique de la droite.

« Merci, lui dit-elle, le soulagement renforçant sa sincérité. Vous prenez la bonne décision.

— Venez, dit-il en mettant la main sur son bras pour lui faire remonter l'escalier. Je ne sais pas pourquoi vous me remerciez – il va falloir se taper le dîner chez Maman maintenant.

— C'est clair, mais au moins, je serai encore en vie pour y participer. »

Jarry s'arrêta avant le sas de sécurité qui menait au hall de la banque, le Walther dans la main droite. Il en éjecta le chargeur et tendit l'arme vide à Angélique.

« Joyeux anniversaire.

— Vous n'auriez pas dû.

— C'est probable. Bien, dès que nous passerons cette porte, je vais rappeler les chiens et vous allez conduire les otages à l'extérieur. Dali vous ouvrira la porte, je m'en assurerai personnellement. Et vous, assurez-vous que personne ne soit tué : ça marche ?

— C'est comme si c'était fait, dit-elle en prenant dans l'une de ses poches le portable que lui avait donné McMaster. Et vous ?

— Une fois les otages en sécurité, je donnerai à Chagall le feu vert pour essayer sa dérivation. Si ça marche, il nous restera une petite marge. Pas d'otages, mais encore une petite bombe.

— Et si ça ne marche pas ?

— Ne pensons pas à ça pour l'instant, d'accord ?

— Comme vous voudrez. »

Il tendit la main vers la poignée de la porte.

« Jarry ? dit Angélique.

Il arrêta son geste et se retourna.

— Ouais ?

— Prenez soin de vous.

— Vous aussi, inspecteur de Xavia. »

Stratégies d'évacuation (1)

Andy était en train de se dire qu'il serait temps de plier bagage. L'obscurité était tombée et le froid commençait à saper la bonne santé de ses cordes ; de plus, les attroupements s'étaient vus considérablement réduits par l'heure tardive et le manque persistant d'animation. Depuis que cette femme avec la queue de cheval était descendue en rappel du toit voisin et avait disparu dans la banque, rien de captivant ne s'était produit, et la façade de la banque ne présentait guère plus d'intérêt qu'à l'accoutumée, même avec des cambrioleurs à l'intérieur. Néanmoins, on était à Glasgow et la procession des passants qui s'arrêtaient derrière les cordons pour s'assurer que, comme le disait la police, « il n'y avait rien à voir », était demeurée constante. Andy en avait d'ailleurs bien profité.

Même les flics – enfin, l'un des flics lui avait souri lorsqu'il s'était fait l'interprète de la supplique de Neil Young pour nous délivrer « de la poudre et des gâchettes », mais la plupart d'entre eux n'eurent pas du tout l'ait impressionné lorsque ce même artiste leur rappela que « le crime régnait encore dans la ville. »

Il venait juste de refermer les clips métalliques de son étui à guitare quand tous les poulets se mirent à s'agiter simultanément, comme si on leur avait changé les piles. Ils caquetaient dans leur radio, montraient du doigt différents points, tournaient la tête en tous sens, bref un sentiment d'urgence proche de la panique les avait saisis. Naturellement, tout ceci aboutit à l'injonction faite aux badauds de reculer. Contrairement aux fois précédentes, le public obéit avec enthousiasme, le mot « bombe » s'avérant bien plus efficace que les « s'il vous plaît » précédemment employés.

Andy se retourna vers la banque tout en s'éloignant. La porte s'était ouverte et il vit la femme à queue de cheval conduire des gens vers le bas des marches, ces derniers se déplaçant avec autant de hâte que le leur permettaient leurs mains liées. Ils furent accueillis par des policiers qui les escortèrent le plus loin possible du bâtiment au pas de course, les aidant à garder l'équilibre en les maintenant par les épaules.

Les policiers chargés d'éloigner la foule s'arrêtèrent au coin de West Nile Street, mais fort peu de spectateurs semblaient à présent disposés à rester. Andy était parmi eux. Le cambriolage d'une banque était une chose, mais les explosions de bâtiments, de même que les courses automobiles, sont plus sympa quand on les regarde à la télé. On profite des ralentis, des angles multiples de prises de vue, d'un commentaire avisé et surtout, surtout, on ne risque pas d'être éviscéré par des éclats brûlants de métal.

Il décida de se diriger vers la station de métro de Buchanan Street, qui se trouvait de l'autre côté du secteur piétonnier de West Regent Street que les flics avaient bouclé. Il savait que l'endroit grouillerait de supporters des Rangers de retour du match, mais comme il prenait la ligne qui allait vers Ibrox, il se trouverait sur le quai le plus calme.

En fin de compte et contre toute attente, le bilan de

cette journée était très positif ; le manque à gagner provoqué par le révérend Baragouin les semaines précédentes était presque comblé. Le seul couac avait eu lieu lorsqu'une femme qu'il avait vaguement reconnue s'était ruée sur sa collecte en menaçant de se « rembourser ». Comme elle le lui expliqua avec une certaine chaleur, elle lui avait demandé quelques semaines plus tôt où elle pouvait se procurer l'enregistrement d'une petite chanson très mélodieuse qu'il avait chantée et qui parlait d'une rupture, car elle l'avait trouvée émouvante, et même assez poignante.

Il semblait qu'elle ait été ultérieurement déçue, et c'est peu dire, de découvrir que dans la version originale de *What Went Wrong* des Blink-182, Tom deLonge ne se soit pas plaint du tout de ce qui *merdait* dans sa relation, au contraire. Elle n'avait pas non plus goûté celle qui traitait de l'enculage d'animaux domestiques.

Stratégies d'évacuation (2)

McMaster était dans son élément. Après ce retournement de situation, et à présent que les braqueurs de banque ne se foutaient plus ouvertement de sa gueule devant des dizaines de policiers – et des centaines de civils –, il était enfin en mesure de rattraper le temps perdu. Il n'épargna son numéro ostentatoire de Marie-j'ordonne à personne, pas même aux otages, et les regroupa d'autorité dans un bar récemment réquisitionné de Mitchell Lane, près de Buchanan Street.

La requête d'Angélique, de les laisser souffler un peu après l'épreuve qu'ils venaient de subir, fut accueillie par un déploiement d'autorité virile, à but visiblement compensatoire.

« Ce ne sont plus des otages, inspecteur de Xavia, ce sont maintenant des témoins, et je les veux à ma disposition jusqu'à ce qu'ils aient tous décliné leur identité et fait leur déposition. »

Angélique se dit que s'il insistait sur l'enflure, il serait bientôt en grand danger de remplir son manteau pour de bon. Sa suffisance lui aurait tapé sur les nerfs à n'importe quel autre moment, mais en cet instant précis, encore légèrement essoufflée après sa fuite hors d'une banque assiégée et sur le point d'exploser, elle avait beaucoup de mal à l'encaisser.

« Je ne veux rien laisser au hasard, lui dit-il. Ces types vont plonger. Si on tente un coup pareil sur mon territoire, on en paie le prix. »

Ouais, cause toujours. *Son* territoire. *Son* coup de filet. Elle ne souvenait pas avoir vu McMaster entrer par le toit d'un quelconque bâtiment ou défier des hommes armés du regard, et le fait de sous-entendre que la libération des otages était à porter à son crédit était à la limite de l'embarrassant.

Jusqu'au dysfonctionnement de la minuterie, McMaster avait été totalement inexistant.

Elle regarda sa montre. Il restait moins de trois minutes, à moins que Chagall ne parvienne à un résultat.

Elle n'était sortie de la banque que depuis quelques instants et se sentait déjà dans un autre monde ; mais les explosifs mis à part, celui qu'elle venait de quitter lui semblait presque préférable. Pour commencer, les fréquentations y étaient meilleures. Il y avait en Jarry et en son orchestration insensée des événements quelque chose qui battait en brèche tout ce à quoi elle s'était attendue – ce qui était loin d'être le cas des mecs en uniforme qu'elle avait fréquentés récemment. Elle devait même avouer qu'une partie d'elle-même avait été déçue par l'échec du plan ourdi par le voleur, ne serait-ce que parce qu'elle n'était pas parvenue à savoir comment il pensait s'échapper. Et même si elle était loin de cautionner les activités de Jarry, le fait d'entendre McMaster parler de le faire « plonger » lui restait en travers de la gorge. On aurait dit un nabot en casque colonial en train de tirer sur un lion pris dans un filet. Dans le cas d'un duel à la régulière, le vainqueur n'aurait fait aucun doute – mais la malchance était intervenue. Étant donné l'ingéniosité, l'adaptabilité et la débrouillardise de Jarry, il semblait injuste et immérité qu'il se fasse alpaguer par un imbécile aux ordres tel McMaster. Il avait évité tant d'écueils et improvisé tant de parades à des événements imprévus, tels que l'incursion d'Angélique, par exemple, qu'il semblait invraisemblable qu'il se fasse arrêter par quelque chose d'aussi dérisoire qu'un court-circuit.

Totalement invraisemblable.

« Quel salaud !

– Je vous demande pardon ? » s'exclama McMaster, outré.

Ce type avait eu les couilles de réaliser un braquage de cette importance avec des armes bidons : qu'aurait-il bien pu fabriquer avec des vrais explosifs ?

« C'est une ruse, dit-elle. Ces putains de charges sont bidons, comme les armes. Et c'est comme ça qu'il se carapate, le saligaud. Quel sournois ! On sort tous en courant de la banque et lui, il fout le camp tranquillement.

– Vous avez raison : pourquoi s'embarrasser avec des ordinateurs et des otages s'ils pouvaient faire sauter le sas du coffre ? »

Angélique empoigna son Walther.

« Que quelqu'un me file un autre chargeur. J'y retourne.

– Vous n'allez nulle part, de Xavia, et eux non plus. J'ai déployé des GIA autour de toutes les issues. Croyez-vous que je n'ai pas prévu cela ? Croyez-moi, il n'y a aucune issue de secours ou porte dérobée par laquelle ils puissent s'enfuir. Des masques de clowns et de la poudre à gratter ? Sans plaisanter ! Nous allons vite voir qui rira le dernier. »

C'est à ce moment que les charges explosèrent.

Le bruit était assez fort, mais légèrement étouffé.

Contenu, presque. Aucun débris ne vola et le sol ne bougea pas plus que lorsqu'une rame de métro passe sous la rue. La première pensée d'Angélique fut qu'ils avaient eu raison de penser que le vieux bâtiment pouvait résister à l'explosion. La seconde, en regardant sa montre et s'apercevant qu'il restait plus d'une minute avant la fin du compte à rebours, fut de souhaiter que Jarry s'en soit sorti indemne. Chagall, plutôt – c'est lui qui était censé tripatouiller les circuits. Enfin, tous. Elle espérait que tous s'en soient sortis indemnes.

McMaster franchit le cordon et fit signe à quatre agents armés de le suivre.

« Il est temps d'aller faire le ménage, dit-il.

– Est-ce que je peux venir aussi, Monsieur, ou est-ce que je ne sers que quand les méchants sont en plein boum ?

– Ne soyez pas de mauvaise foi, de Xavia. Oui, votre présence est requise. Et je veux que vous appeliez le responsable. Nous aurons besoin de lui pour remettre les systèmes de sécurité en marche. »

Les types du GIA entrèrent en premier, deux par deux, comme pour une embuscade. En voyant cela, Angélique secoua la tête, sous l'œil désapprobateur de McMaster.

« Ils ne sont pas armés, Monsieur, vous vous rappelez ? Leurs mitraillettes étaient factices.

– Factices ? s'étonna le responsable, un type dégingandé en costard du nom de Thomas Peat.

– Vous n'avez vu qu'*une* arme factice, la sermonna McMaster. Nous ne savons rien des autres.

– Oui, enfin, j'imagine que celle que Jarry a cassée contre le mur ne nous fera pas grand mal non plus.

– Alors vous n'avez aucun souci à vous faire. »

Ayant effectué leur entrée fracassante dans le bâtiment, les types du GIA durent attendre que Peat leur ouvre le sas de sécurité pour pouvoir accéder aux zones réservées au personnel. On aurait dit Rambo poireautant à un arrêt de bus. Une fois à l'intérieur, ils se partagèrent en deux groupes pour inspecter les lieux, l'un se dirigeant vers les bureaux de la direction à l'étage, l'autre avançant plus prudemment vers l'entrée des chambres fortes. Sans tenir compte des ordres de McMaster, Angélique suivit le groupe qui descendait au sous-sol, et passa impatiemment devant eux, voyant qu'ils s'obstinaient à progresser marche après marche dans les escaliers.

« Jarry ? appela-t-elle. Chagall ? »

L'éclairage du couloir ne fonctionnait plus ; la fumée et la poussière qui flottaient dans l'air gênaient encore davantage la visibilité. Néanmoins, la lumière qui émanait de l'escalier était suffisante pour révéler que la porte du coffre était encore intacte. C'était aussi le cas des explosifs qui y étaient fixés.

Stupéfaite, Angélique contemplait le spectacle en silence. Les deux hommes du GIA s'aventurèrent timidement devant elle, leurs torches ayant du mal à dissiper l'obscurité enfumée du couloir. McMaster et Peat fermaient la marche, la curiosité du Manteau lui faisant oublier pour une fois les consignes de prudence, sans qu'il se risque pour autant à aller plus avant que le bas des marches.

« Ces charges n'ont pas explosé », observa McMaster, mettant en avant les talents d'investigation qui l'avaient propulsé si haut dans la hiérarchie.

Peat, en revanche, fit une remarque plus lourde de sens.

« Le coffre est ouvert, dit-il.

– Qu'est-ce que vous racontez ? demanda McMaster. Regardez-le donc.
– Je regarde le cadran. Il n'y a que des zéros. L'affichage indique qu'il est déverrouillé. C'est toute cette installation qui le maintient fermé, en fait. Normalement, le poids de l'ensemble le fait s'ouvrir dès que les vérins se rétractent. »

Peat tendit la main vers pâte à modeler qui adhérait au bord extérieur, mais fut empoigné par McMaster.

« N'y touchez pas. Les fils sont encore connectés.
– Si ce qui a explosé ici n'a rien déclenché, il y a peu de chances qu'un léger mouvement le fasse », argumenta Angélique, et elle arracha les « explosifs » avant que McMaster ait pu émettre une nouvelle injonction – éminemment sensée – à la prudence. Ainsi que Peat l'avait prédit, la porte s'ouvrit pour révéler une chambre forte manifestement vide.

« Mon Dieu, dit le Costard. Ils ont tout raflé.
– Combien ? »

Peat avala sa salive : « Environ huit cent mille livres*.
– Mmm. Environs très huppés », observa Angélique.

McMaster avait l'air sur le point d'être totalement englouti par son manteau.

« Monsieur ? appela une voix émergeant des ténèbres. Vous feriez mieux de venir. Ils ont fait sauter un pan de mur. »

McMaster tourna les talons et regarda vers le fond du couloir. Il n'y avait toujours rien de plus à voir que la faible lueur d'une torche dansant dans la poussière.

« Et ça mène où ?

---

* Environ 1,3 million d'euros.

– On dirait un tunnel. Il y a des traces de pas. »

Même à travers la fumée, Angélique distinguait la pomme d'Adam de McMaster en train de faire des bonds dans sa gorge.

« Ça ne mène nulle part de ce côté. J'ai l'impression que c'est une voie de garage du métro. Je ne suis pas très sûr de l'orientation, mais on dirait que ça mène vers le Nord.

– Station de Buchanan Street, dit Angélique.

– Oh, *bordel* ! » s'exclama le Manteau, réaction qui, extrapola-t-elle, indiquait une opinion convergente.

McMaster, saisi de frénésie, ne cessait de donner des ordres dans sa radio en se dandinant vers la sortie. Un seul regard à sa montre indiqua à Angélique que ses efforts seraient vains, et pas seulement parce que Jarry et sa bande avaient quelques minutes d'avance sur eux.

Elle le suivit jusqu'au perron de la banque et se tint en haut des marches, d'où elle put obtenir une confirmation visuelle de son pronostic personnel. À deux cents mètres environ des cordons de sécurité, à flanc de colline, elle aperçut une douzaine de policiers courant à fond la caisse vers l'entrée de la station de métro de Buchanan Street, où ils n'auraient absolument aucune chance de parvenir sur les quais à temps, car les escaliers étaient envahis par plusieurs centaines de supporters des Rangers.

Angélique se retourna vers l'intérieur de la banque. Saint Sébastien, percé de toutes parts, la regardait fixement. La légende, composée du seul mot « Raté ! », semblait plus appropriée que jamais.

« Espèce de sale petit malin », dit-elle à un homme qui s'en était allé, effectivement, beaucoup plus riche.

« De Xavia, grogna McMaster, furibond. Ramenez vos fesses par ici. Qu'est-ce que vous regardez ? »

En réalité, Angélique ne regardait rien. Elle lui tournait le dos simplement pour qu'il ne puisse pas voir la taille de son sourire.

La lyre d'Orphée joue *Follow Follow* puis enchaîne avec…

« Il n'y a pas une équipe comme les Rangers de Glasgow, il n'y en a jamais eu et il n'y en aura jamais. »

Le wagon bondé vibrait avant même de démarrer. Le tapage des chants et le martèlement cadencé des pieds dégageaient une telle énergie qu'elle semblait presque aussi puissante que celle qui parcourait le rail d'alimentation électrique. Zal, posté près des portes, savait qu'il avait l'air du plus heureux des mecs dans un train bourré de mecs heureux. Son sourire indéboulonnable n'aurait certes pas contribué à ce qu'il passe inaperçu si les Rangers avaient perdu, mais comme il avait appris qu'ils jouaient contre Aberdeen, ce n'était pas vraiment un coup de veine.

Merkland, en revanche, affichait un air furibard, mais se tenait heureusement face aux portes, le dos tourné.

« T'es pas obligé de chanter avec les autres, lui dit Zal à voix basse en lui parlant à l'oreille, leur conversation noyée dans le vacarme. Mais si tu ne fais pas un petit sourire très bientôt, tu vas te faire griller.

– Donne-moi une putain de raison de sourire.

– *Ton* équipe vient de remporter la victoire. Quatre à zéro. Aie l'air heureux. Ou est-ce que tu nous la joues puriste jamais content ? »

– Sans blague. *Mon* équipe n'a pas vraiment obtenu le résultat prévu, tu vois ? Traite-moi de puriste si tu veux, mais j'préfère les jeux où on gagne un p'tit bonus à la fin, en espèces, si tu vois ce que j'veux dire.

– Ne crois-tu pas que c'est ce que nous aurions tous préféré ? Mais il faut rester professionnel. Nous avons toujours su qu'il faudrait quitter le terrain lors du dernier coup de sifflet, quel que soit le score, et à moins que tu aies envie de te faire démonter la gueule au cours d'une longue interview post match, tu ferais mieux de rentrer vite fait dans la peau du personnage. »

Merkland eut un bref sourire sarcastique, puis fusilla Zal du regard encore une fois avant de baisser la tête : au moins gardait-il ainsi sa sale gueule de rabat-joie hors de vue. Que dire ? Certaines personnes ne sont tout simplement pas faites pour jouer la comédie. S'il l'avait été, il aurait sans doute été plus à même de voir clair dans le jeu des quatre types qui étaient en train de l'entuber.

À partir du moment où ils avaient ôté leurs masques, jusqu'au moment où ils avaient posé le pied sur le quai envahi de monde, ils avaient tous feint une déception intense. Devoir quitter les lieux « les mains vides »... Ils n'avaient pas non plus épargné Karl pour l'échec de son programme. Jérôme et Léo méritaient une mention spéciale, car à n'en pas douter, même. Sir Laurence Olivier aurait trouvé difficile de simuler l'abattement avec quatre cent mille livres scotchées au corps. Par contre, dès qu'ils furent en public, tous vêtus aux couleurs éclatantes des Rangers, ils purent enfin laisser paraître leurs vraies émotions sous couvert de se fondre dans la masse.

Personne ne remarqua cinq fans des Rangers se glisser sur le quai grouillant de monde par une porte de service. Tous les autres supporters venaient de descendre de la rame et se dirigeaient de toute façon vers les escaliers. Personne à bord du métro ne prêta davantage attention au fait qu'ils *montaient* dans la rame à Buchanan Street, alors que des dizaines de fans en provenance d'Ibrox en descendaient. Quand il y avait autant de monde, les gens qui se trouvaient près des portes devaient descendre pour laisser sortir les autres ; il y avait donc à chaque arrêt, dans chaque wagon, quelques Bears sautant à bord.

Jérôme, Léo, sans oublier le principal, l'argent, montèrent dans un autre wagon que celui occupé par Merkland, Zal et Karl. Tous devaient descendre dans des stations différentes, établies à l'avance. Merkland devait sortir le premier, à Cowcaddens, ce qui signifiait qu'il ne restait à Zal qu'une ou deux minutes à subir ses regards renfrognés et teigneux.

Subir ? Savourer, plutôt. Zal aurait pu regarder un enfoiré de cet acabit souffrir une nuit entière. Le seul mauvais côté des masques en latex, c'est que Zal n'avait pas pu voir l'expression de Merkland quand cet abruti lui avait tiré dessus. Et encore, même cette vision, sans nul doute impayable, n'était rien comparée à sa réaction quand il mettrait les nouvelles et apprendrait que presque un million de livres venait de descendre du même métro que lui, à St. George's Cross et Kelvinbridge, pour être exact.

Merkland était censé monter dans un troisième wagon, à part, mais, chose prévisible, n'avait pas lâché Zal d'une semelle, s'obstinant toujours dans son truc « J'ai l'œil sur toi. » Cela aurait pu être exaspérant, si cela n'avait pas tout bonnement été comique. Honnêtement, qu'y a-t-il de plus pitoyable qu'un pseudo-dur à cuire qui n'arrive pas à se faire à l'idée qu'il ne vous fait pas peur ?

« Tu sais quoi, avait grondé Merkland, la seule raison pour laquelle t'es encore en vie, c'est qu'tu peux encore nous être utile. J'crois que tu d'vrais pas l'oublier, surtout après le foirage complet d'aujourd'hui.

– Je vais y penser, mon pote. Mais si l'utilité était le critère principal de la survie, il y a longtemps que ton cul aurait été darwiné. »

Zal entendit Karl pouffer, ce qui l'avertit qu'il fallait baisser le ton.

« Très drôle, ricana Merkland. C'que j'dis, c'est que t'es seulement toléré. Mais quand ce sera l'heure de lâcher les chiens, je s'rai là.

– Ah ! Alors ça devrait augmenter mes chances de m'en tirer, vu que tu es éternellement voué à merder.

– Mon gars, tu t'fais des illusions si tu crois que mon arme sera pas chargée la prochaine fois. »

Tout guilleret, Zal regarda les panneaux indiquant Cowcaddens, ne prêtant délibérément aucune attention au regard qui se voulait menaçant de Merkland.

Il fut un temps où des types comme celui-là lui auraient fait peur. Mais c'était trois ans, soixante-dix points de suture et deux cadavres auparavant.

Il croisa le regard de Merkland juste avant que les portes ne s'ouvrent.

« Et tu te fais des illusions si tu crois que ça changera quoi que ce soit. Maintenant, fous le camp retrouver Hannigan. C'est là que tu descends. »

Zal le regarda s'éloigner, mais attendit que le métro ait plongé dans l'obscurité du tunnel suivant pour donner un petit coup de coude à Karl. Karl portait une casquette de base-ball aux couleurs des Rangers, bien enfoncée pour dissimuler son visage, afin qu'aux yeux de tous les observateurs, il ait l'air d'un gamin qui revient du match avec son père. Il ne leva pas la tête, mais Zal imaginait très bien son large sourire. Il tendit la paume de sa main pour que Zal la frappe, puis leurs doigts restèrent étroitement entrelacés pendant quelques précieuses secondes de célébration.

Il était temps de reprendre sa respiration. La chanson reprenait, comme une force irrésistible, son volume et l'énergie qui s'en dégageait emplissant l'air et couvrant même le grondement des roues et les grincements occasionnels du métal malmené. Zal avait l'impression d'en être le réceptacle, un crescendo d'euphorie montant en lui à la manière d'une réaction en chaîne comme il serrait le poing et se joignait au chant. Lui prêter voix était une délicieuse libération, et c'est seulement dans cette libération qu'il put mesurer l'ampleur de la béatitude qui l'emplissait.

« *Follow we will, follow we will.* »

Son système nerveux avait été saturé d'adrénaline pendant plus de cinq heures, durant lesquelles son esprit avait traité, contenu et contrôlé des émotions plus nombreuses et plus intenses que celles qu'on doit normalement gérer en cinq mois, voire en cinq ans. Tout cela ne voulait pas dire qu'il n'ait pas adoré cela, qu'il n'en ait pas apprécié chaque fichue seconde, mais de même qu'un footballeur victorieux, ce n'était qu'une fois le match terminé qu'il pouvait laisser tous ces sentiments réfrénés le parcourir.

« *Though the straits be broad or narrow...* »

La libération, l'euphorie, la catharsis seraient venues de toute façon, mais que ce soit en plein cœur de cette chanson faisait écho à quelque chose d'enfoui bien plus profondément, et c'est ainsi que Zal se retrouva en train de chanter les larmes aux yeux ; une tristesse précieuse entre toutes se glissait dans son sourire.

« *If they go to Dublin, we will follow on...* »

Son père lui chantait souvent cette chanson, mais dans sa version originale, sans cette falsification merdique qui disait « *Dundee, Hamilton, even to the Vatican.* » Il l'avait apprise et chantée quand il était tout gosse, avant même de savoir de quoi elle parlait, avant de comprendre enfin que cet endroit d'où son père venait et qui lui manquait tant, n'était pas simplement une ville parmi d'autres dans le Nevada. Il se rendait compte à présent que, hormis à la télévision, il n'avait jamais entendu personne d'autre la chanter ; alors de l'entendre de si près, chantée avec cet accent qu'il avait autrefois associé à une seule et unique personne, il se sentit soudain très vulnérable et complètement seul au monde.

Peut-être était-ce aussi bien, car il avait besoin de mettre un frein à sa jubilation exacerbée. Se fondre dans la foule qui revenait du match était une chose, mais personne n'avait semblé en proie à un tel délire. Après tout, ce n'était qu'Aberdeen, et seulement quatre-zéro.

Il regarda Jérôme puis Léo disparaître, chacun sur un quai agrémenté de supporters qui s'en allaient aussi, puis ce serait son tour et celui de Karl à Hillhead. Ils ne se parlèrent pas, gardant leur accent pour eux. Karl garda la tête baissée, la visière de sa casquette lui recouvrant presque tout le visage. Byres Road était sombre, animée, et le sol mouillé. Il avait dû commencer à pleuvoir peu de temps auparavant, car tous les Bears qui se trouvaient dans le métro étaient secs des pieds à la tête et personne dans la rue ne semblait avoir emporté de parapluie.

Les gens longeaient les bâtiments, se précipitant d'un auvent à un autre ou hésitant à quitter l'abri des entrées de magasins. Il ne restait à Zal et Karl qu'à marcher sur le trottoir en direction de Great Western Road. Ils étaient arrivés à la hauteur de la bibliothèque de Hillhead quand ils virent la voiture de Léo approcher, s'identifier par un appel de phares qui leur était destiné dans cette obscurité pluvieuse et par le fait qu'il clignotait pour se ranger.

Karl ouvrit la portière arrière et grimpa à l'intérieur, ôtant la casquette une fois à l'abri des regards. Zal se pencha à l'intérieur. Personne ne dit rien ; ils se contentèrent de sourire, de rire et de joindre leurs mains dans une brève étreinte tripartite.

Zal referma la portière et regarda la voiture s'éloigner. Il y avait encore une affaire importante à conclure à Glasgow, mais étant donné la rareté des adultes de moins d'un mètre trente à l'accent américain dans les parages, il était vital que Karl quitte la ville jusqu'à ce qu'on ait à nouveau besoin de lui. Ils allaient vers le Sud, à Newcastle, où ils avaient réservé une table dans un restaurant à vingt heures trente. Ils avaient aussi les poches pleines de faux tickets de PMU datant des courses ayant eu lieu cet après-midi même à Gosforth. En ce moment précis, Karl devait être en train de transférer les résultats sur le WAP de son portable, effectuant les derniers paris en évitant les gagnants, les bookmakers ayant tendance à se rappeler davantage ceux à qui ils donnaient beaucoup.

Jérôme était encore en ville, mais Zal ne ressentait pas le besoin de faire la fête, pas même une célébration discrète en tête à tête. Il recula de quelques pas et se mit provisoirement à l'abri devant l'entrée principale de la bibliothèque. Avec la pluie ruisselant sur son visage et le monde qui s'agitait autour de lui, il se sentait un peu comme s'il avait passé l'après-midi au cinéma : une fois de retour à la froide et pluvieuse réalité, ce qui venait de se dérouler, aussi passionnant que cela ait été, se trouvait déjà archivé et classé dans la rubrique Souvenirs.

Il éprouvait encore de l'excitation, mais il était difficile de l'associer à des moments précis : ce n'était qu'une impression résiduelle.

L'euphorie était en train de se dissiper, ainsi que la tension et la peur. Elles seraient en temps et en heure remplacées par la satisfaction et le soulagement, suivis un peu plus tard par l'épuisement. Pourtant, en cet instant, quelque chose d'autre persistait ; une chose à laquelle il n'avait pas prêté attention avant que des préoccupations plus urgentes soient réglées, qui était là depuis un moment pourtant, entraperçue au milieu d'une confusion plus grande mais qui n'était que temporaire.

Ce n'était pas une chose à laquelle il fallait se fier. C'était comme un document joint à un e-mail envoyé par un inconnu : il ne savait pas d'où cela venait, et cela signifiait qu'un désastre pouvait se produire s'il choisissait de faire autre chose que de l'ignorer.

Il existait un certain nombre de sources plausibles, dont chacune, ou plusieurs combinées, pouvait être à l'origine d'une fragilité qui était susceptible de finir par le hanter. Il était sous le coup d'une inévitable retombée après le braquage, réaction bien naturelle après cinq ou six heures passées sur les nerfs. Il était la victime toute désignée de l'appréhension incontournable liée aux incertitudes qui l'habitaient, sachant qu'il venait de voler presque un million de livres et que toute la police du pays serait bientôt à ses trousses. Et puis il y avait cette chanson et toutes les petites bombes à fragmentation émotionnelles qu'elle avait éparpillées. Son père lui manquait, il l'aimait à nouveau, se haïssait de l'avoir haï, toutes ces conneries…

Sans parler des fans des Rangers dans le métro, du lien qui unissait de parfaits inconnus par le biais d'une chanson ; quelque chose qui les faisaient se sentir bien ensemble, un sentiment d'appartenance qui les faisait se sentir bien tout court.

Et peut-être n'était-ce rien de tout cela. Peut-être était-ce quelque chose qui avait pénétré ses défenses pendant que son esprit était occupé à gérer tout le reste. Mais le fin mot de l'histoire, c'est qu'il ne parvenait pas à s'ôter cette fille de la tête.

Alors que tous les autres aspects du braquage s'effaçaient au point qu'il aurait pu avoir l'impression que cela était arrivé à quelqu'un d'autre, elle demeurait présente, tangible, bien réelle ; et pas de doute, cela lui était bien arrivé à lui. Il ne savait pas comment, ni pourquoi, mais le sait-on jamais ? Il avait été saisi lorsqu'il l'avait vue, c'était l'évidence. Certes, le fait de ne pas avoir fait l'amour depuis quatre ans avait abaissé le seuil de ce qu'il fallait à une femme pour attirer son attention, mais ceci étant, aucune n'avait retenu son œil avec autant de persistance, même une fois désarmée. Zal n'était pas un fétichiste du Kevlar ou quoi que ce soit, mais il était difficile de ne pas être captivé par la vision d'une femme en apparence si menue, indubitablement jolie, et pourtant équipée pour le combat et littéralement habillée et dressée pour tuer.

Cela aurait pu s'arrêter là, à un truc bon pour la branlette, mais *autre chose* s'était produit là-bas. Les circonstances avaient exigé de lui qu'il soit le plus analytique et le plus rationnel possible tout au long de l'après-midi, et ce n'était donc pas simplement le fait de son imagination : elle avait bien été sur le point de s'ouvrir à lui à une ou deux reprises. Elle était certes entraînée pour rester calme dans ce genre de situation. Malgré ce qu'elle avait prétendu, elle était sans doute aussi experte en négociation. Ces éléments offraient une explication plausible au fait qu'ils aient partagé une conversation des plus agréables dans un contexte où le simple fait d'être poli est généralement trop demander. Mais, merde, Zal savait parfaitement quand il était mené en bateau, et le fait de retenir ses larmes ou de confier qu'on avait un peu de mal à passer le cap de la trentaine ne collait pas au schéma. Surtout quand on a affaire à un type armé qui porte un masque de clown.

Non. Quelque chose était vraiment arrivé. Elle avait toutes les raisons du monde de lui en vouloir, même si ce connard de Merkland l'avait attachée *sans* en profiter pour prendre quelques libertés. Après cela, il fallait bien reconnaître que Zal avait dû lui sembler étonnamment civilisé, et pas seulement par comparaison. Par surprise.

En son temps, Zal en avait fait les frais, de ces connards de flics, comme quiconque entreprend de gagner sa vie de manière malhonnête ; il comprenait donc pourquoi le poulet standard ne recevait pas beaucoup de cartes de vœux en provenance du bloc D. Il y avait pourtant une chose qu'il ne comprenait pas, c'est à quel point certains taulards en veulent aux flics en général, comme s'ils étaient outrés par l'idée même que ces gars essaient de les choper. Pourtant ces mecs-là étaient des criminels, bordel ! Qu'est-ce qu'ils espéraient ? Un peu de compréhension ? Une plus grande tolérance à l'égard de leur style de vie alternatif, en particulier de l'aspect qui touche au transfert illégal de biens appartenant à autrui ?

Une idée avait brièvement traversé l'esprit de Zal : ligoter Merkland et lâcher de Xavia sur lui, mais ils avaient besoin que cet enculé soit en état de marcher, et les visages ensanglantés ne se fondent pas franchement dans la masse des supporters de foot, sauf peut-être après un match des Vieux Clubs.

Il n'était pas sûr du tout qu'elle se serait occupée de lui, de toute façon. Quoi qu'elle en dise, elle était celle que les flics avaient envoyée en premier, et cela voulait dire qu'on pouvait se fier à elle pour ne pas perdre les pédales, même face aux provocations. Il y avait des chances pour que cela signifie également qu'elle ait su prendre grand soin de sa petite personne – Merkland n'aurait probablement pas eu besoin d'être attaché pour qu'elle lui détaille de A à Z le mode d'emploi du coup de pied. Elle n'avait d'ailleurs même plus songé à Merkland, une fois réglée la question du flingue bidon et la menace y afférente. Tout ce qui lui importait, c'étaient les otages. Zal avait connu des flics qui laissaient la victime saigner sur le trottoir pendant qu'ils poursuivaient l'agresseur, parce qu'à leurs yeux, c'était une guerre, et que toper les méchants était plus important que les dégâts collatéraux. De Xavia ne faisait pas partie de ces fanatiques, et ne semblait pas vraiment en accord avec ses collègues sur le sujet. Elle avait de la classe. Non, quel mot à la con. Il avait trop servi pour faire passer l'arrogance de ceux qui la ramènent pour une qualité.

Ainsi vidé de son sens, il ne reflétait pas du tout ce qu'elle était, et ne lui rendait certes pas justice. Non, elle avait du chien.

Il aimait son accent, le son de sa voix, surtout quand elle marquait sa désapprobation au passage, sans pour autant se montrer impolie. C'était, c'était…

C'était dingue. Cette histoire était dingue. Après avoir accompli, eh bien, ce qu'il avait accompli, il aurait dû être en train de savourer sa victoire, de réfléchir à la portée de tout cela, qu'importe. Au lieu de ça, il était debout sous la pluie, en train d'essayer de se remémorer son visage, se demandant où elle pouvait bien être en cet instant… Il avait la réponse : elle devait passer les indices au peigne fin, recueillir des témoignages et d'une manière générale, s'occuper des préliminaires à sa capture.

Oublie-la. Sors-la de ta tête, mec.

La pluie devenait plus dense et le vent se levait. Des bourrasques emportaient le déluge jusque sous les auvents et les porches, privant d'abri ceux qui n'étaient pas protégés par des vitres et de la brique. Il aurait pu héler un taxi, mais il s'imaginait déjà la déposition du chauffeur : « C'est ça, j'ai pris un gars avec l'accent yankee sur Byres Road à l'heure que vous dites. Je m'en souviens parce qu'il avait une écharpe des Rangers, mais il savait pas trop comment s'était déroulé le match. »

Il y avait un arrêt de bus sur le trottoir d'en face. N'importe quel bus allant loin de Great Western Road ferait l'affaire, pourvu qu'il ait de la monnaie. Il mit la main dans la poche de son pantalon et fut surpris de rencontrer un bout de plastique. Il le sortit et le regarda. C'était une carte de police.

« Angélique », dit-il pour lui-même en regardant sa photo. Des pensées toutes plus folles les unes que les autres emplissaient son esprit. Il était déjà en train de calculer les probabilités, les risques, les imprévus – sa mise à découvert. S'il pouvait voler un million de livres et filer sous le nez (bon, d'accord, six mètres sous le nez) d'au moins cinquante flics, il pouvait sûrement trouver un moyen de…

Sois pas débile.

Non, c'était vraiment dingue. Possible, mais dingue.

Possible.

Non.

Non.

Non.

Point final. Terminé. Sujet clos. *Punto.*

Bien.

Trop de choses étaient en jeu.

Trop de choses déjà accomplies et trop encore à faire.

Ce n'était qu'une folie, dangereuse.

Il était heureux de l'avoir torpillée avant qu'elle ne fasse des dégâts.

Mais ceci étant clair, où était le mal si…

Bien dérobé

Angélique avançait lentement sur la pointe des pieds et s'immobilisa dans le couloir à quelques mètres du but, retenant son souffle. Elle n'avait pas été repérée, elle en était sûre : sinon elle aurait déjà eu droit au comité d'accueil. Il y avait bien un guetteur, elle l'avait vu de loin, mais son arrivée furtive, maintes fois mise en pratique, lui garantissait une approche indétectable. Ouais, même chose que sur le toit de la banque, s'était-elle dit... et il fallait voir comment ça avait tourné.

La porte était en vue, mais elle avait besoin d'une préparation mentale avant de passer à l'action. Elle sentit une peur sourde lui peser sur l'estomac, un sentiment de désastre imminent, comme lorsqu'on regrette après coup d'avoir englouti un haggis[1]. Pourquoi faisait-elle cela, bon Dieu ? se demanda-t-elle pour la douzième fois. La réponse demeurait la même, inflexible, impitoyable : par sens du devoir. Et cela recouvrait une multitude d'épreuves et de sacrifices. Nul besoin d'expliquer ou de justifier chacun

---

1. Panse de brebis farcie, spécialité culinaire écossaise assez riche en lipides.

d'entre eux, n'est-ce pas, tant qu'ils se cachent derrière ce mot.

Le Devoir.

Sans blague. Cet exercice, en toutes circonstances, était vraiment préjudiciable à sa santé et elle ne se rappelait pas avoir signé pour ça.

Et merde ! Quel autre choix avait-elle maintenant ? S'en aller tranquillement ? Tentant, en théorie. Mais l'expérience lui soufflait que l'explication qu'elle serait sommée de fournir la mettrait bien davantage au supplice. Elle ne pouvait plus reculer, alors autant l'accepter et concentrer ses efforts sur la survie.

Elle inspira profondément, se mordit la lèvre et appuya sur la sonnette.

« Angélique, *ma chérie, ma toute petite*, bon anniversaire ! » tonna sa mère, sa voix résonnant dans tout le couloir alors qu'elle l'attirait dans une étreinte chaleureuse, qui rappela à Angélique, comme à chaque fois, pourquoi elle « s'imposait tout ça. »

Cette personne-là ne la laisserait jamais tomber, ne manquerait jamais d'égards pour elle. Bien sûr, au bout de dix minutes, Angélique grimperait mentalement aux rideaux et ne songerait qu'à fuir, mais dans le cas contraire, ce ne serait pas la famille.

« Papa n'a pas vu ta voiture, nous guettions ton arrivée. Entre, entre, reine de la fête. C'est bon de te voir.

– Pour moi aussi, Maman. »

Elle s'avança dans l'entrée, rassemblant ses forces et se demandant au bout de combien de temps sa mère aborderait le sujet de ses hommes habitant l'horizon. Cela prenait en moyenne cinq minutes, le temps de mettre la bouilloire en route, de sortir les biscuits et de la faire asseoir, presque de force, dans le canapé neuf. Néanmoins, en ce jour à marquer d'une pierre blanche, un nouveau record pouvait être établi, dans les deux sens : le plus rapide de tous les temps, pour mettre un terme à une chasse aux informations toujours décevante ; ou le plus long, si on soumettait le sujet à un examen plus approfondi – et prolongé – ultérieurement.

Son père sortit de la cuisine, la prit dans ses bras et l'embrassa. Cela lui faisait le même effet à trente ans qu'à trois. Rassurant, sécurisant. Elle était bien à la maison. Mais la règle des dix minutes s'appliquait toujours.

« Il y a quelque chose pour toi à côté », dit sa mère pendant que son père levait les yeux au ciel avec un sourire indulgent et légèrement malicieux. « Nous mourons d'envie que tu voies ça. » Elle arborait un étrange sourire de conspirateur en se dirigeant vers le salon, faisant des signes impatients à ceux qu'elle précédait.

Angélique sentait venir l'embuscade. Elle ne pouvait pas se tromper.

Elle se dirigea vers sa place habituelle sur le canapé, mais sa mère montrait la cheminée du doigt, tout en se livrant à une imitation assez convaincante de la gamine surexcitée au bord de se faire pipi dessus. Angélique se retourna, prête à affronter le second choc de la journée. Enfin, cette fois-ci, personne ne se suspendrait à son nez.

Devant la cheminée se trouvait le bouquet le plus sophistiqué et le plus beau qu'Angélique puisse imaginer (en dehors de la loge de Graham Norton[1]).

---

1. Présentateur homosexuel, tendance « grande folle », d'une émission télévisée tardive.

« Elles sont arrivées un peu plus tôt dans la soirée, dit sa mère, ayant du mal à se maîtriser. Et il y a une petite carte. Tu vas l'ouvrir ? »

Angélique résista difficilement à la tentation de répondre non, mais sa propre curiosité était très près d'égaler celle de sa mère. Qui pouvait bien lui envoyer des fleurs ? Si elle avait un admirateur, son sens du secret était tel qu'il ne pouvait appartenir qu'aux services d'espionnage. Peut-être quelqu'un du quartier général qui s'était souvenu qu'elle avait quand même sauvé les otages et la remerciait, même si la banque avait perdu presque un million de livres.

Elle se pencha pour examiner l'enveloppe, qui était posée au centre de la composition florale. Il y avait seulement écrit « Angélique » ; pas de grade, pas de nom de famille. Et adieu les remerciements, se dit-elle, se rendant soudain compte de l'absurdité de sa théorie initiale. Elle prit délicatement l'enveloppe et la déchira doucement avec l'ongle du pouce. De l'index, elle en sortit un carton blanc, qui semblait vierge, jusqu'à ce qu'elle le retourne et lise les mots « Heureux Anniversaire », écrits à la main dans un style calligraphique très orné. C'était quoi, cet admirateur – tellement anonyme qu'il y avait de quoi se foutre en rogne ?

« De qui est-ce ? Tu ne veux pas nous le dire ? dit sa mère en affectant une timidité exagérée.

– Il n'y a pas de nom », répondit Angélique. Elle serra la main pour froisser l'enveloppe et c'est à ce moment qu'elle sentit qu'il y avait autre chose à l'intérieur, plus petit que le carton, mais plat et rigide. « Attendez.

– Quoi ? »

Angélique lissa l'enveloppe et l'ouvrit, en retirant sa propre carte de police.

« Non, c'est une blague… » dit-elle en se dépêchant de mettre la carte dans sa poche avant que sa mère ne voie ce que c'était.

« Qu'est-ce que c'est ? De qui est-ce ? Tu le sais ?

– Oh oui, je le sais », répondit Angélique, avec un sourire espiègle qu'elle ne parvint pas à faire disparaître de son visage.

Sa mère applaudit comme une petite fille.

« Je le savais ! Tu nous as fait des cachotteries. Qui est-ce ?

– Je ne peux pas le dire, répondit sincèrement Angélique.

– Oh, allez, dis-nous ! C'est quelqu'un que tu as connu par ton travail ?

– Heu… en fait, oui.

– Un avocat ? Il n'est pas policier, hein ?

– Ni l'un ni l'autre. Il est dans une profession… associée, en quelque sorte.

– Pourquoi tu ne m'en as pas parlé ? Ça dure depuis longtemps ? Vous vous êtes vus souvent ?

– Non. Une seule fois, pour tout dire.

– Mais ça a dû bien se passer, mmh ?

– Maman, s'il te plaît.

– Regarde-là, Joseph. Elle est toute timide. Je suis sûre qu'il est beau. Il est riche ?

– Eh bien… il se trouve qu'il vient de toucher une grosse somme d'argent, oui.

– Oh, je le savais, je le savais. Il faut nous en dire plus.

– Ce n'est que le début. Nous nous connaissons à peine.

– Mais vous allez vous revoir, non ? »

Angélique regarda à nouveau le bouquet et hocha la tête.

« Crois-moi, je vais faire tout ce qui est en mon pouvoir pour que cela ait lieu à nouveau. »

II
Pour mon prochain tour, j'aurai besoin d'un volontaire

Il est aussi plaisant d'être dupé que de duper.

Edwin Sachs,
*Tours de passe-passe :
Petit Manuel de prestidigitation*

L'ambassadeur américain

Génial, putain.

Encore une putain de ville, encore un putain d'hôtel, mais oh, mmm, merci mon doux Jésus, encore une sacrée putain d'pipe.

N'était-ce pas le remède miracle ? Décalage horaire ? Gueule de bois ? Lumbago ? Stress ? Peu importe, une petite pipe TTC et vous voilà remis d'aplomb. C'est le seul truc qui marche, juré-craché, garanti sur facture, et c'est probablement pour cette raison que ça n'a pas encore été breveté, usiné et emballé par Astra-Zeneca ou Smithkline & Beecham. Les compagnies pharmaceutiques ne sont pas intéressées par les *remèdes*, y'a pas de pognon à s'faire dans cette branche. Vous êtes guéri et vous vous cassez, vous allez faire autre chose et rapporter du fric à quelqu'un d'autre ! Tout ce qui les intéresse, c'est de vous vendre une merde qui va légèrement améliorer votre état : comme ça, ils sont sûrs de vous revoir. C'est pour cette raison qu'il n'y a pas de pubs à la télé, ni de stars qui se mobilisent en faveur des turlutes tarifées. « Et voici Don Simpson[1], pour un contact au 0892-JTE-SUCE… » Ou alors : « Salut, mon nom est Hugh Grant. Chaque fois que j'ai un coup de pompe, je me tourne vers… » Sans déconner, qui voudrait encore utiliser des vitamines après ce type de spots ?

Bien sûr, l'un des facteurs aggravants du stress de la vie quotidienne est de ne pas savoir où et quand va avoir lieu votre prochaine pipe, et c'est pas des conneries…

Avant que ce petit cadeau des dieux ne lui tombe sur les genoux, moins d'une heure auparavant, ce voyage menaçait d'être carrément gore.

Glasgow, putain de merde ! Il n'en avait jamais entendu parler jusqu'à il y a six mois.

Et jusqu'à samedi soir, il n'aurait jamais pensé en apprendre davantage sur c'te putain d'ville que son nom. Mais c'était avant qu'Innez n'entube la bande des Écossais, que la bande des Écossais appelle Alessandro, qu'Alessandro en chie une pendule et appelle Miguel et que Miguel dise à Harry de prendre ce putain d'avion et d'aller régler le problème. Mais quel problème il y avait à régler ? Aucun, à ce qu'il sache. Il n's'était rien produit qui ait un impact sur leur affaire – même Innez ne se risquerait pas à déconner avec ça.

---

1. Producteur de « block-busters » (*Top Gun*, par exemple), connu pour son usage de drogues et de prostituées.

Seulement, des plates-bandes avaient été piétinées, des susceptibilités froissées, et tout ce petit monde était soudain beaucoup plus énervé.

« On a besoin d'un émissaire, avait dit Miguel.

— Mais on a Rico et Gomez qui y vont pour l'échange. Pourquoi est-ce qu'on ne peut pas avancer leur départ ? avait protesté Harry.

— Rico et Gomez sont juste des porteurs de valise, de surcroît, soyons francs, ils en ont l'apparence. Innez a réussi à faire croire aux Escoseses que soit on va les arnaquer, soit on ne les prend pas au sérieux. On va pas envoyer ces deux branleurs. On a besoin d'une personne d'influence, qui les calme, qui leur montre du respect.

— Alors il faut qu'j'aille là-bas et qu'j'leur lèche le cul en prime ?

— Non, c'est tout le contraire. Tu vas là-bas pour leur montrer qu'on parle bien affaires. Tu vas là-bas pour leur montrer que personne ne nous baise.

— J'vais pas donner la fessée à Innez parce qu'il a pas été un gentil garçon, Mickey. Surtout pas pour faire plaisir à un troisième larron qui vaut pas tripette. Il sait très bien qu'il n'y a qu'une menace qui compte tant qu'on aura besoin de lui pour faire le boulot qu'on veut.

— On est tous au courant, Harry. Alors ton boulot, c'est de leur dire que si on n'est pas inquiets à propos d'Innez, ils ont pas à l'être non plus.

— Et on peut pas faire ça par téléphone, bordel ? Si tu veux mon avis, l'fait d'envoyer quelqu'un là-bas aussi sec, c'est plutôt un signe qu'on *est* inquiets.

— Il y a une différence entre ne pas avoir l'air préoccupé et avoir l'air de s'en foutre complètement. Ton boulot, c'est aussi de leur montrer qu'on se sent concernés par le fait qu'Innez les ait foutus en rogne, et de faire un peu de surveillance locale pour notre compte. Tu vas être notre ambassadeur, Harry.

– Ouais, tu parles d'un putain d'honneur !

– C'en est un. Tu n'as jamais voulu visiter l'Europe ?

– L'Écosse, c'est en Europe ?

– Bien sûr ! Qu'est-ce que tu croyais, bon sang ?

– J'sais pas. Me suis jamais posé la question.

– Tu ferais bien de commencer à te la poser. Ton avion décolle de Los Angeles à dix-huit heures trente ce soir.

– Génial, putain. »

Mickey avait eu l'air de dire qu'il y avait une queue longue comme ça qui attendait c'boulot, simplement parce qu'il allait outre-Atlantique. L'Europe, t'as raison. T'as tout gagné. Est-ce que Mickey croyait qu'Amerigo Vespucci avait pris l'bateau parce qu'il aimait l'Europe ? Bordel, non. C'était l'Ancien Monde ; sûrement mieux que l'tiers monde, mais si on avait déjà le Nouveau, qu'est-ce qu'on en avait à foutre du vieux ? Et de l'Écosse ? Qu'est-ce qu'il pouvait bien y avoir en Écosse ? Des mecs en jupe ? S'il avait envie d'en voir, il lui suffisait d'aller dans West Hollywood ou à Frisco. Bon sang, est-ce qu'au moins ils avaient la télé dans c'pays ?

Et vlan, voilà qu'ça lui tombait dessus. Quelques minutes avant, il faisait des plans pour aller passer quelques jours à Vegas, peut-être parier sur quelques matchs de qualif, et l'instant d'après, il avait à peine le temps de faire ses valises pour sauter dans le vol du samedi soir, transiter par Londres et arriver au Hilton de Glasgow à l'heure du dîner du dimanche soir. Enfin, l'heure *locale* du dîner. Il n'avait aucune idée d'l'heure qu'il était dans les pays civilisés, et son corps continuait à fonctionner sur le rythme de L.A. Résultat, il avait tout le temps faim, mais avait la gerbe dès qu'il mangeait ; il était crevé, mais dès qu'il fermait les yeux, il se sentait tout a fait réveillé.

Heureusement, l'hôtel était un bon vieux Hilton standard : la même merde que dans tous les autres où il avait été, mais c'était un réconfort quand il se sentait désorienté et loin de chez lui. Il s'avéra qu'ils avaient aussi la télé, mais pour c'que ça changeait ! Les matchs de qualif étaient tous retransmis aux States – oui, tous les putains de matchs de qualification de football *américain* – et pas une seule chaîne de ce trou ne les montrait. Clic : foot. Clic : foot. Rien que du putain de football à l'ancienne. Même si ce n'était pas une surprise, c'était quand même une déception. En ce qui concernait Harry, cela ne faisait que confirmer une croyance de longue date selon laquelle, plus on s'éloigne de la civilisation, plus le sport américain se fait rare sur ces putains de télés. Si les services de l'Immigration voulaient vraiment serrer les illégaux d'East L.A., ils n'avaient qu'à mater par les fenêtres : tous ceux qui regardent ce foot, c'est des clandestins chicanos. Tu veux t'intégrer correctement à ta nouvelle terre d'adoption ? Regarde le hockey, le basket-ball, le baseball ou ce putain de football *américain*. Le seul truc qui peut aider à se fondre dans le paysage avec le foot, c'est d'être une gamine blanche de onze ans, originaire de La Jolla[1]. En dehors de ça, le foot dénote un manque de véritable américanisation, et plus on s'éloigne des States, plus ce problème prend de l'ampleur. Bon sang, même au Mexique, ils ont le catch ; mais il suffit de remettre les pieds en Europe, de retourner à la source

---

1. Banlieue huppée entre Los Angeles et San Diego.

pour ainsi dire, et là, aucune trace des sports du Nouveau Monde. Zéro. Que dalle. Pas la peine de claquer les talons, Dorothée[1] ! Toto et toi, vous êtes privés de match, même si vous vous faites chier, que vous êtes tout seuls et incapables de dormir.

Moins de trois heures après être arrivé dans cet environnement hostile, il décida en conséquence qu'il avait le plus grand besoin d'être réconforté par une pipe. Bien sûr, la familiarité du décor de l'hôtel avait quelque chose de rassurant ; mais comme la fellation ne figurait pas sur le menu du service d'étage, le Hilton n'allait pas pouvoir donner suite à tous ses besoins d'homme d'affaires en déplacement.

Mauvaise nouvelle, les pourvoyeuses locales qu'il avait aperçues pendant son petit brin de conduite nocturne n'allaient pas être en mesure de les satisfaire non plus. Quelques questions discrètes l'avaient conduit dans le quartier de Blythswood, quelques rues plus loin, mais lorsqu'il ralentit pour voir ce qu'il y avait en promotion, il comprit soudain qu'il y avait plus qu'une différence sémantique entre dire qu'on ferait n'importe quoi pour une pipe et le faire. Bon Dieu, quel spectacle pitoyable ! Que des camées immondes. Pas question que l'une d'entre elles traverse le hall de l'hôtel – et encore moins s'approche de sa queue. Il avait quitté L.A. dans une telle précipitation qu'il n'avait pas eu le temps de vérifier s'il fallait des vaccins pour l'Écosse, mais il était certain qu'aucune injection n'aurait pu le protéger de ce que ces garces-là pouvaient lui filer. Beurk.

Il décida donc de se rabattre sur le bar de l'hôtel, pensant qu'étant donné que le sommeil était difficile à

---

1. Cf. *Le Magicien d'Oz*.

trouver, il pouvait toujours essayer de s'anesthésier. Pendant les quelques heures que durèrent ces essais, le sommeil continua de le fuir, mais l'anesthésique local s'avéra vachement bon. Le scotch, découvrit-il, était fabriqué en Écosse. Il n'arrivait pas à le croire ! Qui aurait pu se douter d'un truc pareil ? Il s'était contenté de supposer que le terme désignait l'une des deux sortes de whisky – l'autre étant le bourbon, et si quelqu'un lui avait demandé le lieu de production de chacun, il aurait dit Bourbon dans le Sud et Scotch au nord de Dixieland. Ce qui prouve bien que les voyages ouvrent l'esprit, même s'ils dégomment les neurones. En tout cas, ils ouvraient à son palais de nouvelles perspectives : il existait des dizaines de « malts » différents, comme ils les appelaient, et il se retrouva en voyage organisé miniature à travers les Highlands et les Islands grâce au Syndicat d'Initiative de l'Eau-de-Vie. Le barman n'était que trop heureux de lui parler de l'origine de chacun des verres qu'il alignait, et Harry heureux de l'écouter, car cela évitait au gars de s'étendre sur le fait que l'Écosse avait inventé à peu près tout ce qui est en usage sur cette foutue planète.

Harry se réveilla à deux heures de l'après-midi, se sentant mieux qu'il ne l'aurait mérité compte tenu de la quantité de whisky qu'il avait consommée. Cela était probablement dû au soulagement d'être enfin parvenu à dormir, après avoir atteint cette phase du décalage horaire où l'on devient zombie. Cela ne signifiait pas qu'il se sentait bien, loin s'en faut, mais il ne se sentait pas aussi mal que la veille à la même heure, ou peut-être aussi mal, mais pour des raisons différentes. Au moins, avec une bonne cuite, on savait où on en était. On savait comment s'occuper de sa gueule de bois, et comment elle allait s'occuper de vous.

Il prit une douche et appela Hannigan, l'invitant à déjeuner à l'hôtel. Hannigan ne voulut rien savoir et insista pour emmener Harry dans un restaurant des quartiers chic où il avait ses entrées et ses habitudes.

« Vous êtes à Glasgow, dans ma ville, avait-il dit. Laissez-moi vous faire goûter à l'hospitalité des gens d'ici. »

C'était une prise de contact agréable. Rien de conflictuel, aucune mauvaise humeur, ni nervosité non plus. Cela dénotait le respect. Cela ne manquait pas non plus de délicatesse. Pas question de profiter de l'avantage d'être sur son terrain et toutes ces conneries, comme s'il avait insisté pour que Harry vienne à son bureau plein de gros bras en train de faire jouer leurs biceps. Seulement tous les deux, autour de ce qui était le déjeuner pour Hannigan et le petit déjeuner pour Harry. Ce gars avait même eu l'élégance d'attendre la fin du repas avant de parler boutique. Ce sont ce genre de petites choses qui sont la marque d'un vrai chef, choses qu'Alessandro ne semblait pas avoir comprises. La patience, par exemple, ne signifie pas qu'on tolère d'être entubé : cela donne le sentiment qu'on a la certitude d'obtenir ce que l'on demande en temps voulu, car on est habitué à obtenir ce que l'on veut.

Montrer de la déférence à l'égard d'un invité ne fait qu'illustrer le fait que vous êtes apte à reconnaître les critères du respect que vous devez à quelqu'un. Comment obtenir soi-même un véritable respect si on ne donne pas l'impression de savoir ce que c'est ?

Mais la plus grande preuve que ce gars-là connaissait la musique, c'était sa hauteur de vue ; le fait qu'Innez leur ait fait la nique ne valait pas la peine qu'on s'emballe, quand une affaire de cette importance était sur le point d'être conclue. Chapeau bas pour

Miguel : Hannigan l'avait compris sans que Harry ait besoin de faire tout ce chemin pour l'y aider ; il l'avait compris tout seul. Mais le fait que Harry ait fait tout ce chemin malgré tout avait rendu tous les messages d'autant plus clairs.

« J'apprécie que vous ayez fait le voyage, monsieur Arthur, surtout dans des délais aussi brefs. » Hannigan avait employé un langage châtié pendant tous leurs échanges prandiaux, mais Harry percevait que cette politesse d'élocution était une courtoisie qui lui était faite. Il l'appréciait, mais elle n'était pas complètement indispensable. L'accent du lieu était certes inhabituel, mais là-bas au pays, il suffisait de franchir la limite du comté pour entendre des gens parler différemment. Ayant beaucoup voyagé pour son travail, il avait découvert qu'on peut comprendre à peu près tous les dialectes de la langue anglaise, pour peu qu'on regarde son interlocuteur bien en face et qu'on écoute réellement ce qu'il est en train de vous dire. On peut louper ici et là une nuance plus subtile, mais on capte généralement les grandes lignes, particulièrement dans cette spécialité professionnelle, où la subtilité dans les échanges est d'une rareté telle qu'elle frise l'extinction.

« S'il vous plaît, appelez-moi Harry.

– Avec plaisir. Vous savez, je n'avais pas dans l'idée que quelqu'un serait envoyé immédiatement. Nous étions fort loin de la panique, nous étions juste… soucieux, et pensions que vous souhaiteriez être au courant des dernières nouvelles.

– Nous apprécions l'intention, monsieur Hannigan.

– Bud.

– Hein ?

– Vous pouvez m'appeler Bud.

– Ah, ouais. D'accord. Désolé, ce mot a un autre sens chez nous, vous savez. Comme "pote".

– Tant que nous sommes en affaires, je suis votre "pote". Mais c'est comme ça qu'on m'appelle.

– Bud. C'est cool. Alors, de combien il vous a arnaqués, Bud ? »

Hannigan soupira et but une petite gorgée de son café. Il n'appréciait pas particulièrement la question, qui aurait d'ailleurs pu être mieux formulée par Harry si seulement son cerveau avait été en état de remettre les pendules à la bonne heure.

« Le montant lui-même n'est pas la question, et soyons honnêtes, cet argent ne m'avait jamais appartenu avant qu'il le prenne. D'autre part, c'est une somme insignifiante en regard de celle qui nous occupe.

– J'ai entendu parler de huit cent mille. Sterling. C'était quoi, votre part ?

– Vingt pour cent.

– Pas vraiment une broutille, mais, c'est vrai, ça n'fait pas le poids face à notre grand projet. De plus, c'était vingt pour cent de quelque chose qui, comme vous dites, n'était pas à vous. Mais ça doit piquer quand même.

– Un petit peu, oui. Il serait difficile de passer à côté du « Allez vous faire enculer » qui sous-tend toute cette affaire, et qui aura des conséquences assez notables sur nos relations ultérieures avec M. Innez, ne pensez-vous pas ? Un homme dans ma situation, un homme avec mes responsabilités, se montrerait extrêmement négligent s'il n'interprétait pas tout cela comme une sérieuse mise en garde concernant ce que cet homme est capable de faire.

– Innez ne disparaîtra pas avec la récompense cette

fois-ci. Il n'a aucun moyen de l'écouler, elle n'a aucune valeur pour lui.

– Et de quel secours nous serait cette certitude, s'il nous laissait les mains vides après une seconde entourloupe ?

– Il ne nous baisera pas sur ce coup-là. La livraison de la marchandise est la seule façon pour lui de se débarrasser d'Alessandro et, croyez-moi, c'est ce qu'Innez veut plus que tout au monde.

– Oui, on m'a fait comprendre qu'il travaillait contraint et forcé. Je ne suis pas sûr d'être tout à fait à l'aise à ce propos. Les gens qui n'ont pas d'intérêt direct dans les bénéfices d'une entreprise ne sont pas les employés les plus efficaces, d'après mon expérience. »

Harry hocha la tête. « Entre vous et moi, je n'suis pas tout à fait à l'aise non plus, mais nous devons faire avec.

– Il est donc possible qu'Innez cherche encore un moyen de nous mettre des bâtons dans les roues ?

– Innez ? Vous pouvez en être certain. Mais tant que nous avons notre moyen de pression, il ne tentera rien. Il n'a pas droit à une part des bénéfices, mais il a un intérêt direct dans le succès de l'opération, et c'est ce qui compte.

– Vous lui faites confiance, alors ?

– Bon sang, non. Mais j'dirais qu'on peut compter sur lui. Il fera ce qu'on lui dit.

– Hum. Il fera ce qu'on lui dit. C'est ce qu'avait dit Alessandro. Vous m'excuserez si, après le petit numéro de samedi, j'ai tendance à être sceptique.

– Non. J'vous dis qu'il fera ce qu'on lui dit sur ce coup-là.

– Alessandro m'a laissé entendre qu'il avait Innez bien en mains. »

Harry réussit juste à temps à se retenir de rire, mais fut incapable de s'empêcher de sourire.

« Je vois que vous n'avez pas eu besoin de ce qui s'est passé samedi pour penser différemment, observa Hannigan.

– Alessandro est habitué à… avoir les gens bien en mains, dit Harry, en essayant de ne pas manquer de respect au gamin devant quelqu'un avec qui ils étaient en affaires. Il sait qu'en fin de compte, il tient Innez par les couilles, mais peut-être qu'il n'avait pas prévu tous les caprices d'un…

– Il a dit qu'il tenait Innez en laisse, ce sont ses mots exacts. »

Oh, putain. Ce gars-là ne mentait pas. Connard d'Alessandro. Pauvre petit trou du cul.

« Il a dit qu'il serait obéissant et coopératif et qu'il serait sous mon entier contrôle jusqu'à ce que tout soit fini. »

Ce fut au tour de Harry de soupirer. Pas la peine de raconter des conneries à ce gars-là. Alessandro lui en avait assez balancé.

« Je vais être franc avec vous, Bud, mais ça reste entre nous. Alessandro ne connaît pas Innez, d'accord ? Moi oui, enfin autant qu'on puisse le connaître – en dehors de sa bande de tarés –, ce qui, je vous le concède, n'est pas des masses. Alessandro tient effectivement Innez par les couilles pour le moment, et oui, il livrera la marchandise. J'ai pas de doutes là-d'ssus. Mais ça n'veut pas dire qu'il va l'faire avec le sourire et nous mettre un beau ruban sur le paquet. J'pense qu'Innez a fait le coup de la banque pour marquer son territoire, se tailler une petite réputation. C'est sa manière à lui de dire OK ; il est là pour faire ce qu'on veut, mais ça n'veut pas dire qu'il nous appartient et qu'Alessandro peut l'prêter comme une putain d'tondeuse.

– Vous insinuez qu'il a dévalisé une banque simplement pour faire passer un message ?

– Ouais. Enfin, je suppose qu'il a braqué la banque pour les huit cent mille billets, mais le connaissant, faire passer un message était sûrement au programme.

– Et maintenant que le message est passé, quelles sont mes chances de revoir mes vingt pour cent ?

– Zéro. Nada. Vous entuber, c'était sa manière de nous rappeler qu'on peut rien lui faire tant qu'on a besoin d'lui pour ce boulot. Vous pourrez toujours vous mettre en chasse plus tard, mais j'parierais pas sur vos chances de r'voir ce mec un jour, sans parler du pognon. Il va planifier sa sortie aussi bien qu'il a planifié ce braquage. Mais ne vous gênez pas si vous voulez essayer d'le choper.

– Pas après samedi.

– C'est bien c'qu'il m'semblait.

– Qui est-ce ? Enfin, d'où sort-il, ce type ? »

Harry agita les mains devant lui pour signifier « pas ça », mais il ne savait pas lui-même si c'était un conseil ou une prière.

« Je ne sais pas grand-chose sur son passé, et rien de c'que j'peux vous dire ne vous f'ra plaisir. Disons juste que j'aurai un grand poids en moins sur les épaules quand tout ça s'ra fini ; et si Innez veut disparaître après ça, je suppose que deux cent mille, c'est pas cher payé pour l'assurance de ne jamais l'revoir.

– J'ai bien compris. Savez-vous où il est ?

– J'peux le contacter, ouais. Il doit être joignable, ça fait partie du deal. J'vais passer l'voir bientôt. J'lui dis bonjour de vot'part ?

– Mais certainement », dit Hannigan en rendant son sourire à Harry.

Hannigan fit disparaître l'addition et accompagna Harry jusqu'à sa voiture. Harry chercha des yeux le carrosse de Hannigan. Il y avait une Mercedes garée juste en face, avec un type en costume assis au volant, en train d'attendre un signe de tête.

« S'il y a quoi que ce soit que je puisse faire pour vous pendant votre séjour en ville, demandez-le-moi, dit Hannigan pendant que Harry montait dans sa voiture de location. Je serai vexé si vous ne le faites pas. Nourriture, boissons, places de théâtre, tickets pour les matchs…

– Je n'suis pas encore remis du voyage, mais je vous le f'rai savoir. Merci, j'apprécie. »

Harry ferma la portière et était sur le point de démarrer quand il se souvint. Il abaissa la vitre et Hannigan se retourna.

« Dites, vous n'sauriez pas où j'peux m'faire faire une pipe digne de ce nom, par hasard ? »

Hannigan ne répondit rien, se comportant comme si Harry venait de sortir une grosse vanne. Il s'éloigna de la voiture en riant et en agitant la main gauche, comme pour dire « elle est bien bonne », laissant Harry face à un choix restreint d'activités solitaires pour la soirée. Cela se limitait en gros à regarder du foot à la télé, se bourrer la gueule en compagnie du volume II des *Inventions et réalisations écossaises*, ou jeter aux orties sa dignité et son bien-être vénérien en échange des soins prodigués par une pute sub claquante.

Le problème était que les deux premières options promettaient de le précipiter vers la troisième, sous l'impulsion conjointe et respective du désespoir et d'une levée des inhibitions, aboutissant pour finir au même résultat. La gêne éprouvée à laisser une camée morte vivante s'occuper de sa bite paraîtrait sans doute moins flagrante après une dizaine de verres de Glen Je-ne-sais-quoi, de même que l'herpès génital pouvait sembler un risque acceptable après deux heures passées devant la télévision écossaise.

Mais, ça par exemple – et hourra pour ces putains de cornemuseux ! – voilà-t'y pas que se pointe à la porte de sa chambre cette petite pépée d'un mètre soixante en minijupe écossaise, mâchant du chewing-gum avec un sourire délicieusement blasé.

« Salut, j'm'appelle Morag », dit-elle en le toisant de haut en bas et sans laisser paraître le résultat de son évaluation, en vraie professionnelle. « M. Hannigan m'a dit que vous pourriez apprécier la véritable hospitalité écossaise. »

Pas aujourd'hui, merci.

Ouais, c'est ça.

« Entrez, entrez, Morag. Quel ravissant spectacle après des heures d'insomnie.

– Des insomnies, hein ? Je sais ce qu'il vous faut. »

Oh oui.

Reconstitution et autres fables

Moins de deux heures après avoir repris le service lundi matin, Angélique commençait à se demander si elle n'avait pas sombré dans un profond sommeil pendant quarante-huit heures et essayait à présent de combler son retard sur le cours des événements. Les enquêtes pouvaient bien sûr progresser rapidement dans la police de Glasgow, mais le changement se produisait en général avec une lenteur géologique ; c'est pourquoi elle avait du mal à intégrer les modifications qui s'étaient opérées depuis son départ, dimanche après-midi.

Elle avait généreusement été autorisée à quitter les lieux après avoir présenté son rapport, encore qu'elle n'ait pas bien compris – car cela était resté très flou – si c'était en remerciement de sa contribution de la veille ou un moyen habile de remplacer le jour de congé qu'ils lui avaient piqué d'autorité. Quoi qu'il en soit, elle était contente de rentrer tôt – une fois n'est pas coutume –, même si c'était pour passer la soirée seule dans son appartement, « à boire du merlot de supermarché et écouter cette daube de Mogwai [1] en déprimant » comme l'avait justement prédit son frère lors du dîner chez leurs parents.

1. Groupe de rock de Glasgow à la tonalité sombre.

Lorsqu'elle était partie donc, McMaster était en train de péter les plombs pendant que ses sous-fifres de la PJ installaient leur cellule de crise. Angélique s'était payé le luxe de trouver ça amusant, voyant que l'intervention des RG dans cette affaire s'était limitée au seul fait qu'elle s'était retrouvée embringuée – pieds et poings liés – dans cette mission de sauvetage.

Advint le lundi matin et on aurait dit qu'un changement de décor un peu désordonné avait eu lieu pendant la nuit. En passant dans l'escalier, elle vit que la cellule de crise de McMaster en avait fait les frais : il ne restait plus une punaise, alors qu'à l'autre bout du couloir, on soulevait et portait beaucoup de choses avec une belle énergie.

Lorsqu'elle arriva à son bureau, un message l'attendait, lui demandant d'avoir « la courtoisie de bien vouloir faire un saut en bas pour rencontrer le commissaire divisionnaire Shaw. » Elle dévala les quelques marches, et l'ampleur du remue-ménage lui fut révélée. Elle eut également la confirmation que « faire un saut en bas » n'impliquait pas de prendre un avion pour Londres, où Jock Shaw travaillait depuis au moins trois ans.

Elle se fit repérer par le Béat Bailey, qu'elle avait croisé alors qu'elle regardait sans bouger l'effervescence et l'enthousiasme inhabituels qui présidaient à la mise en place du nouveau et plus vaste dispositif de cette enquête. En résumé, McMaster était passé à la trappe, ou plutôt était « en congé pour surmenage » ; et le bruit courait que son Manteau s'était présenté le matin même pour reprendre du service sans son hôte. Ce qu'on savait, c'est que, comme il s'était fait ridiculiser dans les grandes largeurs par les voleurs, il était hors de question que les huiles le couvrent s'il devait se planter une seconde fois dans la chasse au fric. Et c'est ainsi que Jock Shaw, autrefois star du service et ayant depuis grimpé les échelons, rentrait provisoirement au bercail pour reprendre les rênes.

Elle n'avait jamais travaillé avec Shaw, mais avait énormément entendu parler de lui depuis qu'il était parti à Londres. Le portrait qu'on lui en avait brossé était grandiose, frôlant le ridicule, car les gens ne sont dépeints ainsi que lorsque la réalité n'est plus là pour tempérer l'exagération. Elle avait entendu des collègues dire de lui, avec une vénération puérile (voire un brin gênante), qu'il était de « la vieille école. » Elle en avait déduit que ce n'était qu'une brute avec un badge, qui respectait la loi à peine plus que les gangsters qu'il arrêtait et justifiait tout cela à grand renfort de clichés sur ce sale métier, du genre on ne fait pas d'omelette sans casser quelques nez. En fait, comme elle s'en rendit compte quelques minutes avant de le rencontrer, les collègues en parlaient comme d'un super flic de conte de fées, le « mec comme on n'en fait plus » qu'ils auraient voulu qu'il soit.

En réalité, Shaw était sûrement un spécialiste des voleurs, roublard mais pragmatique, qui ne serait jamais arrivé là où il en était si seulement un quart des légendes qu'on colportait sur son compte était vrai.

Il donnait des instructions pour accrocher aux murs de la pièce une série d'agrandissements de photos prises à l'intérieur de la banque, quand Angélique se présenta poliment. Il se retourna et l'accueillit avec un sourire entendu qui la déstabilisa un tantinet, puis la fit sortir pour la conduire à son bureau provisoire.

« J'ai lu le rapport sur Dubh Ardrain, dit-il alors qu'ils marchaient dans le couloir. Quel tissu de conneries ! Ils s'escriment à ne pas reconnaître que vous leur avez sauvé la mise. Ils l'ont trafiqué pour que tous les points sensibles soient imputables au fait que vous n'avez pas obéi aux ordres, alors que ces cons n'avaient même pas idée de ce qui était en train de se passer. Des couilles molles, tous autant qu'ils sont ! C'est grâce à des gens comme vous qu'ils ont encore un boulot, Inspecteur, ne l'oubliez pas. »

Il allait être difficile de ne pas le trouver sympathique après ça.

Il lui manifestait en outre sa « courtoisie » en lui demandant poliment son accord, alors qu'il avait déjà arrangé le coup avec les supérieurs hiérarchiques d'Angélique pour qu'elle soit détachée sur cette enquête. Il était un temps où elle serait montée sur ses grands chevaux à l'idée de mettre au second plan ses affaires en cours, mais en cet instant précis, ça ne lui disait rien. C'était peut-être l'abus de merlot et de Mogwai qui suscitait en elle cette indolence existentielle ; mais de toute façon, se faire empapaouter par la PJ ou empapaouter par les RG ne changeait pas grand-chose à l'affaire.

« Vous y étiez, vous avez parlé à ce type, expliqua Shaw. Même si ça ne veut pas dire que vous pourriez le repérer dans une foule, et pour cause, je pense que vous pourrez nous alerter si nous faisons fausse route. Je veux juste que vous soyez là pendant les briefings et que vous me fassiez part de vos sentiments quand j'en aurai besoin. Ça vous convient ?

– Oui. »

Il y avait des façons moins plaisantes de passer un lundi matin et il était instructif pour elle d'assister au déroulement des opérations tout en étant « détachée. »

Elle trouvait également intéressant d'avoir une vue d'ensemble sur la manière dont opérait Shaw.

Angélique ne savait pas si les statistiques confirmaient cette assertion, maintes fois réitérée, que la plupart des affaires de meurtre sont résolues en vingt-quatre heures. Après quoi, les chances de trouver la solution diminuent à un rythme exponentiel, jusqu'au butoir final du septième jour. Les médias expliquent généralement cela par une « rupture dans la découverte des indices » ou une « piste refroidie » – enfin toutes ces conneries sensationnalistes. En réalité, la raison de cette décote spectaculaire est due au fait que la plupart des cas d'assassinat sont ridiculement simples ; et si l'arrestation n'a pas lieu dans les vingt-quatre heures, c'est que l'affaire est un peu plus corsée que « mari/concubin poignarde femme/petite amie » ou « clodo matraque à mort copain clodo après trois jours de cuite non-stop ». Quand on trouve un cadavre dans une cuisine, pas besoin de convoquer le colonel Moutarde si la cuisine contient également deux seringues usagées, une demi-douzaine de bougies, des feuilles d'alu chiffonnées et un(e) camé(e) incohérent(e) en train de chialer.

Dans le cas d'un vol, les pourcentages de réussite de l'enquête suivent une courbe similaire, mais Shaw, malgré un certain degré de sincérité à l'égard d'Angélique, n'allait pas le reconnaître devant ses troupes. Il était facile de comprendre comment il avait gagné sa popularité et suscitait un tel enthousiasme.

Il chauffait la salle en déployant beaucoup d'énergie, moitié homme de scène, moitié manager dans les coulisses, sollicitant la participation de tous ceux qui étaient présents. Certaines interventions étaient importantes, d'autres banales, mais le principal était que chacun se sente impliqué.

Durant cette étape, l'excitation et le sentiment d'être efficace augmentaient à mesure que les informations étaient réunies, et donnaient l'impression revigorante que des pièces du puzzle se mettaient déjà en place. Mais Angélique, qui pour une fois voyait tout cela de l'extérieur, se rendait compte qu'ils ne faisaient en fait que récapituler et confirmer ce qu'ils savaient déjà ; tous les gamins le savent : les premières pièces à se mettre en place sont celles qui font partie du bord, mais elles ne donnent que très rarement des indications sur ce qui figure au centre de l'image.

Le talent de Shaw consistait à faire croire à ses ouailles qu'ils y arriveraient quand même.

« Bien. Comme vous le savez tous, je suis arrivé ici depuis très peu de temps et je n'ai donc pas pu éplucher les déclarations des quarante et quelque témoins dont nous disposons – aussi fascinantes soient-elles et elles le sont, j'en suis sûr. Alors je vais vous donner les grandes lignes de ce que je crois savoir jusqu'ici et je veux que vous combliez mes lacunes.

À approximativement onze heures quarante-cinq samedi matin, cinq hommes vêtus de combinaisons et de masques de clowns quittent – il serait juste de dire abandonnent – une camionnette dans une ruelle donnant sur South Hanover Street. Que savons-nous sur la camionnette ?

– Un tas de ferraille volé sur un chantier de Maryhill il y a quinze jours, Monsieur, répondit quelqu'un. Propriétaire très déçu qu'on l'ait retrouvée : la prime d'assurance lui rapportait plus que la vente pour pièces ou la casse. Toutes les empreintes, extérieures et intérieures, sont celles du patron et des employés, ce qui confirme le fait que les malfaiteurs portaient des gants de latex.

– Donc, ils volent un tas de boue que personne ne surveille. Pas besoin que ce soit un véhicule fiable, puisqu'ils n'en ont besoin que pour se rendre sur les lieux, et pas pour en partir. Après cela, ils se promènent tranquillement jusqu'au Royal Exchange Square, attirant certes l'attention, mais aucune suspicion, car, il faut bien le dire, on est samedi matin, en plein jour, et les vilains garçons ne se déguisent pas en Ronald McDonald. Pour couronner le tout et se rendre encore plus visibles, ils parcourent le petit trajet jusqu'à Buchanan Street en dansant au son d'une chaîne et effectuent également… Oui, qu'y a-t-il ? » demanda Shaw en réponse à une main levée.

« C'est à propos de leur déguisement, Monsieur. Ce n'était pas Ronald McDonald. Nous avons interrogé ce jeune guitariste et il a dit, pour information, qu'ils étaient tous déguisés en Zal Clermiston. Il en était vraiment certain ; il a parlé non seulement des masques mais des couleurs et des dessins sur les combinaisons. Clermiston est…

– Une banlieue d'Édimbourg, l'interrompit Shaw. Zal *Cleminson* était, si mes vagues souvenirs des années soixante-dix sont exacts, le guitariste du groupe appelé Sensational Alex Harvey Band, qui venait de Glasgow. Autrefois décrit comme un croisement entre Jimmy Page[1] et le mime Marceau. À l'époque, tout le monde l'aurait reconnu et ces types savaient très bien que quelqu'un identifierait leur déguisement.

– Excusez-moi : Cleminson. Le guitariste a aussi dit qu'ils passaient une chanson des Alex Harvey en entrant dans la banque.

– Laquelle ? »

---

1. Membre du célèbre groupe Led Zeppelin.

Le policier consulta ses notes. « *Faith Healer*, Monsieur.

– Quel sens du spectacle ! Il y a longtemps que je n'ai pas loué de déguisement chez Tam Shepherd, mais j'ai du mal à croire que cinq masques en latex de Zal Cleminson se trouvent si facilement. Quelqu'un s'occupe de trouver d'où ils viennent et, s'ils ont été faits sur commande, par qui.

– Oui, Monsieur.

– Bien ; ensuite, ils entrent, toujours en dansant, dans la banque, où tout le monde croit, y compris le personnel, que c'est un numéro de cirque, jusqu'à ce qu'ils sortent leurs armes et donnent des instructions. Ils parlent avec un accent américain d'une authenticité variable. Je dirais que ce pourrait être une tentative pour nous amener sur une fausse piste et cacher le fait qu'ils sont d'ici, sauf que les gens d'ici m'ont toujours donné l'impression d'être totalement incapables de prendre un autre accent que le leur. Si c'était le cas, ils l'auraient déjà fait. Cela dit, nous savons maintenant qu'ils ont choisi de se déguiser à l'image d'un guitariste rock de Glasgow en vogue dans les années soixante-dix, mais je n'ai pas le temps de m'attarder sur la signification de ce choix. »

Une autre main se leva.

« Un truc bizarre du même genre, Monsieur : plusieurs témoins ont dit que leur chef, "Jarry", avait inauguré le hold-up en disant : "Alakazammi, c'est le grand rififi !" Deux témoins et quelques confrères ont fait la remarque que cette phrase leur était familière, mais n'arrivent absolument pas à se rappeler d'où elle sort. »

Shaw hocha pensivement la tête. « Ça me rappelle quelque chose, à moi aussi. Pas besoin d'épiloguer sur le rififi, chose universellement connue de ceux qui croisent des supporters écossais un samedi soir, mais le premier mot ressemble à un truc de magie. Abracadabra, Sésame ouvre-toi, quelque chose dans le genre. Encore une plaisanterie de derrière les fagots, et nous savons que ces types en sont friands ; ou encore une diversion sur laquelle ils seraient ravis de nous voir perdre du temps. »

Shaw s'avança de quelques pas vers l'un des agrandissements.

« Jusqu'ici, c'est un bon spectacle en trompe-l'œil, mais on a beau être malin, et profiter de l'élément de surprise, on ne peut pas empêcher quelqu'un d'appuyer sur le bouton "panique" qui verrouille le coffre-fort. À ce stade, on peut encore prendre vingt ou trente mille balles dans la caisse et ressortir entouré par une foule qui pense toujours que vous êtes inoffensif. Mais non, c'est précisément à ce stade qu'ils commencent à se distinguer. Ils sont là pour tout rafler et ils sont là pour longtemps : ils ont donc besoin d'un camp retranché. Ils prennent des otages, mais pas tous les candidats qui se trouvaient là à ce moment-là. Ils relâchent les très jeunes, les très vieux, les femmes enceintes et les malades, supprimant ainsi tout risque d'événement cocasse, comme une crise cardiaque ou un début d'accouchement. Ce qui est bien accepté par ceux qui restent : car cela veut dire qu'ils ne sont pas entre les mains de psychopathes sans merci. En fait, dans l'ensemble, ils sont plutôt polis, calmes et même respectueux, à une exception près, mais j'y reviendrai.

En laissant partir plusieurs personnes par la porte d'entrée et sachant que l'alarme est donnée, ils savent que la cavalerie ne va pas tarder à arriver : donc ils obturent tous les points de vue qu'on peut avoir sur l'intérieur de la banque, ce qui veut dire que nous ne voyons rien de ce qui s'y passe et que nous ne pouvons décemment pas commencer à tirer au jugé à l'arrivée des GIA. Mais ils ne s'arrêtent pas là : ils désarment très efficacement nos hommes en utilisant un moyen non létal et qui ne cause qu'une gêne passagère. Le message est clair, ils nous signifient qu'ils veulent que personne ne soit tué et qu'on devrait calmer le jeu. »

Shaw se dirigea vers une autre photo, montrant cette fois la galerie de tableaux improvisés en exposition sur les fenêtres et les portes de la banque.

« Pendant ce temps, à l'intérieur, leur gestion des otages est de toute évidence... délirante, mais avec un résultat parfait. Ils peignent des tableaux, demandent au public de participer et jouent même une pièce de théâtre. Toutes les choses apparemment cinglées qu'ils ont faites avaient une excellente raison d'être. En l'occurrence, réduire la tension nerveuse et éviter un geste désespéré de la part des otages, qui cessent de se faire du mouron pour leurs abattis et se demandent plutôt combien de temps ; ils vont être coincés là. Et tout cela fait partie de la ruse. Ils forcent le responsable à entrer son code et disent à tout le monde ce qu'ils ont l'intention de faire : pirater le système informatique pour ouvrir le coffre, ce qui va prendre un peu de temps ; alors que tout le monde prenne ses aises. Pourtant, pendant tout ce temps, ils savaient qu'ils partiraient quelques minutes avant cinq heures. Pourquoi cela, Ford ? »

Ford sourit timidement, heureux que sa petite obsession technologique lui vaille l'un de ses rares passages sous les projecteurs mais, comme tout vrai maniaque de la programmation, pas tout à fait à l'aise devant une assemblée de plus de trois personnes en dehors des bureaux de l'Institut de recherches informatiques.

« Parce qu'en fait, ils avaient piraté le système vingt-quatre heures auparavant, Monsieur, et auraient même pu avoir un accès à distance à l'ensemble du dispositif des jours, et même des semaines avant. »

Il y eut force soupirs et hochements de tête désabusés dans la pièce.

« Ils ont pris le contrôle du réseau interne de la banque et ont bloqué toutes les connexions extérieures quelques minutes avant le début du hold-up, poursuivit Ford. L'une des employées dit qu'elle se souvient que son moteur de recherches s'est bloqué juste avant que les cinq hommes ne pénètrent dans la banque.

– Alors il y en avait un sixième à l'extérieur ?

– C'est possible, mais le sous-programme peut être déclenché par un minuteur. Le but principal étant que le siège de la banque ne puisse accéder au système après avoir appris qu'ils étaient en train de se faire dévaliser.

– Pour neutraliser le système à double code d'accès.

– Non, Monsieur. Ils n'avaient pas besoin de le neutraliser, parce que toutes les routines de sécurité étaient désactivées de toute façon. L'appel automatique au commissariat a bien été effectué, mais pas la fermeture du coffre. Pour tous les membres du personnel se trouvant devant un écran de contrôle, le système a semblé fonctionner, mais en fait, l'ordinateur ignorait que l'alarme avait été déclenchée. Les connexions extérieures étaient hors circuit, de sorte que le siège de la banque ne puisse pas reprendre le contrôle de son propre système. Pendant ce temps, les voleurs avaient la capacité d'ouvrir le coffre au moment de leur choix.

– Au moment de leur choix, répéta Shaw, s'adressant à nouveau à tout le monde. Et pourtant, ils ont *choisi* de faire durer, donnant à tout le monde, y compris à l'inspecteur de Xavia ici présente, l'impression que quelque chose foirait. Pour que personne ne s'attende à ce qu'ils filent jusqu'à ce qu'ils aient ce pourquoi ils étaient venus, à moins que quelque chose de fâcheux ne se produise. Ce qui se produisit effectivement en temps voulu, avec notre petite alerte à la bombe, qui éloigne tout le monde du bâtiment, même la police, pendant qu'ils s'échappent. Ensuite, une fois la fumée dissipée au sens strict du terme, le temps que nous comprenions ce qui s'est produit, ils sont non seulement dans le métro mais de plus inaccessibles, car la station grouille de fans des Rangers de retour d'Ibrox.

Ils se font la malle avec environ huit cent mille livres en liquide et nous laissent avec que dalle, à part le rouge de la honte sur nos fronts. Pas d'empreintes digitales, pas de description physique (mis à part le fait indéniable que l'un d'entre eux est un nain), juste un dernier pied de nez sous la forme d'un sac contenant cinq mitraillettes factices pour nous signifier à quel point nous, policiers, avons merdé. »

Shaw fit une pause pour les laisser ressentir l'importance de ce camouflet en regard de leur fierté professionnelle à tous, comme Alex Ferguson[1] puisant dans le réservoir de rancune des remplaçants pour les motiver à bloc. Cela aurait dû augmenter la détermination d'Angélique, mais quelque chose la maintenait dans un état de relative ambivalence ; peut-être son statut officieux de « détachée. »

---

1. Manager de Manchester United, club plusieurs fois champion de football d'Angleterre.

« Bien, reprit Shaw. Qui sont-ils ? Que savons-nous d'eux ? Ces noms dont ils se servaient, c'était quoi, déjà ?

– Jarry, Athéna, Chagall, Dali et Ionesco, Monsieur.

– Je suppose que ces noms ne figurent pas dans nos banques de données sur les pseudonymes déjà utilisés – ces types-là sont trop malins pour ça –, mais ce n'est pas non plus M. Bleu, M. Rose ou M. Marron[1] ; alors on en est où avec ça ?

– C'étaient des surréalistes et des partisans de l'absurde, Monsieur, dit soudain le Béat Bailey, offrant ainsi la contribution la plus inattendue de la matinée.

– Hein ?

– Dali et Chagall étaient tous deux des peintres surréalistes. Jarry et Ionesco, des dramaturges de l'Absurde. Je crois que deux des malfaiteurs ont joué *En attendant Godot* de Samuel Beckett, qui peut aussi se ranger dans la même catégorie, bien qu'à ma connaissance, il y ait plus de deux rôles.

– Ils ont utilisé comme des petites marionnettes, l'informa quelqu'un. Non, je veux dire, pas des marionnettes, mais ils ont fait parler leurs mains, d'après un otage.

– Où avez-vous appris tout ça ? demanda Shaw à Bailey avec une moue désapprobatrice qui frôlait le dégoût.

– Sur Internet, Monsieur. Le confrère qui a toujours réponse à tout. »

Shaw eut l'air soulagé. Dire que la police de Glasgow aurait pu embaucher quelqu'un qui s'y connaisse en théâtre depuis son départ : consternant, effrayant !

---

1. Cf. le film *Reservoir Dogs* de Quentin Tarentino.

Angélique, elle aussi, fut soulagée : jusque-là, elle avait dû revoir trop de ses idées préconçues pour se sentir à l'aise ; il était donc rassurant de rencontrer une preuve tangible de l'origine du vocable « vieille école » qui lui était attribué.

« Bon, et Athéna, alors ? C'est le cinglé de la bande, M. Je-Fais-Tache-Dans-Le-Tableau. Qu'est-ce que l'inspecteur Internet a trouvé sur lui ?

– Elle, en fait. C'était le nom de la déesse grecque de la Sagesse. Cela fait de lui l'intrus, de bien des manières.

– La Sagesse. Ils se foutaient vraiment de sa gueule. »

Angélique éclata de rire, ayant soudain compris tout ce que ce nom recouvrait. Avant l'intervention de Bailey, elle n'avait entendu parler que de Dali, mais maintenant elle avait pigé la chute.

« Ils se foutaient aussi de sa gueule de bien des manières, dit-elle, son rire ayant attiré l'attention de Shaw. Chagall et Dali étaient de grands artistes et, au sens large, Jarry et Ionesco étaient aussi de grands artistes, non ? À l'opposé, Athena est le nom d'une chaîne de magasins qui vend des posters nazes, comme celui de cette joueuse de tennis qui se gratte le cul.

– Vous en êtes sûre ? Est-ce que cette chaîne de magasins existe aux States ?

– Aucune idée, mais ils semblent assez bien renseignés sur pas mal d'aspects de notre culture locale. Ça me paraît trop gros pour être une coïncidence, compte tenu de leur attitude à l'égard du type en question.

– Pourtant, dit Shaw d'un ton songeur, c'est lui que leur chef a choisi pour le couvrir lorsqu'ils sont montés à l'étage pour vous intercepter. Fiable en matière de muscles, peut-être.

– Non, Monsieur. Je crois que c'est celui que Jarry craignait le moins de voir se faire tuer si quelque chose avait mal tourné au moment où la police arrivait.

– Très juste.

– Selon les déclarations que j'ai recueillies, dit un autre membre de l'assemblée, c'est lui qu'ils avaient placé devant les portes avant de peindre les vitres. Si quelqu'un devait se ramasser une balle… eh bien, les autres s'étaient assurés que ce soit lui. »

Shaw hochait pensivement la tête. « Ce type pourrait être notre meilleur point d'entrée. Il ne colle pas avec les autres et il est évident qu'ils ne l'aiment pas et ne lui font pas confiance ; alors, qu'est-ce qu'il fiche là ? Ils ne ressemblent à rien de ce que nous connaissons et lui n'est que le zonard lambda : alors pourquoi pèse-t-il dans la balance ? Des connexions locales ? Tout ce qui les lie à lui me semble être leur point faible, si seulement on pouvait savoir ce que c'est. Il me semble aussi le plus susceptible de déconner après coup, peut-être en faisant étalage de son pognon, à présent qu'il est plein aux as. Tâchons de faire sortir leurs antennes à nos amis des bas quartiers et de voir ce qu'ils savent. Si nous trouvons Athéna, il balancera les autres.

Et pour les armes factices, je veux savoir d'où elles viennent. Bizarrement, ces répliques actuelles sont plus difficiles à pister que les vraies, alors attelons-nous à la tâche. Les masques en latex et la poudre irritante, aussi. Qu'est-ce que c'était au juste ? Est-ce que c'est en vente libre, ou est-ce qu'on peut retrouver les acheteurs ? Et je veux quelqu'un branché sur Interpol pour voir si ces dingos ont déjà sévi ailleurs. Je ne pense pas qu'ils aient répété leur *modus operandi*, sinon ça serait passé en boucle à la télé, mais ils n'en sont pas à leur coup d'essai, ça c'est une certitude. »

Dans la salle, tout le monde prenait des notes avec zèle, opinait du chef avec détermination. Ils mouraient d'impatience de se lancer ; et auraient probablement été dans le même état d'esprit sans le petit brainstorming de Shaw. Angélique le sentait quand des flics prenaient leur pied, et un dossier comme celui-là, c'était pain bénit comparé aux trucs alimentaires qu'ils se coltinaient d'habitude. Ils s'étaient fait rouler dans la farine par ces types, ils avaient donc un compte à régler, et grâce à l'absence de cadavres, ils entamaient cette mission le cœur léger.

Shaw frappa dans ses mains pour faire taire les murmures grandissants.

« Avant que vous partiez tous vous mettre au travail, y a-t-il quelque chose qui m'ait échappé ? »

Oui, Monsieur. Un petit détail, concernant le fait que M. Jarry ait envoyé des fleurs à un agent de la force publique suite à leur rencontre intellectuelle/flirt/séduction réciproque lors du braquage, ne dit *pas* Angélique. Au lieu de cela, elle regarda la réunion tirer à sa fin et ses collègues se disperser avant de remonter dans son bureau. Cet instant marquait la première trahison, mineure toutefois, de son serment de loyauté à la Police. Elle l'avait senti venir, elle avait toujours su qu'elle garderait ça pour elle, mais ce ne fut qu'après que l'occasion de communiquer cette information avait eu lieu qu'elle eut l'impression d'avoir commis une sorte de méfait. En ce qui concernait les actes de trahison et de duplicité que des confrères justifiaient à leurs propres yeux par la nature de leur métier, cela ne pesait pas lourd, mais elle ressentait quand même un conflit intérieur, un soupçon de culpabilité, comme quand on va empocher des gains alors qu'on a parié sur la victoire de l'équipe adverse. Elle avait sans aucun doute franchi une limite.

Mais elle n'était pas pour autant tout en haut d'une pente glissante. En fait, cette confession, pour ce qu'elle valait, n'aurait servi à rien. Elle avait bien évidemment déjà exploré la piste des fleurs. Elles avaient été livrées chez ses parents par un coursier de Via-Flora. Elle avait appelé la succursale locale pour découvrir que la commande avait été passée sur le site Internet de la compagnie et réglée au tarif le plus cher, pour une livraison « en moins d'une heure. » Elle contacta ensuite le siège de Via-Flora à Walsall comme première étape pour tenter d'identifier la carte de crédit, mais on lui répondit que le paiement avait été effectué avec des crédits Internet. Il apparut qu'on pouvait se procurer ces derniers dans n'importe quel bureau de poste en échange de liquide, et pire encore, qu'ils étaient protégés au énième degré pour que l'identité du détenteur de ces crédits ne soit pas falsifiable sur le web. Découvrir qui avait utilisé les crédits pour acheter ce bouquet nécessiterait bien plus qu'un mandat de recherches, et même si on allait jusque-là, elle avait pris soudain conscience qu'il était hautement improbable que l'« identité » qui se cachait derrière la commande soit la vraie. L'inévitable compte hotmail utilisé pour confirmer la commande avait pour préfixe jarry@.

Si elle parlait des fleurs à Shaw, le seul véritable impact que cela aurait sur l'enquête, c'est qu'elle se retrouverait sous le feu des projecteurs pour avoir été celle qui les avait reçues et qu'elle serait soumise à un paquet de trucs officiels indésirables – filature, écoute téléphonique et Dieu sait quoi encore –, sans parler des sous-entendus égrillards qui accompagneraient l'ensemble. Qu'ils aillent se faire foutre.

Les fleurs se trouvaient à présent dans un vase sur sa cheminée et avaient contribué à éclairer la pièce, mais en raison de leur provenance, s'étaient révélées une source de distraction bien plus efficace qu'une télé claironnante. Le Mogwai et le merlot du dimanche soir la menaient toujours à un brin d'introspection, mais le bouquet avait déplacé ses méditations vers des lieux étranges et dangereux. Beaucoup de questions, peu de réponses et une seule conclusion : elle garderait ça pour elle, longtemps après que les fleurs auraient fané et disparu dans la poubelle. Personne n'avait besoin d'être au courant, personne ne serait au courant, et surtout personne ne *pouvait* être au courant.

Menaçant de contredire ce dernier élément, elle vit Shaw qui l'attendait à son bureau lorsqu'elle arriva à l'étage. Se remémorant que « vieille école » ne voulait pas dire télépathe, elle resta calme et attendit qu'il lui dise ce qu'il voulait.

« Monsieur ?
— Ce type, Athéna, j'essaie de comprendre le lien entre lui et les autres, vous voyez. Vous avez eu maille à partir avec lui avant qu'il essaie de tuer machin, là.
— Jarry.
— C'est ça. Qu'est-ce que vous en pensez ? À votre avis, comment il s'imbrique dans le truc ?
— Tout ce que je peux dire, c'est… pas très bien. Il y avait beaucoup d'animosité dans l'air. Jarry m'a donné l'impression d'avoir déjà eu à le rembarrer par le passé, mais Athéna m'a frappée comme étant trop stupide pour en tirer des enseignements. Jarry a dit à Athéna qu'il lui manquait un cerveau pour se permettre de jouer au con avec lui.

– Je n'en doute pas. Et pourtant ils font le casse avec lui. Il y a quelque chose qui ne colle pas là-dessous. Ils ont été si futés, si prévoyants pour tout le reste ; pourquoi s'encombrer de ce bras cassé ?

– Peut-être que cela aussi était prévu. Quand je suis arrivée, j'ai pensé qu'ils me faisaient le coup du gentil voleur/méchant voleur, mais non. Plus j'y repense, plus j'ai l'impression qu'ils se servaient de lui.

– Comment ça ?

– Ils se sont bien servis de moi, non ? C'est moi qu'ils ont emmenée dans la chambre forte pour y voir leurs explosifs soi-disant défectueux. Je doute que cela ait fait partie du scénario original – un otage aurait sûrement fait l'affaire –, mais un flic vous tombe dans les bras, c'est l'idéal.

– Alors comment se sont-ils servis d'Athéna ?

– Je n'en suis pas sûre, mais je suppose qu'ils ont compté sur lui pour être égal à lui-même. Jarry est roublard comme pas deux et connaît bien son homme. Il aurait très bien pu gérer ça plus calmement quand ils en sont arrivés à leur petit blocage – s'il l'avait voulu. Il a *provoqué* Athéna pour qu'il tire – ce qui est sorti de son arme prouve qu'il s'attendait à ce qu'il réagisse comme ça à un moment ou à un autre – et Jarry s'est assuré que cela ait lieu en présence d'un témoin, mais pas des otages.

– Et s'il avait "tiré" en bas ? Ils ont pris un risque, là.

– Les otages n'auraient eu aucun moyen de savoir ce qu'il en était des quatre autres armes, surtout qu'il était ouvertement mis à part. Mais c'était un moyen plus sûr d'en finir avec le sujet, de faire voir à Athéna qu'il s'était fait avoir.

– Et c'est pour ça que Jarry l'a emmené là-haut

avec lui. Pour ça, et comme vous l'avez dit, pour servir de bouclier humain.

– Hem, dit Angélique, ses circuits logiques parvenant à une connexion tardive.

– Quoi ?

– Eh bien, je commence à entrevoir une autre raison possible : le maintenir à l'écart pendant qu'ils étaient occupés à autre chose en bas, une chose qu'ils ne voulaient pas qu'il voie.

– Comme quoi ?

– Comme planquer le fric. Ni moi, ni aucun des otages ne savions que le coffre avait été ouvert ; peut-être que lui non plus ? En fait, je suis sûre qu'il n'était pas au courant du vrai projet. Je ne voyais pas son visage, mais je ne me trompe pas en disant qu'il était en rogne parce qu'il pensait que leur opération capotait. Il a fait des remarques à ce propos à plusieurs reprises et je peux affirmer que, sur les cinq, ce n'est certainement pas lui qui avait le plus grand talent d'acteur.

– Et pourtant ils lui ont fait jouer son rôle jusqu'au bout.

– Mais à moi aussi. Je les ai *suppliés* de laisser partir les otages et d'évacuer le bâtiment, exactement comme ils l'avaient prévu. Ils m'ont baladée, ils ont baladé tout le monde : pourquoi pas un abruti comme lui ?

– Surtout que ça signifie vingt pour cent de plus à partager. Merde, alors ! On n'a plus aucune chance de le coincer sur des dépenses ostentatoires, on dirait ?

– Non. Mais si on le trouve, il n'aura aucun scrupule à les balancer.

– Sauf qu'il ne sait probablement pas grand-chose sur ces types. Et puisqu'ils savaient qu'ils allaient le baiser, ils ont probablement pris leurs précautions pour ne pas l'avoir au cul.

– Il connaît leurs visages. C'est déjà plus que n'importe qui d'autre. »

Shaw soupira, semblant très las, bien loin de l'orthodoxie de la « vieille école. »

« C'est vrai, concéda-t-il, mais entre vous et moi, de Xavia, je pense que nous n'avons quasiment aucune chance de choper ces gars-là, qu'on sache ou non quelle tête ils ont. Pas d'empreintes, pas de visuels, et sûrement d'astucieux alibis. À moins d'aveux signés, on va en chier, même si on arrête quelqu'un.

– Avec tout le respect que je vous dois, Monsieur, ce n'est pas exactement le genre d'attitude que m'avaient laissé espérer les gardiens de votre flambeau. »

Shaw sourit à cette dernière remarque et en cet instant, bien des choses furent silencieusement échangées entre eux.

« Bien sûr, ça et tant d'autres choses, dit-il après quelque temps, mais il faut être réaliste et savoir contre quoi on se bat. J'ai expédié beaucoup de salauds en taule par ici, et quelques-uns à Londres aussi. Mais savez-vous ce qu'ils avaient en commun ?

– Ils aimaient tous leur maman ?

– C'étaient tous des neuneus. Soyons honnêtes, il faut pas être bien fin pour se lancer dans le banditisme. Je ne veux pas m'aventurer dans une étude sociologique, mais si on a la possibilité de bien gagner sa vie… vous voyez ce que je veux dire. Je repense à cette histoire qui a fait la une le mois dernier. Une bande de petits cons de Cambuslang qui ont volé un bulldozer sur un chantier de construction et s'en sont servi de bélier sur un distributeur. Ils se sont fait tomber la moitié de la banque sur la gueule, on leur a lu leurs droits à l'hosto. C'est ça notre lot quotidien : des gros nazes avec un bas sur la tête qui braquent une agence immobilière avec un flingue à canon scié. Mais ces gars-là, c'est pas ça. Pauvre Drew McMaster, il va pas s'en remettre avant un mois ! Son cerveau a dû faire des nœuds.

— Alors pourquoi vous casser la tête ?

— J'aime bien les défis, dit-il en arborant un fier sourire qui dynamitait le cliché. Non, voilà pourquoi. Le crime parfait, à Londres, il y a quelques années. Deux types tuent un gars sur ordre : pas de témoins, pas de motif, pas de lien. Et c'est là qu'ils deviennent malins. Ils enterrent le gars dans une tombe encore fraîche, dans un cimetière. Ils entrent en douce pendant la nuit, la terre est encore molle, ils sortent le cercueil et ils mettent le macchabée *en dessous*, au cas où la tombe serait utilisée à nouveau. Ils recouvrent le tout, et ni vu ni connu. Rien n'a l'air d'avoir bougé. Pas de motif, pas de cadavre, pas de crime. Futé, non ?

— Très.

— Alors comment suis-je au courant ? Pourquoi sont-ils tous les deux à Parkhurst avec perpète ? Parce que leur idée était tellement futée que ces cons l'ont racontée à tout le monde. Ces gars-là, nos gars, sont probablement trop malins pour ça, mais ce que je veux dire, c'est que s'ils trouvent le moyen de commettre une erreur, je serai là. »

Le téléphone d'Angélique se mit à sonner alors qu'elle était en train de regarder Shaw s'éloigner. *S'ils trouvent le moyen de commettre une erreur.* Comme le disait Harry Hill[1] dans sa grande sagesse, quelles chances avait-on que cela arrive ?

Elle décrocha le combiné.

« De Xavia à l'appareil.

– Salut. »

Il ne dit rien d'autre pendant un moment. Angélique non plus. Elle n'était pas sûre de pouvoir, de toute façon, même si elle l'avait voulu. Il n'y avait tout simplement pas de précédent. Pas de moyen connu de répondre à ça, et pourtant il n'y avait aucun doute dans son esprit quant à l'identité précise de celui à qui elle n'arrivait pas à répondre. Est-ce qu'il est possible de reconnaître la voix de quelqu'un après un seul mot ? Ou même son accent ? Soit quelque chose d'instinctif en elle savait à qui elle parlait, soit elle était en pleine projection et savait à qui elle *espérait* parler ; cette alternative en disait plus long qu'elle ne l'aurait souhaité sur son présent état d'esprit.

– Vous savez qui c'est ? demanda-t-il, se trompant complètement sur les raisons de ce silence.

– Mmm-mmm, marmonna-t-elle, soudain effrayée à l'idée d'être écoutée, sans doute par des collègues qui étaient non seulement télépathes mais omniscients, compte tenu de la brièveté de l'échange sur lequel ils pouvaient se baser.

– Bon », dit-il, avant de marquer une autre pause, pendant laquelle la nervosité d'Angélique sembla le contaminer. Elle l'entendit avaler sa salive à l'autre bout du fil, puis il parla à nouveau, moins hésitant sans être pour autant beaucoup plus assuré. « Cela va sans doute vous sembler un peu obsessionnel, dit-il. Je me

---

1. Héros de la série télévisée britannique *What are the chances of that happening ?* (traduit ci-dessus).

rends bien compte que, vu les circonstances, je ne donne probablement pas l'impression d'être la personne la plus sensée, mais... » Il soupira à nouveau. Avala sa salive une deuxième fois. « J'ai eu le sentiment, peut-être que je deviens zinzin, mais... je... j'ai eu le sentiment que vous et moi, on devrait parler. Et je ne veux pas dire du... enfin, si vous comprenez ce que je veux dire, vous saurez... de quoi je parle, en fait.

– Et de quoi nous ne parlons pas.

– Oui, c'est ça. Sinon, je repose le téléphone et je m'en vais, là, maintenant. »

Le silence qui suivit était comme un compte à rebours, un ultimatum : chaque seconde qui passait faisait augmenter le danger que la ligne soit coupée, et elle ne voulait surtout pas que cela arrive. De quoi parlait-il exactement ? Angélique n'aurait pas su le formuler mieux que lui, mais elle avait l'impression de le savoir. Enfin, d'en savoir assez.

« Vous savez sans doute qu'il est de mon devoir de faire tout ce qui est en mon pouvoir pour vous garder au bout du fil, dit-elle, pensant tout haut et cherchant un faux-fuyant dans le même temps.

– Et que tout ce que vous direz peut être interprété comme obéissant à ces considérations, oui.

– Alors, si je réponds oui, pourquoi croiriez-vous que je dis la vérité alors que vous savez que je n'ai pas la possibilité de dire non ?

– Parce que vous ne me le demanderiez pas si vous étiez en train de mentir. »

Angélique lançait inconsciemment des regards dans toutes les directions : cette paranoïa ridicule se manifestait à nouveau. Personne ne faisait attention à elle – en quel honneur le feraient-ils ? Pourtant, elle redoutait d'être observée, comme un gamin qui a piqué un biscuit dans la boîte.

« D'accord. Vous avez dit qu'il fallait qu'on parle. On fait comment ?

– On se rencontre. Je vous paie un verre. On parle.

– Et je fais tout ça sans en informer mes collègues, dans un reniement total de ma profession ?

– C'est à vous de voir, mais pour l'instant, je ne suis qu'une voix au téléphone. Est-ce que vous informez vos collègues chaque fois que vous allez prendre un verre avec quelqu'un ?

– Non, mais vous n'êtes pas n'importe qui.

– De quoi avez-vous peur ? C'est moi qui prends tous les risques.

– Peur ? Je n'ai pas peur.

– Alors pourquoi chuchotez-vous ?

– Je ne chuchote pas », chuchota-t-elle encore plus doucement qu'elle ne l'avait fait jusqu'à présent sans le vouloir.

Il rit. « Alors, qu'est-ce que vous en dites ?

– Mettons les choses au point. Vous voulez qu'on se voie dans un pub, face à face, vous et moi. Comment saurez-vous que la moitié des clients ne sont pas des flics en civil qui vous attendent pour vous passer les menottes ? »

Il rit à nouveau, mais d'un rire plus sec, cette fois. « Je le saurai, dit-il. Les flics n'ont pas besoin d'être en uniforme pour qu'on les voie en bleu. C'est une couleur qui ne part pas au lavage. Elle peut parfois pâlir, pourtant, ajouta-t-il sur un ton plein de sous-entendus.

– Si je fais cela, je vous conseille de ne jamais perdre de vue ce que je suis », l'avertit-elle, réfutant sa dernière allusion, mais consciente qu'en rajouter aurait été suspect. « Vous n'avez aucune raison objective de me faire confiance, et comme vous vous êtes payé ma tête une fois, j'ai une revanche à prendre, vous vous rappelez ?

– Je suis très conscient de risquer gros. Mais pour l'instant, la donne est plutôt favorable. J'entre et si je pense que c'est un piège, je ressors. Jusqu'à ce que je me sois présenté, vous ne connaissez pas mon visage.

– Une fois que vous l'aurez fait, ce sera le point de non-retour.

– Ce n'est pas un rendez-vous avec le destin. C'est une invitation à boire un verre. À la fin de la soirée, nous sommes libres de partir.

– De retourner dans nos tranchées après la trêve ?

– La guerre est finie, croyez-moi. Vous et vos copains l'avez perdue.

– Alors pourquoi êtes-vous toujours là ?

– Peut-être que c'est l'une des choses dont nous n'allons pas parler.

– Soit. Ça me va. Au moins, vous n'avez pas dit que c'était à cause de moi.

– Vous auriez avalé ça ?

– Vous vous êtes payé ma tête une fois. Je me méfierai maintenant.

– Est-ce que ça veut dire qu'on se voit, alors ? »

Qu'est-ce qu'on disait déjà, à propos des pentes glissantes ?

« Qu'est-ce que nous avons à perdre ?

– Comme ça, au hasard ? Tout. »

Angélique sourit, sachant qu'il n'avait pas tout à fait tort.

« C'est le genre de prise de risques qui me branche. »

Juste un petit verre

Il était plus que temps de se livrer à un sérieux examen de conscience – sévère, intransigeant, du style regarde-toi-bien-dans-le-miroir. Premier point à l'ordre du jour : putain, mais qu'est-ce que t'es en train de foutre, mec ?

Il avait toujours la possibilité d'appeler Karl à Newcastle pour lui dire ce qu'il avait l'intention de faire. Mais Karl passerait illico en mode Jiminy Cricket et le résultat serait le même.

« Qu'est-ce qu'il y a ? Tout se passe trop bien à ton goût ? Tu as besoin de nous mettre le couteau sous la gorge pour aiguiser ton esprit ? » demanderait-il. Ou bien : « On doit tous franchir cette rivière de lave incandescente, mais tu as l'impression que ce serait plus marrant si on le faisait sur une corde raide ? » Ouais, il dirait sûrement un truc comme ça.

« Tu vas chambouler tous nos plans pour une fille que tu ne connais même pas ? »

Oui, c'était ça. Plus dans le style de Karl et plus proche de la vérité.

Merde, mais qu'est-ce qu'il foutait ?

Il n'avait pas l'impression de trahir qui que ce soit. Pas encore, du moins. Il n'était pas encore entré dans ce bar, il avait seulement passé un coup de fil. Même si elle le balançait, les flics n'avaient toujours aucune preuve que ce soit lui le clown masqué. Et si ça allait jusqu'en justice, ce qui était peu probable, il s'en irait libre, comme il pouvait s'en aller loin de ce bar s'il sentait que quelque chose clochait.

Il n'avait rien fait qu'il ne puisse défaire – jusqu'à présent.

Mais ce qu'il envisageait comportait indubitablement des risques, pour lui, et par conséquent pour ses amis.

À cet instant, il pouvait encore envisager la chose comme un simple conflit d'intérêts, mais à partir du moment où il poserait un verre devant cette femme, il ferait de lui un agent double dans ce conflit. Même si rien ne se passait, il jouerait quand même avec leur sécurité, sans leur accord, sans même qu'ils le sachent et cela pesait sur sa conscience.

Peu importe qu'il pense pouvoir le gérer, pouvoir faire que cela fonctionne, même. Le problème, c'est que ce n'était pas un risque qu'il prenait seul. Ils étaient ensemble sur ce coup – Karl, Léo et Jérôme –, risquant leur peau pour l'aider, seulement parce qu'ils pensaient lui devoir quelque chose.

Qu'allait-il faire, alors ? Un référendum ? De toute façon, ce n'était pas l'unique raison de leur implication. Ils avaient tous un compte à régler avec quelqu'un en particulier ; et dans cette perspective, Zal était parfaitement habilité à spéculer pour leur compte afin d'en garantir le plein et total remboursement.

Allez, décompresse. Tu ne trahis personne. Si ça tourne en eau de boudin, c'est que tu auras été négligent, et ce n'est pas un motif d'accusation valable bien longtemps.

Trop d'émotions : il était là, le problème. Les

tempêtes dans un verre d'eau et les souris qui accouchent des Alpes. Mais c'est aussi ça qui était chouette. Ils n'avaient jamais été aussi proches, jamais mieux bossé, pas depuis New York, en tout cas. Mais ici, c'était encore plus intense, pour plein de raisons. À l'époque de New York, ils étaient barrés dans un trip existentialiste, accros à l'adrénaline, juste pour le fun – et tout cela n'était qu'une manière assez transparente de prolonger leur adolescence, de nourrir joyeusement le sentiment d'invincibilité qui allait avec. Ils n'étaient pas en manque d'adrénaline à Glasgow, mais elle servait de carburant et ils ne faisaient rien gratuitement. Ils ne nourrissaient plus d'illusions, et certainement pas quant à leur invincibilité.

Glasgow, c'était là où les vaincus, les divisés, les séparés s'étaient retrouvés : plus vieux, plus forts, plus malins et plus sages, reconnaissants d'avoir ça à partager et intensément déterminés à rattraper ce qui avait foiré.

Dans le cas de Zal, il fallait ajouter à cette puissante combinaison le fait de se trouver dans cette ville, qui lui donnait parfois l'impression – déstabilisante/grisante – de se trouver dans un immense parc à thème consacré à la mémoire de son père.

Depuis sa mort, Zal avait toujours su qu'il viendrait là un jour, comme il avait su qu'il reverrait ses amis, comme il avait su qu'il faudrait bien qu'il traite avec Alessandro. Le Hasard, le Destin aveugle, guidé par l'heureuse tournure qu'avait prise la carrière de Blanc-Bec, avait décidé que tout cela aurait lieu en même temps. De bien des manières, cela l'avantageait, mais c'était aussi beaucoup pour son petit cœur. Après Folsom[1], l'émotion de se trouver là, le simple fait de

---

1. Prison d'État américaine.

boire quelques verres avec ses potes lui aurait fait chaud au cœur pendant un mois ou deux. Au lieu de cela, ils mettaient au point (et jusqu'ici réussissaient) les coups les plus risqués de leur vie, dans cet endroit qui était la Ville des Rêves de son enfance, et dans laquelle il ne cessait de retrouver des fragments épars du moule qui avait façonné l'homme qui, pour le meilleur ou pour le pire, l'avait façonné, lui.

Il avait finalement bu ces quelques verres avec ses potes ; mais cette petite réunion n'avait pas remporté seule le palmarès des plus grands moments de bonheur depuis sa mise en liberté conditionnelle. Violer ladite conditionnelle quelques heures à peine après avoir été libéré, en quittant non seulement l'État, mais le pays, et en fait le continent, s'était avéré un bon début.

Ils l'attendaient tous à l'aéroport de Glasgow. Il n'y avait pas eu de poignées de main démonstratives, pas de grandes embrassades ; simplement des sourires confiants qui montraient à quel point chacun d'entre eux comprenait le sens profond de leur présence en ce lieu.

Ils étaient là depuis presque un mois, en train de prendre leurs marques, de faire des recherches, procédant à la mise en place et aux vérifications en attendant que Zal sorte de Walla Walla. Comme le lui avait enseigné son père, il faut s'assurer que tout ce dont tu as besoin est déjà en place avant de faire ton entrée.

Ils étaient tous venus le voir à un moment ou à un autre pendant sa détention, mais les contraintes géographiques rendaient ces visites fort rares. Seul Karl était venu plus d'une fois, car il vivait en Californie. Jérôme était retourné auprès de sa famille dans le Vermont après sa libération, et Léo vivait avec sa sœur à New

York. Il y avait plus de deux ans qu'il ne les avait pas vus en chair et en os.

Ils avaient tous une mine superbe, ou du moins c'est ce qu'il lui sembla. Les gens ne sont jamais à leur avantage quand on les regarde à travers des barreaux d'acier ou du Plexiglas blindé, peu importe de quel côté ils sont assis. La dernière visite de Karl à Folsom ne remontait qu'à deux mois, mais même lui semblait différent à présent qu'ils étaient tous à l'air libre. C'était difficile à décrire : cela n'avait pas trait à des particularités physiques, c'était plutôt comme une aura, un feeling qui émanait d'eux, de leur manière de se tenir, de marcher, de rire. Personne n'avait cet air hagard, cette putain d'expression désolée, de regret coupable qu'on doit réprimer.

Leur heure était venue et ils le savaient. Tout le monde comprenait l'importance des enjeux, mais tout le monde était également heureux de jouer la partie. Zal ne pouvait pas dire « comme au bon vieux temps », car ils étaient tous conscients que ce temps était révolu et qu'ils étaient des personnes différentes à présent, mais chaque seconde en était d'autant plus précieuse.

Comme à leur habitude, Léo et Jérôme se balançaient des vacheries inouïes, mais cela ressemblait davantage à une parodie – consciente – de l'animosité qu'ils avaient à une époque pris tant de plaisir (pervers et partagé) à entretenir.

Comme M. Spock et le Capitaine Bones dans les films *Star Trek*, par opposition à Spock et Bones dans la série originale. À l'époque, leurs duels verbaux à couteaux tirés frôlaient souvent des sujets très périlleux, car ils ne s'étaient jamais clairement mis d'accord sur certaines limites. À présent, il n'y avait plus de risque d'escalade gratuite, car aucun d'eux ne se laisserait distraire de la tâche à accomplir. En outre, ils avaient tous deux acquis une conscience plus claire de leurs fragilités respectives. Par le passé, leurs attaques étaient une sorte de jeu, comme ceux des bébés fauves, parce qu'ils ignoraient ce que c'est d'être vraiment blessé.

Cela dit, aux yeux de qui ne connaissait pas leur histoire, il pouvait sembler difficile à croire que ces deux-là se considéraient comme des amis. Pour illustrer le propos, une petite discussion, à valeur exemplaire, avait eu lieu autour du choix de la pièce de Beckett que Léo et Karl joueraient devant les otages, choix contesté par Jérôme.

« Voilà, c'est ça, t'as waison, connaw. Ce soir, j'vais me dégoter une petite blanche qui aime l'avoiw dans l'cul, j'vais la déguiser en petit pédé fwiqué BCBG, avec cwavate et tout l'bowdel et j'vais l'appeler Jéwôme. Et pendant que j'l'encule comme j'ai dit, j'lui demande ce qui s'passe dans son p'tit cewveau vide et alows, j'pouwai p'têt commencer à voiw l'effet qu'ça fait d'êtwe toi.

– Tu sais, plus je suis contraint de passer du temps avec toi, plus je me réjouis de ce que mes ancêtres aient possédé des esclaves. »

Zal n'était pas sûr qu'un observateur non informé soit plus avancé d'apprendre que :

a) Jérôme, le dandy décadent (mais strictement hétérosexuel), descendait de l'aristocratie unioniste anti esclavagiste du Vermont.

b) Léo était gay.

Il avait depuis longtemps abandonné l'espoir de comprendre ce qui se passait entre eux, mais avait appris qu'il valait mieux se tenir à l'écart quand le feu d'artifice commençait.

Tant de moments délicieux.

Et pourtant, s'il devait en choisir un pour mieux le savourer, il repensait à un incident qui avait eu lieu pendant les « répétitions » pour le show de la banque.

Ils s'étaient présentés chez Hannigan et sa bande peu de temps après l'arrivée de Zal. Sacré tas de crétins. Quand on est si loin de chez soi, il est réconfortant de constater que, bien que les préférences vestimentaires des gangsters diffèrent d'un continent à l'autre, ils restent unis dans leur certitude que payer la peau des fesses un truc avec une étiquette dessus est une garantie certaine de goût et d'élégance, toute considération pratique mise de côté. Zal imaginait très bien ces gars-là en train de nager dans la piscine avec leur costard Armani, persuadés d'avoir un look d'enfer.

Comme de bien entendu, Alessandro avait fait croire à Hannigan que Zal et Cie seraient entièrement à sa disposition, à la limite de sortir les petits tabliers pour récurer son jacuzzi (en fait, Zal ignorait totalement ce que contenait la maison de Hannigan, mais il était *évident* que ce gars-là avait un jacuzzi).

Zal choisit de contester cet aspect de l'arrangement avec entêtement et de s'opposer aux tentatives de Hannigan pour prendre le contrôle, certain que le fait de tirer sur la laisse ne ferait que conforter tout le monde dans l'idée qu'il y avait bien une laisse. Manifester une obéissance inconditionnelle aurait pu être interprété comme la ruse d'un sournois potentiel, et même si Hannigan était fringue comme une bite et peigné comme un cul, il ne serait pas arrivé là où il en était s'il avait été la moitié d'un con.

Le braquage de la Royal Scotland n'avait jamais fait partie de leurs accords (ni de ce pourquoi Alessandro les avait véritablement envoyés là) ; c'est pourquoi Zal s'arrangea pour que Hannigan ait vent de ce qu'ils mijotaient. Sinon, il l'aurait appris par les médias, aurait additionné deux et deux, et serait immanquablement parvenu aux quatre personnes les plus susceptibles d'avoir fait le coup.

Zal se fit beaucoup prier avant d'accéder, « contre son gré », à la requête de Hannigan. Il y aurait un homme à lui dans l'équipe et un cinquième de l'argent pour lui en reconnaissance du fait qu'il les autorisait à opérer sur son territoire. L'homme en question, un certain Barry Merkland, aurait l'œil sur eux en permanence (cessez de rigoler, à la fin), serait intégré à leur projet (mais arrêtez, je vous dis, vous allez vous rendre malades), et se verrait confier un rôle central lors du hold-up lui-même (ça y est, je ne peux plus m'arrêter, maintenant).

Le plus drôle, c'est que Merkland pensait qu'ils se foutaient de sa gueule chaque fois qu'ils lui disaient *vraiment* ce qu'ils allaient faire. Il était raisonnable de penser que ses goûts en matière de loisirs ne le portaient pas vers les Beaux-Arts, et que sa conception des subtilités de la pratique du vol n'allaient pas plus loin que le fait de braquer une arme sur quelqu'un et de gueuler « Passe-moi l'oseille ! ». En conséquence, sa patience à l'égard des méthodes de Zal s'envolait rapidement tandis que sa rage de devoir néanmoins obéir à ses ordres augmentait chaque jour de manière palpable.

Karl avait ouvert les paris : il fallait deviner à quel moment précis Merkland péterait les plombs. Un pacte de non-intervention avait été établi pour que personne ne le provoque dans l'espoir de rafler la mise. C'est Jérôme qui la remporta, le jour où ils lui annoncèrent qu'il devrait apprendre non pas une mais deux chorégraphies synchronisées.

« J'en ai marre d'ces conn'ries, putain, déclara Merkland. Pas question que j'le fasse. Mon cul ! Vous pouvez vous brosser !

— Pas de problème, lui dit Zal. On n'a pas besoin de toi ; mais je suis sûr que Hannigan va quand même nous envoyer un remplaçant, dès que la boutique Versace aura ouvert ses portes.

— Ou p'têt qu'il va r'prendre l'affaire en main, bande d'enculés, et vous montrer comment on fait les choses par ici.

— J'adôôôrerais voir ça. C'est vrai, en y réfléchissant, on se demande pourquoi vous auriez besoin de nous, puisque vous avez tant de génies à votre disposition.

— J'vais pas tarder à t'montrer c'qu'on a à not'disposition, mon p'tit gars, si tu fais pas gaffe.

— Est-ce que tu es vraiment stupide au point de croire que ta capacité à la violence te donne une quelconque supériorité dans cette affaire ? On va dévaliser une banque, pas agresser un retraité.

— Ça m'donne assez d'supériorité pour pas avoir à êt'là, à fair'c'te merde pour une bande de pouffiasses.

— Ah ? Je ne vois pas bien comment tu arrives à cette conclusion, vu que tu es là à faire cette merde pour moi et que tu continueras à la faire aussi longtemps que ton boss te le dira. »

Cela aurait pu passer pour une provocation délibérée si Zal n'avait pas déjà perdu son pari à ce moment-là, ayant misé sur le moment où, la veille, ils lui avaient annoncé le coup de la poudre à gratter.

« C'est c'que tu crois ? » demanda Merkland, faisant preuve de la dose maximale de subtilité à sa disposition, car le fait d'écrire sur un papier qu'il allait foncer sur Zal pouvait être considéré comme un peu trop téléphoné, même pour lui.

Zal ne pouvait pas dire qu'il avait vraiment apprécié ce qui s'était passé ensuite. Il ne pouvait pas non plus dire qu'il n'avait pas aimé ça, mais il avait des regrets. Aucun ne concernait Merkland ou sa douleur, mais plutôt les moyens employés pour l'infliger et les raisons pour lesquelles il disposait de tels moyens. À une époque, un gros dur expérimenté comme Merkland l'aurait envoyé au tapis en lui crachant dessus malgré son mètre quatre-vingts, mais on parlait là du Zal qui était *entré* à Folsom. Celui qui en était *sorti* envoya Merkland au tapis, le visage en sang, au bout d'environ six secondes.

Pourtant, il n'y avait aucun doute dans l'esprit de Zal sur lequel de ces deux lui-même il aurait préféré être, si on lui avait laissé le choix.

Donc, ce moment-là n'avait pas été le moment délicieux. Le moment délicieux arriva quand Merkland se releva et sortit son flingue.

« Non, attends, ne fais pas ça, implora Zal.

– Ah, tu fais moins l'malin, maint'nant, hein ?

– Je parlais à Karl, connard. »

Tout en continuant de braquer son arme sur Zal, Merkland pivota de quatre-vingt-dix degrés pour faire entrer Karl dans son champ de vision. Celui-ci se tenait sur une caisse, près de la porte de l'entrepôt, un couteau dans la main droite.

« Hé ben ? Qu'est-ce tu crois qu'tu vas faire avec ça ?

– Montre-lui, Karl. »

En une fraction de seconde, l'arme était dans la main de Léo, après un transit éclair sur le sol, et Merkland saisissait sa main blessée, poussant un cri de douleur au premier contact.

« Oh hé, écrase, hein ? Il ne t'a touché qu'avec le manche. La prochaine fois, ce sera avec la lame, et là, tu auras vraiment de quoi beugler.

– Bande d'enculés.

– Ouais, c'est ça. Un conseil, mec. On est obligés de travailler ensemble et il semblerait qu'on ne puisse rien y faire ; mais ce serait quand même beaucoup plus facile si tu acceptais l'idée qu'il te manque un cerveau pour te permettre de jouer au con avec moi. Maintenant, laisse Jérôme te mettre un pansement ou deux et ensuite, tu ferais mieux de te préparer à l'idée de remuer ton petit cul.

– Pas question que je touche ce type, objecta Jérôme.

– Et pouwquoi pas ? demanda Léo. T'es un putain d'expewt quand il s'agit de twipoter les têtes de nœud.

– Je pense qu'il est regrettable pour Merkland que ta chère sœur ne soit pas présente. J'ignore ce qu'elle vaut en tant qu'infirmière, mais je suis certain qu'il serait réconforté par la compagnie de quelqu'un qui se met à genoux encore plus rapidement qu'il ne vient de le faire. »

Et ainsi de suite.

On ne pouvait pas compter sur tout le monde pour se montrer aussi stupide que Merkland, mais s'ils étaient parvenus à ne commettre quasiment aucune erreur jusque-là, c'était précisément parce qu'ils avaient toujours identifié ce sur quoi ils pouvaient compter : individus, organisations, institutions. Ils avaient compté sur les protocoles de sécurité de la banque pour transformer un cambriolage en véritable siège ; ils avaient compté sur les flics pour transformer un siège en numéro de cirque et compté sur tous les participants au numéro de cirque pour s'enfuir devant ce qu'ils croyaient être une bombe.

Angélique de Xavia, en revanche, était l'inconnue de cette équation, et par conséquent imprévisible. Zal n'avait aucune idée de ce qu'il pouvait attendre ou ne pas attendre d'elle, et c'était cela (plutôt que le simple fait qu'elle soit de la police) qui faisait de ce qu'il avait en tête une proposition très risquée. C'était aussi la raison pour laquelle aucune volonté sur terre ne pourrait l'empêcher d'entrer dans ce bar.

Angélique ne se rappelait pas s'être jamais sentie aussi nerveuse, même pas au moment d'entrer dans Dubh Ardrain. Conduire un assaut (effectif : deux personnes) contre une douzaine de terroristes qui détenaient une trentaine d'otages dans une forteresse souterraine aurait dû sembler plus effrayant que de remuer un gin-tonic dans un bar du centre-ville ; mais la différence, c'était que dans le premier cas, elle savait ce qu'elle faisait et à quoi s'attendre. Elle avait aussi profité de l'effet de surprise. Ici, elle se sentait comme un appât qui attend l'ouverture de la chasse, dans une situation – dans laquelle elle s'était d'ailleurs mise de son propre chef – entièrement contrôlée par quelqu'un d'autre.

Mais ce n'était pas seulement pour ça qu'elle avait le trac, hein ?

Oh, lâche-moi, se dit-elle à elle-même. Pour quelle autre raison j'aurais le trac ?

Elle se sentait exposée, vulnérable et isolée. Elle prenait des risques, pour des raisons qui lui avaient semblé plus faciles à rationaliser *avant* d'entrer dans cet endroit. Elle ne savait même pas à quoi il ressemblait, merde, elle ne pouvait pas déjà le trouver à son goût ! Elle était simplement… curieuse, et qui ne l'aurait pas été dans les mêmes circonstances ?

Curieuse, bien sûr. Cela expliquait sans doute pourquoi elle avait changé trois fois de vêtements avant de franchir la porte de chez elle, sans parler de sa lutte d'une demi-heure avec le sèche-cheveux et l'utilisation de maquillage pour la première fois depuis la fin des années quatre-vingt-dix. La curiosité.

Bon Dieu, qu'est-ce qu'il lui arrivait ?

Elle était assise dans une alcôve, face au bar, dans un endroit appelé « L'Institution », choisi par Jarry. Elle n'y était jamais venue et n'en avait jamais entendu parler avant son coup de téléphone ; elle pensa qu'il l'avait choisi pour des raisons pratiques, parce que c'était central et, comme la plupart des grands pubs assez récents, anonyme. Il y avait des habitués, mais pas de piliers de comptoir et le changement de personnel était trop fréquent pour qu'ils se souviennent des visages. Ce ne fut que lorsqu'elle arriva qu'elle comprit que les motifs de son choix avaient été dictés par moins de prudence. Le pub était une ancienne banque.

Angélique ne buvait que de petites gorgées, partagée entre le besoin des propriétés désinhibitrices de l'alcool et le désir de ne pas vider son verre trop vite. Être assise là toute seule était déjà assez triste, mais être assise là toute seule devant un deuxième verre signifiait « lapin », écrit en très grosses lettres. Elle était en train de mettre en pratique cette vieille recette de pseudo-réconfort psychologique : jusqu'à ce que le verre soit vide, il n'y a pas de raisons de regarder l'heure, parce que, hein, tant qu'il en reste encore, le type en question n'est pas en retard *à ce point*.

Il pouvait même être déjà là, en fait, et c'était précisément l'un des trucs qui la mettaient très mal à l'aise.

Il y avait du monde près du comptoir et en haut, dans l'espèce de galerie. Comme dans tous les bars, il y avait des regards qui balayaient l'assemblée – à la recherche d'amis, de jeunes talents ou juste pour mater. Elle en avait surpris quelques-uns en train de la regarder et elle ne savait pas si elle les avait attirés parce qu'elle était une femme seule ou parce que le fait d'être seule la conduisait à les remarquer davantage. De toute façon, c'était désagréable, dans la mesure où la possibilité existait que n'importe lesquels de ces yeux (mâles) soient les siens. Il aurait pu être en train d'évaluer la situation ou de la jauger, elle («Oh! là, là! vous étiez vachement mieux en Kevlar»), avant de décider de partir.

Cette possibilité aurait pu la soulager, mais seulement de ses petites incertitudes. De cet inexplicable sentiment de culpabilité, qui lui donnait l'impression de s'être fait pincer en train de sécher l'école. C'était dingue. Elle n'avait rien fait de mal jusque-là. Ce fameux cordon de sécurité n'avait pas été franchi, elle en avait juste un peu éprouvé la résistance et il s'était détendu. Qui était en mesure de dire qu'elle ne pourrait pas se servir de cette situation pour traîner ce type et ses complices en justice? Rien ni personne n'avait été trahi. Elle suivait une piste qui ne pouvait exister que si elle était seule à la suivre.

Mais bien sûr.

Y a-t-il des gens «impétueux» ou «inconsidérés» dans la salle? Ne tenant pas compte de leur hiérarchie? Non. Justement. Elle ne trahissait personne en adoptant la conduite dont on l'avait accusée à tort lors des interrogatoires.

Ouais, enfin, ça sentait le désastre. La seule chose qu'on ne pouvait pas mesurer à l'avance était l'étendue des dégâts. Mais elle savait très bien que s'il ne se montrait pas, son émotion la plus forte serait la déception.

C'est la raison pour laquelle son gin-tonic risquait de s'évaporer avant qu'elle ne l'ait bu.

Elle fixa le verre des yeux, caressant du doigt la condensation, caressant également l'idée de le boire cul-sec et de s'en aller. Mais elle savait qu'elle ne le ferait pas. Même si ce salaud ne venait pas, elle était bien partie pour faire la fermeture.

Cela va sans doute vous sembler un peu obsessionnel.

Sans blague.

Elle n'avait pas réussi à s'ôter ces mots de la tête, pas seulement à cause de ce qu'ils avaient précédé, ni même parce qu'ils avaient illustré fort justement la plupart de ses pensées et de ses actes depuis. Il y avait autre chose : ils lui étaient étrangement familiers, jusqu'à la façon dont il les avait dits. Elle décida qu'il avait dû citer un film américain, qu'elle-même avait sans doute vu une bonne dizaine de fois, mais elle ne parvenait pas à se rappeler lequel. Merde, alors ! Et ce qui la perturbait encore davantage, c'est qu'elle était sûre, dans son souvenir, que c'était une voix de femme qui parlait. Elle supposa que ça finirait par lui revenir. Cela n'avait probablement pas grande importance, mais elle n'aurait pas la paix tant qu'elle n'aurait pas mis le doigt dessus.

« Salut, » dit une voix qui semblait à des kilomètres, tant Angélique était absorbée dans la contemplation de son verre à la recherche de la citation non identifiée. Elle leva la tête pour distinguer une silhouette penchée sur la table. Il portait un costume gris, sa cravate était dénouée et il tenait une pinte de bière qu'il avait manifestement l'intention de poser d'autorité devant elle. Ce n'était pas lui. « Vous savez, ce n'est pas dans mes habitudes d'importuner les femmes seules », dit-il. Une stratégie mêlant ainsi les excuses et la sollicitude ne pouvait qu'être l'œuvre d'un dragueur patenté. Il avait dû la répéter beaucoup et la mettre en pratique encore davantage, car cela finissait par sonner creux.

Angélique regarda par-dessus l'épaule du don juan.

Il y avait trois autres costards qui regardaient dans sa direction, pour voir comment s'en sortait leur pote. Comme tous les potes, ils étaient là pour l'encourager verbalement s'il parvenait à ses fins… et le lamineraient sans merci en cas d'échec. Elle fut tentée de lui rentrer dans le lard, mais ces mecs ont la peau dure et adorent qu'on s'emballe.

« Et ce n'est pas dans mes habitudes d'humilier publiquement les dragueurs polis mais importuns, alors ne faisons pas d'exception ce soir, d'accord ?

– On fusille pas un homme pour si peu, dit-il en arborant un sourire qu'il pensait sans doute ressembler à celui d'un petit garçon un peu trop culotté.

– L'Opération Flavius[1] donnerait à penser le contraire, lui répondit-elle.

– Quoi ?

– SAS à Gibraltar. Laisse tomber tant que tu as l'avantage, mon gars. Tes copains t'attendent. »

Il leva les mains en signe de feinte reddition et conserva un visage magnanime pour la galerie, mais ses yeux disaient plutôt : « Je te pisse à la raie, sale

---

1. Nom d'une opération du SAS au cours de laquelle trois membres de l'IRA furent tués avant même d'avoir agi.

gouine. » Il pirouetta sur un talon pendant que ses copains éclataient d'un rire gras.

Angélique soupira et regarda le siège vide en face d'elle, puis finit son verre et le reposa sur la table d'un geste sec. Va te faire voir, pensa-t-elle, c'est ta faute si je subis des trucs pareils. Mais elle savait parfaitement qu'elle ne pourrait pas partir tout de suite, même si la puissance de la compulsion qui la faisait rester commençait à diminuer.

Elle regarda son verre vide, pas encore tout à fait prête à regarder sa montre. Un deuxième verre ne signifie pas forcément « lapin », si ? Tout le monde peut arriver en retard, et jusqu'à ce qu'elle regarde sa montre, elle ne saurait pas de combien. Moins d'une demi-heure, c'était un bus manqué, un embouteillage ou n'importe quel problème de transport. Passé ce délai, les probabilités de le voir apparaître commençaient à dégringoler.

Conneries. Il y avait des limites à ce que sa dignité pouvait supporter comme baratin. Elle releva sa manche et regarda sa montre. Soupir d'incrédulité. Elle avait l'impression d'être là depuis si longtemps que les Blue Nile auraient pu sortir leur nouvel album, et pourtant le cadran lui indiquait huit heures et quart, ce qui voulait dire qu'elle n'était là que depuis vingt minutes. Il était un quart d'heure en retard : donc, compte tenu d'un écart standard de cinq minutes entre leurs montres respectives, il pouvait s'imaginer le délai dépassé de seulement dix minutes. Pas de quoi s'affoler.

Baratin on the rocks. La dignité ? C'est à ça que sert le gin.

Elle décida de se lever pour aller au comptoir et c'est là qu'elle le vit, debout à quelques pas de la porte, regardant ce qui l'entourait avec une décontraction que démentait la vivacité de l'analyse qui avait lieu derrière ce regard acéré. C'était lui, il fallait que ce soit lui. Même en modérant l'envie de prendre ses rêves pour la réalité, Angélique était presque sûre que l'homme qui venait d'entrer dans le bar était celui qui l'avait retenue en otage samedi après-midi. Il avait une aisance dans la façon de se tenir qui lui était indubitablement familière : il donnait l'impression de ne pas être affecté par ce qui se passait autour de lui et, en même temps, de rester concentré, déterminé, sans pour autant sembler tendu. On aurait dit qu'une bagarre générale aurait pu se déclencher autour de lui sans le détourner de sa tranquille observation des alentours. Il aurait probablement écarté d'un revers de bras musclé les corps volant dans sa direction.

Il avait les cheveux aux épaules, blond platine, évoquant de très près les fous de surf californiens, ce qui jurait légèrement avec son treillis bleu et la chemise blanche bien repassée qui était visible sous son ample pardessus. Un surfeur californien, bien récuré pour faire bonne impression et bien emmitouflé pour contrer l'hiver de Glasgow. Elle le visualisa en combinaison multicolore, remplaça son visage par un masque de clown.

Pas d'erreur.

Angélique, étant passée pour une andouille le samedi, décida de lui faire voir qu'elle n'était pas tout à fait débile. Elle attendit que son attention se porte dans sa direction et lui fit un petit signe, à peine un mouvement des doigts de la main légèrement levée. Elle dissimula son sourire à grand renfort d'autodiscipline en le voyant repérer le mouvement, le comprendre et capituler lorsqu'il admit qu'elle l'avait démasqué.

Et toc.

Elle lui fit la grâce de regarder ailleurs à nouveau, pour le laisser approcher sans qu'il ait l'impression d'être passé au scanner. Ou peut-être n'était-elle pas encore tout à fait prête à soutenir son regard ? Elle garda les yeux rivés à son verre pendant qu'il se glissait sur le siège opposé, puis leva la tête pour se trouver enfin face à lui.

Au début, il ne dit rien, ce qui semblait incroyable compte tenu de sa performance à la banque et de ses facéties depuis. Ils se contentèrent de se regarder mutuellement pendant quelques secondes durant lesquelles Angélique arbora une intense expression d'impassibilité pour dissimuler deux choses : le sentiment croissant qu'elle avait peu de chances de découvrir ce qui se passait derrière le regard de cet homme, et la certitude qu'elle se sentirait obligée d'essayer. Pour sa part, il se contenta de la fixer en retour, avec ces deux lacs d'un bleu profond, chaotiques et insondables, qui faisaient penser à mille choses sans en trahir une seule, pas même s'il était sur le point de sourire ou de se renfrogner.

« Vous êtes en retard, dit soudain Angélique, incapable de laisser ce silence se prolonger et tentant une légère manœuvre d'intimidation.

– Et vous, vous êtes à sec. Moi aussi. Qu'est-ce que je vous offre ?

– Huit cent mille livres et cinq condamnations. Mais pour l'instant, je me contenterai d'un gin-tonic.

– C'est comme si c'était fait. »

Il se retourna sur sa chaise et regarda dans le pub, cette fois dans le but de se faire remarquer. Angélique ne parvint pas à dissimuler un sourire.

« Qu'est-ce qu'il y a ?

– Il y a que nous sommes à Glasgow, mon ami. Vous pouvez toujours attendre la serveuse. »

Sans la regarder, il se mordit la lèvre, ferma les yeux et secoua la tête. Quand il se retourna vers elle, il souriait comme un gamin.

« Regardez-moi. J'suis pas un mec cool ? Je reviens tout de suite. »

Elle sentit un sourire s'allonger sur son visage pendant qu'elle le regardait aller jusqu'au bar. Il revint avec son gin et une pinte de liquide plus sombre pour lui, posa les verres et enleva son manteau avant de se glisser à nouveau en face d'elle.

« Reprenons depuis le début, dit-il en lui tendant la main.

– Angélique, dit-elle en la serrant. Et vous êtes ?

– Appelez-moi Zal.

– Le clown qui joue de la guitare. Je vois. Vous pourriez me donner le vrai maintenant.

– Mais c'est mon vrai prénom. En fait, pour être exact, c'est Sal, mais je préférais avec un Z, et c'est devenu Zal.

– Sal ?

– À cause de Sal Mineo. Ma mère adorait *À l'est d'Eden*.

– Alors Zal Cleminson, c'était une manière de signer les événements de samedi ? »

Il but une gorgée de bière et fit un mouvement de dénégation. Pendant un instant, elle crut qu'il allait poursuivre, jusqu'à ce qu'elle comprenne que cela voulait simplement dire qu'il n'allait pas répondre.

« C'était pour me piéger ? demanda-t-il.

– Quoi ?

– Ce soudain manque de subtilité. Ça veut sans doute dire que vous ne cachez pas de micro, parce que si vous en aviez un, vous mettriez plus de filouterie à aborder les sujets qui fâchent. »

Angélique réfléchit. Elle n'avait pas prévu qu'il aurait ce souci. Mais maintenant que le sujet était abordé, il n'y avait pas moyen de l'escamoter, à moins d'ôter son pull ; alors elle décida de jouer le jeu.

« Quelle réponse croiriez-vous ? demanda-t-elle avec un air de sainte nitouche.

– C'est bien, répliqua-t-il en hochant la tête. Vous faites ça très bien.

– Je suppose que, en ce qui concerne cette conversation, vous allez faire comme si j'avais effectivement un micro.

– En quelque sorte. Sauf que si je pensais vraiment que vous en avez un, nous n'aurions pas cette conversation.

– Et pourtant vous n'écartez pas cette possibilité, *en quelque sorte*.

– Disons que je ne trouverais pas ça super poétique s'il s'avérait que mon intuition fut fausse. Et puis ce serait un peu discourtois de l'écarter si vite.

– Discourtois ?

– C'est vous qui m'avez dit de ne jamais oublier ce que vous êtes. J'ai supposé que cela ne concernait pas seulement le fait que vous soyez inspecteur de police.

– Et ça concerne quoi ?

– Que si je perds de vue ce qui m'a attiré en vous, je vais me retrouver dans de gros ennuis. »

Angélique sentit comme un afflux de sang dans tout son corps quand il prononça le mot « attiré. » Il y eut comme une petite explosion dans son cerveau, qui avait fait disparaître tout ce qui les entourait pour ne laisser place qu'à eux deux dans cette alcôve. Plus de salle, plus de bar, plus personne autour.

Pourquoi n'avait-il pas dit « intéressé » ? Pourquoi n'avait-il pas dit « intrigué » ? Attiré avait des connotations de… de… toutes ces choses qui rendaient cette rencontre si dangereuse, si malavisée et pourtant inéluctable. À présent qu'elle avait vu son visage, elle savait très bien que la situation était loin d'être en passe de se simplifier. Une partie d'elle-même – cette grosse partie bien dégonflée qui était là soi-disant pour protéger les morceaux fragiles – avait espéré que son visage ait l'air d'être bricolé avec tous les surplus jetés par le plasticien de Michael Jackson. Mais physiquement, il n'y avait rien à jeter chez ce gars-là. Même les cheveux semblaient acceptables, sur lui. Et il était « attiré » par elle. Oui, Monsieur, il a dit ça sur l'enregistrement. Hélas, quel que soit son physique, elle ne pouvait pas perdre de vue ce qu'il était, pas plus que lui en ce qui la concernait.

« Vous êtes en train de me dire que vous me considérez comme… une menace, dit-elle pour éluder ces connotations et se maudissant de le faire. Ou plutôt comme quelqu'un qui peut se mesurer à vous ? J'ai du mal à croire que vous ayez une si haute opinion de moi après la facilité avec laquelle vous m'avez menée en bateau. »

Il ouvrit la bouche pour répondre, mais ne dit rien et but une autre gorgée. « Ça, c'était filou, dit-il. J'étais sur le point de voler à votre secours. Voilà une façon bien subtile de m'égarer vers des sujets dont je ne peux pas parler.

– Quels sont les sujets dont vous pouvez parler, alors ? Si nous n'en trouvons pas bientôt, je ne vois pas pourquoi nous sommes ici.

– Je suppose que ça dépend de vous. Si vous êtes intéressée par autre chose que mes activités de samedi.

Et même si vous ne l'êtes pas, j'imagine que vous êtes assez intelligente pour savoir que les réponses que vous cherchez ne sont pas toutes liées à ça. »

Angélique réfléchit soigneusement à ce qu'il venait de dire tout en buvant une petite gorgée de gin. Elle reposa son verre et le regarda dans les yeux. Son regard était menaçant et pourtant irrésistible ; tout comme ses déclarations énigmatiques et ambiguës. Plus il cherchait de faux-fuyants, plus Angélique était décidée à découvrir ce qu'il cachait.

« J'ai une question. Pourquoi sommes-nous ici ? Je veux dire, pourquoi m'avez-vous invitée ?

– Pourquoi avez-vous accepté ?

– Allez-vous répondre à toutes mes questions par des questions ?

– J'ai beaucoup regardé de séries policières en... d'autres temps. Mais je pense que si vous répondez à ma question, vous répondrez à la vôtre. »

Ce qui les renvoya en plein milieu d'un terrain où *elle* ne voulait pas aller. Pourquoi l'avait-il invitée ? Pourquoi avait-elle accepté ? Et qui était le plus cinglé des deux ?

« Je n'avais rien à perdre, dit-elle, ce qui était faux mais plausible. Et je dois vous avouer que j'étais sacrément intriguée. Qui ne le serait pas ?

– Par moi personnellement, ou par les circonstances ?

– Je considère les deux comme étant indissociables.

– À cause de votre métier, je suppose.

– De mon point de vue, c'est plutôt à cause du vôtre que l'homme est difficile à séparer de ses exploits.

– Est-ce que vous voulez dire que je n'aurais pas obtenu ce rendez-vous si charmant si j'avais été employé de banque ?

— Employé de b... ? Je ne sais pas. Il est trop tard pour le dire. Si vous aviez été de l'autre côté des guichets, j'aurais au moins vu votre visage. Et qui dit que c'est un rendez-vous si charmant ? Il suffirait que je vous lise vos droits et ce serait un interrogatoire officiel.

— Balivernes, dit-il en souriant. C'est un vrai rendez-vous et vous le savez. Ça se dit *boy meets girl*, non ? Un gars rencontre une fille. Nous prenons quelques verres dans un bar, nous discutons, essayons de nous connaître un peu mieux.

— Un gars prend une fille en otage, le gars monte une baraque à la fille pendant qu'il vole le fric, et ensuite seulement, le gars invite la fille à boire un verre, mais le gars raconte encore des craques et joue à cache-cache avec ses questions. La seule chose que j'ai apprise depuis une demi-heure, c'est votre prénom.

— Demandez-moi autre chose.

— D'accord. D'où êtes-vous ? En supposant que votre accent soit authentique.

— De beaucoup d'endroits, répondit-il en souriant devant la mine exaspérée d'Angélique. Mais à l'origine, de Vegas.

— Comme par hasard. La ville qui a fait de l'artifice un mode de vie et où les gens courent après de l'argent qu'ils n'ont pas eu à gagner.

— Aïe. Remballez le mordant, Inspecteur. Je pourrais aussi vous soumettre quelques généralités un peu cruelles sur la vôtre.

— Allez-y. Elles sont probablement exactes.

— Non, ce ne serait pas poli. J'y suis un invité.

— Et vous ne considérez pas comme impoli de faire les poches de vos hôtes ?

– La morale et l'étiquette sont deux choses différentes.

– Mais pas tout à fait indissociables.

– Pas toujours, non, concéda-t-il. En théorie, dirons-nous, pointer un flingue sur un client désarmé n'est pas une chose très louable – ni d'une probité morale exemplaire. Mais cela ne veut pas dire qu'on doive jeter son savoir-vivre aux orties.

– Le savoir-vivre. C'est plus que de la politesse, ça.

– Je suppose.

– Et la morale entre en ligne de compte, dans ce cas-là.

– Ça devient assez confus, n'est-ce pas ?

– La loi est très claire. »

Il se mit à rire. « La loi et la morale, voilà bien deux choses qui n'ont rien en commun.

– Je dirais plutôt qu'elles sont main dans la main quand on parle de piquer des choses qui appartiennent à d'autres.

– En théorie, oui. Mais aux yeux de la loi, c'est blanc ou noir ; alors que la morale a tout un nuancier de gris.

– Un nuancier de gris ? répéta Angélique en riant. Vous avez trouvé ça tout seul ?

– Bien sûr, répondit-il, un soupçon de timidité dans le sourire. Nous connaissons tous le blanc blanc. Mais il y a une différence entre agresser une grand-mère pour lui voler le fric dont elle a besoin pour vivre et entuber une énorme institution financière de quelques milliers de billets qui ne vont même pas lui manquer.

– Quelques centaines de milliers de billets. Et ils vont leur manquer, croyez-moi. Il y a un vieux dicton par ici qui dit : "C'est avec les petites pièces qu'on fait les gros billets." C'est une philosophie qui sous-tend toutes les entreprises financières, énormes ou minuscules.

– D'accord, mais ça ne va pas entraîner leur faillite, ou faire chuter leur cotation en Bourse, ou faire d'eux les faibles victimes d'une OPA hostile.

– Je ne saurais le dire. Mais ce que je sais, c'est que c'est le clampin moyen qui va en faire les frais. Les gros riches vont vouloir combler le manque à gagner en baissant les primes d'épargne, non ? Si les comptes ne sont pas équilibrés, les charges augmentent et ils vireront du personnel. Cette vieille grand-mère, elle met ses sous à la Royal Scotland, et ses sous lui rapportent moins, et sa petite-fille qui bosse à la banque et l'aide pour le loyer se fait virer et se retrouve fauchée.

– Vous avez raison, même si vous rajoutez une grosse louchée de mélo.

– Vous croyez que j'en rajoute ?

– Un petit peu, mais c'est moi qui ai fait le coup de la frêle même en premier, alors c'est de bonne guerre. Mais ce que vous décrivez… ça peut arriver quand des inondations font une ponction dans les assurances. La Royal Scotland pourrait très bien perdre la même somme si l'un de ses courtiers en Bourse buvait une bière de trop à la cantine. Il y a des crimes bien plus graves que ce qui s'est passé samedi, merde, quoi. Des vols bien plus graves. Je ne dis pas que c'est bien, mais je suis moralement en paix.

– Moralement en paix ? Ça veut dire quoi ?

– Que ça ne m'empêche pas de dormir la nuit. Cela n'exclut en rien le fait que je puisse préférer ne jamais avoir eu à faire ce genre d'exploit, vous comprenez ?

– Je crois, mais imaginons que je ne comprenne pas. Qu'est-ce qui différencie ce que vous venez de dire des jérémiades de centaines de losers qui essaient de se justifier à leurs propres yeux ?

– Ce n'était pas ma faute. J'ai vécu des trucs vraiment durs : vous ne savez pas ce que c'est. C'est la société qui m'a forcé. Ça vous va, ou il faut que je trouve mieux ?

– Les gens de Glasgow sont un public exigeant.

– C'est légendaire. Sous la menace de tomates pourries, je vous dis donc que certains événements peuvent sérieusement modifier le point de vue sur cette limite si claire entre le noir et le blanc qu'on peut avoir au début. Et même si on se rappelle comment c'était, même si on voudrait que ce soit toujours comme ça, être bien à l'abri du côté blanc, je ne sais pas... Selon l'endroit où l'on se trouve, les choses qu'on a besoin de faire pour survivre font qu'on n'a pas vraiment le loisir de s'interroger sur la netteté de cette limite.

– Alors vous surfez le long du nuancier de gris ?

– Vous n'êtes pas convaincue, hein ? J'aimerais tant que vous le soyez, pourtant. J'aimerais vous expliquer tout ça, et je pense que vous écouteriez.

– Vous pensez que j'écouterais en tant que flic ou en tant que moi-même ?

– Vous êtes flic. Je ne crois pas qu'il y ait un autre vous-même entièrement détaché de ça. »

Angélique dut réprimer un soupir. Il avait hélas raison : il n'y avait aucun moyen de le désactiver, aucun recoin où il n'était pas, aucun cordon de sécurité pour tenir le flic à l'écart d'elle-même. C'est pourquoi tant de collègues se retrouvaient en couple avec d'autres flics : ils ne se faisaient aucune illusion. Ils partageraient toujours leur partenaire avec la police. Jusqu'à présent, elle aurait juré que seuls des confrères étaient à même de le comprendre. Elle avait oublié que les escrocs pouvaient en avoir une vague idée, eux aussi.

« Je suis ce que je suis, dit-elle. Pour citer Gloria Gaynor. Ou est-ce que c'est Popeye ? Enfin, peu importe. Je vous écoute.

– Le problème, c'est que je ne peux rien vous raconter sans tout vous raconter, et je ne peux pas faire ça maintenant. Mais croyez-moi quand je vous dis que toute cette affaire ne se limite pas à une poignée de biftons. »

Toute cette affaire. Alors ce n'était pas fini, et quoi que ce soit, cela pesait lourd sur ses épaules. Il avait envie de parler et quelque chose lui avait fait penser qu'elle était la bonne personne pour écouter. Angélique fut stupéfaite de sentir son cœur se serrer à l'idée qu'il n'était là que pour ça.

« Comment en sommes-nous arrivés de Vegas à parler de ça ? dit-il rompant le silence qui s'installait et comptant sur sa connivence pour changer de sujet.

– Comment êtes-vous arrivé de Vegas jusqu'ici serait plus pertinent, dit-elle, cédant à ses instances pour le moment. En fait, je n'ai jamais pensé qu'on puisse venir de Vegas, à part André Agassi. J'ai toujours cru que les gens finissaient à Vegas.

– Des joueurs invétérés qui s'y dégottent un boulot pour payer leurs dettes et des crooners vieillissants que rien ne retient plus ailleurs ? Oui, on en a. Mais c'est aussi la ville dont l'expansion est la plus rapide des States. Et des gens y naissent. Moi, par exemple.

– Votre papa était joueur professionnel et votre maman chanteuse ?

– Arrêtez de me charrier. Je vous passerais bien un bon savon, sauf que vous y êtes presque.

— C'est votre mère qui jouait et votre père était croupier.

— Non. Ma mère était chanteuse. Enfin, sur le tard. Quand mon père l'a rencontrée, elle donnait dans le bon vieux standard du strip-tease. Mais elle n'était pas si standard que ça, ni si vieille, d'ailleurs ; mais strip-teaseuse, oui.

— Cela pourrait expliquer une ou deux choses.

— Comme quoi ? » demanda-t-il. Il resta calme, mais elle perçut qu'elle avait mis le doigt sur un point sensible, une susceptibilité qu'il tentait de ne pas laisser voir.

« Je suis désolée. Je ne disais pas cela pour vous blesser. Je pensais tout haut.

— Continuez maintenant. Pourquoi disiez-vous cela ?

— Le fait que votre mère ait été strip-teaseuse. Je pensais que cela pouvait avoir eu des répercussions sur votre façon d'agir avec les femmes. Ou plutôt votre façon de *ré*agir face à l'attitude des autres hommes à l'égard des femmes.

— Vous avez raison. Mais je dois avouer que je me demande bien comment vous êtes arrivée à cette conclusion.

— Il est temps que j'aie un petit avantage sur vous, non ? Je vous le dirais bien, mais ça fait partie du domaine des choses dont nous ne pouvons pas parler.

— Vous pouvez en parler. Simplement je ne peux pas répondre.

— D'accord. J'ai lu toutes les dépositions de témoins et j'ai lu celle d'une femme qui refusait absolument de dire quoi que ce soit de négatif à votre propos, en dépit du fait qu'elle ait été prise en otage pendant cinq heures. Elle semblait presque redouter de dire quelque chose qui puisse être utilisé contre vous. Je suis allée la voir et nous avons papoté, hors enquête. Vous voyez de qui je parle ? »

Il fit oui de la tête.

« S'il vous plaît, dites oui ou non pour le magnétophone. »

Il sourit et but une grande gorgée de sa bière.

« Vous m'avez demandé tout à l'heure pourquoi j'avais accepté votre invitation à venir ici ce soir. Ce que m'a raconté cette femme y est pour quelque chose.

– Je suis content de l'entendre. Mon père n'aurait jamais figuré au palmarès des meilleurs pères ou des meilleurs maris, mais il a su faire passer quelques valeurs de base. La façon dont on traite les femmes en fait partie. Bien sûr, la théorie et la pratique ne sont pas toujours en adéquation parfaite. Quand on plaque quelqu'un, le faire poliment n'est pas forcément une immense consolation pour l'autre.

– On dirait que nous voilà de nouveau sur le rapport entre morale et étiquette.

– Du moment que vous ne pensez pas que je vous balance des clichés de loser...

– Je n'ai jamais dit que vous en étiez un. Pas tant que vous êtes assis sur un quart de huit cent mille livres.

– Je croyais que vous cherchiez cinq voleurs.

– C'est vrai. Mais nous pensons aussi que l'un d'entre eux cherche désespérément les quatre autres.

– Vous ai-je déjà dit que vous étiez douée ? Je retire ce que j'ai dit. Vous êtes très douée. »

Angélique ne put s'empêcher de sourire. Elle trouvait amusant de jouer avec lui et c'était agréable de marquer un point, même si elle prit soudain conscience que lui avait appris quelque chose sur les flics sans qu'elle apprenne rien de nouveau sur les voleurs. Néanmoins, il devenait plus prolixe lorsqu'il s'agissait de sa famille, ce qui constituait un vaste sujet.

« Et si votre maman était strip-teaseuse, c'était quoi le truc de votre père à Vegas ? »

Il tourna vers elle ses deux grands phares bleus. Tenter d'y lire quelque chose était comme chercher à trouver et décrire les arômes d'une bonne bouteille de vin : il y avait des notes et des nuances qu'elle était certaine de pouvoir reconnaître, mais en même temps, il y avait toujours la possibilité qu'elle les ait imaginées et qu'elle dise donc de grosses conneries. Concernant le millésime qu'elle avait devant les yeux, elle aurait parié sur une touche de sincérité accrocheuse, une nuance de vulnérabilité jusque-là insoupçonnée, et une sacrée dose de risque calculé.

« Vous êtes de la police, lui dit-il. Je vous laisse travailler là-dessus.

– Je n'ai pas droit à des indices ?

– Toutes les preuves sont déjà devant vous, mais vous n'avez droit qu'à une réponse, alors prenez votre temps.

– Marché conclu. J'y travaillerai. Mais j'ai quand même deviné qui était le joueur dans la famille.

– Sans déconner.

– Ce que je n'arrive pas à deviner, c'est ce qui pourrait valoir le coup de prendre le risque d'être ici ce soir. C'est peut-être une histoire de jeu. On dit toujours que le vrai joueur ne prend pas son pied en pensant à ce qu'il peut gagner, mais à tout ce qu'il a à perdre. C'est vous, ça ?

– Je ne suis pas là pour ce genre de frisson. À une époque, peut-être, mais... aujourd'hui, je sais à quoi j'attache de la valeur. Vous avez dit que Vegas était la capitale de l'artifice : c'est peut-être vrai, encore que Los Angeles soit une sérieuse concurrente dans ce domaine. Et vous avez dit aussi que c'est là que vont les gens à la recherche d'argent facile. C'est vrai aussi, mais il faut comprendre que le vrai truc de Vegas, c'est le divertissement. Les gens y vont pour passer un bon moment, pour voir toutes les lumières, les numéros de cabaret, ou jouer aux machines à sous et à la roulette. Pour s'amuser au jeu, il suffit de miser le fric qu'on a en trop. On gagne, tant mieux ; on perd, on s'est bien amusé quand même. Mais on ne joue jamais ce à quoi on attache de la valeur, parce qu'il n'y a aucune chance que le jeu en vaille la chandelle.

– Ce qui nous ramène à ma question. Compte tenu de ce que vous venez de dire, pourquoi sommes-nous assis ici tous les deux ? »

Il finit son verre, le poussa plus loin et se pencha en avant en la regardant avec une telle intensité qu'elle aurait reculé si son regard n'avait pas été en même temps si implorant. Dans cette position, sa chemise bâillait, révélant les sombres spires d'un tatouage.

« Tu veux vraiment qu'on discute tous les deux ? Et je ne parle pas de ces trucs de gendarmes et de voleurs où on joue au chat et à la souris. Juste toi et moi, pour qu'on se dise enfin ce qu'on a à se dire… et s'occuper des conséquences après qu'on aura découvert où se cache la vérité ? »

Impossible de glisser un « oui » désinvolte après cette question. Angélique ne savait pas ce qu'il avait en tête, mais elle savait très bien qu'elle était au pied du mur.

Ils avaient plaisanté avec l'histoire du micro, mais elle était certaine qu'il n'aurait jamais dit cela s'il avait pensé un seul instant que son intérêt à elle était purement professionnel.

« Je ne saurai rien tant que je ne saurai pas tout.
— Tu as tout compris.
— Alors, causons.
— Pas ici.
— Où alors ?
— La question est plutôt quand.
— Quand ?
— Quand peux-tu prendre deux ou trois jours de congé ?
— Je suis de repos jeudi et vendredi. Dites-moi à quelle heure.
— Jeudi matin. À l'aéroport.
— Pour que vous puissiez vous enfuir si je fais mine de vous mettre les menottes ?
— Terrain neutre.
— L'aéroport n'est pas un terrain neutre. Paisley dépend de notre juridiction.
— OK, mais pas Paris. »

Interlude :
le reporter le plus intrépide d'Écosse
(non, pas celui-là[1])

Vous voulez aller de l'avant dans cette nouvelle Écosse, la meilleure des Écosse ? C'est très simple. Allez flanquer votre pénis dans le cul d'un autre homme et, comme le dit le vocabulaire branché du vulgaire, vous n'aurez plus à vous prendre le chou. Si vous préférez, vous pouvez vous tailler les crocs en pointe et déchirer la vie à belles dents. Les requins et les sodomites ont la vie belle en ces temps apocalyptiques. Séduit par l'idée d'enfiler un chérubin de seize ans ? Pas de problème. Nous ne voudrions pas empiéter sur vos droits fondamentaux d'être humain pendant que vous violez un gamin vulnérable et désorienté, n'est-ce pas ? Qu'ouïs-je ? Vous êtes candidat à l'adoption ? Merveilleux. Surtout ne laissez personne insinuer que votre prédilection pour la pénétration anale de jeunes gens prépubères puisse être considérée comme un obstacle. Il est flagrant que vous adorez les enfants. C'est la raison pour laquelle nous avons aboli tous les dispositifs légaux qui mettaient un frein à votre prosélytisme dans les écoles[2].

---

1. Référence humoristique au héros de précédents ouvrages de l'auteur, Jack Parlabane, jeune reporter intrépide s'il en fut.
2. Le Parlement écossais a récemment aboli l'article 28 qui permettait une discrimination à l'encontre des homosexuels et empêchait que le sujet de l'homosexualité soit abordé dans les écoles.

Qu'est tout cela ?

Système éducatif à la dérive ? Mœurs qui se relâchent plus vite que les élastiques du slip en dentelle de la mère célibataire lorsque son propriétaire vient chercher le loyer ? Hausse de la criminalité ? Capitulation sans condition dans la lutte contre la drogue ? Allons, allons, ne faites pas tant d'histoires ! Non, tout cela, c'est une société libérale, aimante, vous ne le saviez pas ? Nous adorons les petits requins. Il est inadmissible qu'on touche à une seule de leurs charmantes petites têtes de carnassiers féroces. Parce que nous les aimons. Nous les aimons à en mourir. Nos pauvres petits cœurs saignent à l'idée de toutes les souffrances qu'ils endurent dans cette vilaine, méchante société.

C'est pourquoi il nous faut protéger les droits des criminels. Sinon, comment pourrions-nous effacer la tristesse de leur âme, celle qui leur fait commettre des actes aussi odieux ? C'est aussi pourquoi nous devons défendre les droits des homosexuels à clouer la peau de leurs couilles sur des planches en bois si cela contribue à leur épanouissement. Comment ? Des pervers ? Mais non, voyons, honte à vous, innommable réactionnaire. La perversion n'existe plus, c'est un concept dépassé. La pornographie non plus, n'existe plus. C'est de l'*expression libre*, vous comprenez ? Que l'on assiste à un enculage dans des toilettes publiques, ou que soient présentées des cassettes vidéo X dans une galerie d'art municipale, tout n'est que vibrante célébration de la condition humaine.

Nous ne devons pas empêcher les gens de s'exprimer, n'est-ce pas, dans cette nouvelle Écosse libérale tournée vers l'avenir... À moins, bien sûr, qu'on ne parle des hétérosexuels de race blanche et de confession chrétienne qui se soucient de préserver l'innocence de notre jeunesse et entrevoient ce que le mot morale a voulu dire un jour. Cette vermine est un fléau de notre société, et il faut la faire taire à tout prix.

Walter Thorn le savait : il était un véritable hors-la-loi. Coupable de crimes de pensée et arrogant devant l'accusation. Persécuté pour ses croyances sous un régime dont les mots à la mode favoris (et pris au premier degré) étaient « tolérance » et « compréhension. » Oui, nous sommes tolérants, mais nous ne tolérons pas *n'importe qui*. Gangsters, drogués, parasites, pédérastes, assassins, blasphémateurs, pornographes, pervers – nous les tolérons tous, mais il faut bien mettre une limite quelque part, et vous les « dinosaures » avec vos « ratiocinations », êtes du mauvais côté de la barrière.

Grands dieux, depuis quand la décence, la morale, les *valeurs* étaient-elles devenues des « ratiocinations » ? Difficile à dire. Le processus de putrescence avait débuté longtemps auparavant, telle une lente décrépitude, mais sa ratification officielle avait incontestablement eu lieu le 1er mai 1997[1].

Depuis cette date, il figurait sur la liste noire de la police de la pensée.

Il n'y avait pas eu de rafles, pas d'exécutions massives dans les stades (pas encore, tout du moins), mais en tant que dissident revendiquant sa dissidence, il était un candidat tout désigné à la disparition. Il n'y avait pas eu de coups à la porte en pleine nuit, cela s'était produit avec le temps, par évolutions successives, d'une lenteur atroce. Il avait autrefois rempli les fonctions de rédacteur en chef des discours de deux

---

1. Date de l'arrivée au pouvoir de Tony Blair.

secrétaires d'État écossais : Howard Clark, et le tragiquement incompris Alastair Dalgliesh. Il était estimé et loué pour son esprit, sa clarté et sa véhémence. Qu'ils aient eu besoin d'enflammer les fidèles jusqu'aux tripes ou de susciter la peur dans le cœur de leurs ennemis, ils lui faisaient confiance pour parvenir au résultat escompté. Walter Thorn[1] était une épine plantée dans les chairs de la gauche. Mais ses ennemis n'oubliaient pas et ne pardonneraient jamais. Pas plus qu'ils ne pouvaient se permettre de laisser en liberté un dangereux subversif doté d'une arme aussi puissante que la vérité.

Après le suicide collectif de l'électorat britannique en 1997, des vétérans animés des mêmes idéaux s'étaient regroupés dans des poches de résistance. Il retourna donc à sa vocation première, celle dans laquelle il s'était fait un nom, et accepta l'offre de deux de ses amis d'écrire des articles dans leurs journaux, mais seulement dans les éditions régionales (tout devait être régionalisé, bon Dieu, tout devait être divisé, cloisonné, compartimenté, sans doute dans le cas où insulte serait faite à une lesbienne unijambiste d'origine pakistanaise et de langue galloise, sans doute). Pendant un temps, il avait donc pu riposter, dénoncer l'hypocrisie, tourner l'absurdité du système en ridicule et d'une manière générale, sonner le rappel de la majorité silencieuse, lui assurant qu'elle n'était pas seule à éprouver dégoût et colère.

Mais la résistance était peu à peu écrasée. Et dans des moments pareils, il y en a toujours pour trahir, retourner leur veste ou capituler, vendant leurs camarades pour se sauver eux-mêmes. Le *Sunday Tribune*

---

1. Thorn signifie « épine » en anglais.

supprima sa colonne quand le rédacteur en chef décida de renoncer sans vergogne à ses principes pour préserver son emploi, suite au rachat du journal.

Ce lâche collabo consentit à tout pour paraître en phase avec l'idéologie dominante du nouveau propriétaire (« ami des gays »), sauf peut-être à mettre un veston rose et décorer son bureau de posters de Judy Garland.

Tous les journaux du nom « se réinventaient en tant qu'alternative centriste », ce qui n'était qu'un habillage marketing pour dire qu'ils allaient sévèrement édulcorer la sauce pour se mettre au goût du palais politiquement correct et agiter le drapeau blanc. Enfin, plutôt le drapeau rose !

The Post utilisa une stratégie moins grossière pour le mettre sur la touche. Il était attaché à ce journal depuis les années soixante : il y avait débuté comme journaliste politique, avant d'y avoir sa colonne puis d'être promu rédacteur en chef. Tout cela aurait conforté sa situation, si son vieil ami, Michael Dunn, n'avait pris sa retraite, remplacé au poste de responsable pour l'Écosse par une petite arriviste qui considérait, avec un manque de lucidité évident, la longévité de la collaboration de Walter comme un fardeau plutôt que comme un pedigree.

« C'est la voie de l'avenir pour la droite. IDS[1] y tient beaucoup. Nous devons apparaître comme des gens qui façonnent le futur, plutôt que comme des prisonniers du passé. À partir de maintenant, ce journal va convaincre les gens que conservateur ne veut pas dire rétrograde ou en désaccord avec tout. Cela ne veut pas

---

1. Initiales employées par les snobs de son bord pour désigner Ian Duncan Smith, leader conservateur.

dire que l'essentiel de nos valeurs est remis en cause ; mais dans leur expression, nous devons clairement nous positionner comme des pionniers de la pensée de demain, pas comme des rabat-joie moralisateurs. »

Rabat-joie moralisateurs. Une rédactrice en chef du *Daily Post* (certes d'une édition régionale) avait réellement dit ça.

Bien sûr, elle n'eut pas l'audace de le renvoyer du journal sans autre forme de procès (elle était consciente du fait qu'il avait encore des amis haut placés qui savaient très bien qu'il avait commencé à y écrire alors qu'elle-même apprenait encore à lire). Au lieu de cela, elle tentait de le mettre dans une situation inconfortable dans l'espoir qu'il trébuche.

Elle supprima sa colonne, puis l'évinça de l'équipe de la rédaction, et finalement du département politique, mais il ne fut pas licencié. Il s'était juré qu'il ne baisserait pas les armes et ne donnerait pas à cette greluche ce qu'elle voulait. Elle lui confia même la mise en page du courrier des lecteurs, sans doute persuadée que cela l'achèverait ; mais elle avait sous-estimé à la fois son professionnalisme et sa certitude profonde que, s'il laissait le temps faire son œuvre, il serait encore là le jour où elle se ferait virer. Il avait vu en son temps beaucoup de ces médiocrités imbues d'elles-mêmes tomber de leur piédestal : elle ne ferait pas exception à la règle. Pour finir, elle fut contrainte de changer de tactique, lui confiant une mission dont elle pensait qu'elle serait son désastre final.

« Vous avez assis votre réputation dans le milieu de la presse parce que vous avez toujours été en phase avec les valeurs et les sentiments de la majorité silencieuse, lui dit-elle, le flattant de manière éhontée. Maintenant plus que jamais, nous avons besoin de dénoncer le hiatus entre ce que pense vraiment l'homme de la rue et tous les salamalecs qu'on lui fait avaler de force. » Si la flatterie n'était pas suffisante, le fait qu'elle lui serve un couplet aussi doux à ses oreilles le convainquit qu'elle préparait une entourloupe, avant même qu'elle ne lui annonce de quoi il s'agissait.

« Je veux vous confier une mission d'infiltration.
– Pardon ?
– Avez-vous entendu parler du CON ?
– Quel con ?
– Le Conseil "Œcuménisme et Natalité". C'est un nouveau groupe de pression, qui renaît un peu des cendres de Familles Pour l'Innocence et assimilés. »

Il se rappelait bien de Familles Pour l'Innocence, ayant chanté leurs louanges par voie de presse, les décrivant comme « la première vague d'une marée montante » de gens qui combattent le dogmatisme du pouvoir exécutif. Ils avaient attiré l'attention sur eux deux ou trois ans auparavant, lorsqu'ils avaient organisé dans toute l'Écosse des manifestations contre la chaîne des pharmacies de la Croix-Verte.

La Croix-Verte était de mèche avec le Parlement écossais lui-même afin d'installer des centres de « conseil » pour adolescents dans chacune de ses succursales, le conseil étant bien sûr qu'ils aient de nombreux rapports sexuels et qu'ils achètent beaucoup de préservatifs à l'ordonnateur altruiste et désintéressé de ce complot. Leur groupe fut démantelé dans l'hystérie après un retour de bâton médiatique : une ou deux employées de la Croix-Verte avaient été soi-disant agressées pendant les manifestations. L'une d'elles prétendait qu'on lui avait jeté de l'acide au visage. Cela ne pouvait être que l'acte d'un membre infiltré, pour discréditer à la fois le groupe de pression et ses prises de position. Pourquoi personne, à part lui, n'avait vu clair dans ces manœuvres ? Celui qui ne veut pas voir… etc.

« Liam McGhee était le moteur de FPI, et a été mêlé à quelques broutilles depuis, sous diverses bannières. Les marches de protestation de Mary Stopes[1] l'an dernier, et la pagaille autour de l'opération Sauvetage des Bébés.

– Je vois de qui vous parlez.

– Bien. Il a monté le CON il y a quelques mois, avec un programme bien plus étendu que par le passé. Ce n'est pas qu'un groupe anti-IVG ou anti contraception de plus. Il a dit qu'ils allaient "mettre la réalité morale devant le nez des politiciens barricadés dans leur tour d'ivoire". Ils n'ont pas eu beaucoup d'impact jusqu'à présent ; en fait, pas mal de gens pensaient que McGhee avait laissé tomber après l'accueil qui leur a été fait au départ, mais il semblerait qu'il soit fin prêt à passer à l'action. On chuchote même qu'ils prépareraient des coups fumants.

– Et moi, dans tout ça ?

– Joignez-vous à eux. Engagez-vous dans le mouvement. Pénétrez leur cercle dirigeant. Je veux l'exclusivité sur leur actu et un travail en profondeur ensuite. Ce genre de truc est précisément ce dont nous avons besoin – une alliance entre des valeurs à l'ancienne et une dynamique à la page. Pour démontrer que le conservatisme, ça assure ; qu'être conservateur, ça peut être rock'n'roll. Avoir des principes moraux ne veut pas forcément dire qu'on a le profil Tunbridge

---

1. Mary Stopes est une figure locale (apparemment hystérique) de la lutte contre l'avortement.

Wells[1]. Non, cette histoire, c'est du passionnel, c'est de l'agressif, c'est *sexy*. »

Sexy. Vraiment ? C'était lui tout craché.

Walter y réfléchit une bonne partie de la nuit, se tournant et se retournant dans son lit, si bien qu'il finit par descendre pour ne pas irriter sa femme, Mary, davantage que ne l'avaient déjà fait ses mouvements incessants dans le lit à côté du sien. Il vida presque la bouteille d'« eau de malt » (eh oui, c'était une de ces nuits) assis dans son bureau, ressassant tout cela jusqu'aux premières lueurs de l'aube.

Il faillit tout laisser tomber. Faire de l'infiltration à ce stade de sa carrière, bon sang de bonsoir ! Ce genre de chose, c'est pour les jeunes gens enthousiastes, pour les débutants devant faire leurs preuves, ceux qui n'ont pas le loisir de refuser s'ils veulent faire carrière dans ce milieu. Walter Thorn n'avait plus rien à prouver à personne, surtout pas à ce coup de vent en minijupe qui n'avait même pas le bon sens de se rendre compte qu'elle n'avait été embauchée que pour faire la vitrine de ce journal que ses éditeurs, « amis des femmes », croyaient souhaitable en cette triste époque de « parité. »

Elle s'attendait sûrement à ce qu'il regimbât, comprit-il. Qu'il n'aille même pas jusqu'au stade de la faute professionnelle. Ainsi pourrait-elle le flanquer à la porte – sans qu'il ait de recours possible devant les autorités supérieures. Il était censé disparaître dans la nuit, laisser la place aux jeunes, et en ce cas, Dieu ait pitié de nous.

---

1. Profil du conservateur perpétuellement en train d'inonder les journaux de lettres assassines sur le laxisme des autorités et qui va généralement noyer sa rage en consommant quelques bières au bowling local.

Car si la rigidité morale du *Daily Post* gauchissait, c'était le signe de temps bien sombres, sans parler de la qualité en déclin des reportages dans la presse du pays en général. Prenez par exemple les âneries dont les journaux avaient empli leurs pages récemment, à propos du fiasco de la banque de Buchanan Street.

« Vol dans les règles de l'art – Des gangsters surréalistes escamotent un million. »
« Raid policier sur une galerie de peinture – Les artistes se sont déjà payés. »
« Les clowns escrocs se font la belle au milieu des rires. »
« Comique de situation – Les cambrioleurs raflent 1 M £ – La police se gratte la tête. »

Incroyable. Ils présentaient le crime comme un divertissement, applaudissant presque ces truands parce que leurs méthodes étaient un tantinet plus pittoresques que celles employées couramment par n'importe quelle autre bande de voyous armés jusqu'aux dents. Ce ne sont pas que des voleurs, comprenez-vous, ce sont des voleurs qui ont un sens artistique, alors tout va bien. Est-ce que cela signifiait que tout irait bien pour le sodomite qui s'en prenait à un écolier, pourvu qu'il peigne un faux Picasso sur les lieux du crime ? Aucun des collègues soi-disant journalistes de Walter ne semblait se poser la question. Au lieu de cela, ils semblaient tout aussi égarés par les artifices utilisés par les criminels que la police l'avait hélas été ce jour-là. Le pire, c'est qu'ils ne donnaient pas l'impression d'avoir la moindre idée de ce sur quoi ils écrivaient. Page après page, ils ne parvenaient pas à déterminer s'il fallait les considérer comme des surréalistes, des situationnistes, des dadaïstes ou des maîtres de l'absurde, alors qu'il fallait manifestement les considérer d'abord comme des braqueurs de banque. Des dadaïstes, tu parles. Encore un pigiste qui voulait épater la galerie en montrant qu'il connaissait ce mot. Dommage qu'il n'ait pas su ce qu'il voulait dire.

Les détails de leur pseudo-numéro de cirque ne manquaient pas d'être tout aussi contradictoires, quand ils ne sombraient pas dans l'exagération la plus invraisemblable. Selon le journal que vous lisiez, ils avaient monté – tout en commettant leur forfait – une représentation complète de *Hamlet*, *En attendant Godot* ou des *Pirates of Penzance*, et avaient apparemment peinturluré les murs des reproductions de la moitié du musée d'Orsay.

À quoi songeait la police, Dieu seul le sait ! Mais bon sang, tout cela ne serait jamais arrivé sous Madame Thatcher, c'était certain.

Toutes ces tergiversations à la noix – il fallait faire attention où l'on mettait les pieds, au cas où l'on causerait aux criminels un choc émotionnel en commettant un délit d'intention (les arrêter ? Quelle horreur !). En ce temps-là, la police savait qu'elle avait le soutien du gouvernement. Ils auraient foncé dans le tas et nettoyé tout ça en moins de temps qu'il ne faut pour le dire, et personne n'aurait posé de questions sur la mort de quelques-uns de ces salopards, ou même de quelques pertes du côté des otages. À l'époque, tout le monde savait que la responsabilité en incombait aux méchants, pas aux forces de l'ordre ni au bras armé de la loi.

Aujourd'hui, on leur sonnait les cloches à la moindre occasion, et il fallait qu'ils trouvent le moyen le plus poli de demander aux voleurs de cesser leurs activités sans enfreindre aucun des droits de l'homme, faute de quoi ils écoperaient d'un procès. C'était cela la vraie tragédie de la situation – autant que la disparition de l'argent – mais la presse était trop occupée à féliciter les malfaiteurs de leur ingéniosité pour s'en apercevoir.

Plongé dans ces réflexions, Walter se souvint qu'il avait une mission à accomplir, aussi ardue soit-elle : c'était de rappeler à ces imbéciles à quel point le journal avait abaissé le seuil de ses exigences. Il n'allait pas se laisser écarter ainsi, pour laisser place à des demeurés qui n'auraient pas tenu une matinée entière dans ce poste quelques années avant. Fort de cette détermination, il envisageait sa tâche d'un œil de plus en plus favorable. Certes, il était le vétéran médaillé d'anciennes campagnes, mais ceci pouvait constituer une nouvelle forme de résistance. Les gens de gauche avaient eu les années soixante, leur activisme, leur radicalisme, leur « contre-culture. » Il était peut-être temps pour la droite de se lancer dans le militantisme : car de nos jours, qu'est-ce que le conservatisme, sinon une contre-culture ?

À la fin de la nuit, il était certain d'avoir pris la bonne décision et à la fin de la semaine, il se sentait franchement inspiré.

Le Conseil « Œcuménisme et Natalité » était, comme le lui avait dit la rédactrice en chef(fe ?), la dernière en date des initiatives de Liam McGhee, devenu un ardent défenseur de la morale après avoir redécouvert la foi pendant qu'il était en prison pour cambriolage avec violences.

McGhee avait sombré dans la petite délinquance après avoir été exclu du séminaire sous le coup d'une accusation de revente d'objets de culte en argent ; il avait protesté avoir agi sous la contrainte d'un « frère mariste inverti » qui utilisait soi-disant les bénéfices pour se payer des gigolos. McGhee, ayant vu la lumière et abjuré les péchés commis par le passé, fut saisi d'un ardent feu sacré qu'il canalisa tout d'abord dans des mouvements antiavortement, avant d'élargir ses vues et d'y inclure un plus grand nombre de problèmes liés à la morale et à la famille. Il devint très vite une vedette des médias à cette époque des débuts, car il se faisait l'écho d'une voix nouvelle, populaire, dans un secteur autrefois dominé par les discours (et les méthodes) plus châtiés des membres du clergé et de leurs porte-parole. Puis, tout aussi rapidement, son étoile fut éclipsée par les suites des incidents de la Croix-Verte, qui donnèrent lieu à des quolibets et des accusations moqueuses : sa rhétorique et ses tactiques pour en « mettre plein la vue » avaient sans doute incité ses partisans à la violence.

Le Conseil « Œcuménisme et Natalité » était censé redorer son blason aux yeux du public et rappeler aux pouvoirs en place qu'il n'avait pas disparu, pas plus que les sujets de débat sur lesquels il les sommait de répondre. Malheureusement, la réaction des médias suite à la conférence de presse de lancement du mouvement montra qu'ils n'étaient pas du tout disposés à lui accorder une seconde chance. Il y eut un grand nombre de comptes rendus peu flatteurs, opposant, en une phrase assassine, une fin de non-recevoir à ce « casseur en mal d'attention » ; il fut également accusé de monter des croisades au nom de la morale pour ne pas avoir à affronter la honte de son propre passé.

Néanmoins, ce qui lui avait porté un coup vraiment fatal, c'était le nom. Il l'avait choisi pour refléter les valeurs et les sujets d'inquiétude que son groupement cherchait à incarner.

Il voulait attirer l'attention de tous sur des sujets tels que la politique dépravée du gouvernement en place quant à la sexualité, qui, quand elle ne rendait pas les enfants homosexuels, avait pour but de les sexualiser avant même la fin de l'école primaire. Entre autres…

Lors du lancement du groupement, des bénévoles distribuèrent généreusement des autocollants de voiture sur lesquels était imprimé, de manière à ressembler à celui que les touristes rapportent de New York, le logo « I ♥ CON ». La bannière devant laquelle était assis McGhee portait les trois mêmes lettres immenses juste au-dessus de sa tête.

Malheureusement, comme l'attestait la prise de notes de la rédactrice, ces initiales eurent pour conséquence que chaque membre du groupe se voyait individuellement attribuer ce vocable, sans les trois points, et que le groupement dans son ensemble fut rapidement rebaptisé « La Bande de Cons. »

McGhee avoua à Walter que cette mésaventure l'affectait profondément et qu'il était loin d'être « fin prêt à passer à l'action », mais qu'il envisageait plutôt la dispersion du groupe et un déménagement aux États-Unis, où se trouvaient des gens qui emploieraient mieux – et apprécieraient davantage – son zèle personnel. Il semblait donc logique que le nouvel élan du groupe provienne, sous la forme d'un militant récemment inscrit, de ces mêmes rivages transatlantiques.

Son nom était Monty, pour Montaiguë Masterton : un natif de Nouvelle-Angleterre, grand, charpenté, présentant bien. Il parlait avec cet accent traînant qui insiste sur chaque voyelle, et met néanmoins un point d'honneur à prononcer toutes les consonnes. Rafraîchissant. Il s'était présenté à McGhee deux ou trois semaines auparavant, pendant la manifestation du CON devant la galerie Dalriada, en protestation contre l'exposition à venir sur « L'Histoire de l'Allégorie. » Walter et lui discutèrent un peu, et… eh bien, quelques minutes de conversation avec Monty Masterton suffisaient pour comprendre comment les choses se passaient là-bas. C'était une vraie bouffée d'oxygène, capable de remettre les idées en place et de revigorer l'esprit le plus blasé ou la conscience la plus récalcitrante.

Qu'il s'adresse à une assemblée ou discute autour d'un café, il faisait ressentir à chacun que le combat moral n'était pas, comme on pouvait le penser, voué à une issue cataclysmique, mais au contraire, ne faisait que commencer, si l'on avait le courage de le mener.

« J'ai une chose très importante à vous dire, avait-il annoncé lors de la réunion qui avait eu lieu le soir de sa première rencontre avec Walter. Une chose qui peut sembler simpliste, mais seulement parce que nos ennemis ont masqué les faits et semé la confusion dans nos esprits. Ils ont réussi à ce que nous ayons peur de nous-mêmes. Or je vous le dis : on a le droit de détester les pédés. Je le répète : on a le droit de détester les pédés. Et vous savez pourquoi ? Parce que DIEU déteste les pédés. N'oubliez jamais cela. Jamais. Lorsqu'ils viennent pleurnicher pour l'égalité des droits, lorsqu'ils se plaignent de la discrimination, gardez cela à l'esprit. On te rejette parce que tu es pédé ? Eh bien, oui, mon pote, tout simplement parce que TU N'ES PAS CENSÉ ÊTRE PÉDÉ ! C'est Dieu qui veut qu'on te rejette – et qui va dire le contraire ? Tu n'as pas les mêmes droits ? Snif snif. Tu n'as aucun droit –

tu es une pédale, une tantouze. Tu as signé une clause de renoncement à tes droits lors de toutes ces nuits où tu as pris la décision de mettre ton pénis dans le cul d'un autre homme. Tu piges ? Dieu déteste les pédés, vous détestez les pédés, je déteste les pédés. Ce n'est pas un problème. C'est dans l'ordre des choses. Ceci, comme le diraient mes frères de couleur, ceci s'appelle un message du Seigneur. »

Bien que ce discours ne parle que de choses aussi évidentes que le nez au milieu de la figure, il faisait l'effet d'une révélation. C'était un talent qui lui était propre, de faire voir aux gens comme les choses étaient simples, évidentes, quand on se débarrassait des faux-semblants intentionnels qui leur embrouillaient l'esprit. Cela rappela à Walter son jeune temps, lorsque lui aussi avait cette façon intransigeante de dénoncer les camouflages et de mettre la vérité au grand jour.

« Et ne faites pas l'erreur de penser qu'un pédé est simplement une tantouze. Tous les homosexuels sont des pédés, mais pour être un vrai pédé, pas besoin d'être homosexuel. Les laudateurs, les sympathisants, les politiciens qui les aident à faire du prosélytisme, les bonnes âmes qui veulent faire entrer la drogue et la pornographie dans les écoles : ce sont tous des pédés. J'ai vu comment ils opèrent, les dégâts qu'ils ont faits dans mon propre pays, et croyez-moi, c'est à vous d'agir, maintenant, avant qu'il ne soit trop tard.

Les pédés sont ingénieux, les pédés sont inventifs, les pédés sont retors. Et je dirais que les pires du genre, sans aucun doute les plus retors du lot, sont ceux qui donnent dans l'artistique. Ils constituent le service de propagande de la machine de guerre pédé, et chacun d'entre eux est un petit Goebbels efféminé. Si vous avez encorc des doutes à ce sujet, demandez-vous donc comment l'argent de *vos* impôts a pu financer l'exposition de matériel pornographique en un lieu librement accessible aux enfants. Danger : pédés en action. Vous êtes déjà conscients du fait que l'exposition prévue à la galerie Dalriada comportera des vidéos porno hard – je dis bien *hard* – comme faisant partie d'une soi-disant "installation artistique". Mais saviez-vous que les administrateurs du musée ont payé plus de vingt mille livres pour la statue d'un homme suçant son propre Popaul ? On n'invente pas des choses pareilles. Les écoles de cette ville luttent désespérément pour obtenir des budgets d'achat de livres, mais ce n'est pas grave, hein, puisque si les gamins ne savent pas quoi faire de leur peau, ils peuvent toujours aller à la galerie d'art de la ville regarder vingt mille livres de propagande pédé. »

Chose incroyable, il n'exagérait pas. Le crétin canadien responsable du musée, un certain Thomas White, avait jugé bon de se délester de la somme susmentionnée en échange de ce qui était censé être un exemple pertinent de l'allégorie au vingt et unième siècle et qui se présentait sous la forme d'une statue dont le titre était *Homme (,) Côte Ouest*, la virgule entre parenthèses ne devant apparemment jamais être omise. En une tentative vulgaire et bien peu subtile de satire sociale, cette monstruosité de métal, délibérément choquante (quoique sans motif précis), était à l'effigie d'un homme replié en une grotesque contorsion afin de pratiquer une caresse buccale sur son propre sexe, tout en sniffant un rail de cocaïne (de la vraie, devait-on penser) placée sur la hampe de son pénis. Une langue en forme de serpent lui sortait de la bouche pour aboutir – de manière prévisible et un peu lassante – à son anus, alors que deux de ses quatre bras tenaient des téléphones portables à hauteur de ses oreilles. Les deux mains restantes étaient, semble-t-il, occupées à faire des gestes obscènes, mais Walter, ébranlé, n'avait pas pris la peine de poursuivre plus avant dans la description écrite par le correspondant artistique.

Bien sûr, il y avait toujours des gens pour s'opposer à ce que les fonds publics soient employés à l'achat d'œuvres d'art, et Walter n'estimait pas en faire partie. Si tel était le cas, il n'y aurait jamais eu d'opéras, par exemple. Récemment, une vive polémique avait eu lieu à propos de ce que la modernisation du système de sécurité allait coûter au musée Kelvingrove pour accueillir temporairement l'exposition des trésors aztèques, « alors que cet argent pourrait aller aux écoles, aux hôpitaux, etc. ». Walter avait pris position en faveur des administrateurs du musée. Si on voulait avoir la chance d'admirer des bijoux et des ors anciens d'une valeur de plusieurs millions de livres, il fallait bien cracher au bassinet pour s'assurer qu'aucune fripouille locale ne le fondrait pour le revendre à un receleur. Mais grands dieux, qui pouvait oser financer une pure saleté comme celle-là ?

Il était trop tard à présent, bien sûr : l'argent avait été dépensé et les efforts du CON pour alerter les médias de la menace pesant sur les enfants étaient passés inaperçus. Mais cela, c'était avant que Montaguë Masterton ne s'en mêle :

« Le Conseil "Œcuménisme et Natalité" prête sa voix à des convictions que les gens ordinaires ont été dissuadés d'exprimer, et doit poursuivre cette tâche. Mais, comme vous ne le savez que trop, les voix peuvent ne pas être entendues. Contrairement aux actes. Je cherche des volontaires pour ce soir, des volontaires pour former une branche spéciale, une unité d'élite, d'action directe, en riposte aux pédés et aux hypocrites. Cette branche s'appellera la "brigade rouge". Qui est avec moi ? »

La rédactrice, même si elle s'intéressait sincèrement aux plans de ce groupe de pression rajeuni, n'avait aucune idée du scoop qu'ils tenaient là. Ce que Monty avait en tête n'était pas simplement plus audacieux que n'importe quel coup publicitaire ; il voulait démontrer que le combat pour les cœurs et les esprits purs était sur le point de devenir une véritable guérilla. Et lui, Walter Thorn, reprenait du service, se retrouvant en première ligne pour fournir l'information.

Il n'avait pas choisi de se mettre hors-la-loi : cela lui était échu. Mais lorsque la loi elle-même est injuste, il est du devoir des justes de l'enfreindre. Il était temps pour les gentils de montrer qu'ils pouvaient se battre méchamment.

« Cela ne vous semble peut-être pas la chose la plus importante à faire dans le monde en ce moment, ou même dans cette ville en cet instant précis, leur avait dit Monty. Cela ne vous semble peut-être pas la menace la plus grande à laquelle nous ayons à faire face. Mais cette guerre doit bien commencer à un moment ou à un autre, et le combat contre la propagande est capital dans toutes les guerres. Nous devons les avertir qu'ils ne peuvent plus ignorer la volonté des bonnes gens ni se cacher derrière les barricades du politiquement correct. La brigade rouge du CON est là, ici et maintenant, et ça va saigner ! »

Soyez ma perte

« Ça vous emmerde, ces histoires de gendarmes et de voleurs, de Xavia ? »

Angélique leva les yeux de la déposition qu'elle était en train de lire pour voir Shaw debout à quelques pas de son bureau. Cette remarque faisait poliment office de signal de présence dans un bureau hélas dépourvu de porte sur laquelle frapper. Elle n'avait même pas conscience d'avoir bâillé, ce qui suscitait généralement ce genre de commentaires.

« Monsieur ?

– J'ai appris que vous me plantiez là. Jours à rattraper, dès jeudi, c'est ça ?

– C'est ça », répondit-elle sans rien ajouter, ce qui était sa manière de faire sentir que ce n'était pas négociable. Angélique s'était déjà portée volontaire un nombre incalculable de fois quand il s'agissait d'annuler ses jours de repos, et s'était toujours dit que c'était une façon comme une autre de s'investir dans sa carrière. Plus récemment (étant donné que les bénéfices de ce patient investissement auraient pu faire passer les actions d'Eurotunnel pour des valeurs de tout premier ordre), elle avait été forcée d'envisager la possibilité que l'origine de cette flexibilité soit tout autre : elle n'était qu'une pauvre andouille dépourvue de toute vie sociale et personnelle. Rien ne l'empêcherait de monter dans cet avion aux côtés du mystérieux Zal, certainement pas son sens du devoir (un peu essoufflé) envers son métier, lorsque la meilleure façon d'exercer ce métier était précisément de monter à bord de ce fichu avion.

« Bon, ça ne m'arrange pas, mais vu notre petit accord, je ne vais pas vous en chier une pendule.

– Et pourtant vous êtes là, fit remarquer Angélique. Sans vouloir vous offenser. »

Shaw éclata de rire. « Oui, en effet. Je me demandais si vos projets étaient en lien avec les chances de succès dont vous nous créditez. Je n'arrive pas à imaginer quelqu'un qui a votre réputation se défiler au moment où ça devient… intéressant.

– C'est devenu intéressant dès le début, mais je parierais la moitié de ma retraite que vous n'attraperez pas ce gars-là avant mon retour.

– Vous partez quelque part, alors ?

– Paris. Vous pourrez toujours me joindre sur mon portable si vous avez besoin de mon cerveau.

– Ah, Paris. Très romantique. »

Foutus flics, toujours en train de fouiner. Même quand on papote, ça ressemble à une enquête.

« J'y vais avec un ami », dit-elle. Et un ennemi, pourrait-on argumenter, mais avait-elle menti ?

« Un peu de shopping avant les fêtes ? Très bonne idée. Bien sûr, j'ai votre numéro de portable, mais j'ai du mal à croire que vous penserez beaucoup aux voleurs de la Royal Scotland quand vous baguenauderez dans le gai Paris.

– Je suis persuadée qu'il ne sera jamais bien loin de mes pensées.

– Il ? Et vous avez dit "ce gars-là" aussi. »

Angélique fut prise de panique.

« Désolée, seulement... il est le seul à qui j'ai parlé, alors je suis un peu branchée sur lui, vous comprenez ? Quand je pense à ce qui s'est passé, j'ai tendance à penser à lui en premier, et... »

Elle continua à bredouiller des excuses. Ce qu'elle tentait de dissimuler aurait sauté aux yeux de quiconque sachant quoi chercher. Heureusement, Shaw n'était pas de ceux-là.

« C'est bon, c'est bon, j'ai pas dit que vous aviez le béguin pour ce type. Je me demandais simplement si on était d'accord. Jarry doit retenir toute notre attention. C'est sa tête qu'on veut ! Enfin, son cerveau. »

Bénéficiant de ce petit sursis, Angélique se remit très vite. « Il n'est pas le seul cerveau de la bande, c'est certain, mais ce niveau d'organisation n'arrive jamais en démocratie.

– Ça n'arrive pas non plus si l'équipe n'est pas extrêmement soudée. Compétences, loyauté, respect mutuel pour la contribution de chacun. Mais le type qui planifie tout ça, c'est quelqu'un de vraiment spécial.

– À mes yeux aussi, Monsieur.

– Pardon ?

– Je veux dire en tant que voleur... de mon point de vue, Monsieur.

– Alors, la moitié de votre retraite, mmh ?

– Eh bien, je n'ai jamais travaillé avec vous avant. Je n'ai pas envie de risquer cette somme mirifique, au cas où vous me surprendriez, Monsieur.

– Que pourrais-je bien parier, moi ? »

Angélique sentit que la plaisanterie cachait autre chose.

« Vous avez du nouveau ? Qu'est-ce que c'est ? »

Shaw sourit timidement et haussa les épaules. « Peut-être. Rien de très palpitant, mais j'aimerais que vous jetiez un coup d'œil. Si vous n'êtes pas trop occupée à faire vos valises.

– Oh, mes domestiques s'en chargeront. Il faut bien que je dépense mon salaire et l'aile sud a déjà été repeinte cette année. »

Shaw la conduisit dans la salle de réunion, où une télévision et un magnétoscope avaient été installés sur un bureau. Les stores étaient baissés (geste très optimiste pour cette époque de l'année) pour empêcher d'hypothétiques reflets sur l'écran. Shaw appuya sur la touche « play » de la télécommande et Buchanan Street apparut en noir et blanc sur l'écran, grouillant de gens se croisant en sautillant à chaque sursaut de la bande enregistrée par une caméra de surveillance.

« C'est le jour du hold-up ?

– Le samedi d'avant. Vous remarquez quelque chose ? »

Elle observa attentivement l'écran pendant quelques secondes. Rien ne lui sembla remarquable ou sortant de l'ordinaire.

« Il y a des soldes chez Gap ?

– Très bien. Et il y a même un chien qui chie dans ce coin-là, à un moment donné. Rien d'autre ne vous accroche le regard ?

– Désolée, Monsieur. C'est Buchanan Street un samedi matin.

– Pour vous comme pour tout le monde, sauf pour une personne. Vous voyez cet endroit près du mur ? Vide. Vous savez pourquoi ? D'habitude, il y a un chanteur là, le jeune qui a identifié le costume des clowns comme étant celui de Zal Cleminson.

– Où est-il ?

– Chez lui, sans doute, à cause de *ce* type. »

Shaw pointa du doigt le centre de l'écran, où se tenait une silhouette avec un micro et un livre. « Ce prédicateur lui sabotait le boulot. Personne n'arrivait plus à l'entendre chanter à cause du blabla débité par l'autre. Blabla, devrais-je ajouter, débité avec un fort accent américain. »

Angélique regarda de très près l'évangélisateur de rue, qui semblait minuscule au milieu de la foule. L'image n'était pas très nette, et elle n'était pas aidée par le fait qu'il regarde de l'autre côté. Elle ne parvint à apercevoir une abondante barbe noire et des cheveux assortis que lorsqu'il tourna la tête. Ce qui était significatif, c'était précisément ce vers quoi il tournait la tête : la Royal Scotland. Angélique regarda l'heure : « onze heures trente-huit du matin.

– Ouais, et selon le gamin, ce type est apparu trois semaines avant, chaque samedi matin.

– Pourquoi est-ce qu'il n'a pas cherché un autre endroit pour chanter ?

– Ces gars-là aiment bien leur petit territoire. En plus, il savait que le Déblatéreur Biblique ne restait jamais l'après-midi. Il pliait toujours bagage vers midi.

– À la fermeture de la banque. Il était en train de repérer les lieux au nez et à la barbe de tout le monde.

– Le déguisement parfait. Personne ne va venir enquiquiner un lascar qui prêche la bonne parole, et personne ne fait attention à lui non plus. Une fois de plus, ça montre qu'il ne faut jamais faire confiance à ces saletés de fanatiques de Dieu.

– Si ça ne tenait qu'à moi, je les mettrais illico à l'ombre.

– Inutile de dire qu'il n'y a pas trace de lui sur la cassette le jour du braquage.

– En tout cas, pas sans un déguisement beaucoup plus coloré. On peut avoir une meilleure image que ça ?

– Ce sont des enregistrements en accéléré pour économiser la bande, mais on a fait quelques agrandissements. »

Shaw prit une enveloppe et la renversa, faisant tomber deux épreuves numérisées sur le bureau. « Comme vous le voyez, on ne va pas pouvoir en faire des avis de recherche. Les cheveux sont probablement une perruque et la barbe, si elle est vraie, aura disparu depuis longtemps. Mais les yeux sont assez clairs sur l'une des deux et comme c'est tout ce que vous avez vu de lui, j'ai pensé que vous pourriez y jeter un coup d'œil. »

Angélique regarda. Sur l'une des deux, on ne distinguait qu'un profil et les contours du visage étaient dissimulés sous un hirsutisme volontairement exagéré. La seconde n'offrait guère plus de précisions quant à l'aspect du visage, et bien que les yeux soient visibles, les détails étaient gommés et l'image rendue floue par manque de pixels. Néanmoins, Angélique n'eut pas l'ombre d'un doute.

« Zal, dit-elle.

– Zal ?

– Je veux dire Jarry : avec tous ces pseudonymes, on se mélange les pinceaux ! Mais c'est lui.

– Vous en êtes sûre ?

– Eh bien, ce n'est pas le nain, et un autre est noir, alors c'est cinquante-cinquante ; mais je parierais bien l'autre moitié de ma retraite que c'est lui.

– Cinquante-cinquante, c'est toujours mieux que la plupart des pistes sur lesquelles nous avons travaillé ces derniers temps. Et je pense même que votre première moitié est à l'abri.

– Ah, bon ? Pourquoi ?

– C'est un détail, mais les armes, par exemple. Ce ne sont pas des répliques. Ce ne sont pas des vraies non plus, mais ce ne sont pas des reproductions d'armes à feu connues de quiconque, en tout cas pas du service de la balistique. Des créations originales, et par conséquent, rien ne permet de remonter cette piste. Pas de chance non plus avec les masques. La seule chose qu'on puisse dire, c'est que s'ils ont les moyens de concevoir et de fabriquer leur propre artillerie bidon, les déguisements de Halloween ont dû être de la rigolade.

– Surtout pour des types avec d'évidents talents pour l'art pictural.

– Ouais, pourtant, il y a une chose… Tout le monde parle de ces gars-là comme étant des artistes, avec les noms, les costumes et tout le reste. Mais je n'en suis pas sûr. Je pense que ce Jarry, c'est autre chose. C'est bien un homme de mise en scène, et il sait jouer la comédie en cas de besoin, mais à mon avis, c'est seulement la partie visible d'un spectacle plus ambitieux. Les peintures, la pièce de théâtre, enfin, l'ensemble – tout fait partie du spectacle, mais ce n'est pas un spectacle artistique ou théâtral. C'est un spectacle de magie. Il y a tous les éléments : dextérité, public distrait, trompé par les apparences. Un spectacle qui attire l'attention sur autre chose que sur le travail en train d'être effectué. Un volontaire pris au hasard dans le public devient le complice involontaire de la supercherie. Et pour finir en beauté, il fait disparaître cinq personnes et presque un million de billets. Alakazammi, c'est le grand rififi !

– Un magicien », dit Angélique, regardant à nouveau le cliché.

Comme son père avant lui.

*

Parfois, il faut laisser sa conscience parler, même si on sait que l'on va faire quand même ce que l'on avait décidé. Il peut même arriver qu'elle vous dise que vous faites le bon choix. Ou la consulter permet de se dire qu'on a pesé le pour et le contre avant d'agir. Quoi qu'il en soit, Zal était convaincu qu'il n'était pas le seul à procéder ainsi. Simplement, pour la plupart des gens, cela prenait la forme d'un dialogue intérieur, plutôt que d'un appel téléphonique en forme de confession à un nain au sens des responsabilités hypertrophié.

« Tu ne changes pas, hein, Zal ? Je veux dire, malgré la prison, les années passées et tout.

– Qu'est-ce que ça veut dire ? J'imagine que ce n'est pas un compliment.

– Tu sais très bien ce que ça veut dire, et tu sais aussi ce que ça cache de compliments, et même ce que ça contient d'avertissements pour te sauver de toi-même !

– Je sais ce que je fais, Karl. Tu sais que ça peut fonctionner.

– Je sais de quoi tu es capable, Zal ; je te connais depuis bien longtemps, et j'en connais deux autres qui savent jusqu'où tu es prêt à aller. Mais je ne suis pas certain que nous serions tous d'accord sur ce qui "peut fonctionner". Cette fille est un flic, un flic que nous avons pris en otage, et tu ne sais rien d'elle, à part son nom. Et malgré tout ça, tu lui envoies des fleurs, tu l'invites à boire un verre et tu l'emmènes à Paris, putain ! Je crois que tu n'as aucune idée de ce que tu es en train de risquer.

– J'en suis parfaitement conscient, je suis en alerte rouge. Je sais très bien ce que je risque. C'est précisément le fait qu'elle soit flic qui fait…

– Zal, je ne parle pas d'elle. Je parle de toi. Il y a des trucs en toi que tu ne sais pas gérer, mec. Le fait qu'elle soit flic n'est pas la seule chose pour laquelle il faut que tu te fasses du souci – c'est simplement la seule chose pour laquelle tu es *conscient* de te faire du souci.

– Après Folsom, je peux gérer beaucoup de choses, crois-moi.

– Survivre, c'est pas pareil qu'évoluer.

– Karl, la chair se régénère après une blessure. Je dois la laisser m'approcher de très près pour que ça marche, mais dans le cas contraire, on peut toujours en revenir au plan A. J'ai toujours une sortie de secours, tu sais ça.

– D'accord, je retire ce que j'ai dit. Tu as changé, mais tu as changé de manière dont tu n'as même pas conscience, et c'est de là que vient le danger. Tu crois que cette fille n'en est qu'une parmi d'autres que tu peux planter là, comme tu l'as fait avant avec des dizaines d'autres.

– Je n'ai planté personne. Il y a des ruptures nécessaires, c'est tout. C'est pas parce que toi et moi on est quasiment mariés…

– Arrête tes conneries. Tu as toujours une sortie de secours, c'est ce que tu as assuré. Une stratégie pour te défiler avant d'être blessé. C'est toujours toi qui les plaques. Tu les plaques avant qu'elles ne te plaquent. Et là, tu t'imagines sûrement que c'est le top : tu seras obligé de la fuir, celle-là. Mais ce ne sera peut-être pas aussi facile que tu l'imagines.

– Comment tu peux dire ça ? Tu ne la connais pas, tu l'as à peine vue.

– Je l'ai dit et je te le répète, Zal, je ne parle pas de la fille. »

Chiotte.

Bon, d'accord, d'accord, il avait donc une autre raison pour laisser Karl passer en mode Jiminy Cricket. C'est qu'il était une caisse de résonance hautement perspicace quant à la légitimité des inquiétudes de Zal sur lui-même. Si Karl n'y faisait pas allusion, ça pouvait être classé dans la rubrique des angoisses indéterminées, du manque de confiance en soi, des hormones, des biorythmes, de l'alignement des planètes, des burritos qui ne passent pas – les conneries habituelles. Mais cette fois, Karl avait identifié avec une précision de laser calibré au millimètre, la nature exacte des appréhensions qui habitaient Zal.

Cette fille est un flic et tu ne sais rien d'elle, à part son nom. Et pourtant.

Et pourtant.

Karl n'était pas préoccupé par ce qu'Angélique faisait pour gagner sa vie. Il était préoccupé par ce qu'elle était en train de faire à Zal. Ils l'étaient tous les deux. Néanmoins, il est des erreurs que l'on sait devoir commettre – Il est des erreurs dont on sait qu'on va les commettre, peu importe ce que vous soufflent votre conscience, la logique ou la peur.

C'est l'une des grandes vérités de l'existence. Depuis les milliers d'années que dure la civilisation, pendant l'apogée et le déclin de tous les empires et tout au long de notre chemin titubant des forêts vers les étoiles, des hommes plus illustres que Zal avaient contemplé la sagesse de leurs intentions, avant d'en arriver exactement à la même conclusion.

Et en général, il y avait une histoire de gonzesse à la clé.

Talon d'Achille

C'était un mardi de décembre, froid et ensoleillé, autour de midi, et l'inspecteur principal Angélique de Xavia marchait d'un pas vif à travers Montmartre en direction de la Seine, tentant de ne pas se laisser distancer par le grand Américain athlétique et charmant (fallait-il pour autant lui faire confiance ?...) qui lui avait offert le voyage à ses frais – ou plus exactement à ceux de la Royal Scotland. Tous les doutes et toutes les contradictions qui l'avaient agitée subsistaient, et elle demeurait aussi méfiante envers ses intentions à long terme qu'elle l'était à l'égard de sa propre vulnérabilité, mais elle avait pourtant une certitude : c'était vachement mieux que d'être au boulot.

Ils avaient pris l'avion à Glasgow à sept heures et demie. Angélique avait marché tête baissée la plupart du temps afin d'éviter tout contact visuel avec le personnel de sécurité ou les policiers en service qui auraient pu la reconnaître.

Zal l'attendait dans le hall des départs, et l'accueillit avec un « Tu es venue » légèrement surpris (et un brin tendu).

« Vous n'avez pas l'air de savoir si c'est une bonne chose. Cette perspective vous refroidit ?

– Je viens du Nevada. Je supporte très bien le froid. »

Ils furent étonnamment à l'aise pendant le vol et la course en taxi, plaisantant et bavardant de choses et d'autres comme s'ils se connaissaient depuis des années, chacun faisant probablement de gros efforts pour dissimuler ses inquiétudes. C'était sans aucun doute le cas d'Angélique et elle savait que donner de fausses impressions était, en quelque sorte, le point fort de son compagnon de voyage.

Néanmoins, il n'était pas question d'entorse à la règle, comme le signifia Zal en se montrant capable, de cette manière si agaçante et désormais familière, non seulement d'éviter le sujet, mais de faire comme s'il n'avait pas été abordé.

L'hôtel ne ressemblait à rien de ce qu'Angélique avait connu. Elle ne s'attendait tout simplement pas à ça, encore que les choses auraient pu lui apparaître différemment si elle s'était basée sur ses attentes par rapport à Zal plutôt que par rapport à Paris. Tout n'était que cubes et rectangles : une volonté architecturale et stylistique qui faisait de la ligne horizontale et de la compacité des vertus. Même le comptoir de la réception relevait de cette conception minimaliste, d'une simplicité quasi néolithique : un bloc horizontal posé sur un bloc vertical légèrement plus étroit.

« C'est le premier hôtel cubiste du monde, l'informa Zal alors qu'elle observait cet environnement. L'esthétique géométrique est la même pour le mobilier des chambres.

– Tu es déjà venu ?

– Non, j'ai lu ça dans… » Il marqua une pause suffisamment longue pour qu'Angélique complète sa phrase.

« Ta cellule ?

— En fait, j'essayais de retrouver le nom du magazine, mais oui, c'est bien là que j'étais à ce moment-là. Très perspicace. Comment tu as deviné ?

— Eh bien, un voleur qui se retrouve en prison, c'est assez fréquent, et tu t'es vendu l'autre jour ; tu as dit que tu regardais beaucoup la télé en… et tu t'es auto-censuré.

— Ça devait m'échapper un jour ou l'autre, je suppose. Quand c'est l'endroit où on vient de passer les trois dernières années de sa vie, ça a tendance à revenir dans la conversation si on n'y prend pas garde.

— Trois ans ? Pourquoi ?

— Pour m'être fait pincer. Quoi d'autre ? »

Angélique fut soulagée de ne pas avoir à s'occuper de la question délicate des chambres, car le réceptionniste lui tendit sa propre carte-clé et un formulaire séparé lorsque Zal lui indiqua son code de réservation (pas son nom de famille, évidemment). Elle laissa tomber son petit sac de voyage au milieu de la chambre à la géométrie militaire et froissa la couette du lit à deux places pour manifester son désaccord sur l'esthétique des lieux. Puis elle rejoignit Zal dans le hall où il annonça qu'ils se rendaient au Louvre.

En dépit du froid, ni l'un ni l'autre ne suggéra une préférence pour la commodité ou la chaleur d'un taxi. C'était Paris, après tout, et un jour d'école en plus. L'allure à laquelle marchait Zal aurait presque pu sembler celle d'un philistin, si elle ne contribuait pas à l'élévation de leur température corporelle ; mais au fur et à mesure qu'il parlait, Angélique comprit que la vraie raison de sa hâte était qu'il mourait d'impatience d'y être.

« C'est Diderot qui suggéra de ne pas réserver le Louvre à l'élite. Je ne sais pas ce qu'il aurait fait du Belaggio, mais c'est décidément un homme comme je les aime. Il y a une volonté égalitaire dans ce que le Louvre représente qui est pour moi la quintessence des rapports entre l'art et la société. »

Il dissertait, clairement et connaissances à l'appui, sur l'histoire du plus grand musée du monde, mais son excitation manifeste et son imperturbable enthousiasme faisaient plutôt penser à ceux d'un petit garçon sur le point d'arriver à Disneyland.

« Après la Révolution, ils exposèrent des œuvres dérobées au clergé. J'adore cette idée. Napoléon y ajouta une chiée de trucs qu'il avait piqués pendant ses campagnes, même si l'essentiel fut repiqué après la chute de l'Empire.

– Une chiée ? C'est le nom collectif qui désigne l'accumulation de trésors artistiques ?

– Bien sûr. Là d'où je viens, en tout cas. Et tu savais que l'aile Richelieu a été évacuée de ses bureaucrates sur ordre de Mitterrand au début des années quatre-vingt-dix ? Elle abritait le ministère des Finances, et maintenant elle abrite ce qui n'a pas de prix. »

Et il continua ainsi jusqu'à ce qu'ils arrivent devant la pyramide de verre. Zal tourna lentement sur lui-même pour admirer le palais qui les entourait sur trois côtés.

« Alors, dis-moi, est-ce que nous sommes deux touristes comme les autres ou est-ce que tu es en repérage aujourd'hui, *Révérend* ? »

Zal, un peu pris de court, éclata de rire, désarçonné par le deuxième trait d'humour alors qu'il s'apprêtait à répondre au premier. « Je suppose que tu sais aussi que je ne suis pas un vrai blond, alors ?

— Comme si j'avais besoin de voir une barbe pour deviner ça.

— Rassure-toi. Je n'ai pas de vues professionnelles sur le Louvre. Il y a six cent cinquante gardiens ici et, de plus, ça irait à l'encontre de mes principes.

— De voler de l'art ?

— Oh, non ! Pas du tout, mais quand l'art est un bien public, il devient sacré, et nous sommes ici dans l'un de ses temples. Viens. »

Elle suivit Zal sur l'escalator qui descendait vers le hall d'entrée souterrain du musée, où il paya leurs entrées pendant qu'elle s'achetait une bouteille d'eau.

« Alors, pourquoi tu m'as amenée ici ? » demanda Angélique. Elle s'essuya la bouche et prit le plan du musée qu'il lui tendait. Elle lui proposa la bouteille qu'il vida et mit à la poubelle avant de se diriger vers l'aile Denon.

« Qui a besoin d'une raison pour venir au Louvre ?

— Personne. Personne de normalement constitué, en tout cas. Mais un voleur doit bien avoir une raison d'amener un policier ici, même si le flic en question n'avait pas d'offre plus alléchante pour occuper ses RTT.

— Nous pouvons parler ici, voilà pourquoi.

— Je peux parler partout. C'est l'art qui te rend loquace, c'est ça ?

— Il me délie la langue bien plus sûrement qu'un grand vin. »

Il fit un petit pas de danse pour passer devant elle sous le portique détecteur de métaux, puis se retourna et lui adressa un petit salut. Angélique comprit : elle ne pouvait franchir ce seuil si elle portait un micro. Elle mima quelques applaudissements ironiques et le suivit.

« Tu pensais vraiment que j'essaierais de te piéger ?
– C'est sans intérêt à présent, c'est ce qui compte.
– Mais si tu ne me faisais pas confiance...
– Je te traite toujours avec le respect qui t'est dû, tu te rappelles ? Te faire passer sous ce portique ne veut pas dire que je ne te faisais pas confiance avant. Et le fait de nous trouver de l'autre côté ne veut pas dire que je te fais confiance maintenant. Mais si je ne me souciais que du micro, nous aurions pu parler à l'aéroport. Viens, je veux te montrer quelque chose.
– Me montrer quelque chose ? Tu veux dire qu'il y a des trucs à voir ici ?
– Ouais, j'ai entendu dire qu'ils avaient deux ou trois toiles qui traînaient. Probablement des croûtes. »

En regardant le plan de temps en temps, Zal la conduisit dans l'intimidante galerie des tableaux français de l'aile Denon. Ces richesses apparemment infinies lui donnaient l'impression d'être Alice – et quelqu'un avait dépensé quelques milliards pour reconstituer le couloir interminable et extensible du Pays des Merveilles. Zal avait manifestement une destination précise en tête, et la curiosité d'Angélique lui donnait hâte d'arriver à cet endroit où il pourrait enfin parler ; mais malgré cela, elle ne put s'empêcher de s'arrêter devant plusieurs de ces imposants chefs-d'œuvre.

Son compagnon n'était pas pressé non plus, et parut par instants envoûté par ces idoles. Mais fasciné ou pas, l'art le rendait bavard – donnant raison à Angélique de l'avoir taquiné sur le sujet. Il jacassait sans cesse, oubliant parfois de reprendre son souffle, à propos de David, Delacroix, Le Lorrain et d'autres. Il se contenta néanmoins d'un petit sourire narquois lorsqu'ils passèrent devant *Le Radeau de la Méduse* de Géricault.

Ils atteignirent finalement leur destination, freinés cette fois non par leurs haltes successives, mais par la file d'attente qu'ils avaient rejointe derrière des cordons. Angélique en devina l'origine, mais se montra surprise que ce soit ce que Zal voulait lui montrer.

« *Mona Lisa ?*

— *La Gioconda,* » confirma-t-il alors qu'ils reculaient pour laisser passer un groupe de novices béats devant l'autel. « La voilà, celle qui regarde cinq millions de personnes par an derrière six millimètres de verre à l'épreuve des balles. La vraie. Tout est là : la bouche, les mains, les yeux et Mordor à l'arrière-plan. Le nom signifie joyeuse, mais le sourire est ambigu, non ? Le mystère de cet étrange sourire, est-ce lui qui attire des milliers de personnes par jour dans cette queue ?

— Je ne sais pas. Je lui trouve l'air un peu prétentieux, moi.

— Tu vois le chemin, et le pont, là ? Ce sont les seuls indices de présence humaine, de travail ou d'artifice, dans le paysage ; et ils représentent les limitations de l'homme car ils mènent dans la direction opposée à son regard à elle, qui voit un monde de rêve au-delà. Est-ce message et ses implications qui induisent les cent mètres de file d'attente derrière nous ? »

Angélique ne voyait pas où il voulait en venir et craignait qu'il se mette, sous l'emprise d'une ivresse artistique, à sérieusement délirer.

« Qui peut le dire ? murmura-t-elle prudemment.

— Moi. Et la réponse est non. Il y a cinq millions de personnes par an qui se tiennent à cet endroit précis parce que ce tableau est le plus célèbre du monde et qu'il faut donc le voir. Peu importe si nos goûts nous portent plutôt vers les paysages, les scènes de bataille ou les peintures religieuses, que sais-je : il *faut* voir la Joconde. Ainsi, ce tableau restera le plus célèbre et le plus en vogue du monde, simplement parce qu'il *est* le plus célèbre et le plus en vogue du monde.

– Et alors ? Tu penses que c'est de la merde ?

– Je le trouve somptueux, mais ce n'est pas le problème.

– Et ça nous mène où tout ça ?

– Ça nous mène au café Richelieu pour commencer.

– Oyez, oyez, j'entends les mots de celui qui se défile.

– Oh, hé, je parle, mais j'ai besoin d'un siège et d'un *espresso*.

– Tu les auras de toute façon, alors vas-y.

– D'accord, dit-il en se mettant en route vers un massif escalier de marbre. Je parle de valeurs. Qui peut définir ce qui fait de *La Joconde* une œuvre plus accomplie que n'importe lequel des tableaux que nous avons vus en chemin ? Personne, pas vrai ?

– Je pense que la maman de Leonardo serait assez virulente à ce sujet.

– Exactement. Les préjugés, le goût, la préférence personnelle. Mais qu'est-ce qui fait que le travail d'un mec va valoir un million de dollars et celui d'un autre à peine celui de la toile et de la peinture qu'il y a dessus ?

– Le talent.

– Dans un monde idéal, oui ; mais ce n'est pas la seule chose, pas dans ce monde en tout cas. Je pense que j'aurais dû poser la question différemment : qu'est-ce qui fait qu'un mec *touche* un million de dollars pour un tableau alors que son pote peut à peine s'acheter la toile sur laquelle il va peindre ? Un coup de bol, des relations. Ou la galerie qui va bien, le bon agent, le style qu'il faut au moment où il faut. À New York, et c'est sûrement pareil à Londres, si un certain marchand d'art décide que Machin est le pinceau le plus génial du moment, tac, il est lancé. La veille, Machin était à un chouïa d'aller bouffer dans les poubelles, aujourd'hui son marchand vend son boulot des centaines de milliers de dollars à un client plein aux as qui a *besoin* qu'on lui dise ce qui est bien et ce qu'il doit aimer. Tout d'un coup, Machin est beaucoup plus riche que le mec dans l'atelier voisin : mais qu'est-ce qui fait qu'il le vaut ?

— Qu'est-ce qui fait qu'un acteur vaut vingt millions de dollars par film ?

— Les recettes. Le truc avec la rémunération dans le monde de l'art est qu'elle n'a pas besoin d'être en rapport avec la popularité. Pas besoin de plaire à beaucoup de gens, il faut plaire aux bonnes personnes. Bien sûr que c'est aussi arbitraire à Hollywood : une jolie frimousse, quelques pubs et on se retrouve sur la liste de ceux qu'on appelle pour un rôle que plein d'autres acteurs pourraient tenir. Tom Cruise se fait vingt millions sur un joli sourire ; bien sûr, il peut lever le poing pour faire le méchant, mais Tom Cruise peut tourner les talons et envoyer tout le monde se faire foutre parce que ses films font *soixante-dix* millions de recettes le week-end de leur sortie. »

Ils avaient atteint l'entrée du café situé dans l'aile Richelieu et prirent place dans une file d'attente à peine plus courte que celle de la Joconde.

« Et c'est là que tu vas me dire que tu es un génie

méconnu qui en veut à une société indifférente ? demanda Angélique.

– Non, je suis une médiocrité méconnue. Une nullité, plus exactement. Quand on dit médiocrité, on sous-entend qu'on est assis à la même table que le talent. Je suis un artiste raté, c'est vrai – mais ce n'est que justice et c'est une non-découverte méritée. Nous le sommes tous, sauf Karl.

– Du collectif Cleminson, c'est ça ?

– Du collectif des Artistes Ratés, pour être exact. C'est comme ça qu'on s'appelait à l'époque.

– Mais tu étais un artiste.

– J'ai étudié l'art, mais je ne me définirais pas comme artiste. Karl est un artiste.

– Lequel est Karl ?

– L'Artiste Raté jadis connu sous le nom de Ionesco. C'est lui qui a le vrai talent.

– Talent comme dans petit génie du piratage informatique ? »

Zal rit. « Ah, il adorerait ça. Il en connaît un rayon, mais il ne se considère pas comme un pirate, et certainement pas comme un petit génie. Pourquoi est-ce qu'on désigne toujours les mecs qui touchent leur bille en informatique par "petits" ? Ce mec a la trentaine.

– Appelle-le comme tu veux, mais un type qui pirate le système de sécurité d'une banque fait plus que toucher sa bille.

– C'est vrai, mais pas autant que tu pourrais l'imaginer.

– Tu es prêt à me dire comment il a fait, alors ?

– Tant qu'il n'y a aucun risque qu'on nous trouve une table, pourquoi pas ? Karl n'a fait qu'introduire un Troyen dans le disque dur du directeur.

– Traduis.

– Un Troyen, comme dans cheval de Troie, si tu connais tes classiques. Ils se cachent dans le système informatique et peuvent effectuer diverses tâches, qui vont de la transmission d'informations à l'accès intégral au système, même à distance. Celui qu'a utilisé Karl était assez sommaire. Il ne permettait pas l'accès global, à cause des mots de passe qui protégeaient les différents niveaux du système.

– Il a fait comment, alors ?

– Son Troyen a enregistré les frappes de touches, une technique de piratage assez banale. Il a fini par détenir tous les mots de passe du directeur et c'est cela qui lui a permis de contrôler l'ensemble.

– Mais comment est-il entré dans le système au départ ? Ils n'avaient pas d'antivirus ?

– Il suffit d'entrer la veille du scanning antivirus. Il est passé par un site web et a fait passer son Troyen comme fichier attaché à un mail à l'attention du directeur, en changeant la dénomination de l'expéditeur pour que l'e-mail ait l'air de provenir d'un collègue de la banque. Le gars clique sur le document attaché et la première chose que charge son PC, c'est le Troyen.

– Qu'est-ce qu'il y avait sur le document ?

– 404. Fichier introuvable.

– Comment ? Le pauvre type n'a même pas eu droit à un peu de porno ?

– D'après ce qu'a vu Karl dans les fichiers écrans du gonze, il avait déjà fait sa provision.

– Alors, si ce genre de truc ne lui prend qu'une journée à goupiller, où se trouve son vrai talent ?

– Dans l'espace situé entre art et code, entre logiciel et copie papier. Depuis son premier Commodore, il a toujours fait des trucs incroyables avec les logiciels – 2D, 3D, animation –, mais il vivait dans la frustration constante que ça n'existe que sur l'écran. Les ordinateurs sont devenus plus puissants et les logiciels plus performants, mais cet aspect-là n'a jamais changé. Pas à temps, en tout cas. Imagine quelqu'un qui commence par peindre et se trouve limité par les deux dimensions, il peut toujours passer à la sculpture, mais Karl ne pouvait pas. Il pouvait sculpter en trois dimensions, mais la seule manière de le restituer était coincée dans deux.

– Et c'est pour ça que c'est un « artiste raté » ?

– Mouais, on peut dire ça. Le snobisme qui entourait l'informatique à l'époque ne l'a pas aidé. Mais en gros, sa difficulté majeure, c'était sa propre frustration. Il a fini par être hypnotisé par ce hiatus, cette barrière qui emprisonnait à son avis ses créations. Il était en avance sur son temps, voilà le problème. Cinq ans plus tard, il aurait pu bosser avec des projecteurs holographiques, tous ces trucs, mais il était trop tard.

– Pourquoi ne travaille-t-il plus là-dessus maintenant ?

– Les choses se sont… compliquées ces dernières années. En plus, le temps passe, l'élan diminue, les ambitions et les sujets d'enthousiasme se modifient. Mais il est toujours obsédé par la suppression de ce hiatus. Il a développé une technologie qui crée des moules conçus par ordinateur, avec des milliers de minuscules épingles dont on peut modifier la longueur. Tu sais, tu sculptes sur l'écran, et son truc projette – à l'envers – la forme en trois dimensions, et après on verse le matériau sur lequel on travaille – ciment, argile…

– Latex, peut-être ?

– En effet. Ça marche très bien avec le latex. Comme tu t'en rends compte, j'en suis sûr, son truc a un énorme potentiel ; mais dans ce domaine, on a toujours besoin d'investisseurs pour la recherche.

– J'espère vraiment qu'il va trouver un bienfaiteur. Et puis-je demander si ce truc marche avec le métal ? »

Zal rit. « Tu parles de nos armes ? Non. Un jour, peut-être.

– Alors, qui les a fabriquées ?

– Elles ont été faites à la main, dit-il en souriant avec coquetterie. Pas le chef-d'œuvre de l'artiste, mais elles ont fait leur office.

– Le SPAS-12 n'était pas fabriqué à la main.

– Spaz quoi ?

– Le fusil lance-grenade.

– Ah, ça. Emprunté. Nettoyé. Remis en place. Oublie-le. »

Enfin, on les conduisit à une table, où la lecture du menu transforma le besoin de café de Zal en désir de bière, afin de faire passer l'énorme assiette qu'il commanda. Angélique allait porter son choix sur de l'eau minérale, mais l'opulence des lieux, ainsi que la prise de conscience tardive qu'elle n'était pas en service, la fit opter pour une Kronenbourg.

« Tchin », dit Zal en levant son verre. Angélique trinqua avec lui, mais n'allait certes pas le laisser changer de sujet.

« Si tu es sculpteur, comment se fait-il que tu en saches autant à propos de peinture ?

– Je ne suis pas sculpteur et je ne suis pas un artiste, mais j'ai étudié l'art.

– Où ? À Vegas ?

– C'est pas gentil de se moquer. Los Angeles.

– C'est là que vous vous êtes rencontrés ?

– Non. Je connais Karl depuis qu'on est gamins. On habitait la même rue. On a grandi ensemble. Son père travaillait au Circus[1]. Il était lanceur de couteaux, acrobate, et clown aussi, à contrecœur.

– À contrecœur ?

– Il n'aimait pas l'idée d'être une source de comique seulement à cause de sa petite taille. Cela pesait lourd sur ses épaules, même quand il exécutait ses autres numéros. Les gens les regardaient comme une nouveauté, mais en oubliaient qu'il était le meilleur lanceur de couteaux qu'ils aient jamais vu. Ce qu'il était, sans aucun doute. On ne fait pas attention à tout ça quand on est gosse, mais a posteriori, je pense qu'il n'était pas tout à fait à l'aise dans son métier. Il a appris plein de choses à Karl – tous les gamins veulent faire comme papa –, mais il était farouchement opposé à ce que Karl suive ses traces.

– Il encourageait ses ambitions artistiques, alors ?

– Non, pas vraiment. Il savait que Karl avait la bosse des maths et des facilités en informatique, et il aurait été heureux de le voir se diriger vers la technologie PC, la comptabilité, ou quelque chose comme ça. Le fait que Karl soit un artiste graphique, même s'il n'était pas sur une scène, était encore trop proche ; mais il le percevait comme une chance, un espoir que Karl invente quelque chose de neuf. Il avait l'habitude de dire : "Je ne veux pas que tu sois exposé à ça." Les conneries habituelles de la psychologie parentale – transfert de culpabilité, regrets par procuration – tu connais la chanson. Enfin, il a assez bien réussi, en fait. Karl n'expose pas.

– C'est pour ça que tu es amer au sujet de *Mona Lisa* ?

– Hé, je ne m'en prends pas à elle. Mais merde,

---

1. Casino de Las Vegas dont le thème est le cirque.

tout le monde connaît quelqu'un comme Karl, quelqu'un qui a bien plus de talent que des dizaines, des centaines d'autres qui réussissent mieux, mais qui n'a jamais eu le coup de veine au bon moment. J'ai aussi connu des types talentueux qui ont eu ces coups de veine. Karl et moi, on avait un ami à Los Angeles, à l'école d'art, un sculpteur ; on savait qu'il arriverait à se faire un nom. Le fait que sa famille soit riche l'y a sûrement aidé, mais ça n'enlève rien à son talent. On ne se met pas en colère contre les génies qui réussissent, on se met en colère contre les médiocrités qui réussissent, et contre les gens qui ne savent même pas faire une putain de différence entre les deux.
– Pardonne ma vision professionnelle et un peu obsédante du sujet, mais je suis curieuse de savoir si la manière dont tu cambrioles les banques est une expression cathartique de cette colère. »

Zal se mit une bouchée de quiche dans la bouche avant de répondre à la question, imperturbable, mais pas démonté par la franchise d'Angélique. Il y avait quelque chose de presque plus surréaliste dans sa façon de se dévoiler que dans les méthodes qu'il avait employées pour le braquage, et Angélique ne pouvait s'empêcher de se demander où était l'embrouille, ou l'arnaque. Dans ses moments de paranoïa aiguë, elle repensait à Kevin Spacey tissant sa toile de mensonges dans *Usual Suspects*.

« Karl et moi, on est partis à New York après la fac, quand il n'était pas encore découragé par son incapacité à exprimer pleinement ses dons, et moi encore persuadé d'en avoir quelques-uns. Probablement la plus belle connerie qu'on ait faite. Nous n'étions qu'à la périphérie des gens de l'art là-bas, un peu à la manière dont Pluton est à la périphérie du système solaire. Deux mecs de Vegas, on n'allait pas les accueillir à bras ouverts au cœur du milieu le plus fermé, le plus élitiste et le plus rosse qu'on puisse trouver à la surface de la terre, mais on s'est accrochés. Pendant ce temps, à L.A., où nous avions des contacts et où nous connaissions des gens, nos potes de l'école trouvaient des boulots comme critiques, assistants conservateurs et montaient des expos ensemble. Mais on avait décidé que ça se passait à New York, et comme nous sommes deux fils de pute complètement bornés... On a accepté des petits boulots dans des galeries, des trucs d'hommes à tout faire la plupart du temps, juste pour rester dans le tableau, ah ! ah ! nous imaginant que si on s'accrochait assez longtemps, on finirait par être remarqués. C'est là que nous avons rencontré Léo et Jérôme.

– Dali et Chagall...

– Oui. Maintenant tu connais tout le monde. Ils s'étaient aussi rencontrés dans une école d'art et ne s'étaient plus quittés. Je dirais qu'ils s'entendent comme larrons en foire, mais si tu voyais comment ils se comportent envers... Enfin, peu importe. On s'est trouvés, en quelque sorte. C'étaient des compagnons de ratage et ils ne cadraient pas très bien non plus avec ce milieu. Nous avons donc formé une petite clique à notre tour, de ratés, d'inadaptés et de parias, pour nous sentir mieux. »

Zal sourit à cette évocation et but une gorgée de bière en savourant l'instant.

« Il y avait un mec qui se faisait appeler Mercurio, mais son vrai nom, c'était un truc du genre Brant Hetherington III. Un petit trou du cul bourré de fric. Jérôme l'avait rencontré dans un lycée privé de fils à papa, mais c'était pas assez branché pour lui, alors il s'était réinventé un personnage. Jérôme serait incapable de se réinventer, même s'il fallait qu'il se protège des tueurs de la mafia ; alors il est resté ce qu'il était.

Pendant ce temps, Mercurio peignait sans arrêt des croûtes immondes, mais il avait du fric à dépenser en fringues et en fiestas – et il savait très bien quels culs lécher. Aussi, en moins de temps qu'il ne faut pour le dire, le voilà qui expose ses merdes chez un marchand d'art influent et tous ces cons de yuppies surpayés qui lui en achètent, jusqu'à cinquante mille dollars la toile. »

Il laissa cette dernière remarque faire son effet pendant qu'il finissait ce qu'il y avait dans son assiette.

« Nous avons décidé que ces empaffés avaient besoin qu'on leur enseigne le sens des valeurs, poursuivit-il.

– Comment ?

– Nous avons obtenu les noms et les adresses de tous ceux qui avaient acheté des toiles de Mercurio et nous les avons volées. Enfin, remplacées.

– Par quoi ?

– Un message, encadré. Ça disait – attends que je m'en souvienne – "Quiconque peut se permettre de dépenser cinquante mille dollars pour une grosse merde peut se permettre de les perdre. Ce message vous est signifié par le Collectif des Artistes Ratés". On a pensé qu'on aurait au moins transmis ça avant que tout le monde s'empresse d'insister sur nos motivations mesquines tout à fait transparentes.

– Comment les avez-vous volées ?

– On a étudié les horaires des propriétaires et on s'est pointés quand il n'y avait que les domestiques. On est entrés et on a pris les toiles, tout ça en plein jour, en disant à la bonne qu'on les prenait pour évaluer la prime d'assurance. Et on a envoyé les cadres de remplacement par la poste. On a fait quatre coups le même jour, pour pouvoir utiliser le même *modus operandi*. Tout ce dont on a eu besoin, c'est d'un peu de paperasse, d'un ou deux mecs en bleu de travail et d'un autre en costume qui parle espagnol comme sa mère mexicaine.

– Toi. Mais ils pouvaient vous identifier…

– Léo savait faire des tas de choses avec du latex et du maquillage longtemps avant que le truc de Karl n'existe. Le seul machin qu'on ne pouvait pas maquiller, c'est la taille de Karl ; alors il conduisait la camionnette.

– Qu'est-ce que vous avez fait des toiles ?

– Jérôme voulait les brûler, mais Karl et moi, on n'était pas chauds. Même si c'est de la merde, c'est quand même le travail de quelqu'un. On les a mises dans un dépôt à Newark. À ma connaissance, elles y sont toujours, avec quelques autres.

– Vous avez recommencé ?

– Il y avait beaucoup de merdes surcotées là-bas, et plein d'abrutis avec du fric à cramer.

– Mais ils n'étaient pas sur leurs gardes après votre premier coup d'éclat ?

– À la fin, si. Mais on variait les techniques. Ils disaient tous à la bonne de ne laisser personne prendre les tableaux, quels que soient les papiers présentés ou l'apparence de sérieux. Nous avons d'abord contre-attaqué en faisant semblant d'être des agents du fisc, chargés de confisquer le tableau, car la taxe y afférente n'avait pas été payée. Crois-moi, personne ne va dire au fisc d'aller se faire foutre, et certainement pas un clandestin à cinq dollars de l'heure. Bien sûr, on n'a pas pu se servir de ça indéfiniment ; alors après, on s'est contentés de faire diversion : j'occupais le ou la domestique dans une autre pièce, pendant que Léo et Jérôme décrochaient les croûtes. J'étais photographe et eux mes assistants, nous devions photographier l'appartement pour un magazine, des bobards comme ça.

– Pardonne une fois de plus le point de vue professionnel, mais que faisait la police de New York pendant ce temps ?

– Elle s'occupait des vrais crimes, de ceux qui font des blessés. Les flics n'avaient pas besoin d'un message encadré. Pour eux, quelqu'un qui peut claquer ce genre de somme pour une toile, croûte ou pas, n'est pas prêt d'envahir les soupes populaires.

– Pourtant, l'argent est roi.

– C'est ce que j'aurais cru aussi. Mais, ce qu'il faut comprendre, c'est qu'on parle de New York – et pire encore, du milieu de l'art new-yorkais : ce sont des gens qui changent tout le temps de marotte, qui sont obsédés par le "style", et surtout par leur image. Les pires de la planète. Et c'est devenu branché de se faire dépouiller par nous.

– Tu rigoles ?

– Non, non, je déconne pas. Tout d'un coup, les mecs devenaient des has-been s'ils avaient pas été cambriolés par le CAR. La plupart d'entre eux n'appelaient même pas cette fichue police. Ils devaient même dire au personnel de maison de nous guetter ; enfin, c'est ce qu'on a supposé. Mais ces connards ne le faisaient probablement pas, au cas où on se pointerait sans leur piquer leur toile. J'ai même entendu parler d'un pauvre branleur qui a acheté un Mercurio, l'a planqué et a plagié un de nos messages. Bref, ça a fini par donner le contraire du but recherché. C'est pour ça qu'on a arrêté. Il y avait des gens qui achetaient des merdes dans l'espoir qu'on viendrait leur piquer, ce qui veut dire qu'on faisait monter la cote – sans parler du crédit bancaire – de minables dans le genre de Mercurio.

– Sans rien gagner vous-mêmes.

– Si, on a eu notre heure de gloire. Je veux dire, les gens savaient que c'était nous. Personne ne pouvait rien prouver, mais les gens savaient ; alors on a été très "mode" pendant un moment, enfin pendant environ une nanoseconde. En plus, j'ai découvert pour finir que j'avais une sorte de talent artistique.

– Un talent héréditaire, dit doucement Angélique. Pour faire disparaître des choses. »

Zal fit oui de la tête, sourit devant la justesse de la déduction, mais il y avait une tristesse évidente sur son visage : le regret, le manque.

« On se disait que le CAR était une forme de happening artistique, et c'était sûrement vrai dans le contexte de l'époque, mais en pratique, c'était… » Il se tut, détourna les yeux, reculant soudain, mais pas assez pour pouvoir cacher les larmes dans ses yeux.

« Viens, dit-il en se levant avec un petit rire, comme pour chasser le moment précédent. Il est temps que je te montre un tableau que je tiens en plus grande estime que notre Mlle Lajoie. »

Après avoir jeté un œil sur le guide, Zal la conduisit vers l'entrée de l'aile Sully, au sous-sol. Ils suivirent le passage qui longeait les douves, les colonnes de pierre et les contreforts qui constituaient les fondations de la forteresse médiévale construite là en premier.

« Je n'imaginais pas qu'il y ait tout ça ici, dit Angélique. C'est incroyable.

— Ouais, c'est cool. On a des trucs mieux que ça à Vegas, et en plus, notre château d'Excalibur est *neuf*, mais il faut bien reconnaître que ces Frenchies ont du mérite. »

Angélique le regarda s'éloigner.

Ses plaisanteries ne trompaient personne : ce garçon était totalement emballé par ce qu'il voyait. Il y avait l'innocence éblouie de la découverte dans ses yeux autrefois cyniques et calculateurs.

« Tu n'es jamais venu ici avant, hein ? » demanda-t-elle sans malice, ne voulant pas avoir l'air de le taquiner ou de tenter de l'épater avec une déduction de plus.

Il secoua la tête.

« Je ne suis jamais venu en Europe. C'est la première fois que je quitte les States. Démasqué, une fois de plus.

— Tu as l'air... très heureux. Je suppose que c'est aussi bien que tu l'espérais.

— C'est mieux que ça.

— Tu serais venu de toute façon, n'est-ce pas ? Ça n'a rien à voir avec moi.

— Oui pour répondre à la question, et bien sûr que si. J'ai toujours souhaité venir ici, ça a toujours été mon rêve. Mais dans ce rêve, je venais avec une fille. Un truc pitoyable d'ado romantique bercé d'idéal, je sais, mais ça m'est resté. Et quand nous avons discuté l'autre soir, j'ai pensé pourquoi pas ?

— Je pourrais penser à quelques raisons évidentes.

— Je pourrais penser à une chiée de raisons évidentes, moi aussi.

— Je suis contente que tu ne l'aies pas fait.

– Je suis content que tu ne l'aies pas fait non plus. »

Angélique avait parlé avant d'avoir eu le temps de s'autocensurer, et fut surprise de ne pas regretter ses paroles. Elle ne se sentait pas aussi exposée qu'elle l'aurait craint, ni même aussi ridicule. Elle se sentait bien, à l'aise, et à la limite, c'était peut-être cela le plus inquiétant.

« Et dans ce scénario rêvé, tu emmenais la fille voir la Joconde ?

– Je crois que quand j'ai rêvé de ce scénario, je ne savais même pas que la Joconde était ici. Je pensais qu'elle était au Vatican puisqu'elle est italienne.

– Dans la mesure où tu viens pour la première fois, je trouve ça assez amusant, vu tout ce que tu as dit, que tu ailles la voir en premier.

– Je suis allé voir l'aile Denon en premier. On a vu pas mal de chouettes merdiers avant d'arriver à Mlle Lajoie, non ?

– Chouettes merdiers ? Encore un terme technique ?

– Je t'ai dit que j'avais fait une école d'art.

– Et où allons-nous maintenant ? »

Il jeta un œil sur le plan. « Sully, deuxième étage, salon vingt-huit. On y est presque.

– Tu parles français ?

– Non. Juste espagnol et américain. Et toi ?

– *Oui*. Espagnol aussi, et le néerlandais. Une fois que j'aurai appris l'italien, j'aurai à peu près toutes les langues parlées par les criminels à mon actif, à part le cockney.

– Un don précieux. Les gens pourront te mentir dans quatre langues.

– Très drôle. Jusqu'à ce que tu fasses ton entrée : même pas besoin de mots pour jouer double jeu. Il est là, le véritable don.

– Je ne suis pas le premier à l'exercer, comme en atteste M. de La Tour. Regarde bien ce tableau. »

Ils firent halte devant une toile : quatre personnages étaient attablés, deux hommes et une femme en train de jouer aux cartes, et une autre femme en train de verser du vin.

« *Le Tricheur à l'as de carreau*, dit Zal. En voilà un qui me parle vraiment. Il faut tout observer. Le pauvre couillon sur la droite est en train de se faire arnaquer pour la deuxième fois de la journée – la première par celui qui lui a vendu ce ridicule chapeau à plume. En plus de l'as de carreau, Rob Lowe, là sur la gauche, a aussi l'as de pique glissé dans sa large ceinture, probablement la carte vers laquelle Plume Rousse tend la main. Et tout le monde fait partie de l'entourloupe : la cocotte attend un signal de la servante, qui a les yeux rivés sur les cartes du pigeon ; cet abruti dans ses belles sapes croit sans doute que la domestique ne comprend rien au jeu. Mais le truc le plus épatant, c'est que Rob Lowe a l'air de s'emmerder. Il est là, le véritable panache de cette escroquerie, et c'est ça qui fait qu'ils vont le bouffer tout cru. Un adversaire très concentré est inquiétant, mais on ne sent pas menacé par quelqu'un qui a l'air d'avoir envie de tout plaquer pour aller boire un coup au comptoir. La carte dans la manche, c'est de la technique pure, comme Karl et son Troyen. Mais tout est dans l'art et la manière de vendre l'illusion.

– Oui, comme quand il s'agit de faire croire à une pauvre cruche que tu es un débutant maladroit sur le point de réduire une banque en poussière parce que ses explosifs vont péter tous seuls !

– Il s'agit de laisser les gens voir ce qu'ils veulent voir et croire ce qu'ils veulent croire. Tu connais le dicton : "La main est plus rapide que l'œil" ?

– "Tape-moi vite la branlette tant qu'les z'aut y voient pas."

– Hein ?

– Rien, une vieille blague à deux balles. Oui, j'ai déjà entendu ce dicton.

– C'est des conneries. La lumière parcourt trois cent mille kilomètres à la seconde, il n'y a donc aucune main dans l'univers capable d'aller plus vite que l'œil. Je suis sûr que ça a été inventé et colporté par des magiciens pour servir leurs desseins propres en les dissimulant. Le public est toujours aux aguets de tours qui ne vont même pas être tentés, ce qui veut dire que le public ne remarque pas ce que le magicien est effectivement en train de faire. La dextérité manuelle est un outil inestimable, mais le vrai but du jeu est de détourner l'attention. La main n'a pas besoin d'être plus rapide que l'œil si l'œil regarde au mauvais endroit. Tout ce que fait le magicien, c'est égarer son public, c'est tout : la façon dont il se tient, la direction vers laquelle il tourne les yeux, l'endroit qu'il montre du doigt, et surtout le contenu de ce qu'il raconte. Il n'est jamais en train de faire ce qu'il dit, et s'il annonce ce qu'il va faire, il ment.

– Je serai prévenue !

– Tu ne seras jamais assez prévenue, parce que le magicien est comme un joueur d'échecs : il anticipe toujours sur les coups à venir. Permets-moi de te faire une petite démonstration. »

Zal sortit un jeu de cartes de la poche de sa veste et les fit passer expertement d'une main à l'autre avant de les battre et de former un éventail qu'il présenta à Angélique. Le bruit des cartes attira quelques regards intéressés dans la salle, y compris celui du gardien le plus proche.

« Ce genre de choses est normalement réservé à l'extérieur de la pyramide, le tança-t-elle, mais il ne se laissa pas décourager.

– Alors tu ferais mieux de te dépêcher de choisir une carte, qu'on en finisse vite fait. »

Angélique en prit une et l'examina. C'était le sept de carreau. Elle était sur le point de la remettre dans le paquet quand elle suspendit son geste.

« Et si c'était moi qui la remettais dans le paquet et que je batte les cartes ?

– Qu'est-ce qui t'inquiète ? Tu crois que je vais utiliser une passe, mettre discrètement la carte à un endroit commode, près d'une des extrémités ? Effectuer le mélange hindou peut-être ?

– Oui, tout ça. Donne-moi les cartes. »

Il les lui tendit en poussant un soupir résigné. Angélique jeta un coup d'œil au gardien qui les regardait maintenant en souriant. « Il aime mon style », dit-elle en regardant Zal droit dans les yeux. Il détourna le regard pour voir de quoi elle parlait et elle en profita pour remettre sa carte dans la paquet et commencer à battre.

« OK, trouve ma carte maintenant, Monsieur le Joueur d'Échecs. »

Zal prit le paquet et secoua la tête en riant doucement. Puis il sourit timidement : « Je ne peux pas.

– Pourquoi ça ? demanda-t-elle en s'autorisant un sourire triomphant.

– Parce que c'est Rob Lowe qui l'a », lui dit-il en s'éloignant. Elle regarda à nouveau le tableau. Le tricheur éponyme, assis en bout de table, tout en dissimulant deux as dans sa ceinture, tenait le sept de carreau dans la main droite.

« Salopard. »

Angélique le suivit dans le couloir, où il l'attendait en gloussant.

« Comment tu fais ça, bon sang ?

— Règle numéro un de tous les tours de passe-passe : s'assurer que tous les éléments sont en place, là où ils seront utiles, avant même de commencer. Je connais très bien ce tableau, je savais donc ce que chaque joueur a en main.

— Mais comment tu m'as fait tirer le sept de carreau ?

— Secret professionnel. Ça s'appelle une "force". Il y a de nombreuses techniques, mais un seul but : amener la personne à choisir la carte que tu veux.

— Et si ça ne marche pas ?

— Il y a des parades. La plupart du temps, on abandonne le tour prévu et on en fait un autre qui ne repose pas sur une force. Mais mon père avait une manière de contourner l'obstacle. Il demandait à quelqu'un d'autre de choisir une carte, ce qui lui donnait une deuxième occasion de "forcer" ; ensuite il demandait à un troisième membre du public de choisir "quelle carte éliminer" en annonçant à grand renfort d'effets dramatiques que cela prouvait donc qu'il ne décidait pas. Si la troisième personne piochait la bonne, il disait : "Vous voulez donc garder celle-ci ? Très bien." Si c'était la mauvaise : "Vous voulez donc éliminer celle-ci ?"

— Et qu'est-ce que tu aurais fait si je n'avais pas pris la bonne ? »

Zal reforma l'éventail, mais cette fois en montrant les cartes. Il n'y avait que des sept de carreau.

« Comme je l'ai dit, avant de commencer, il faut s'assurer que tous les éléments sont en place.

— J'ai besoin d'air, dit Angélique. Mon cerveau est en surchauffe.

– La cour des sculptures est...

– Je crois que je vais avoir besoin de davantage d'air que ça. »

Angélique savait très bien que Zal aurait pu errer dans les galeries du Louvre avec bonheur jusqu'à ce qu'on le jette dehors *manu militari* ; elle prit donc pour une vraie marque de sollicitude qu'il accepte sans broncher sa suggestion de quitter les lieux.

Ils optèrent pour une promenade sur les berges de la Seine. L'air froid lui remit les idées en place, mais elle avait encore l'impression qu'on avait fait des nœuds avec son cerveau.

« Me confier les otages et me faire évacuer la banque, c'était bien une « force », non ?

– On peut toujours leur trouver de nouvelles applications, mais les principes qui président à l'illusion sont toujours les mêmes.

– Des principes que tout fils de magicien apprend ?

– Ouais, que ça lui plaise ou non.

– Tu ne voulais pas suivre son exemple ?

– Pas exactement, non. Quand j'étais gamin, je veux dire, tout gamin, je pensais qu'il était le plus grand de tous et j'adorais qu'il m'apprenne des trucs. Je savais faire le mélange hindou avant même de savoir lire. À cet âge, tous les gamins du monde veulent ressembler à leur papa. Mais personne ne veut plus lui ressembler quand il se transforme en salaud. Beaucoup de mecs lui ressemblent quand même, mais probablement parce qu'ils essaient toujours de devenir celui qu'il était avant.

– Qu'est-ce qu'il a fait ? Pour se transformer en salaud, je veux dire ?

– Des tours d'escamotage. Logique, non ? Sa plus belle ouvrage, en exclusivité pour un public restreint :

sa femme et son fils. Un coup je te vois, un coup je te vois pas.

– Un coup à boire ?

– Ce serait avec plaisir si on doit parler de ça.

– Je voulais dire…

– Je sais. Oui, il en a bu des coups. Il allait et venait sans arrêt et on ne savait jamais dans quel état il serait. Je détestais ses absences, parce que j'avais peur qu'il ne revienne jamais. Et quand il revenait, ma mère et lui se disputaient si fort que je voulais qu'il s'en aille. Mon vœu a fini par être exaucé. Il s'est fait virer d'un spectacle une fois de trop et très vite, plus personne n'a voulu de lui à Vegas. Alors il est parti chercher du travail ailleurs, en disant qu'il nous enverrait de l'argent, ce qu'il faisait tous les trente-six du mois. Parfois, le trente-sept du mois il faisait une apparition, en général parce qu'il était fauché.

– Combien de temps ça a duré ?

– Jusqu'à ce que j'aie treize ans.

– Qu'est-ce qui s'est passé à ce moment-là ? Ils ont divorcé ? »

Zal s'arrêta et regarda au loin, au-dessus du fleuve.

« Un mec bourré a percuté la voiture de ma mère sur Las Vegas Boulevard. Elle y est restée.

– Je suis désolée. »

Il hocha la tête puis se retourna et la regarda, le visage empreint d'une tristesse infinie. Tout en compatissant, Angélique se sentait étrangement reconnaissante de ce qu'il partageait avec elle. Souvent, quand on croit que les gens vous ouvrent leur cœur, ils en arrivent à ces confidences douloureuses et soudain se referment comme des huîtres, en vous laissant sur la touche.

« J'aimerais bien m'asseoir », dit-il, et ils se dirigèrent vers un banc.

« Qu'est-ce qui s'est passé ensuite ?

– Un truc inattendu. Mon père s'est racheté une conduite, littéralement du jour au lendemain. Un sursaut de lucidité, un coup de pied au cul, ce genre de conneries. Il a vu le gâchis trop tard. Il ne pouvait plus se rattraper auprès de ma mère, alors il s'est rattrapé avec moi. À travers moi, plutôt. Je l'ai suivi partout. À Reno, pendant un temps, puis dans des villes plus petites où il y avait un casino, puis ici et là. Il faisait des spectacles dans les salons des hôtels. J'ai dû changer d'école tous les six mois. C'est sans doute la raison pour laquelle je suis resté si proche de Karl : il était le seul vrai ami que j'avais, le seul dont je savais qu'il serait toujours là ; et Vegas, le seul endroit où je savais que nous retournerions. Mon père travaillait essentiellement le soir, et la plupart du temps, j'aidais dans les coulisses. Je pense que le petit garçon de neuf ans que je portais en moi était toujours en colère contre lui, parce que j'ai décidé que je ne voulais pas devenir comme lui, mais j'ai tout appris quand même.

– Ton père voulait que tu reprennes le flambeau ?

– Mais je pense bien ! Rien ne lui aurait fait plus plaisir que de me voir sur scène en train d'agiter une baguette magique. Il voulait le contraire du père de Karl, et résultat : Karl et moi on a fait la même chose, mais on s'est arrangés pour qu'ils soient tous les deux malheureux. Mon père disait que j'étais bien meilleur qu'il ne pourrait jamais l'être. Il disait que j'avais de meilleures mains, une meilleure technique, un plus grand sens de la psychologie du public. Mais j'avais décidé bien avant de ne pas faire ce métier. Peu de temps après le lycée, je suis parti.

– Il t'a mis des bâtons dans les roues ?

– Non, il savait qu'il en avait assez fait de ce côté-là. Il ne m'a pas caché ses regrets, mais j'ai eu droit à sa bénédiction. À son argent aussi, le peu qu'il avait. Il a essayé, il a vraiment essayé après la mort de maman. Je crois qu'il aurait tout donné pour l'avoir à nouveau près de lui. »

Zal détourna les yeux encore une fois, mais aucun tour de passe-passe ne parviendrait à cacher sa douleur.

« Il est mort, n'est-ce pas ? » demanda Angélique.

Zal fit oui de la tête, le regard perdu dans le courant rapide de la Seine. Les bateaux-mouches avaient du mal à regagner l'île de la Cité.

« Il est mort quand j'étais en prison, il y a presque trois ans maintenant. Je n'ai pas pu lui dire au revoir. Ni « Je te pardonne. » C'était pourtant ça qu'il avait besoin d'entendre. »

Elle lui prit la main. Il ne broncha pas, mais la serra en retour, pour indiquer qu'il l'avait sentie, ou peut-être pour dire merci.

« C'est pour ça que tu es venu à Glasgow, n'est-ce pas ? Pour lui dire au revoir et lui pardonner, dans sa ville natale ? »

Zal la regarda. « Comment tu as deviné ça ? » Son visage n'exprimait ni surprise ni réprobation. Juste de la curiosité.

« Alakazammi, c'est le grand rififi. Tu as dit ça à la banque. C'était son abracadabra, non ?

– Non. Il l'utilisait, bien sûr, mais ce n'est pas lui qui l'a inventé. C'était l'abracadabra du mec qui l'a formé, un pilier des music-halls de Glasgow.

– C'était qui ?

– Ah ! ah ! c'est une tout autre histoire. Une autre

fois, peut-être. Mais c'est vrai, quand j'étais en taule, j'ai pris la résolution de visiter l'endroit d'où il venait. Pour dire au revoir, mais aussi pour le connaître un peu mieux. J'ai grandi en entendant les légendes de cette ville lointaine ; elles ont bercé une grande partie de mon enfance et je n'y étais jamais venu. Mais ce n'est pas la seule raison qui m'y a amené. Ou plutôt, j'y serais venu quand même un jour ou l'autre, mais…

– Quoi ? »

Il se leva.

« Je commence à me geler le cul ici, pas toi ?

– Je ne viens pas du Nevada.

– Et moi je ne suis qu'à moitié de Glasgow. J'ai besoin d'un abri. Je t'offre à dîner ?

– Ouaille ! Arrête de me tordre le bras. Oui, oui, mais seulement si je peux rentrer me changer. Mettre mes belles frusques.

– Et ton micro.

– Ah oui, ça aussi. »

Angélique se tenait sous une tiède cascade, savourant le contact de l'eau, mais davantage encore ce qui l'entourait. Elle leva la tête pour regarder la pomme de douche carrée, se demandant, amusée, si cette forme cubiste avait un pouvoir nettoyant plus prononcé que la normale. Peu importait, en fait. Cela faisait du bien. Elle se sentait bien. Elle repensa au matin du braquage, à cette douche-sanctuaire qu'elle aurait voulu ne jamais quitter. Mais celle-ci était différente, elle la tenait embrassée ; Zal lui avait dit de prendre tout son temps, mais elle savait qu'elle n'y resterait pas des heures. Elle avait hâte d'en apprendre davantage, et – inutile de le nier – elle était impatiente de se retrouver en sa compagnie, surtout quand cela signifiait un dîner à Montmartre. Il y avait toujours une voix en elle qui lui demandait si elle savait dans quoi elle se fourrait, mais il n'y avait aucune chance qu'elle en tienne compte. Se battre contre des terroristes était classé dans sa mémoire et sa conscience dans la rubrique Faire Son Devoir. Si elle était en train de commettre une erreur, puissent toutes ses erreurs être aussi séduisantes.

Ils mangèrent près de l'hôtel, la température étant tombée bien au-dessous du seuil de tolérance d'Angélique, et certainement au-dessous ce que pouvait tolérer l'équipement qu'elle avait emporté. Zal semblait aussi avoir choisi sa tenue en pensant davantage à un confortable intérieur plutôt qu'à une nuit de décembre.

Un serveur prit leurs vestes quand ils s'installèrent à leur table, révélant les manches courtes de la chemise de Zal, ce qu'Angélique considérait généralement comme un crime contre l'élégance – mais l'on peut toujours envisager des exceptions lorsqu'elles dévoilent des bras comme les siens. Elles dévoilaient également les dessins d'autres tatouages, des volutes noires s'enroulant comme de la vigne autour de ses biceps.

« Sacrées marques de naissance, remarqua Angélique pour plaisanter après avoir été prise en flagrant délit, les yeux rivés sur ses bras.

– De prison, répondit-il. C'est marrant, je n'avais jamais pensé à m'en faire faire avant. Ce n'était pas non plus pour être comme tout le monde, mais plus une question de disponibilité et de temps. J'ai fini par ne pas être mauvais.

– Tu les as faits toi-même ?

– Certains. Pas au début, mais on a parlé avec le mec

qui me les faisait. Il a découvert que je dessinais mieux que lui, et que ma main était plus sûre, alors on a bossé ensemble pendant quelque temps. C'est comme... des dégâts limités, une façon d'arborer ses cicatrices mentales. Pour se rappeler tout ce qui a changé en soi, et l'encre indélébile signifie qu'il n'y a pas de retour en arrière possible. Les leçons qu'on en a tiré, les choses auxquelles on a survécu.

— C'est lequel le premier ? »

Il souleva sa manche droite, exhibant trois mots à l'intérieur d'un cadre qui ressemblait trop à du Charles Rennie Mackintosh[1] pour que ce soit une coïncidence. « Cela aussi passera. »

« L'histoire raconte que William Wallace[2] avait demandé à ses hommes de trouver une pensée qui lui remonterait le moral quand ça n'allait pas, mais le tiendrait aussi sur ses gardes quand il trouvait que tout allait bien. D'où, cela aussi passera. On a besoin de trucs comme ça en prison. Bon moral et prudence, la seule façon de survivre.

— Suis-je autorisée à savoir pourquoi tu y étais, maintenant ?

— Ça remonte à New York. Tu te souviens, je t'ai dit qu'on avait connu la gloire pendant une nanoseconde ? Eh bien, ce n'était pas la bonne.

— Comment ça ?

— Il y avait un autre petit enfant gâté plein aux as qui se la jouait à ce moment-là – sauf que ce n'était pas

---

1. Charles Rennie Mackintosh (1868-1928), architecte et décorateur originaire de Glasgow, aux œuvres résolument modernes même au sein du courant de l'Art nouveau.
2. Sir William Wallace (1270-1305), héros de l'indépendance écossaise, rendu célèbre par le film *Braveheart* qui raconte l'histoire de sa lutte contre Edouard Ier d'Angleterre.

juste un ado en rébellion contre Papa-Maman et qui irait les rejoindre pour l'été dans les stations chic. Ce mec croulait sous le pognon, une exagération vivante de tous les clichés qui circulent sur les nouveaux riches. Plein de fric à balancer, mais aucune classe, aucun goût, et pour le talent… Putain, en comparaison, Mercurio, c'était Francis Bacon. Il est apparu un beau jour. Je ne pense même pas qu'il ait étudié l'art; il avait simplement *décidé* qu'il était artiste, qu'il s'y connaissait en art et je pense qu'il était vachement habitué à obtenir tout ce qu'il voulait jusqu'à ce moment-là, alors il s'attendait à… En fait, je ne sais pas à quoi il s'attendait ; à se faire un nom avec ses barbouillages genre méthode à dix balles vendue chez les papetiers, ou à être accueilli dans le saint des saints du milieu artistique et invité à tous les vernissages branchés. Ni l'un ni l'autre ne se produisit, inutile de le dire. Contrairement à Mercurio, il ne savait pas dépenser son argent à bon escient ni lécher le cul de personne, encore moins le bon. Il était davantage habitué à ce qu'on lèche le sien.

– Pourquoi ? C'était qui ?

– Il s'appelait Alessandro. C'est tout ce qu'on savait de lui à l'époque. On l'avait surnommé Sandy. Il pensait qu'on était branchés – l'espace de cette nanoseconde – et il voulait traîner avec nous, faire partie des coups. Non. En fait, Sandy étant ce qu'il est, il voulait qu'on traîne avec lui, qu'on soit ses jouets dernier cri, ses faire-valoir. Je ne sais pas. Peut-être qu'il pensait qu'être proche de nous améliorerait son image auprès de ceux qu'il voulait impressionner. Quoi qu'il en soit, on lui a dit d'aller se faire foutre. C'était avant qu'on sache qui il était. Cela n'aurait sûrement pas fait une grande différence, mais on aurait sans doute choisi nos termes avec plus de circonspection.

– Gangster ?

– C'était le neveu d'Hector Estobal, parrain d'un gros syndicat du crime à cheval sur la frontière sud de la Californie.

– Merde.

– Ouais. Alessandro était le petit chéri d'Hector, qui n'avait pas eu de fils à lui. Il était habitué à obtenir tout ce qu'il voulait. Un ego colossal. Aucun sens des réalités. Il s'est probablement persuadé tout seul qu'il était "artiste", sur un coup de tête d'ado immature, parce qu'il appréciait quelques jolies toiles. Et c'était parti. Il débarque à New York, où tout le monde est censé se plier à ses volontés, comme il en a l'habitude. Je pense avoir été l'une des premières personnes qui aient utilisé le mot "non" en s'adressant à lui. Et certainement le premier à lui dire d'aller se faire voir.

– Alors, il a envoyé ses sbires ?

– C'était encore un gamin ; il avait dix-neuf, peut-être vingt ans. Il avait de l'argent, mais personne sur la côte est. Hector oui, mais pas aux ordres d'une tête brûlée à peine pubère. Quand il a vu qu'il n'obtiendrait pas ce qu'il voulait, il est reparti aussi sec à la maison, à L.A., là où on lui faisait sentir qu'il avait du poids. Beaucoup de poids, en fait, car quelques années après, le vieux Estobal meurt ; et devine qui est promu à la tête de la famille ?

– Mais c'était toujours un gamin !

– C'était l'élu. Hector ne jurait que par lui, et n'était certainement pas conscient de ses limites. La famille, c'est tout ce qui compte ; il n'y a pas de méritocratie dans ce monde-là. Le voilà soudain grand chef, et ces types sur la côte est se retrouvent sous ses ordres. »

Le vin arriva. Zal laissa à Angélique le soin de le vérifier, ce qu'elle fit d'une brève inspiration au-dessus du verre.

« Qu'est-ce qu'il leur a fait faire ?

– Il s'agit plutôt de ce qu'il nous a fait faire. Il s'est repointé à New York et a envoyé deux gars me chercher. Je m'attendais à un passage à tabac dans un entrepôt désaffecté, mais nous nous sommes vus dans un restau grand luxe. Comme ça, il pouvait faire étalage de son nouveau statut, alors que moi, j'étais là dans mes fringues de la veille. C'est un restaurant situé en face du musée Gigliotti – une grande galerie d'art appartenant à la municipalité. Il me montre les cartes postales de deux tableaux : un Poussin et un Lorrain, tous deux prêtés au musée, l'un par un nabab du cinéma, l'autre par un musée français. »

Zal but une gorgée, l'avalant sans la savourer, mais l'arrière-goût amer ne provenait pas du vin.

« Ensuite il me montre une photo de mon père et me dit qu'ils lui feront la peau si mes potes du CAR et moi on ne vole pas ces deux tableaux pour lui. Je commence par lui dire que c'est impossible, et il me répond que c'est mon problème. Alors je change de tactique, je lui fais remarquer que ces deux toiles ont beau valoir beaucoup d'argent, il ne pourra pas les vendre.

– Parce que tout le monde sait qu'elles sont volées.

– Exact. Alors ce fils de pute me dit qu'il n'a aucune intention de les vendre. Il me dit que ça fait partie des relations extérieures de son business. Comme quand on entre dans le hall du siège d'une grande compagnie et qu'on y voit des œuvres d'art de grand prix. Pareil pour lui : quand il accueillerait des gens chez lui, ils verraient qu'il possède des choses que personne ne peut théoriquement se procurer, des œuvres qu'on est censé ne voir que dans des musées. Le monde entier sait qu'elles ont été volées, et elles sont là, accrochées sur vos murs. Enfin, c'est ce qu'il m'a servi comme argument, en tout cas.

– Qu'est-ce que tu veux dire ?

– Je ne pense pas qu'il s'attendait à ce qu'on réussisse le coup, même s'il nous croyait très malins. Je crois qu'il voulait juste faire de moi sa pute, me balader au bout d'une chaîne et nous forcer tous les quatre à faire quelque chose qui nous expédierait en prison ou *ad patres*. Mais ce qui est certain, c'est qu'il ne plaisantait pas. Quand je suis rentré de ce petit dîner, j'ai découvert que Karl était à l'hôpital. Trois sbires d'Alessandro l'avaient chopé à peu près à la même heure que moi. J'avais eu droit au dîner et c'est lui qui s'est retrouvé sur une chaise dans l'entrepôt. Ils l'ont tabassé comme des salauds. Il a failli y perdre un œil. Les chirurgiens ont réussi à le sauver, mais ça a été vraiment tangent pendant un moment. Les enculés… »

Zal grimaça de dégoût à cette évocation et but une autre gorgée de vin pour chasser la boule qu'il avait dans la gorge.

« C'est vraiment des gros durs, pour s'en prendre à Karl, observa ironiquement Angélique.

– C'était pour prouver qu'ils étaient impitoyables. Ils s'en sont pris au plus vulnérable, sans montrer aucune pitié, pour qu'on comprenne bien que ça les faisait bander de nous faire mal en faisant mal à ceux qu'on aimait. C'était une façon de nous dire qu'on n'avait pas le choix. J'ai fait ce que voulait Alessandro.

– Comment ?

– J'ai commencé à bosser, j'ai élaboré un plan d'attaque. On s'est procuré les plans du musée, on a acheté ou fabriqué l'équipement nécessaire, élaboré des déguisements, conçu un programme informatique. On a révisé, répété, récapitulé, jusqu'à ce que tout le monde pense que ça marcherait : Alessandro, les gars, tout le monde.

– Mais ça n'a pas marché.

– On ne le saura jamais. La façon dont je voyais les choses, c'est qu'on ne pouvait pas se permettre que ça marche. Si on lui procurait ces toiles, il n'allait certainement pas nous laisser tranquillement partir ensuite. Il allait trouver autre chose, on n'en serait jamais débarrassés. Nous ne pouvions pas refuser, évidemment, sinon ils auraient tué mon père. J'ai donc pensé à faire foirer l'histoire pour qu'on se fasse pincer. Comme ça, Alessandro aurait sa revanche et nous oublierait par la même occasion, puisque nous n'étions qu'une bande de nuls, et pas ce qu'il imaginait.

– Mais, et la prison ?

– On y serait venus de toute façon. Peut-être pas cette fois-là, mais la suivante. Le prochain coup pour lequel il nous aurait fait du chantage. Mais comme ça, au moins, c'était moi qui décidais des conditions.

– Qu'est-ce que tu as fait ?

– Je n'ai dit à personne que des choses avaient été modifiées et nous avons suivi le plan à la lettre. J'ai conduit la camionnette, avec les garçons et le matériel à l'arrière. Mais quand on est arrivés, je les ai enfermés dedans et je suis entré seul dans le musée. Je pensais que c'était la seule façon de limiter les dégâts. On s'est tous fait pincer, mais j'étais le seul à avoir été pris sur le fait, en flagrant délit de vol avec effraction. Les autres furent seulement accusés de complicité et association de malfaiteurs. J'ai écopé de trois ans, eux de douze mois.

– Tu aimeras ton prochain plus que toi-même.

– Ils ne l'ont pas du tout perçu comme ça au début, comme tu peux t'en douter ; ils n'ont changé d'avis que quand leur avocat a commencé à leur expliquer quelques trucs.

– J'ai entendu parler de code d'honneur entre voleurs, mais là, ce n'est plus de l'altruisme, c'est de la… grandeur.

– J'aurais été altruiste si j'avais eu une autre option. Mais de toute façon, je me serais retrouvé en prison. Je n'ai fait que choisir le moment et saisi l'occasion d'y aller sans tous les faire plonger avec moi. Enfin, pas pour aussi longtemps en tout cas.

– Mais arrête de te sous-estimer : tu as saisi l'occasion de les tirer tous les trois et ton père des griffes d'Alessandro. À mon sens, c'est beaucoup plus que de prendre pour les autres. »

Zal leva les yeux de son assiette. Il avait à peine touché à l'entrée. Il semblait heureux de sa sollicitude, mais pas vraiment convaincu par ce qu'elle disait.

« Qui ai-je sauvé ? Nous sommes tous allés en prison. Certains plus longtemps que d'autres, mais crois-moi, même six mois là-dedans, ça te bousille pour un bon bout de temps. Alessandro a eu son dû. Nous avons exécuté ses ordres, nous avons foiré et plongé. » Zal la quitta des yeux un instant, comme s'il allait saisir son verre, puis la regarda à nouveau. « Et il a fait tuer mon père. »

Il n'y eut pas de larmes, mais sa colère couvait doucement, bien enfouie.

« Oh, mon Dieu.

– Je l'ai sous-estimé. J'ai cru que si nous passions pour des nuls, coopératifs mais incompétents, il l'oublierait, le laisserait tranquille. J'avais tort.

– Tu ne peux pas te reprocher ça, bon sang.

– Je ne me reproche rien. C'est Alessandro le responsable et c'est à lui que j'en veux, chaque jour de ma vie. Je lui en veux d'avoir assassiné mon père, je lui en veux d'avoir bousillé la vie de mes amis, je lui en veux de tout ce qui m'est arrivé en prison ; et de tout ce que j'ai fait pour y survivre – et c'était pas joli joli. Mais je m'en veux à moi de n'avoir pas dit certaines choses à mon père quand j'en avais l'occasion. »

Angélique tendit la main vers celle de Zal, posée sur la table, et la serra. « Tu n'es pas le premier à croire qu'il restait davantage de temps pour aplanir les malentendus avec quelqu'un.

– Oui, mais qui sait si je l'aurais fait ? Peut-être qu'il n'y a que quand c'est trop tard qu'on arrive à passer sur les conneries et voir ce qui compte vraiment. Je suis allé jusqu'à renier son nom, merde – je le détestais à ce point-là. J'ai pris celui de ma mère à la place. Enfin, en quelque sorte. Ma mère était mexicaine et son nom était Innez, mais elle l'avait transformé en Innes parce que ça avait moins l'air espagnol ; j'ai repris l'original. Je voulais davantage être le fils de ma mère que celui de mon père.

– En réalité, Innes, ça fait assez écossais. »

Zal sourit, pour la première fois depuis un moment. Il mangea une bouchée de salade de la main droite pour ne pas avoir à lâcher celle d'Angélique, qu'il tenait de la main gauche.

« C'est ce que disait mon père quand il lui faisait du plat.

– Quand Sal est-il devenu Zal ?

– Quand j'avais neuf ans et que j'ai vu les Sensational Alex Harvey Band à la télé. J'ai acheté quelques disques, mis des posters au mur. Si j'avais su qu'ils étaient de Glasgow, ça aurait sûrement tempéré mon enthousiasme à cette époque ! Mais quand je l'ai découvert, j'étais déjà bien trop accro.

– Récapitulons : tu as laissé tomber le nom de ton père, pris celui de ta mère dans sa version originale et modifié ton prénom. Tu as quoi entre les deux ? Est-il encore intact celui-là ?

– Oh oui. Il n'a pas bougé. McMillan.

– Comme le Premier ministre ?

– Ouais, mais pas celui auquel tu penses.

– Je ne pense pas penser à celui auquel tu penses que je pense.

– Essaie de dire ça la bouche pleine de lasagne. Auquel tu penses ?

– Au petit.

– Ian. Bonne réponse. Ah, mais j'avais oublié – je t'ai arrachée au match samedi, hein ?

– Je te pardonne. Ian McMillan appartient à une autre époque que la mienne, ça va de soi, mais on m'a raconté ses exploits.

– Jim Baxter qui lui fait la passe à la fin du match de la finale 1963. Je les connais tous. J'ai grandi en les écoutant. Je me rappelle – c'est probablement l'un de mes tout premiers souvenirs, en fait – mon père organisant une grande fête dans le jardin en 1972 pour leur victoire en Coupe des Coupes. Les voisins ne comprenaient rien à l'histoire, mais bon, il y avait de la bière et un barbecue. Il fallait que mon père appelle un bookmaker du Cæsar pour savoir ce qui se passait sur le terrain ; des gens du monde entier avaient passé des paris sur les matchs et ils se contactaient par télégrammes. Je me rappelle mon père en train d'arpenter le tapis cet après-midi-là, il appelait le pauvre gars toutes les dix minutes. Il a fini à genoux, puis s'est relevé et s'est mis à courir dans tous les sens, nous prenant dans ses bras, ma mère et moi. Heureusement, il n'a appris ce qui s'était passé ensuite que deux jours plus tard. Ça l'a calmé.

– Il y a toujours deux points de vue sur un événement. La police espagnole a réagi de manière très excessive.

– C'est ton opinion d'officier de police, ou de fan des Rangers ?

– Mon opinion professionnelle, lui assura Angélique en souriant. Ils ont lancé l'assaut contre des types qui voulaient juste faire la fête, ce qui était déjà débile en soi, mais personne ne les avait prévenus que les gens de Glasgow n'aiment pas trop se faire charger et matraquer par des fascistes.

– Les flics se sont fait botter le cul ?

– Ah, ça ! En Catalogne, on ne s'en souvient pas comme d'une émeute, mais comme de la nuit où la police de Franco s'est pris une dérouillée.

– C'est encore plus sympa de s'en souvenir pour ceux qui ont gagné le match.

– C'est vrai. Je suis toujours sur la défensive quand on parle de ça : le prêt-à-argumenter s'enclenche tout seul. On s'est trop disputés sur le sujet avec mon frère. C'est un supporter du Celtic, il les voit comme les parangons de l'efficacité libérale. Ah ! là, là ! On s'entend bien sinon, mais quand on parle de foot, à nous deux, on forme un microcosme de tout ce qui fait que les fans des vieux clubs vont à l'encontre du but recherché : c'est vraiment une émulation *mal*saine. Chaque camp trouve toujours un biais pour dénigrer les succès ou l'histoire de l'autre jusqu'à ce que les deux finissent par avoir l'air carrément mesquin. Et le plus triste, c'est que la plupart des gens, quand on parle des Rangers ou du Celtic, pensent d'abord à autre chose qu'au football.

— Ouais, mon père m'a expliqué… enfin, non, personne ne peut expliquer ça. Il m'en a parlé. Il disait que c'était une honte, parce que l'Écosse devrait se montrer capable d'être fière de ses deux grands clubs, mais que ce serait difficile tant qu'ils traîneraient toutes ces casseroles. Bon, j'admets qu'il devait être de sacrément bonne humeur avant d'arriver à dire *deux* clubs, mais tu me comprends.

— Mieux que beaucoup de gens. Tu parles à quelqu'un qui a commencé à aller à Ibrox au début des années quatre-vingt en tant qu'écolière catholique.

— Waouh. Comment une telle chose peut arriver ?

— Via le racisme, principalement. Disons qu'on m'a bien fait sentir que j'étais une étrangère à l'école ; alors j'ai pensé que je pourrais me sentir à ma place parmi ceux que mes camarades de classe détestaient.

— Et ça a marché ?

— Eh bien, disons que personne ne m'a traitée de salope de bronzée, ce qui était un début. Je ne dis pas que ce ne serait pas arrivé si j'avais été de l'autre côté des grilles de la ségrégation, mais pour une fois j'ai eu l'impression d'être jugée sur la couleur de mon écharpe, et par sur celle de ma peau. Quant à me sentir à ma place, je ne crois pas que cet aspect des choses ait jamais été résolu. Pose-moi la question quand nous chantons *Follow Follow* après un but dans un match nul au niveau européen, tu obtiendras une réponse différente de celle que je donnerais quand je suis assise par un samedi pluvieux en train d'écouter une chanson qui parle de baiser l'Ulster. Et bien sûr que oui, le club a plein de fans qui viennent de là-bas, et bla bla bla, mais putain, à choisir entre ça et des fans du Celtic qui vont à un match pour chanter une chanson sur la pénurie de pommes de terre…

Ce que ça m'a appris, je pense, c'est que les stades de foot sont pleins de gens qui sont à la recherche d'un sentiment d'appartenance. Chaque personne qui tombe accro d'une équipe aimerait qu'elle représente aux yeux de tous ce qu'elle représente à ses yeux. Alors je reste assise au milieu et je suis en pétard, parce que personne ne chante vraiment pour les Rangers. Deux rangs derrière, il y a toujours un fêlé qui pense qu'on n'est pas un vrai fan à moins d'adhérer à son ramassis anachronique d'imbécillités idéologiques et pseudo-ethniques ; ce dont il ne se rend pas compte, c'est que celui qui est assis à côté de lui pense que *lui* n'est pas un vrai fan parce que son ramassis d'anachronismes n'est pas assez pur et dur. Et tout autour d'eux, il y a des gens qui pensent que ces deux-là sont vraiment la honte du club.

– Mais vous éprouvez tous ce sentiment d'appartenance ! Alors, merde à ceux qui pensent le contraire.

– Voilà, tu as tout compris. Cette philosophie est précieuse quand on grandit dans le Renfrewshire avec la mauvaise couleur de peau.

– Oh, la couleur te va très bien. N'en change pas… à moins que tu tombes sur des fringues géniales qui exigent une peau pâle.

– Merci. Tu aimes le violet ? demanda-t-elle en montrant son chemisier.

– Oui. Mais après samedi, je t'imaginerai toujours en noir.

– Tu penses que le Kevlar me va bien ?

– Je pense que tu *sais* qu'il te va comme un gant. Mais que tu n'es plus aussi sûre qu'à une époque que le bleu de l'uniforme t'aille aussi bien. »

Angélique hocha la tête. « Tu es très perspicace.

– Pas du tout. C'est toi qui m'en as parlé samedi. Tu n'as pas dit grand-chose, mais c'était sincère, et pour le partager avec un voleur pendant un braquage, tu devais en avoir gros sur la patate.

– C'était aussi mon anniversaire et vu les circonstances, j'en avais encore plus gros sur la patate ; mais je ne l'aurais pas partagé avec n'importe qui. Tu es quelqu'un à qui il est dangereusement facile de se confier.

– Ce sentiment est réciproque. C'est pourquoi j'ai dû prendre quelques précautions. Mais je ne reçois pas si facilement les confidences. C'est moi qui raconte ma vie aujourd'hui.

– Entre flic et voleur, c'est comme ça que ça doit se passer. »

Zal lui pressa doucement la main. « Je ne suis pas le seul à avoir besoin de parler, Angélique. »

Il avait raison. Pendant le reste du dîner, elle lui raconta la triste histoire de l'Esprit des Ténèbres, de Raymond Ash, de Dubh Ardrain et de son contrecoup.

Cela lui fit un bien fou, comme un concentré de l'aide psychologique qu'elle n'avait jamais reçue, ni d'un professionnel, ni des moments passés avec Ray. Zal était davantage qu'une oreille attentive ; il était un public véritable, prenant fait et cause pour l'héroïne, d'une subjectivité sans vergogne quand il le fallait, impartial (ou faisant semblant de l'être) quand c'était nécessaire.

C'était une justification en soi de cette catharsis d'entendre ses exclamations de surprise, de le voir bouleversé par toute cette horreur, et surtout, surtout, de pouvoir partager avec lui une évidence : ce n'est pas parce que l'héroïne tue tous les méchants qu'on peut conclure en disant qu'*elle vécut heureuse à jamais*…

« Et c'est pourquoi tu es ici, à Paris, en train de dîner avec un criminel recherché par la police.

— Oui, mais soyons clairs : ce n'est pas parce que je suis à Paris en train de dîner avec un criminel que je suis sur le point de tout plaquer. La philosophie que j'ai apprise à Ibrox s'applique toujours. Je ne ferai pas de concessions dans le but d'entrer dans un moule et je ne céderai pas aux trouducs qui veulent me faire sentir que je suis une étrangère où que je sois.

— Nous sommes semblables de bien des manières, dit Zal. Le problème n'est pas de trouver notre place, nous avons simplement appris que nous n'en avions pas besoin.

— Amen. »

Ils se tenaient par la main en marchant vers l'hôtel. Il n'y eut pas de regard pour marquer l'instant ; Angélique ne remarqua même pas où et quand cela avait eu lieu – en quittant le restaurant ? Dans la rue ? La première fois qu'ils avaient traversé à un feu rouge ? Ni l'un ni l'autre ne semblait y prêter attention, mais ni l'un ni l'autre ne semblait prêt à ce que cela s'arrête. Elle ne parvenait pas à se rappeler la dernière fois qu'elle avait marché dans la rue en tenant quelqu'un par la main. Ses relations au cours des dernières années avaient été terriblement adultes (c'est-à-dire fonctionnelles et inévitablement vouées à l'échec). On aurait dit, de manière totalement absurde, qu'avoir des rapports sexuels avec quelqu'un n'était pas une excuse pour se laisser aller à des frivolités d'adolescent, ou même à un soupçon d'affection.

Elle n'avait pas à s'empêcher de penser à ce que

cela signifiait, ou à quoi cela allait mener. Elle savourait l'instant.

Ils prirent un armagnac tardif au bar de l'hôtel, servi en plusieurs fois, avec jovialité et indulgence, par le seul membre du personnel encore en service, lorsqu'il ne nettoyait pas la machine à café ou ne remplissait pas des formulaires derrière le comptoir.

Les verres à cognac étaient bien sûr de forme cubique.

« À cette heure-ci jeudi dernier, j'étais en train de me geler les fesses en surveillance à Partick, à attendre qu'un soi-disant faux-monnayeur vide ses poubelles. Si quelqu'un m'avait dit à ce moment-là ce que je ferais dans une semaine, je l'aurais embarqué pour détention de stupéfiants. J'ai l'impression d'être en train de rêver.

– Moi aussi, je suis en train de rêver, c'est clair. Ça fait un petit moment, même. Il faudra que je sois prudent : ce fut la perte de mon père.

– Comment ça ?

– Il a débarqué de Garnethill à Vegas, passant des salles de music-hall aux casinos cinq étoiles. Il a rencontré une belle strip-teaseuse mexicaine qui avait presque vingt ans de moins que lui et l'a épousée. Il est passé d'une ville où il pleut tout le temps à la chaleur du désert, dans un endroit où ça bougeait vraiment dans les années soixante. Il a dû avoir l'impression d'entrer dans un film. Son rêve était devenu réalité, ça ne fait aucun doute. Mais peut-être que lorsqu'on vit un rêve, il ne semble jamais tout à fait réel, et c'est à cause de ça que, dans son cas, il ne s'est jamais vraiment senti chez lui. Glasgow lui manquait, même si tout se passait bien pour lui à Vegas ; je pense qu'il se sentait seul, un peu à part. C'est pour cette raison qu'il s'est mis à boire.

– Pourquoi a-t-il quitté l'Écosse ? Est-ce qu'il a été "découvert" et qu'on lui a fait une offre qu'il ne pouvait refuser ?

– Il ne me l'a jamais dit. Ce n'est pas faute d'avoir demandé ; il ne voulait pas me le dire. Je pense qu'il y a eu une succession de hasards heureux, avec des ennuis d'un côté et une belle occasion de l'autre, mais je n'ai jamais découvert les détails. Je n'ai pu que constater le résultat : un homme qui ne s'est jamais vraiment fait à sa nouvelle vie, peut-être parce que ça semblait trop beau pour être vrai. C'est pourquoi j'ai été plongé dans la culture qu'il avait laissée derrière lui.

Il adorait m'en parler, et rien ne lui aurait fait plus plaisir que nous y retournions ensemble un jour, je pense. Mais le truc étrange, c'est que Glasgow me fait à moi l'effet d'un rêve. Je vois des choses qui ont atteint quasiment le statut de mythe dans mon enfance, et pour cette raison elles me paraissent moins réelles que tous les artifices avec lesquels j'ai grandi à Vegas. Parfois, j'ai l'impression d'être dans un parc à thème, ou un studio de cinéma.

– Glasgow, le nouveau Disneyland. Ça me semble très improbable, mais je suis certaine que la mairie adorerait t'avoir au service du tourisme. Évite seulement de dire que tu n'es pas catholique.

– Je ne plaisante pas. J'ai l'impression que tout est permis parce que rien n'est réel. Tu crois vraiment que j'aurais eu les couilles de braquer une banque aux States ? Jamais de la vie.

– Tu n'es pas en train de me dire que c'était la première fois ?

– Si. C'est exactement ce que je suis en train de te dire.

– Je ne te crois pas. Impossible. Vous aviez l'air d'experts chevronnés.

– Oh oui. Dans plein de domaines. Mais pour le reste... N'oublie pas que j'ai un don pour faire illusion.

– Oui, mais un truc aussi balèze, aussi élaboré...

– On a un peu chargé les effets ici et là, hein ? Mais on avait besoin de tout ça – les peintures, la pièce – pour que tout le monde ait l'esprit occupé ailleurs.

– Je ne pense pas que les otages aient pu oublier la situation dans laquelle ils se trouvaient, même si vous...

– Pas l'esprit des otages, le nôtre. »

Angélique éclata de rire, mais elle savait qu'il ne plaisantait pas. Elle aurait voulu voir la tête de McMaster si un jour il apprenait ça.

« Je n'aurais jamais tenté quelque chose d'aussi audacieux dans le monde réel. Mais à Glasgow, j'ai la sensation que les règles habituelles ne s'appliquent pas, pas même la loi.

– Peut-être que c'est notre faute, à nous, les flics qui ne sommes pas assez bons.

– Oh, je suis sûr que vous êtes tout ce qu'il y a d'assez bons. C'est pour ça qu'il faut que je me rappelle que ce n'est pas un rêve. » Il jeta un coup d'œil aux alentours et à leur design étrange, puis revint à Angélique. « Être ici avec toi ne m'aide pas vraiment », dit-il doucement.

Angélique fit glisser ses chaussures et posa ses pieds sur le sofa en cuir sur lequel ils étaient assis. Elle se cala confortablement dans un coin, tenant son verre cubiste à deux mains et étendit une jambe vers lui. Il plaça une main sur la cambrure de son pied et l'y laissa : chaude, humaine, légèrement électrisante.

« Quand tu m'as appelée, la première chose que tu as dite… c'était une citation, non ?

— Cela va vous sembler un peu obsessionnel, confirma-t-il timidement.

— J'ai pensé que ça venait d'un film et que c'était une femme qui parlait. Ça m'a rendue dingue, mais j'ai fini par trouver. Enfin, je n'ai pas trouvé, j'ai simplement passé le bon disque. C'est Everclear, dans cette chanson, *Unemployed Boyfriend*. La fille laisse un message sur le répondeur de son copain au début.

— Ouais, je suis désolé, je n'essayais pas d'être énigmatique. Je ne savais pas quoi dire, et je suppose que mon inconscient a comblé le vide avec cette citation. Je n'ai pas du tout pensé que tu chercherais d'où cela venait.

— J'adore cette chanson.

— Moi aussi. Et apparemment, mon inconscient est du même avis.

— Je ne suis pas franchement la dernière des grandes romantiques, mais j'aime bien l'idée qu'un homme puisse penser qu'il est celui qu'il faut à une femme, penser à tout ce qu'il aimerait faire pour elle, plutôt qu'à ce qu'il va obtenir d'elle ; ou qu'il la fantasme sur un piédestal, comme dans la plupart des chansons.

— De quoi tu parles ? Cette chanson parle d'une *femme* qui fantasme que l'homme de sa vie vient de faire son apparition. Elle est assise dans une ANPE, putain, elle s'ennuie à mourir, ce mec se pointe, et lui ne fait que trouver que les mèches blondes font bien sur elle. Enlève-toi de là. »

Angélique lui donna un petit coup de pied.

« C'est typiquement un fantasme de mec ! Il a vu

cette nana quelques fois, elle lui plaît, et il se met à rêver qu'il va la rendre heureuse.

– Ah ouais, sans blague ! s'écria Zal en se redressant pour poser son verre. Ce mec va l'emmener voir un film de gonzesse, *exprès*, et paf ! lui dire qu'il va faire d'elle la mère de ses enfants ? Sans déconner.

– Il va simplement lui dire qu'il la fera toujours jouir, contra Angélique. Si ça, c'est pas un fantasme de mec…

– Et voilà. Tu me piques ma réplique. Cette partie du texte est un argument décisif en faveur de *ma* thèse. Non seulement il va faire tout ce qu'on a dit, mais en plus, c'est un supercoup au pieu ! »

Angélique posa son verre elle aussi, riant de sa véhémence feinte. « Votre Honneur, je pense que l'argument décisif, c'est qu'elle dit à la fin qu'il est effectivement séduisant et qu'elle va de toute évidence lui téléphoner. Il va obtenir ce qu'il voulait : c'est son rêve à lui qui devient réalité.

– N'importe quoi… insista Zal en riant lui aussi. À la fin, elle demande à sa copine si tout ce qui lui arrive est vrai, et en fond avec la musique, on entend la voix d'Alexakis qui chante NOOON ! à s'en faire péter les cordes vocales : c'est la voix de la réalité. Ce n'était qu'une illusion, un rêve.

– C'était leur rêve à tous les deux », dit doucement Angélique pour marquer une trêve.

Zal la regarda et hocha la tête. « Comme ceci est le nôtre, fit-il. Nous sommes là, policier et voleur réunis, en vacances loin de la réalité. » L'humour avait disparu, remplacé par un léger ton de regret. « Les vacances ne peuvent pas durer. Nous allons devoir retourner là où je dois faire mon travail, et toi le tien.

– Oui, mais pas tout de suite », dit Angélique.

Elle se pencha vers lui et l'embrassa, d'abord avec timidité et délicatesse, puis sans retenue, profondément, abandonnée. « Pas tout de suite. »

Jusque-là, Angélique estimait n'avoir jamais eu beaucoup de chance sur le plan sexuel, et si elle était honnête, elle devait reconnaître qu'elle y était pour beaucoup. Elle avait eu tellement de liaisons dont elle attendait peu (quand les hommes étaient flics eux aussi) ou qui duraient peu (quand ils ne l'étaient pas), que s'il existait réellement des types capables de concilier exploits sexuels et relations de merde, elle n'avait jamais couché avec l'un d'entre eux. Les gens parlent souvent d'« incompatibilité physique », comme s'il y avait des obstacles techniques impossibles à surmonter chez les couples mal assortis, mais elle trouvait que ce terme n'était qu'une excuse pour masquer le fait que des choses plus importantes manquaient à l'appel. Angélique avait eu des rapports sexuels totalement insignifiants avec des hommes qu'elle avait trouvés extrêmement désirables et qui l'avaient assurée de la réciproque : la compatibilité physique n'était donc pas le problème, mais ne suffisait pas en soi. Angélique ne remettait pas en cause le fait qu'il existe des attirances physiques totalement instinctives, mais l'attirance sexuelle lui semblait un processus plus complexe – dont la majeure partie se passe dans la tête.

Bien faire l'amour nécessite qu'on s'implique, ce qu'elle n'assimilait pas à des intentions honorables ou une longévité éprouvée. S'impliquer, c'est savoir jusqu'où on est prêt à se laisser aller. Si on reste assez longtemps avec quelqu'un, cela passe par la confiance. Sinon, cela passe par l'abandon.

Quiconque doté d'un peu de bon sens n'aurait jamais fait confiance à Zal Innez. Heureusement,

Angélique avait senti, depuis l'instant de leur rencontre, qu'elle pouvait s'abandonner à lui. Jamais auparavant elle ne s'était sentie aussi bien nue dans un lit avec quelqu'un, ni aussi à l'aise dans les gestes qu'ils partageaient : à tel point qu'elle n'éprouva aucune angoisse, seulement un peu de surprise, lorsqu'il éjacula presque dans la seconde qui suivit le contact de sa main à elle avec son pénis.

« Oh merde, je suis désolé, dit-il, effondré. Ça fait si longtemps.

– Ne t'inquiète pas. Nous avons du temps devant nous. Pas trois ans, mais cette nuit au moins.

– Donne-moi quelques minutes, la rassura-t-il.

– Il n'y a pas d'urgence. Tu devras simplement trouver un moyen de me divertir en attendant. »

Ce qu'il fit.

Angélique avait éprouvé une déception systématique auprès de ses anciens amants : ils avaient tous supposé, à cause de sa réputation de femme qui « sait se défendre toute seule », que faire l'amour avec elle devait prendre la forme d'un combat d'entraînement. Peut-être étaient-ils un peu intimidés et se sentaient-ils dans l'obligation de faire valoir leur maîtrise physique, ou peut-être considéraient-ils qu'au vu du temps qu'elle passait à rouler sur les tapis, faire la même chose sur un matelas était le seul moyen de l'exciter. Quoi qu'il en soit, elle n'aimait pas, et ils passeraient sans doute un long moment avant de trouver une femme qui apprécie. Car, comme toutes les femmes sur cette terre, qu'elles allaitent des enfants ou combattent des alligators à mains nues, elle voulait que dans un lit, on la traite comme si elle était un être précieux.

Zal avait des mains qui touchaient avec un rare degré de subtilité, des doigts qui pouvaient manipuler avec une délicatesse exquise. Il la caressa avec une douceur qu'elle n'avait jamais connue, jusqu'à ce qu'elle n'ait plus envie qu'il soit doux.

Quand il finit par jouir à nouveau, ses larmes jaillirent en même temps. Pas les larmes silencieuses qu'il avait versées durant la journée, mais de gros sanglots libérateurs.

Après cela, il resta étendu en la tenant dans ses bras pendant un long moment, lui caressant les cheveux, ou l'embrassant sur le front. Angélique ne disait rien non plus, ne voulant pas rompre le silence. Elle savait qu'il parlerait lorsqu'il serait prêt, et c'est ce qu'il fit.

« C'est seulement quand on atteint ce genre de sommets qu'on peut vraiment voir à quel point on a touché le fond.

– La prison ?

– Oh oui. Tous ces salopards – les républicains, enfin les conservateurs pour vous…

– Salopards, ça me va.

– … qui disent que le régime des prisons devrait être plus sévère, j'aimerais bien entendre leurs idées sur ce qui pourrait être plus sévère que les saloperies qui s'y passent déjà.

– Tu serais surpris : ils font preuve d'une imagination incroyable. Tu as déjà lu un édito du *Daily Post* ?

– Un soi-disant journal de bon père de famille ne devrait même pas mentionner des trucs pareils. Toutes les histoires qu'on entend sur la prison sont vraies, et la plupart me sont arrivées. J'étais pas fait pour cette merde, j'étais pas un dur. J'étais que de la viande fraîche. Et tous les mecs te passent à tabac… ils savent même pas qui tu es, ils ont rien contre toi, mais c'est la loi de la jungle : proie ou prédateur. Si c'est pas toi qui cognes, alors tu es le faible. Faut avoir l'air mauvais, l'air d'un vrai enculé, ou du moins montrer qu'il y en a des plus vulnérables dans le bloc. J'en ai vraiment chié. Après la nouvelle de la mort de mon père, j'ai failli me flinguer. Quelqu'un m'a retenu : un mec plus vieux, Parnell, il s'appelle.

– Dans quel but ? Si je ne suis pas trop cynique…

– Il était passé par là lui aussi, longtemps avant. Il avait presque soixante ans, il avait fait plein de conneries, il était plein de regrets, tu vois ? Il m'a appris comment survivre. Il m'a entraîné, physiquement et mentalement.

– Mentalement ?

– Ouais. Le corps doit être prêt pour les bastons, mais l'esprit doit l'être aussi pour tous les petits manèges. En prison, les mecs sont constamment sur le qui-vive, à l'affût de la moindre faiblesse susceptible d'être exploitée, même pendant une conversation qui veut sembler courtoise. J'ai dû aussi effectuer ce que je pourrais appeler un matage de conscience, grâce auquel…

– J'ai bien compris, pas la peine de développer.

– C'est ce qui a été le plus dur à maîtriser, mais on m'a aidé pour ça aussi. D'une manière nettement moins agréable. Nettement moins. Quand je dis toucher le fond… »

Zal avala sa salive, une expression amère sur les lèvres, comme si ce souvenir avait fait remonter de la bile dans sa gorge.

« Parnell s'est assuré que je pouvais me débrouiller tout seul, mais personne ne peut servir d'ange gardien en permanence. Tout le monde doit surveiller ses arrières d'abord, et il y a des batailles que personne ne peut gagner à ta place. »

Il s'arrêta à nouveau, cette réticence ne faisant que

nourrir les aspects les plus sinistres de l'imagination d'Angélique.

« Tout ce que tu peux imaginer de pire, c'est bien ça dont je parle. Le mec s'appelait Marsh, une vraie teigne, il avait beaucoup d'influence et il était de mèche avec l'un des gardiens, Creedie. Ils étaient tous les deux... sur le coup. Mardi après-midi. Tous les mardis après-midi.

– Il y avait une raison précise pour...?

– Ouais. Ils ne s'amusaient pas qu'avec moi : un mec différent quasiment tous les jours. J'explique : Creedie avait la responsabilité d'établir le tableau de service de l'atelier de ferronnerie. C'est comme ça qu'il pouvait se couvrir – au cas où quelqu'un aurait été assez stupide pour lancer des accusations. Lui et Marsh pouvaient se livrer à leurs jeux, et si quelqu'un essayait de raconter son histoire, il pouvait prétendre que c'était impossible, parce que c'était écrit noir sur blanc : personne n'avait quitté l'atelier. Il y avait d'autres gardiens dans le coup. Enfin, pas dans le coup proprement dit, mais ils savaient que Creedie leur rendrait service sur d'autres combines. »

Zal secoua la tête. « Je pensais qu'ils finiraient par s'ennuyer, qu'ils prendraient quelqu'un d'autre. Je n'avais rien compris : en prison, tout est routine, et même des trucs comme ça deviennent banals. Alors j'ai dû y mettre un terme.

– Comment ?

– Je les ai tués tous les deux. »

Il regarda dans le vide pendant un instant, comme s'il ne parvenait pas à croire qu'il ait dit ça, preuve que ce souvenir était rarement évoqué – et rarement avec plaisir.

« Ça se passait tout le temps de la même manière.

Creedie m'emmenait dans cette espèce de buanderie, et Marsh se pointait après. Creedie aimait se faire sucer la queue. Il me foutait son flingue sur la tempe, mais seulement au début, jusqu'à ce que je devienne suffisamment coopératif. L'espèce de con le laissait dans son holster.

– Tu as tiré sur lui ? Mais, et le bruit ?

– Non, je l'ai matraqué à mort. Et quand Marsh s'est pointé, c'est *lui* que j'ai flingué. J'ai mis l'arme dans la main de Creedie et je me suis faufilé jusqu'à ma place dans l'atelier pendant que les gardiens arrivaient. D'après le tableau de service, je n'avais pas quitté ma place.

– Mais les autres gardiens... ?

– La mise en scène parlait d'elle-même, ça semblait plausible et personne n'avait franchement envie de mener l'enquête. Peut-être se sont-ils douté de quelque chose, mais ils n'étaient pas en mesure de révéler quoi que ce soit sans que tout ce merdier ne remonte aux oreilles des autorités, ce qu'ils voulaient bien sûr éviter.

– Mon Dieu.

– C'est ça la prison : tout le monde est au courant de tout, mais personne ne dit rien. Cela n'a jamais été dit, mais personne n'ignorait que j'avais tué Marsh et Creedie. Après ça, il n'y a plus eu foule de candidats pour jouer au con avec moi.

– Et les amis de Marsh ?

– Mmh, je me suis fait du souci pendant un moment, mais Parnell m'a expliqué – des mecs comme Marsh n'ont pas d'amis, ils ont une cour de parasites, de mouches à merde. Quand on enlève la merde, ils vont s'agglutiner sur une autre. Il était sacrément au courant.

– Il avait passé beaucoup de temps en prison ?
– Ouaip. C'était sa quatrième peine.
– Pour quel motif ? »
Zal sourit. « Tu ne devines pas ? »
Dit comme ça, elle pouvait. « Il n'a pas fait que t'enseigner le mode d'emploi de la taule.
– Oh ! là, là, non ! Tout le monde peut commettre un délit, mais quand on veut apprendre à être un vrai criminel, on n'échappe pas à la prison. Et on a des mois, des années devant soi pour comparer ses notes sur ce qu'on a fait, comment on l'a fait, ce qu'on aurait dû faire quand on pouvait et ce qu'on va faire en sortant. Je ne pense pas qu'il y ait une université sur terre où les étudiants sont aussi motivés et entièrement absorbés par la matière qu'ils ont choisie.
– Une scolarité entière en cours particuliers.
– Parnell connaissait tout. Les systèmes de sécurité, les protocoles imposés au personnel, les procédures au sein de tous les types d'établissements, les temps de réaction de la police et les tactiques mises en place : il n'y avait qu'à demander. Il avait une bonne dizaine de façons d'éviter les prises d'otages, principalement parce que c'est comme ça qu'il s'était fait prendre, mais lorsque c'était inévitable, il mettait un point d'honneur à s'assurer que personne n'y perde la vie.
– Est-ce qu'il mettait aussi un point d'honneur à rendre hommage aux peintres surréalistes ou aux dramaturges de l'absurde ?
– Même principe, applications différentes. Parnell avait quelques trucs personnels, mais la chose la plus importante est de traiter les otages avec autant de courtoisie et de dignité que la situation le permet.
La chose la plus essentielle qu'il m'ait enseignée, pourtant, c'est qu'on conçoit toujours un casse à

l'envers. N'importe quel abruti peut entrer dans une banque avec un flingue et se faire remettre de l'argent. C'est ressortir sans menottes, et sans blessures par balles, qui doit être l'objectif premier de toute l'opération. C'est la priorité numéro un de tous les projets. Si on ne sait pas comment ressortir, ce n'est même pas la peine de penser à entrer. Pour la Royal Scotland, je suis tombé sur des plans du métro, une carte qui montrait tout ce que les gens ne voient pas : les tunnels désaffectés qui n'ont pas été rénovés lors de travaux, les voies de garage, les accès de service. Avant de voir cette carte, j'avais dans l'idée de braquer une banque à St. Rollox : elle jouxte un immeuble qui est un entrepôt reconverti en appartements, et l'entrepôt était auparavant un dépôt de whisky. La cave s'étend au-delà du mur extérieur dans les fondations d'un ancien bâtiment. Et qu'y a-t-il derrière ces fondations ? Le mur du fond de la chambre forte. J'espère que tu prends des notes.

– Où est-ce que tu te procures ces infos ?

– À la bibliothèque Mitchell. Une vraie banque de données pour criminels, inestimable et inexploitée, si tu veux mon avis.

– Et les explosifs ? C'est Parnell qui t'a enseigné ça aussi ?

– Non. Ça, c'est le sujet de prédilection de Jérôme. Il a purgé moins d'un an, mais il partageait sa cellule avec un type qui dirigeait une affaire de démolition. Il était en taule pour escroquerie, mais il se taillait une meilleure réputation en parlant d'explosifs. Parnell n'aurait jamais utilisé ne serait-ce qu'un pétard, alors un bâton de dynamite... ! Il n'aimait même pas les armes à feu, mais en général, c'est inévitable. » Zal sourit avec attendrissement. « Il aurait été fier de nous samedi dernier.

— Il est toujours en prison ? »

Zal fit signe que oui, une expression plus préoccupée sur le visage.

« Quoi ? » s'exclama Angélique.

Zal se redressa, ramenant ses genoux vers lui sous les draps.

« Parnell est la raison de ma présence ici, enfin pas ici.

— À Glasgow. Mais comment ça ?

— Alessandro. Ce putain d'enfoiré. Tout a recommencé. Il y a quelque chose qu'il veut que je vole pour lui, sauf que cette fois, il n'y a pas de doute sur le fait qu'il veuille que je réussisse. Il veut cette… *chose*, il la veut vraiment et il s'est imaginé que je suis le seul qui puisse la lui procurer.

— Mais au musée Gigliotti…

— Je me suis planté, ouais, mais Alessandro n'est pas stupide. Enfin, si, il est stupide, mais même lui a dû finir par comprendre que j'avais foiré le coup exprès — c'est pour cette raison qu'il a tué mon père. À l'époque, il ne savait pas qu'il aurait encore besoin de moi un jour, mais maintenant que c'est le cas, Parnell est la seule personne qu'il puisse menacer. Peut-être pas la seule, mais la plus facile à localiser ; et c'est quelqu'un à qui je dois beaucoup. Ce fils de pute est venu me voir en prison et m'a mis le marché en mains. Cette fois-ci, je n'ai pas le droit de me planter, exprès ou pas. Pas de faux-fuyant, pas d'alternative : je livre la chose ou Parnell meurt, et ce ne sera pas indolore, genre injection létale.

— Et après ? Tu te retrouveras exactement dans la situation que tu cherchais à éviter. Il te demandera de voler autre chose et vous l'aurez sur le dos pour toujours. »

Zal ferma les yeux et secoua la tête. Lorsqu'il les rouvrit, il avait l'air triste et désolé.

« Règle numéro un de Parnell : prévoir sa sortie avant tout le reste. On lui livre son truc et on disparaît. C'est pour ça qu'on a monté le coup de la banque : pour financer notre disparition. Alessandro obtiendra ce qu'il veut mais plus jamais il ne verra l'un d'entre nous. »

Angélique sentit sa poitrine se serrer à l'évocation de cette douloureuse, inéluctable solitude à venir. « Moi non plus. »

Il lui prit la main et la serra.

« À moins de m'attraper.

– Ce n'est pas drôle. De savoir tout ça maintenant ne va pas rendre les choses plus faciles, mais je ne peux pas laisser tomber ni fermer les yeux.

– Angélique, je ne t'ai pas raconté tout ça pour pouvoir te demander de ne pas faire ton travail. Je l'ai dit pour que tu comprennes pourquoi il faut que je fasse le mien.

– Mais Zal, faire le tien pourrait te renvoyer directement en prison. Tu ne te bats pas contre le même idiot dont tu t'es payé la tête à la banque. Celui qui s'occupe de l'affaire à présent est l'un des meilleurs qu'on ait. Il pense que tu es déjà loin, mais si tu lui en donnes l'occasion, il te chopera, crois-moi. Tu as pris tout le monde par surprise la première fois, mais là, nous serons prêts.

– Prêts, oui. Sauf que vous ne savez ni quoi, ni où, ni quand.

– Mais à partir de maintenant, je ferai de mon mieux pour le découvrir. Ça va me faire disjoncter, à présent que j'en connais les conséquences, mais je ne pourrai pas m'en empêcher. C'est mon métier, Zal, c'est ce que je suis. »

Zal lui passa la main dans les cheveux. « Je ne voudrais pas que ce soit autrement », dit-il.

Angélique se retourna vers lui. Il souriait à nouveau, mais ses yeux bleus pétillaient une fois de plus sans rien laisser voir de ses desseins.

« Une fois de retour à Glasgow, la partie reprend, et je serais déçu si tu ne faisais pas le maximum pour tenter de répondre à ces questions et me prendre sur le fait. Mais ce qui risque de te faire péter les plombs, c'est la réponse à cette question : comment peux-tu savoir que ce n'est pas exactement ce que j'attends de toi ? »

III
Numéro d'escamotage

I only had to be cut once to know
how to bleed
I know why we tend to love
most those who know how to leave
Take my hand and let me tell you
All but my love will soon be gone
And the exit wound will be quick and clean
So the sacred art of leaving passes on.

Billy Franks

Acculée

Quelques instants après être entrée dans le commissariat, Angélique avait perçu que quelque chose n'allait pas, et quoi que ce fût, cela la concernait, elle. Des regards évités, des silences soudains, des échanges de coups d'œil furtifs. Cette sensation pouvait se produire à chaque retour de congé, à cause de l'inévitable sentiment de culpabilité, de l'inquiétude quant au terrain perdu sur les collègues, liés au fait d'être partie mener la grande vie pendant qu'ils étaient au charbon. Normalement, cet effet nécessitait une absence d'au moins une semaine, mais l'identité de son compagnon de voyage pendant ces deux journées n'avait fait qu'accélérer le processus et amplifier sa paranoïa.

Malgré tout, il pouvait être imprudent de mettre toutes ces perceptions sur le compte de ladite paranoïa et Angélique était certaine de détecter un authentique vent de méchanceté dans l'air, voire de malveillance. Dans l'atmosphère confinée, humide et malsaine du poste de police, les ragots se propagent comme une maladie contagieuse. Quand quelqu'un l'introduit, les autres sont rapidement contaminés ; mais là, ça ne ressemblait en rien au silence gêné d'un groupe de collègues qui ont déjà appris la mauvaise nouvelle et savent que vous serez le dernier à être mis au courant.

Certes, Angélique ne s'était jamais vraiment mise en quatre pour devenir la personne la plus populaire du commissariat, et elle lut sans erreur possible une satisfaction revancharde sur certains des visages qu'elle croisa en traversant les locaux trop petits et mal aérés, pleins de panneaux pourris en contreplaqué et de portes donnant sur des bureaux minuscules. Il était clair qu'elle allait au-devant de quelque chose qu'elle n'avait pas volé, mais elle ne savait pas encore quoi.

Quand elle parvint à l'étage et atteignit son bureau, elle avait grand besoin d'un visage ami, ou du moins de quelqu'un qui aurait les couilles de venir lui dire ce qu'ils avaient derrière la tête. Heureusement, McIntosh satisfit à ces deux attentes, bien que le visage ami n'aille pas jusqu'à exprimer la joie.

« Robertson veut te voir le plus vite possible. Il t'attend dans son bureau.

— Merci, lui dit Angélique en faisant glisser son sac par terre. Le temps de poser ça et j'y vais. »

Elle avait commencé à marcher vers le bureau du

divisionnaire quand McIntosh ajouta : « Je te préviens, il sait ce que tu faisais à Paris. »

Angélique sentit son petit déjeuner se transformer instantanément en plomb, les yeux écarquillés par la révélation de McIntosh. Elle cherchait désespérément quelle question lui poser parmi la dizaine qui s'offraient à elle, quand son téléphone sonna ; il se jeta dessus comme sur une bouée de sauvetage dans un océan de gêne.

Il n'y avait que quelques mètres à parcourir jusqu'à la porte de Robertson, mais ils lui parurent interminables. Cela lui rappela le moment où elle avait été expédiée dans le bureau de la principale du collège pour avoir rossé une petite garce raciste à grands coups de crosse de hockey ; sauf que cette fois, elle n'était plus tout à fait aussi certaine du bien-fondé moral de son indignation.

Elle frappa à la porte et entra. Robertson lui tournait le dos, debout face à la fenêtre, dans une pose qui ne pouvait avoir été adoptée que pour produire l'effet désiré. Ce n'était pas un type qui avait l'habitude de se gonfler d'importance et en fait, Angélique avait beaucoup de respect pour lui, professionnellement parlant, mais il y avait quelque chose dans l'exercice de l'autorité propre à la réprimande qui faisait ressortir le côté Terry Thomas[1] chez tous les officiers supérieurs.

« Asseyez-vous, Inspecteur. »

Angélique aurait préféré rester debout, mais elle obéit, ne se sentant pas particulièrement en position de se rebeller vu les circonstances.

« Je dois dire que je suis très déçu d'avoir à faire ça,

---

1. Acteur de comédies britanniques à qui sont souvent dévolus les rôles de chefs d'établissements scolaires très stricts et très pompeux.

bien qu'il me faille admettre qu'il y a comme un parfum d'inévitable dans cette affaire. Les signes étaient là, et je suppose que certains d'entre nous devraient se remettre en question, eu égard à la manière dont vous avez été traitée après Dubh Ardrain. Mais rien de tout cela ne fait de différence à présent, n'est-ce pas ?

– Monsieur ?

– Paris, inspecteur de Xavia. Auriez-vous l'obligeance de me dire ce que vous faisiez là-bas ? »

Merde. Comment est-ce qu'il a… ? Comment a-t-il pu… ?

Elle se ressaisit, les réflexes de défense tactique ressurgirent. Robertson était un bon patron et elle n'aimait pas agir ainsi, mais en ce moment précis, il agissait comme leur instrument, à tous ces salauds du Comité de la Question, ces ennemis qui l'avaient conduite à cette situation. Elle n'allait certainement pas lui faciliter la tâche, bordel !

« J'étais en congé, Monsieur. Ce qui signifie que ce que j'y faisais ne regarde que moi et que vous n'avez aucun droit de me le demander.

– Je considère vos paroles comme un aveu. Bon sang, Angélique, nous travaillons ensemble depuis longtemps. Vous savez et je sais ce que vous fricotiez dans le dos de tout le monde : alors ce n'est pas la peine de jouer la comédie.

– J'ignore à quoi vous faites allusion, Monsieur, déclara-t-elle, impassible.

– Eh bien, je trouve qu'il s'agit d'une sacrée coïncidence que je reçoive un appel de Gilles Dougnac *hier*. »

Purée, quand on dit que le monde est petit ! Ce qu'on ne nous dit pas, c'est qu'il y a un flic à chaque putain de coin de rue. C'était remonté jusqu'à Dougnac, et de là directement à Glasgow.

« Tout cela me laisse un arrière-goût amer dans la façon dont ça s'est fait, mais il n'y a pas moyen d'en éviter la conclusion logique. Vous allez nous quitter.

– Vous me renvoyez, Monsieur ?

– Non, je ne vous renvoie pas, mais je veux votre démission sur mon bureau dans les plus brefs délais. »

Et c'est tout ? Pas d'enquête officielle, pas de procédure réglementaire, pas même le cran d'aborder le problème de front ni de se colleter le sac de nœuds y afférent. En lieu et place, on lui tendait une arme et débrouille-toi. Ça économiserait à tout le monde un tas de paperasses, de questions gênantes et de désagréments.

« Je dois dire que je suis également assez déçu par l'attitude de Gilles, ajouta Robertson. Il était bien obligé de m'en informer, mais il a eu le culot de faire l'innocent, exactement comme vous.

– À propos de quoi, au juste ?

– Et merde, de Xavia ! Vous allez continuer longtemps ?

– Jusqu'à ce que vous cessiez de tourner autour du pot, Monsieur. Pouvons-nous parler comme des adultes ?

– Ce n'est pas moi qui... » Robertson s'interrompit, prit une profonde inspiration, ferma les yeux et les rouvrit. « Êtes-vous en train de me dire que vous n'avez pas rencontré Dougnac à Paris ?

– Oui, Monsieur, enfin, non, Monsieur. Je veux dire... J'y étais avec un ami, et non, je n'ai pas vu Gilles Dougnac. Mais qu'est-ce qui se passe, enfin ?

– Merde. Eh bien, voilà qui fait de moi le couillon du jour, alors. » Il s'assit, soupira et se mit à rire, un peu gêné. « Je vous dois des excuses, mais franchement, reconnaissez que vous ne pouvez pas m'en vouloir : ça y ressemblait fichtrement.

— Monsieur, avec tout le respect que je vous dois, y a-t-il une chance que vous me disiez de quoi vous parlez ? »

Il hocha la tête et reprit son calme.

« Dougnac est en train de monter une opération de lutte antiterroriste à l'échelle européenne. Renseignement, moyens tactiques, intervention rapide, action préventive. Le fin du fin. » Robertson soupira à nouveau et la regarda droit dans les yeux.

« Il vous veut. »

Ça commence à ressembler méchamment à…

Mauvais signe : Harry avait besoin d'un verre et il n'était que dix heures du matin. Le décalage horaire n'était plus une excuse, car ses rythmes de sommeil et d'alimentation étaient quasiment revenus à la normale ; c'était plutôt son rythme d'alcoolisation qui menaçait de le transformer en outre miasmatique. De mémoire de Terrien, il n'avait jamais mis les pieds dans un endroit avec autant de bars, ce qui, en temps normal, ne lui aurait posé aucun problème, car personne n'a envie de s'asseoir pour boire tout seul comme un con, hein ? Mais dans cette ville, il était quasiment impossible de boire seul, parce qu'à la seconde où on arrivait au bar pour s'en enfiler un petit vite fait, un trouduc s'incrustait et commençait à bavasser ; et avant même de s'en rendre compte, on avait entendu l'histoire de sa vie et perdu la notion de ce qu'on avait bu entre l'opération à cœur ouvert de sa mère et la victoire du Celtic en Coupe d'Europe mille neuf cent soixante et des poussières.

Ses neurones étaient en voie de disparition et il commençait à se demander avec inquiétude s'il aurait encore un foie à rapatrier à L.A. au moment où cette affaire à la con serait enfin bouclée. Et pourtant il était assis là, démotivé, en train de tourner sa cuillère dans un bol de porridge qui refroidissait à vitesse grand V, et de se dire qu'un petit coup ne lui ferait pas de mal avant l'arrivée de son « invité » du petit déjeuner.

Son manque d'appétit était également un symptôme inquiétant. Il s'était mis au porridge quelques jours auparavant, pour se plier aux coutumes locales en quelque sorte, et depuis, il était incapable de commencer la journée sans cette panade. À long terme, le sucre et la crème fraîche ne lui faisaient sans doute pas grand bien, mais dans cette ville, un colmatage interne était absolument indispensable pour absorber le déluge d'alcool qui se déverserait inexorablement dans l'estomac au cours de la journée. Ce matin néanmoins, il n'avait pu avaler que deux cuillerées. La raison de cette inappétence n'allait pas tarder à franchir le seuil de la porte.

Innez.

Rien ne rendait Harry plus nerveux que la participation de ce taré de fils de pute à l'opération. Tant mieux, cela faisait partie de son boulot d'être nerveux, précisément à cause de ça. La nervosité le rendait prudent, la nervosité signifiait tension, vigilance, esprit aux aguets. Mais l'appréhension, qui faisait ressembler Harry à un gamin qui boude devant son porridge, n'était pas qu'une affaire de nerfs. Innez le mettait mal à l'aise pour bien des raisons. La première, c'était qu'en matière de prudence, de tension, de vigilance et d'esprit aux aguets, Harry savait qu'il ne se montrerait jamais assez nerveux. Si Innez se disait : « Que Parnell crève » et décidait de les foutre dans la merde, Harry ne serait jamais assez fin pour déjouer les plans de ce gars-là. Une autre raison était qu'Innez avait été embringué de force dans cette histoire par les personnes qu'il avait le plus de motifs de vouloir foutre dans la merde : ils avaient assassiné son père. Et la raison majeure, c'était que Harry avait, bien sûr, fait le sale boulot.

Quand on tue des gens pour assurer sa subsistance, on renonce peu ou prou à se définir comme un homme de conscience, mais on n'en oublie pas pour autant ce qui est ou n'est pas correct. Dans cette branche, il y a peu de contrats pour dégommer de frêles grands-mères innocentes ou des attardés mentaux en fauteuil roulant. On bute des ennemis, des gens qui se mettent dans les emmerdes et savent très bien ce qu'ils font quand ils le décident.

Tuer le père d'Innez n'était pas correct. Ce n'est pas comme si Innez les avait mis au pied du mur, ou comme si Innez était le genre de gars à qui Alessandro avait besoin de donner une leçon. Alessandro aurait dû se préoccuper d'affaires bien plus importantes, plutôt que de régler ses comptes avec des pseudo-artistes à la petite semaine qui ne le menaçaient en rien. Mais c'était toujours pareil avec le gosse : tout dans l'ego, rien dans le citron.

Harry s'était opposé ouvertement à cette exécution, car il la considérait comme une perte de temps pour tout le monde et ne voyait pas l'intérêt de se faire un ennemi de quelqu'un qui avait déjà parfaitement saisi le message. Ce gars-là savait qu'ils ne boxaient pas dans la même catégorie ; c'est pour cette raison qu'il s'était fait mettre en taule plutôt que de poursuivre le match contre Alessandro. Mais quand on touche à la famille, il n'y a plus de peur ou de sens commun qui tienne : la vengeance devient une raison de vivre, quoi qu'il en coûte.

Alessandro ne voulut rien savoir. Il piqua sa crise, balança quelques joujoux de son landau et commença à brailler sur le thème du respect, les conneries habituelles. Harry se vit confier la mission en personne, histoire de lui faire payer son désaccord et de tester sa loyauté à l'égard du nouveau régime en place.

Il passa l'épreuve avec succès.

Innez, ponctuel à la minute près, entra dans le restaurant de l'hôtel. Harry ne l'avait pas revu depuis son incarcération. Il lui parut plus costaud, plus musclé, et il s'était fait salement décolorer les cheveux : on aurait dit une petite rock star à la con. Quand il enleva sa veste, Harry vit les tatouages de taulard au niveau du cou et des bras. Mais la différence majeure, c'est qu'il n'avait plus l'air d'avoir peur.

« Innez, lui dit Harry en lui montrant un siège avant de lui tendre le menu.

– Harry l'Américain », répondit sèchement Innez.

Harry l'Américain. Innez lui faisait savoir qu'il avait appris des choses sur l'organisation à laquelle il avait affaire, suffisamment pour connaître son surnom et à quoi il faisait référence.

Son vrai nom n'était pas Harry Arthur, mais Javier Artero, et tout le monde l'emmerdait avec ça, parce qu'il pensait que les racines sont un truc qui doit rester souterrain. Il était né en Amérique, point. Alors qu'est-ce que ça pouvait leur foutre à tous ces trouducs d'immigrés chicanos s'il n'était pas obsédé par son appartenance ethnique ? Il en avait sa claque d'entendre des gars comme Miguel dire qu'il fallait renouer avec leur culture originelle. Putain, s'ils voulaient renouer à ce point-là, ils n'avaient qu'à repasser la frontière, laisser tomber leur baraque avec piscine à San Bernardino, leur coupé Mercedes, leur fauteuil attitré pour les matchs de basket, et voilà ! Harry s'accommodait très bien de sa culture originelle et c'était la même que tous ces connards avaient achetée en série, même s'ils écoutaient des flopées de CD de mariachi sur leurs putains de chaînes japonaises.

« Comment ça va ? Sacrée ville, hein ? dit Harry.

— Je la trouve plus accueillante que les lieux auxquels j'ai été habitué ces derniers temps, répondit Innez.

— Ben tiens ! Sacrément accueillante, même. Les banques se sont montrées vach'ment généreuses avec toi.

— Vous devez savoir que mes perspectives de carrière sont légèrement compromises, maintenant que Walla Walla figure sur mon CV. Jimmy Hoffa employait d'anciens détenus, mais on ne l'a pas beaucoup vu depuis quelque temps ; je me suis donc trouvé dans l'obligation d'opter pour une autre source de revenus.

— Tu vas pas m'dire que t'es encore en pétard pour c'te petite peine de rien du tout, hein ? » lança Harry, essayant de cacher son embarras derrière un humour cynique et sans cœur.

« La vie est trop courte pour les regrets, Harry. Je ne vais pas me laisser abattre par quelque chose d'aussi insignifiant, ni par le fait que votre bande d'enculés ait tué mon père. »

Harry poussa un soupir et but une gorgée de café. Son petit numéro de j'en-ai-rien-à-foutre était tellement rodé qu'il en était devenu réflexe. Paradoxalement, la colère d'Innez avait quelque chose de rassurant pour lui. Innez laissant filtrer sa rage était plus prévisible, moins déconcertant qu'Innez se pointant avec un sourire guilleret et le pas sautillant.

« Écoute, mon pote, dit Harry. J'ai pas plus envie

d'être ici que toi, d'accord ? J'pense que tout ça pue un max et j'suis pas convaincu que ça en vaille la peine, mais on sait tous les deux que mon opinion vaut que dalle, et pareil pour la tienne. Alors si on lâchait un peu de lest et qu'on boucle tout ça pour not'plus grande satisfaction à tous les deux, hein ?

– Pour la plus grande satisfaction d'Alessandro.

– Si tu le dis. Tu veux une tasse de café ? Tu devrais essayer c'te merde de porridge, là, c'est superbon.

– J'ai déjà pris mon petit déjeuner. C'est vous qui m'avez convoqué. Alors abrégeons les préliminaires et allons droit à l'essentiel. Qu'est-ce que vous voulez ?

– Je veux juste savoir si tout se passe comme prévu.

– Tout est quasiment en place, oui. Pourquoi cette question ?

– Ben, t'as foutu pas mal de monde à cran avec ton p'tit coup d'esbroufe à la banque, là. Il a fallu sortir le grand jeu pour rassurer l'père Hannigan qu'il allait pas l'avoir dans l'cul pour le reste aussi. C'est pour ça que j'suis là : j'ai dû prendre un putain d'avion et débouler ici pour faire acte de bonne foi.

– De bonne foi ? Excusez-moi, mais c'est quand même un peu incongru venant de quelqu'un qui a votre pedigree. C'est quoi cette histoire, un truc d'honneur entre gangsters ? Enfin, quoi qu'il en soit, ce n'est pas moi qui ai donné à Hannigan le sentiment que j'étais à sa disposition.

– Tu sais quoi ? j'vais laisser pisser sur ce coup-là, parce que je sais que tu as des raisons d'être en colère, mais pousse pas le bouchon trop loin, gamin, c'est compris ? Tu s'rais tout à fait en état de finir le boulot sans ta couille gauche, tu m'suis ? »

Innez le fixa, un air de défi dans le regard, mais ne répondit rien. Harry s'était bien fait comprendre.

« La date est fixée ?

— Ouaip. Elle n'a pas changé.

— Ça m'paraît vachement long comme délai. T'es là d'puis combien d'temps ?

— Je ne vais pas braquer une boutique de spiritueux pour piquer la caisse et une bouteille de gnôle. Une opération de cette envergure demande de la préparation. De toute façon, ce n'est pas le délai qui compte ; c'est la date qui est cruciale.

— Le jour du putain d'réveillon. Merde. J'vais être coincé ici pour Noël à cause de ces conneries.

— C'est le moment le plus opportun. On a déjà discuté de ça avec votre équipe.

— Ouais, ouais. Avec mon équipe. Mais pas avec le couillon qui doit se taper des putains d'vacances dans ce trou pourri.

— Vous pouvez rentrer si vous voulez. Je suppose que Hannigan est calmé maintenant. Vous avez rempli votre mission. C'est Alessandro qui doit venir pour la livraison.

— Ouais, je... *Quoi ?* Alessandro ? T'as raison, mon pote ! Non, c'est Rico Dominguez et Paco Gomez qui viennent pour ça. »

Innez secoua la tête d'une manière qui ne dit rien de bon à Harry. Cela ne le mit pas en colère, cela le rendit, disons... nerveux. Mal à l'aise.

« Qu'est-ce que tu racontes ?

— Je ne remettrai la marchandise qu'à Alessandro et à lui seul.

— Sans déconner, tu t'imagines qu'Alessandro, va ramener son cul de là-bas pour Noël simplement parce que tu lui dis d'le faire ?

– Oui. S'il veut récupérer sa marchandise.

– Non. Tu vas la filer à Rico et Paco, parce que sinon ton Bon Samaritain, ton vieux récidiviste préféré, va finir sa peine plus vite que prévu – mais très lentement.

– Vous ne pourrez le tuer qu'une fois. Et après, qui vous reste-t-il ? Ah, mais j'oubliais, j'ai déjà merdé un coup… Alessandro doit avoir un régiment de mecs au garde-à-vous qui peuvent faire sortir cette merde d'un musée européen, pas vrai ?

– On pourrait trouver quelqu'un. Te surestimes pas trop.

– Je ne me surestime pas. C'est Alessandro qui estime mes capacités, mais nous savons, vous et moi, qu'Alessandro n'a personne qui soutienne la comparaison. Sinon, après tout ce qui s'est passé entre nous, il ne ferait pas appel à moi s'il existait une alternative. »

Innez avait raison, et ce petit con savait bien que Harry le savait aussi. Vu le nombre de mois qu'ils avaient dû poireauter, ils auraient pu trouver quelqu'un capable de faire le boulot dans l'intervalle, mais le processus mental limité d'Alessandro associait toujours musée avec Innez.

« Pourquoi est-ce que tu veux qu'Alessandro vienne ici ? Ça ressemble sacrément à un coup fourré. Et il pensera la même chose.

– Pas de coups fourrés. Je veux juste clore le dossier, face à face. Je veux pouvoir lui remettre ce qu'il veut en mains propres, pas à un sous-fifre. Comme ça, si quelque chose foire, il verra que j'ai fait mon boulot, que j'ai joué franc jeu, que je lui ai remis ce qu'il voulait. Je ne veux pas que Parnell meure parce que l'un de *vous* aura merdé.

– Si y'a qu'ça qui t'inquiète, te fais pas de souci.

Dès qu'on a la marchandise, Parnell ne risque plus rien. Peu importe à qui tu la donnes.

– Cela m'importe à moi. C'est ce qui compte. Alessandro a merdé en impliquant Parnell. S'il m'avait mis au courant, il aurait eu les mains plus libres pour négocier, mais tant que Parnell est tout ce qu'il a et que je suis sa seule option, je dicte mes conditions.

– Tu veux une part du gâteau, c'est ça, hein ?

– Non, jamais je n'accepterais un centime de cette vermine. Je ne fais que mettre le doigt sur la situation dans laquelle il s'est mis : tuer un vieil homme emprisonné lui rapporterait beaucoup moins que ce que je vais lui livrer. Surtout dans votre situation…

– De quoi tu parles ?

– Vous pensez vraiment que les infos ne circulent que dans un sens en prison ? Les nouvelles sont diffusées plus vite que dans un *Wall Street Journal* du crime : qu'on en ait quelque chose à foutre ou pas, on entend tout. De qui les actions montent, quelles fortunes se défont. Ce n'est un secret pour personne là-bas que le navire Estobal n'est pas jouasse avec le capitaine Alessandro à la barre. Mais hé, pas la peine de le défendre. Je ne le dirai à personne. »

Innez sourit, ayant très bien perçu que l'idée de défendre Alessandro n'avait tout simplement pas effleuré Harry, même pour sauver les apparences.

« Alessandro est jeune et il manque d'expérience, dit Harry. Mais il est à la tête des Estobal et t'as pas intérêt à l'oublier. Nous sommes assez forts pour encaisser quelques chocs et quelques égratignures pendant que le gosse fait son apprentissage.

– C'est des conneries, Harry. Alessandro est le chef des Estobal, bien sûr, mais les Estobal ne peuvent pas exister dans le vide. D'autres clans observent et prennent des notes. Certains se font du souci, d'autres se frottent les mains. Il vous a tous embarqués en eaux troubles, et la route la plus facile à repérer vers une mer plus calme passe par Glasgow. Alessandro le sait, et vous aussi. Ne vous y trompez pas : si son bateau coulait avec tous ces salopards à bord, je serais le premier à mitrailler les zodiacs et je me marrerais en vous regardant couler. Mais si je dois le sortir d'affaire pour garder mon ami en vie, alors je le ferai. Je sais ce que j'ai à faire, vous savez ce que vous avez à faire et il sait ce qui lui reste à faire.

— On dirait bien qu'on va tous passer Noël à Glasgow…

— Ouais, et bonne année. »

Alchimie

Angélique attendait dans le patio vitré de la galerie Dalriada, ne se sentant plus sûre de rien, mais sachant que personne d'autre ne détenait les réponses à ses questions. Ces quelques jours avaient été longs et désespérément vides. Même des événements extraordinaires, une fois terminés, peuvent s'effacer rapidement et devenir lointains comme des rêves qu'on oublie en revenant à la vie de tous les jours. Ces brefs moments à Paris, au contraire, demeuraient vivants, palpitant au creux de ses pensées, de ses émotions et même de son corps. Lorsqu'elle fermait les yeux, elle entendait encore sa voix, elle le revoyait près de la Joconde, elle sentait sa main refermée sur la sienne.

Le temps qui s'était écoulé depuis lui avait semblé comme une vacance. Elle ne se faisait aucune illusion quant à leur situation : ils avaient convenu à l'aéroport de Roissy qu'à partir du moment où ils se poseraient à Glasgow, leurs chemins se sépareraient et qu'ils devraient vaquer à leurs occupations respectives – entièrement incompatibles. Pourtant, elle attendait confusément. Ses fragilités refaisaient surface : familières, inévitables et à peu près aussi bienvenues qu'un prêtre lors d'un défilé homo. Pour les chasser, elle avait fait des recherches, sollicitant quelques faveurs auprès d'Interpol pour obtenir tout le dossier américain. Tout y était : le coup avorté du Gigliotti, la mort du prisonnier Marsh et du membre du personnel pénitentiaire Creedie, la libération récente d'Innez et l'incarcération en cours du susdit Dexter Parnell. Zal Innez était peut-être quelqu'un à qui il était mal avisé de faire confiance, mais ce n'était pas un menteur.

Après quelque temps, ce qu'elle espérait arriva, sous la forme d'un appel téléphonique qui combla les attentes qu'elle avait nourries chaque fois que ce satané truc avait sonné depuis son retour de Paris. Il voulait la voir et suggéra la galerie comme lieu à la fois public et de circonstance.

L'appel avait eu lieu trois jours auparavant et l'offre de Dougnac était tombée à pic pour lui occuper l'esprit. Rien de tel que l'éventualité d'un déracinement, qui nous oblige à quitter tout ce qui nous est familier, pour rendre plus aigu ce sentiment qu'on est seul et perdu.

Elle se tenait au milieu du hall d'entrée, juste sous le buste de John Milton Horsburgh, l'effigie de marbre du légataire supervisant d'un air satisfait le flot de *ses* visiteurs. C'était un musée municipal, géré par la mairie, mais Horsburgh avait laissé un fonds très substantiel en fidéicommis pour financer l'entretien et l'exposition de ses collections, n'ayant pas envisagé une seconde qu'un jour, un temple des arts puisse être considéré comme un service public. Par conséquent, le musée pompait bien moins dans les coffres de la mairie que des établissements de taille comparable. Évidemment, cela n'empêchait pas certains de pleurnicher quand même sur le peu d'argent public qui y était dépensé. Elle avait lu récemment que les habituels fanas de la Bible et leur moitié de cerveau avaient claironné leur indignation devant le coût de l'exposition actuelle sur l'Histoire de l'Allégorie. Il n'y avait pourtant eu qu'une commande et un seul achat sur l'ensemble du machin – tout le reste était prêté le temps de l'expo. Mais pour ces agités du missel, même l'acompte pour une caisse de soda aurait semblé un débours excessif dans la mesure où ils ne cautionnaient pas la chose. Et en y réfléchissant bien, comme ces choses englobaient toutes les œuvres non religieuses de l'histoire de l'humanité, cela rétrécissait singulièrement le champ du débat.

John Milton Horsburgh. Voilà un homme qui n'avait pas de doutes quant à sa place en ce monde, ni quant à son sentiment d'appartenance à la cité. La chanson disait « Glasgow m'appartient » et dans son cas, à un moment ou à un autre, cela s'était révélé partiellement exact. C'était un armateur richissime, qui avait bâti son immense fortune sur le « tabac » et le « coton – enfin, d'après le baratin officiel, qui évitait poliment toute référence au troisième volet – beaucoup moins glorieux, du commerce triangulaire entre Glasgow, l'Afrique et l'Amérique du Nord.

Il voulait que les lieux se souviennent de lui. C'était mot pour mot ce qu'il avait dit. Pas les gens ; les lieux, comme s'il souhaitait que son âme soit fondue, confondue à celle de la ville. Ce n'était donc pas un philanthrope ; sinon il aurait pu songer à léguer quelques piécettes aux pauvres et on se serait souvenu de lui grâce à ça. Mais non. Il avait préféré léguer ses œuvres d'art et ses babioles, pour que *ses* goûts, *sa* personnalité, laissent une empreinte éternelle. D'où le musée Dalriada, finalement construit par ses exécuteurs testamentaires, après un bon siècle de procédures et de disputes juridiques. L'inauguration eut lieu, en la cité reconnaissante, un tout petit peu trop tard pour l'Exposition impériale de 1938. En accord avec les volontés de Horsburgh, le musée appartenait à Glasgow, que Glasgow soit d'accord ou pas.

Et Angélique ? Appartenait-elle à Glasgow ? Idi Amin Dada avait flanqué ses parents dehors alors qu'elle était dans le ventre de sa mère ; elle était donc née là et y avait toujours vécu depuis. Elle y avait fait ses études et, à part quelques stages dans d'autres pays, y avait toujours travaillé. Elle avait l'accent de Glasgow, les manières de Glasgow, un appartement sur la rive sud. Elle se sentait chez elle, bien sûr, mais intégrée, ça, c'était une autre histoire.

Elle avait un siège à la saison au stade d'Ibrox, mais y avait-elle sa place ? Et, se demandait-elle, était-ce bien ce qu'elle voulait, au fond ? Ou était-elle attirée par les endroits où elle pouvait se sentir isolée tout en étant fière de l'être, parce qu'elle s'était habituée peu à peu à s'y sentir à l'aise ? Isolée mais fière de l'être : c'est ce qu'elle était aussi au sein de la police de Glasgow, et avant cela à l'école ; et pour être tout à fait honnête, c'est ce qu'elle était à Ibrox. Malgré sa passion pour le jeu, elle savait que ce lieu de toutes les gloires, cette cathédrale d'exploits sportifs, était aussi un endroit entaché par toute une tradition d'exclusion. C'est peut-être même ce qu'elle était venue y chercher, poussée par un esprit de contradiction. Elle n'était plus catholique, mais elle savait que sa scolarité au Sacré-Cœur faisait d'elle une cible potentielle pour ceux qui, dans les gradins alentour, avaient renoncé à leur matière grise. Elle était républicaine (*r* minuscule), encerclée par des hordes de types en train de chanter *God Save the Queen*. Elle était anti-impérialiste au milieu des accents de *Rule Britannia*. Mais elle aurait soutenu mordicus que les Rangers étaient son équipe à elle aussi – isolée mais jusqu'au bout fière de l'être.

« Nous sommes le peuple. » C'était le cri de ralliement des fans des Rangers. Son frangin, avec ses prises de position gauchisantes, son pseudo-athéisme facilement pro catho n'arrêtait pas, en tant que fan du Celtic, de s'indigner en entendant cette phrase toute simple. Il prétendait y déceler des sous-entendus sinistres, recrachant telles quelles les répliques maintes fois utilisées par les tenants de la bonne parole du club des « Tim ». Ce n'était à l'origine qu'un parti pris contre les immigrants irlandais qui, eux, ne faisaient *pas* partie du peuple. C'était le cri de ralliement des milices loyalistes en Ulster. C'était plein de connotations de supériorité raciale. C'était l'anagramme de « Hitler avait raison » – enfin presque.

Angélique, qui connaissait beaucoup plus de fans des Rangers que James, savait que ce n'était pas le cas. Peu importe qui s'était approprié cette phrase, qui la citait, l'utilisait ou la déformait, son origine était innocente, inoffensive et tout entière à l'image de Glasgow. Nous sommes le peuple, cela voulait simplement dire nous sommes le peuple, ce peuple. Ce n'était qu'une expression espiègle de la joie à être ce que l'on est et un clin d'œil à ceux qui ressentent la même chose.

« Nous sommes le peuple. » Bien sûr qu'ils l'étaient. Mais la question restait posée pour Angélique, plus taraudante à la lumière de la proposition de Dougnac : faisait-elle partie de ce peuple ?

Elle fut détournée de ses réflexions par quelque chose qui effleura le sol. À ses pieds, elle découvrit une carte à jouer : le sept de carreau. Elle se retourna. Zal se tenait près d'elle.

« Salut », dit-il. Angélique eut envie de le prendre

dans ses bras mais se retint ; puis en y réfléchissant et arrivée à la conclusion qu'il n'y avait aucune raison de se réfréner, elle le fit quand même et leur étreinte se transforma en un long baiser.

« Tu n'es pas venue pour m'arrêter, alors. »

Ils s'avancèrent. Zal la guidait manifestement vers l'exposition sur l'histoire de l'allégorie, pendant qu'Angélique prenait mentalement note de vérifier ce dont il pouvait être en train de l'éloigner. L'exposition était disposée en V, chaque œuvre s'accompagnant de gravures plus petites ou de fragments de réalisations contemporaines. Zal se montrait moins prolixe qu'au Louvre, sans doute moins au fait de ce qui était exposé, mais rien ne lui échappait cependant. Moins au fait ne voulait pas dire pas au fait du tout. Il insista donc pour qu'Angélique se tienne à gauche de la reproduction grandeur nature du tableau *Les Ambassadeurs*, dont l'original, signalait la note, se trouvait à la National Gallery à Londres. Dans cette position qui faussait délibérément la perspective, elle vit la forme indistincte en bas à gauche des sujets éponymes (et commanditaires) de la toile se métamorphoser en tête de mort, et Zal annonça fièrement qu'il s'agissait du plus célèbre bras d'honneur de l'histoire de l'art. Il fut également en mesure de l'informer de la rumeur qui prétendait que *Les Noces de Cana* (prêté par un musée de Toronto et attribué à un « maître inconnu ») était un faux, ayant commodément refait surface pendant les temps troublés qui avaient suivi la Seconde Guerre mondiale.

En revanche, que Zal en ait su long ou pas sur le sujet, tout commentaire semblait superflu concernant le très controversé *West Coast (,) Man* qui trônait sans vergogne à l'extrémité du hall. Angélique, dans l'incapacité d'élaborer une appréciation plus rationnelle, fut saisie d'un fou rire. Elle était prête à soutenir devant n'importe quel critique que le but de l'artiste se limitait à provoquer l'hilarité.

« Ces crétins de bigots, remarqua Zal en pouffant lui aussi. Putain, si on ne peut même plus se marrer devant la statue géante d'un mec en train de se sucer tranquillement la queue au milieu d'une galerie d'art, de quoi va-t-on bien pouvoir rigoler ?

– C'est vrai ce qu'on raconte ? Que c'est de la cocaïne…

– J'en sais rien, mais c'est facile à vérifier.

– Je suis surprise qu'elle soit encore là. J'imagine qu'ils doivent la remplacer toutes les heures. »

Leur visite se poursuivit avec *Voyeur*, encore une œuvre susceptible de tourmenter les âmes pures. C'était un gros cube, à l'intérieur duquel se trouvait un banc placé face à un écran intégré dans la paroi. Sur l'écran, du porno était diffusé en permanence. Ils entrèrent et prirent place pendant quelques instants, pouffèrent de plus belle, puis haussèrent les épaules et ressortirent.

« Qu'est-ce que tu en penses ?

– Esthétiquement parlant ? On fait ça mieux qu'eux.

– On va leur filer quelques tuyaux. Mais c'est pas fini, regarde. »

Angélique se retourna. Sur chacune des quatre parois, les panneaux blancs s'étaient transformés en vidéoprojecteurs et tous les écrans les montraient tous deux assis sur le banc en train de regarder la bande.

« Follement drôle, non ? dit Zal.

– Vachement. Alors, est-ce que ce genre de truc enfonce la vieille *Mona* sur ton échelle du mérite artistique, ou es-tu là pour piquer un truc ?

– Je suis d'abord là pour te voir, mais il est vrai que je pourrais aussi être en repérages. Le problème, c'est que tu ne sais pas si je suis vraiment en train de repérer les lieux ou si je veux juste que tu le croies.

– Eh bien, félicitations. Tu as trouvé le moyen de rendre tout ce que tu dis totalement inutilisable. Mais j'en déduis néanmoins que rien n'a changé. Tu es toujours embringué dans ton affaire, quelle qu'elle soit.

– Tu sais que je n'ai pas le choix.

– Tu dois le faire, et ensuite tu dois disparaître.

– Je dois disparaître de toute façon, Angélique. J'ai volé plus d'un million de dollars dans cette banque.

– Non. Nous n'avons rien contre toi dans cette affaire. On ne peut pas encore l'annoncer officiellement, mais crois-moi, en tant que flic, je sais reconnaître une enquête qui agonise.

– Et ton patron, Shaw le crack ?

– Il lui a déjà administré les derniers sacrements. Ce n'est pas ce qu'il dira à la banque, mais il sait très bien que tu ne lui as laissé aucune ouverture.

– Sauf que l'un de ses inspecteurs sait exactement qui a fait le coup.

– Je suis moralement en paix avec le fait de le garder pour moi.

– Que voilà des mots judicieusement choisis, nota Zal.

– Je suis nettement moins en paix à l'idée de ne plus jamais te voir, ou seulement pendant les horaires de visite de la prison. Il doit bien y avoir un moyen de contourner l'obstacle, une façon de mettre Parnell à l'abri. On pourrait le mettre sous protection, le changer d'établissement, lui fabriquer une nouvelle identité, faire *quelque chose*.

– En échange de quoi ? Tu n'as rien à offrir en retour

aux autorités américaines. Et je n'ai rien à t'offrir. Je ne pense pas qu'un nouveau plan de prévention de la criminalité basé sur le pardon intéresse qui que ce soit. Qu'est-ce que tu pourrais dire à ton patron ? Aidons ce gars-là pour qu'il ne soit pas obligé de piquer autre chose ? Et lui, qu'est-ce qu'il dirait ? J'ai une meilleure idée – bouclons ce salopard sur la base de ce qu'il a déjà piqué.

— Mais c'est Alessandro qui est passible d'une peine en effectuant ce chantage sur toi. Je suis sûre que ça intéresserait les autorités, des deux côtés de l'Atlantique.

— Pas sans preuve. Angélique, crois-moi. Je suis le genre de mec qui explore toutes les possibilités, examine toutes les éventualités, tu te souviens ? Et il n'y a aucun moyen d'éviter ce qui m'attend. »

Il avait terminé sa phrase, mais Angélique avait entendu comme un « mais » en suspens. Elle le regarda et en lut la confirmation sur son visage.

« Mais quoi ?
— J'ai trouvé le moyen de me débarrasser d'Alessandro pour toujours. »

Shaw avait de toute évidence perdu la maîtrise de sa mâchoire inférieure quand Angélique eut fini de parler. Si elle lui avait révélé la vraie nature de sa relation avec Zal Innez, il aurait probablement oublié de respirer par cette bouche béante, mais le peu qu'elle lui avait livré expliquait amplement sa stupéfaction. Son silence durant la fin de ces révélations était dû à une sidération croissante, mais Angélique avait en outre tué dans l'œuf une phase d'indignation prévisible, grâce à une manœuvre finement étudiée : elle lui avait simplement demandé s'il voulait la tête de Hannigan sur un plateau. Elle savait parfaitement que n'importe quel flic de Glasgow mordrait à cet hameçon ; mais dans le cas de Shaw, l'appât était d'autant plus savoureux que lui-même avait déjà échoué lors de ses tentatives pour épingler cet insaisissable petit salaud.

Hannigan avait la réputation, non usurpée, de toujours parvenir à se soustraire aux attentions de la loi en se mettant à distance des nombreuses activités qui lui permettaient pourtant de payer son manoir de Drymen et les véhicules coûteux conduits par ses dulcinées du moment. Il avait conforté sa position de gros bonnet de la drogue suite à la mort de son dernier rival sérieux, Frank Morris, victime d'un crime inexpliqué. Morris avait été retrouvé mort au fond de son propre jardin, un impact dans l'œil, mais rien n'était ressorti de son corps, pas même une balle. Plus curieux encore, moins d'une semaine plus tard, le nervi qui avait empoché la récompense avait été trouvé mort d'une overdose d'héroïne – sacré coup de déveine pour quelqu'un qui n'en consommait pas.

Shaw reprenait ses esprits. Cela prit quelques instants, mais il y parvint. Il poussa un grand soupir, se mit debout, marcha de long en large dans la pièce, se rassit, soupira de plus belle, se releva, se passa les deux mains dans les cheveux, fit mine de vouloir parler deux ou trois fois, puis hocha vigoureusement la tête et retourna à sa chaise.

« On ne peut pas dire que vous ayez appliqué le règlement de manière très stricte, de Xavia, mais bon, qu'auriez-vous obtenu si vous l'aviez fait ?

– Que dalle me semble une estimation empirique assez proche, Monsieur.

– Tout à fait. Nous avons tous nos informateurs et nous devons bien nous accommoder de quelques concessions à la morale pour leur rendre service, mais je crois que vous détenez à présent une sorte de record en la matière. Je suis pourtant content d'apprendre que j'avais raison à propos des trucs de magicien. Ça me donne l'impression de ne pas être totalement superflu dans l'histoire. Et justement, à ce propos, et sans vouloir sous-estimer votre flair ou vous taxer de crédulité, nous ne devons pas perdre de vue la possibilité qu'il ait encore "forcé" une carte à votre intention.

– Comment ça, Monsieur ?

– Eh bien, il vous sert son histoire à faire pleurer Margot et *vous* suggérez un marché, et pas lui, comme lors de l'évacuation de la banque. Il obtient ce qu'il veut, tout en vous laissant croire que c'était votre idée et vous êtes donc moins sur vos gardes. Il prétend qu'il peut nous livrer Hannigan et ce tueur des Estobal, mais pas avant d'en avoir terminé avec son second braquage. Comme c'est commode, chers policiers, si vous vouliez bien rester en dehors de tout ça pendant une petite minute... Et il se barre avec ce qu'il a piqué, nous laissant sans Hannigan, sans Estobal et évidemment sans Innez. Il se peut même qu'il n'y ait pas de Parnell, bon sang !

– Si. J'ai vérifié.

– Mais même ! Même si tout est vrai, y compris ses motifs, s'il livre la marchandise aux Estobal, il sauve Parnell et c'est plus pratique pour lui qu'on attende comme des cons qu'autre chose se produise. Il peut très bien se procurer ce qu'il veut sans rien nous donner.

– Alors, pourquoi passer un marché ?
– Pour distraire notre attention.
– Loin de moi l'idée d'arriver à deviner les intentions de ce gars-là. Il y aurait de quoi devenir cinglé.

Mais il y a une chose dont je suis certaine : il ne nous demande pas de poireauter sans rien faire. Il sait que nous ne pourrons jamais le supporter.

– C'est clair. Si ce gars projette un autre casse dans ma juridiction, vous faites bien de croire que je vais tout mettre en œuvre pour l'en empêcher. Et je compte bien que vous fassiez la même chose, même si, comme j'en ai l'impression, vous en pincez un peu pour lui.

– Je m'y consacrerai de mon mieux, Monsieur. Je ne sais pas comment faire autrement. Mais si vous me le pardonnez, je me sens obligée de vous infecter avec le petit virus qu'il m'a mis en tête.

– Et c'est quoi, ce virus ?

– Je lui ai dit, Parnell ou pas, nous n'avons pas d'autre choix que de faire le maximum. Il m'a demandé comment je savais s'il ne comptait pas précisément là-dessus. »

Shaw soupira à nouveau, soufflant l'air entre ses lèvres en une longue exhalaison méditative.

« Je ne suis pas sûr de pouvoir vous pardonner ça, de Xavia. C'est du cent pour cent casse-tête et je m'y connais.

– C'est aussi la raison pour laquelle je crois qu'il est sincère en passant ce marché.

– D'accord, mais il nous a lancé un défi, et peu importe à quoi il joue avec ses neurones. C'est un sacré malin, mais nous ne sommes pas nés de la dernière pluie, et cette fois-ci, pas question qu'il nous surprenne avec le pantalon sur les godasses.

– Je lui ai dit la même chose. Il m'a conseillé de mettre des sous-vêtements propres, au cas où... »

Shaw éclata de rire, mais son sourire était crispé et elle pouvait lire une formidable détermination dans ses yeux. « Bien, le défi est donc lancé. Qu'est-ce qu'il a dit, déjà ? Que nous ne savions ni où, ni quoi, ni quand. Alors, voyons voir si les pauvres ploucs de flics que nous sommes peuvent deviner deux ou trois trucs. »

Angélique sentait un enthousiasme jubilatoire grandir en lui. Comme le requin qui repère l'odeur du sang dans l'océan. Il était impossible à un flic comme lui d'y résister, d'autant qu'il y avait dans ce défi à relever le piquant de l'insolence. Elle-même avait éprouvé cette euphorie, cet afflux d'énergie des dizaines de fois, et se sentait un peu embarrassée de ne pas la partager aujourd'hui. Elle se faisait aussi du souci pour Zal, en dépit de son assurance (une bravade de plus ?). Shaw aurait certes adoré faire plonger Hannigan, mais s'il pouvait faire d'une pierre deux coups, il ne se laisserait pas détourner de cette fascinante possibilité. En ce sens, il était insensible à la magie de Zal.

On ne pouvait pas dire la même chose d'Angélique. Jusque-là, tout était demeuré théorique, mais maintenant qu'elle avait mis Shaw sur la piste et qu'il flairait en tout sens, la réalité prenait corps, impitoyable. C'était son métier d'empêcher Zal de faire le sien, son métier de l'empêcher de donner satisfaction à Alessandro et son métier de provoquer à coup sûr la mort de Parnell. Zal l'avait toujours su et lui avait seulement dit, avec cette petite lueur exaspérante dans le regard : « Comment sais-tu si je ne compte pas précisément là-dessus ? » Peut-être ne l'avait-il pas dit dans le simple but de semer la confusion dans son esprit ; peut-être lui donnait-il l'absolution, la dégageait-il de toute responsabilité, car il savait très bien qu'il ne pouvait légitimement pas lui demander n'importe quoi. D'un autre côté, Zal était passé maître dans l'art de faire agir les autres à sa guise, tout en les convainquant que d'une part, c'était leur idée et d'autre part, c'était la seule chose à faire. Peut-être que ses paroles étaient sincères et que paradoxalement, c'est en faisant son métier qu'elle pourrait vraiment l'aider, et à travers lui, son ami. Tenter de l'arrêter : la seule chose à faire.

Elle inspira profondément, se pencha et mit la main dans son sac. Puis, pour Zal, pour Parnell, pour Shaw, et finalement pour aucun d'entre eux, elle se mit à faire ce qu'elle faisait le mieux.

« Commençons par où, dit-elle en dépliant le plan et en l'étalant sur le bureau de Shaw.

– Qu'est-ce que c'est ?

– J'ai pris ça à la bibliothèque Mitchell ; ça indique les anciennes parties du métro et les nouvelles, avec le plan des rues en surimpression. Innez m'a dit qu'il avait eu l'idée de la Royal Scotland en regardant le tracé de ces tunnels. Je me suis demandé s'il n'avait pas pu avoir cette idée pendant qu'il préparait autre chose. Voilà où il a voulu me rencontrer aujourd'hui.

– La galerie Dalriada. La station de Kinning Park est pratiquement en dessous.

– Ce tunnel est muré depuis trente ans, mais il est toujours là, avec des issues possibles près de Paisley Road West, l'A 77 et l'A 8.

– Ils pourraient sortir de la ville en quelques minutes. Mais avec quoi ? Vous l'avez dit vous-même, l'art a de la valeur, mais n'est pas vendable. Posséder un Rembrandt titille sans doute l'ego de cet Alessandro, mais j'ai du mal à imaginer que ça excite Hannigan. En fait, je ne vois pas du tout ce que fout Hannigan dans l'histoire.

– Permettez-moi de vous faire part de mes lumières. Innez m'a emmenée voir l'expo sur l'histoire de l'allégorie, dans le hall sud.

— Et qu'est-ce qu'il a bien pu y voir, à votre avis ?
— Je pense plutôt à ce que nous n'avons pas vu. Nous ne sommes pas allés dans l'aile nord, qui abrite les collections permanentes.
— Encore des trucs invendables.
— Pas tout à fait. À l'étage, on trouve ce qui a été surnommé le butin de Horsburgh. Bibelots, plats décoratifs, assiettes, coupes, gobelets, plateaux, statuettes, et même une très ostentatoire réplique grandeur nature du drapeau de la flotte Horsburgh ; vulgaire, mais comme tout ce que j'ai mentionné, elle est en or massif.
— Alakazammi, c'est le grand rififi.
— Il y a aussi des objets en argent et des pierres précieuses, bien sûr. Tous ces objets sont identifiables, et invendables après le vol, mais pas une fois fondus. Dans cet état, ces trucs auraient beaucoup moins de valeur marchande, mais seraient impossibles à retrouver.
— C'est probablement là que Hannigan entre en scène. Mais si c'est bien la cible, pourquoi est-ce que Hannigan ne fait pas le coup tout seul ? Même s'il n'y avait pas pensé, rien ne l'empêche de le faire, maintenant qu'il est au courant…
— Eh bien, d'une part, Hannigan sait qu'il est connu comme le loup blanc ici et ce ne serait pas très malin de sa part d'entrer en conflit avec les Estobal. Sans doute ne pouvait-il pas le faire, sinon quelqu'un d'autre aurait fait le boulot, depuis le temps. Mais Alessandro pensait connaître quelqu'un qui pouvait. Et je suppose qu'Alessandro a choisi la cible et est arrivé avec une proposition clés en main. Il avait le plan, et grâce à Innez, le moyen, mais il ne devait pas pouvoir sortir l'or du pays, même refondu, ou le faire

passer aux States. Alors il a dû passer un arrangement avec Hannigan, pour faciliter la refonte et le transport.

– Alchimie inversée, approuva Shaw avec une évidente satisfaction. La transformation de l'or en argent.

– Ce qui nous donne où et quoi. Mais nous ne savons toujours pas quand.

– Ça a moins d'importance si on surveille le quoi sur vidéo et qu'on quadrille le où. Je mettrai des agents en civil parmi le personnel de sécurité de la galerie et j'en posterai d'autres dans les tunnels.

– Sans limite de temps ?

– Dès maintenant, mais sans doute pas pour longtemps. Noël est dans moins d'une semaine. J'aurais tendance à penser qu'il frappera pendant que tout le monde fait la fête. Le soir du réveillon ou le jour de Noël... ou à la Saint-Sylvestre, ce serait pas mal non plus. Il n'y a pas déjà eu quelque chose au musée Ashmole à la Saint-Sylvestre ?

– Si, pendant les fêtes du Millénaire. Personne n'a entendu l'alarme à cause des feux d'artifice ; mais de toute façon, les gens étaient trop bourrés pour faire face à la situation.

– Eh bien, régime sec pour nous à Noël. Et ça en vaudra la peine, rien que pour voir la tête de ce salopard quand il arrivera et nous trouvera déjà dans les lieux.

– Mmmm, fit Angélique.

– Qu'est-ce qu'il y a ?

– Ce n'est encore qu'une théorie, Monsieur. Je crois qu'il faut que nous gardions l'esprit très ouvert.

– Absolument, absolument. Mais ne laissez pas Innez semer le trouble dans votre esprit ; ne vous mettez pas à penser que toutes vos bonnes idées sont à côté de la plaque sous prétexte que ce sont celles qu'il pourrait avoir eues. C'est un magicien, pas un sorcier. Les magiciens ne lisent pas dans les pensées, ils connaissent juste quelques trucs pour vous le faire croire.

— Compris, Monsieur. Mais je dois vous demander... si nous nous trompons, ou pas, et que...» Elle secoua la tête. «Peu importe. Si nous n'arrivons *pas* à l'arrêter, en dépit – ou même peut-être à cause – de nos efforts...

— Je suis un homme d'honneur, de Xavia. S'il nous livre cette vermine de Hannigan, je remuerai ciel et terre pour m'assurer que Parnell est hors de danger. Ce sera un maigre prix à payer. Nous pourrons aussi influencer le juge en sa faveur, pour qu'il lui prête une oreille compatissante vu qu'il est devenu pédé en prison et tout ça. Mais s'il compte sur l'immunité pour le musée et la banque, il peut toujours se brosser.

— Il n'a jamais parlé d'immunité. Ce n'était pas à l'ordre du jour.

— C'est très magnanime de sa part. Il a déjà sacrifié sa liberté pour ses amis, ai-je cru comprendre. Une habitude très noble, mais un tantinet malcommode.

— Non, Monsieur. Je ne crois pas qu'il l'ait envisagé cette fois. Quoi qu'il ait en tête concernant Hannigan et Alessandro, Innez n'a pas l'intention de se faire prendre.

— Ma chère Angélique, dit Shaw avec un large sourire, citez-moi un seul détenu qui l'ait souhaité.»

L'ombre et la proie

« Quatre-vingt-dix secondes, dit Zal en appuyant sur le chronomètre de sa montre. « Six de plus que la dernière fois, mais remarquable quand même. Et ça ira encore plus vite si ce connard de Dominguez sait se servir d'une clé de douze. Je dirais que nous sommes fin prêts pour la chaîne d'assemblage.

– Oh non, mon pote, dit Léo. Je n'imagine pas la Scuderrria italienne autowiser un tel suwpoids.

– Mais tes ajustements ne pèsent pas si lourd que ça.

– Je ne pawlais pas de mes ajustements, mec, je pawlais de Jéwôme.

– C'est très vilain de dire du mal de quelqu'un quand il n'est pas là pour se défendre, le sermonna Zal.

– Tu cwois que j'm'appelle Queensbewwy[1] quand on parle de cet enculé qu'a un popotin d'gonzesse ?

– T'as raison, lança Karl. Si t'étais pas là, je suis sûr qu'il ne laisserait personne dire un mot à ton sujet. Pas un seul mot gentil, en tout cas.

– Ouais, ben je détestewais êtwe avec vous quand j'suis pas là, les gars, décréta Léo.

---

1. Le marquis de Queensberry, chantre du fair-play et de l'élégance, a établi les règles de l'art de la boxe anglaise au dix-neuvième siècle.

– OK, dit Zal. On n'a rien oublié, tout est en place, testé et revérifié. Je dirais qu'on est bons. Allons chercher notre passager.

– On y va, confirma Léo, dès que j'auwais sewé la main du pwésident qui est dans mon fwoque. Ou comment on dit, chef de cabinet, paw ici ?

– Premier ministre, rectifia Zal. Mais ce sont tous des têtes de nœud. »

Léo s'éloigna vers les toilettes.

« Et la fille ? demanda Karl en insérant un jeu de piles fraîchement rechargées dans son ordinateur portable.

– Marché conclu. J'ai vérifié.

– Je ne parlais pas de ça. »

Zal soupira.

« Je sais de quoi tu parlais, Karl. T'inquiète pas. On a tous les deux compris dans quoi on s'embarquait et on savait dès le départ qu'on devrait débarquer. Aucun de nous n'a baratiné l'autre. Phénomène très inhabituel pour moi. Mais nous savons tous les deux ce qui doit se passer.

– Le fait de savoir qu'on doit partir ne rend pas les choses plus faciles.

– Partir, c'est facile, Karl. Je n'ai fait que ça depuis que je suis gamin. Le départ, ce n'est rien. C'est le manque, la vraie vacherie. »

*

« Comme le chantait Neil Young, c'est ce soir le grand soir. » Shaw fumait nerveusement une cigarette en faisant des allées et venues près de la voiture de patrouille, tel un grand réservoir d'énergie inutilisée qui cherche désespérément à s'employer. « Chacune de mes fibres de flic le sent. »

Ils avaient pris position sur le parking d'une boîte de vente en gros désaffectée à moins de deux cents mètres du musée. Il y avait deux camionnettes avec eux, l'une pour le Groupe d'Intervention Armée et la seconde avec six agents, tous pressés de passer à l'action, comme on peut s'y attendre de la part de flics qui savent qu'ils seront sur le pont jusqu'à ce qu'il se passe quelque chose ou que le jour se lève. Dans le musée lui-même, se tenaient deux agents armés en civil, ainsi que du personnel de sécurité supplémentaire, à qui on avait bien spécifié de ne pas se montrer hyper vigilant. La dernière chose à faire serait de passer les menottes aux voleurs avant qu'ils aient effectivement tenté de voler quoi que ce soit, ou de réagir trop promptement à un incident mineur, révélant ainsi le dispositif de surveillance accrue.

« Pardonnez-moi, Monsieur, dit Angélique, mais serait-ce assimilable à de l'insubordination de vous faire remarquer que vous avez dit exactement la même chose hier soir ? Y compris la citation de Neil Young ?

– En effet. Et je le redirai demain soir, espèce de petite impertinente. Ça fait partie des prérogatives de l'officier supérieur.

– Bien, Monsieur. »

Shaw avait considérablement augmenté les effectifs la veille au soir, car ils avaient appris par les services de l'immigration qu'un certain Alessandro Estobal avait atterri à Heathrow plus tôt dans la journée, en compagnie de deux acolytes. Il les avait donc préparés à une descente en force pour ce soir-là, mais pour lui rendre justice, lui-même avait toujours parié sur la veille de Noël. Il supposait aussi que le vol aurait lieu pendant les heures de fermeture du musée, misant sur le fait que Zal ne se risquerait pas à une seconde prise d'otages. Ils se tenaient néanmoins prêts à toute éventualité, même s'il semblait peu vraisemblable que Zal se mette deux fois dans la même situation – sachant que le coup de la disparition par surprise ne pourrait fonctionner à nouveau. Un raid nocturne présentait un autre avantage : le personnel de sécurité était réduit au minimum, mis à part les deux agents qui couvraient le butin Horsburgh, et ce jusqu'à l'arrivée de la relève au petit matin.

« Il aime travailler sous le couvert de la nuit, avait remarqué Shaw. Il est entré dans cette banque en plein jour parce qu'il avait besoin qu'elle soit ouverte, mais il a attendu l'obscurité complète avant de faire sa sortie. Malheureusement pour nous, à cette époque de l'année, il fait sombre à quatre heures de l'après-midi. »

Il était possible qu'ils aient négligé quelque chose et Shaw n'était pas prétentieux au point de croire qu'il était en mesure de prévoir chaque initiative de Zal, mais il était décidé à ne pas se laisser avoir deux fois de la même manière.

En conséquence, ils avaient posté plusieurs pauvres bougres dans les tunnels, ainsi que des agents chargés de surveiller plusieurs sites d'entrée/sortie potentielle des souterrains. Un expert en informatique avait également été recruté pour installer un nouveau système de protection dans les règles de l'art et traquer les virus ou les Troyens dans le système informatique du musée. Jusque-là, ce dernier était demeuré inviolé.

Angélique espérait vraiment que la dernière remarque déstabilisante de Zal n'ait été qu'une forme d'absolution. Elle avait fait son travail comme il le lui avait demandé, et à présent la galerie Dalriada était plus verrouillée qu'un cul de chameau dans une tempête de sable. Si ce piège à rats géant était susceptible d'aider Parnell, elle était infichue de voir comment.

Arrosage automatique

Les premiers coups n'avaient pas encore été tirés, et le monde entier l'ignorait, mais le combat des justes avait commencé. Pour l'observateur mal informé, Walter Thorn était un homme entre deux âges, accroupi sur la lunette de toilettes exiguës et malodorantes, mais en réalité il était l'exécutant incognito et surentraîné d'une mission secrète qui allait porter la bataille pour la moralité jusque dans les rangs de l'ennemi.

Il vérifia à nouveau son pistolet, le soupesant d'une main. C'était agréable. Cela avait été agréable chaque fois, chaque fois qu'il l'avait pris pour s'entraîner à tirer jusqu'à ce qu'il fasse mouche neuf fois sur dix à la distance requise. Tout dans cette aventure était agréable, tellement qu'il regrettait de ne pas s'être engagé dans une authentique démarche d'action directe des années auparavant. Non pas qu'il ait perdu son temps – loin de là, il avait joué un rôle considérable –, mais pour être tout à fait franc, ce rôle s'était limité à faire des commentaires en demeurant sur la ligne de touche. À présent, au contraire, il était au cœur de l'action.

Même Mary avait remarqué qu'il semblait revigoré, et il devait se rendre à l'évidence, si ce sentiment de vitalité, ce regain d'énergie, persistait, il se verrait bientôt dans l'obligation d'insister pour rapprocher leurs lits.

Sa montre indiquait vingt heures vingt-quatre. Le moment serait bientôt venu. Il avait pensé que l'attente serait pénible, à cause de l'ennui ou des doutes qui pouvaient l'assaillir, plus qu'en raison de l'inconfort ou des crampes. Or, c'était tout le contraire. Sa résolution n'avait fait que se renforcer au fil des heures, pendant que son impatience et son excitation croissaient à chaque minute.

Il faisait partie de l'élite de l'élite, des trois exécutants qui allaient mouiller leur chemise pour le succès de la mission. Les membres moins haut placés (et néanmoins d'une valeur inestimable, ne vous y trompez pas) de la « brigade rouge » avaient effectué leur tâche exaltante et devaient à présent avoir rejoint le reste du CON, réuni en une veillée œcuménique de prières pour leur réussite. Ils étaient entrés à six dans le musée environ une heure avant la fermeture : Walter, Liam McGhee et Monty Ferguson, les fers de lance de l'opération ; le reste en tant que support logistique. Walter et Liam dissimulant les pistolets, il avait échu aux autres d'introduire les marteaux, les burins et les scies à métaux requis et de les déposer dans les chasses d'eau des toilettes pour hommes. Ensuite, il revenait à l'équipe de support logistique de faire fonctionner deux fois chaque tourniquet en quittant les lieux, afin de faire correspondre le nombre d'entrées et de sorties. Puis, au moment de la fermeture, il appartenait à l'unité d'action directe de prendre position dans les cabines tout en laissant les portes entrebâillées, et de s'accroupir sur les toilettes afin d'échapper au contrôle de routine effectué avant la fermeture des portes.

C'était une tactique risquée, mais il s'avéra que

Monty avait pensé à autre chose qu'au symbole lorsqu'il avait établi la date de la mission. Car si cette nuit marquait la renaissance chrétienne, c'était aussi la nuit où le personnel n'aurait qu'une envie : quitter les lieux à la hâte pour filer au pub.

Elle fut amplement justifiée après un moment assez éprouvant pour leurs nerfs – la vingtaine de minutes entre l'annonce de la fermeture du musée et l'inspection sommaire des WC. La personne chargée des vérifications n'avait fait que jeter un coup d'œil sur les urinoirs, puis sur les cinq cabinets et constaté qu'aucun n'était fermé.

Après avoir lancé un « Il y a quelqu'un ? » resté sans réponse, l'employé avait promptement battu en retraite.

Comme le leur avait assuré Monty, ces contrôles n'existaient que pour s'assurer qu'aucun visiteur débile ou camé ne s'était enfermé par erreur. Les autres procédures de sécurité du musée étaient beaucoup moins laxistes, mais leur principal défaut était d'être destinées à empêcher des gens de sortir en emportant les prétendues œuvres d'art. Rien n'était prévu pour empêcher leur démolition sur place.

Le silence qui régna pendant les heures suivantes était étrangement monacal. Walter entendait ses compagnons respirer, mais, comme il était convenu, personne ne prononça un mot. Chacun avait conscience de la présence des autres, jouissait du réconfort de ne pas être seul et se remémorait leur force commune.

Dans moins d'une minute, il serait l'heure. Walter redoutait ce moment, mais bien qu'il tremblât de tout son corps et se sentît presque nauséeux à force de tension nerveuse, ces symptômes n'étaient que manifestations partielles d'une euphorie généralisée, d'une énergie qui le parcourait tout entier et devrait bientôt trouver un exutoire, faute de quoi elles le mèneraient à la syncope.

« Messieurs, il est temps, annonça Monty quinze secondes en avance sur l'heure indiquée par leurs trois montres. Il en a décidé ainsi et ainsi sera-t-il fait.

– Amen », dirent Walter et Liam au même moment.

Le moment était venu pour le CON d'apparaître au grand jour.

Ils placèrent tous trois un masque de Halloween sur leurs visages et sortirent des toilettes. Le couloir était plongé dans l'obscurité, mais droit devant eux, l'entrée du hall de l'exposition était baigné d'une douce clarté qui les guidait. L'exposition des Saletés de Pédé, comme la nommait Monty, se trouvait dans le hall sud, et profitait donc, grâce à ses grandes baies vitrées, des lueurs vert pâle de l'éclairage extérieur du bâtiment.

Walter avait un pistolet à la main, un marteau glissé dans la ceinture, un burin dans la chaussette et, remarqua-t-il un peu déconcerté, une belle érection au niveau du slip. Bah, pensa-t-il, tâchant de s'ôter ce détail de l'esprit. Quelques instants avant, il aurait volontiers avoué que chaque fibre de son être était stimulée par ces activités illicites ; à présent il savait qu'il n'exagérait pas.

« Rappelez-vous, chuchota Monty. Une fois franchi ce seuil, avancez prestement et ne touchez pas aux tableaux. »

Ils avaient répété des centaines de fois comment procéder, mais Walter ne pouvait jeter la pierre à Monty de le rappeler en cet instant où la réalité prenait corps : dans le feu de l'action, il aurait été facile d'oublier les bases pour ne penser qu'à la mission principale. Les tableaux étaient reliés à des alarmes qui pouvaient être déclenchées par simple contact, et a fortiori par l'enlèvement des cadres. Néanmoins, Monty avait-il expliqué, étant donné que leur cible était une statue monumentale, nul besoin de recourir à un tel système de sécurité. Il aurait fallu la charge d'un taureau furieux pour la déstabiliser et un treuil pour la soulever. Elle n'était surveillée que par une caméra vidéo ; ou plus exactement, elle se trouvait dans le champ d'une caméra, mais surveillée, comme toutes celles qu'ils étaient en train de longer, par un gardien de nuit plongé dans la page des sports du *Daily Record*.

Nonobstant, la caméra procurait des enregistrements qui pouvaient s'avérer fort utiles aux policiers malgré les masques, et c'est la raison pour laquelle Walter était chargé de tirer et de détruire les objectifs avec son pistolet à air comprimé. Après quoi, ils pourraient passer à la phase deux. Le bruit des impacts et le blackout qui s'ensuivrait feraient sans doute accourir le veilleur de nuit, et c'est pour répondre à cela que Liam était équipé d'une arme factice. Aucun d'entre eux ne goûtait l'idée de menacer quiconque – ce n'était tout de même pas la faute de ce pauvre bougre si les gens pour lesquels il travaillait jugeaient bon d'exhiber de la pornographie devant de jeunes âmes innocentes –, mais l'arme factice faciliterait certainement son enfermement dans un placard pendant leur fuite.

Monty et Liam se tenaient près du mur et préparaient leurs outils en attendant que Walter ait tiré le premier coup de cette nouvelle guerre sainte. Il visa en tenant l'arme à deux mains, inspira, plissa les yeux, rendit grâces au Seigneur et appuya sur la gâchette.

Dans le mille.

Des fragments de verre volèrent et tombèrent en

cascade. Mais avant même que le premier fragment ait touché le sol, plusieurs alarmes commencèrent à retentir autour d'eux. Walter les entendait à l'intérieur, accompagnées par une sorte de klaxon à l'extérieur.

« Juste ciel ! »

Incrédule, il regarda l'arme qu'il avait dans les mains pendant un instant, un instant de trop, puis la salle, où il aperçut ses deux compagnons qui couraient dans des directions opposées. Contrairement à lui, ils n'étaient pas restés figés sur place. À chaque extrémité de la galerie, un rideau de métal descendait rapidement pour les enfermer sur les lieux d'un crime qu'ils n'avaient même pas eu le temps de commettre.

Walter regarda à droite, pour voir Liam rouler sous le dispositif de sécurité et disparaître par l'interstice qui restait juste avant que le métal ne touche le sol. Il regarda à gauche et nota que le deuxième rideau était également fermé, mais ne vit nulle trace de Monty.

« Doux Jésus. »

Pire encore, il était certain d'entendre des sirènes de police en plus des alarmes.

Il regarda les parois de verre qui donnaient sur l'extérieur. Il avait encore un marteau. Mais l'espérance le quitta aussi rapidement qu'elle avait jailli. C'étaient de véritables murs de verre, légèrement inclinés, et leur épaisseur devait avoisiner les trois centimètres. Même s'il parvenait à casser un panneau, il serait pris sous une pluie de tessons acérés.

De plus, si la police était déjà en route, il ne serait jamais en mesure de les prendre de vitesse.

Cette pensée l'assombrit, mais il entrevit néanmoins une lueur d'espoir, ou du moins un sursis. Personne ne connaissait le nombre exact des membres du commando, et paradoxalement, les réflexes plus lents de Walter pouvaient encore assurer son salut. Si Liam et Monty se faisaient prendre – et vu la rapidité de réaction de la police, cela ne manquerait pas d'arriver – on pourrait parfaitement penser qu'ils étaient les deux seuls malfaiteurs. Car, s'ils se rendaient compte que Walter n'avait pas été pris, ils ne le trahiraient pas, tout comme lui ne les vendrait jamais ; dans le CON, aucun membre ne dirait jamais rien, même sous la torture.

Il regarda autour de lui. L'abomination de la *Côte Ouest (,) Man* avait été placée près d'un énorme cube au bout du hall d'exposition qui formait un angle aigu ; le reste des toiles et des comparatifs s'étalaient de chaque côté de cet angle. En ce moment même, Walter ne pouvait être capté par aucune caméra, puisqu'il avait détruit celle qui couvrait la zone où il se trouvait. Les deux issues étaient fermées, mais personne ne savait qu'il était là ; alors, s'il pouvait trouver un endroit où se cacher, peut-être parviendrait-il à se tirer de ce mauvais pas, après tout. Et en possession d'un sacré scoop, qui plus est, même si ses « sources » devaient rester anonymes.

En s'approchant des baies vitrées, il aperçut une large porte à deux battants dans le mur qui se situait près de l'accès opposé à celui par lequel ils étaient entrés. Il se mit à courir, osant à peine espérer. La porte était fermée à clé et un autocollant dissuasif annonçait : « Accès réservé au personnel du musée. »

« Flûte ! »

Mais allait-il se laisser décourager par un autocollant ? Il était un homme d'action à présent. Il avait un marteau et un burin. Il fallait honorer le CON.

Il prit le burin dans sa chaussette puis se retourna

pour voir où il avait laissé son marteau. Ce faisant, il remarqua que la structure en forme de cube possédait une entrée.

« Attends une minute, marmonna-t-il à son intention. Voilà qui pourrait faire l'affaire. »

Walter jeta un œil à l'intérieur. Un écran de télévision occupait l'une des parois et un long banc sur une estrade en face permettait de le regarder. Lorsqu'il fit un pas à l'intérieur, tout s'illumina, ce qui semblait compromettre l'idée d'une cachette adéquate, jusqu'à ce qu'il remarque les panneaux blancs placés sous le banc pour l'intégrer visuellement au reste du cube. Le cœur battant, il s'accroupit et glissa le burin entre le haut du panneau qui faisait la jointure avec le banc. Le panneau céda facilement, révélant un espace où il pouvait se glisser, malgré les prises et les câbles.

Un sanctuaire.

Ça, se dit-il, c'est vraiment une opération clandestine. Découvrir des compartiments secrets, réagir au pied levé et échapper à la capture des autorités grâce à des nerfs d'acier. Sa crainte se transformait à nouveau en excitation, le creux qu'il ressentait à l'estomac avait disparu au profit d'une vitalité qui lui parcourait tout le corps. *Tout* le corps.

Il essaya de se glisser dans la cachette en replaçant le panneau. Il tenait à l'intérieur mais il était fort à l'étroit, et certes peu aidé par une partie de son corps qui tentait traîtreusement d'occuper bien plus d'espace qu'à l'accoutumée. Cela dit, il devait bien admettre que la sensation n'était pas totalement désagréable, et lui permettait de se distraire de l'inconfort général.

Si les sirènes de police s'étaient tues, les alarmes continuaient de sonner. Mais soudain, il entendit un son tout différent juste à côté de lui, un gémissement assez déconcertant qui faillit l'expulser de sa niche, pris de panique.

Comme le son persistait, accompagné de parasites sonores, il se rendit compte qu'il devait provenir d'un haut-parleur à l'intérieur du cube. Il sortit de son abri en roulant et vit que l'écran de télévision montrait à présent un homme et une femme nus, partageant une étreinte.

« Bonté divine. »

Si ce n'était pas de la malchance ! Il s'était terré à l'intérieur même d'une attraction pornographique. Sa première pensée fut de fuir, mais sa raison lui souffla que peu d'issues s'offraient à lui. Son entrée dans le cube avait déclenché l'éclairage et la vidéo, mais tout était éteint lors de son arrivée. Le spectacle devait durer un temps donné. S'il attendait son heure, avec un peu de chance, l'objet serait retourné à son état d'obscurité premier au moment où quelqu'un arriverait pour examiner les lieux.

Par acquit de conscience, il jeta un œil à l'extérieur et vit que les portes en métal étaient toujours baissées. Le temps – et ses quelques pensées fort astucieuses – jouaient en sa faveur. L'inconvénient, c'est qu'il lui fallait se glisser à nouveau sous le banc ou rester assis là, à subir ces cochonneries jusqu'à la fin. Eh bien, qu'il en soit ainsi, pensa-t-il. Il était adulte, cela ne pouvait pas lui faire de mal, même s'il trouvait cela un peu dur à avaler. Il était plus fort que ces choses-là, et peut-être était-ce un exercice utile dans la connaissance de ses ennemis. Pour l'amour du ciel, ces choses ne détenaient aucune puissance mystique qu'il aurait pu redouter. Il avait l'étoffe suffisante pour ne pas en être affecté, même si cela ne rendait pas la chose inoffensive ; simplement, on ne pouvait pas décemment laisser n'importe qui assister à un tel spectacle.

S'il était censé être choqué, alors le soi-disant artiste avait manqué son but. Ce n'était pas choquant du tout. Il avait vu pire à la télé. En fait, il n'y avait rien dans la forme humaine qui puisse choquer un adulte civilisé.

Certes, cela ne légitimait en rien l'exploitation avilissante qui en était faite ici. Il faut bien se rendre à l'évidence : nous savons tous à quoi ressemble la poitrine d'une femme ; nous n'avons donc aucun besoin de cela... pour sainte Vierge, elle est vraiment belle, non ? Certes, dans le monde de l'Art, il y a toujours eu un espace réservé aux évocations esthétiques de la nudité féminine, depuis les bustes d'Aphrodite, en passant par les préraphaélites, mon Dieu, elle est... elle est... ou plutôt il est, mmm, tout autour de son téton dressé avec le bout de sa... et elle est... oh non, pas ça, oh non, pas ça, Dieu du ciel, mais si, elle le... aah, dans sa bouche.

Walter se sentait tout chose, le son de l'alarme s'atténuait à ses oreilles, remplacé par le bruissement de son sang, et son... son... bref, gonflait et exerçait une pression contre le tissu de son pantalon.

Pour l'amour de Dieu, calme-toi. Ce ne sont que des inanités, puériles et vulgaires, tu te laisses emporter à cause de oh Seigneur, il va lui mettre la langue dans la, dans la... Il lui met ! Doux Jésus et oh elle aime ça, elle aime vraiment ça, pas étonnant, oh la coquine, elle...

Les mains de Walter se mirent à agir de leur propre chef, défaisant sa braguette et s'emparant de, de, de Popaul. C'est la seule solution, lui susurrait une voix. C'est essentiel pour la mission. Il faut mettre fin à cette tension, clarifier tes pensées, tu ne peux pas te permettre de te déconcentrer. Et de toute façon, personne ne voit, personne ne saura et oh, Marie, mère de Dieu, elle est magnifique, elle est splendide, elle n'en a jamais assez, oh oui elle aime ça, elle aime ça, mon Dieu, oh oui et dans cette position aussi, oh doux Jésus, c'est de l'art, oh oui, retourne-la, c'est ça qu'elle veut, c'est ça qu'elle aime, oh oui oh non t'arrête pas oh non ne sors pas, non il ne va pas, sainte Vierge, mais si il va, oh Seigneur, oh Dieu Tout-Puissant, mais si il va lui mettre dans la aaaaaaaaaaaaaaaaaaaaaaaaaaaaaaaa aaaaaaaaaaaaaaaaaspergé tout l'écran : c'était violent, c'était abondant, c'était sans fin. « Des jets brûlants d'amour, gigantesques, limpides, illimités. » Maintenant il comprenait les divagations de Walt Whitman.

Oh doux Jésus. Ô mon Dieu. Oh Ooooh.

Ô enfer et damnation.

C'était comme se retrouver tout nu sur une scène après être sorti d'une hypnose. Walter regarda son pénis retrouver sa flaccidité, puis regarda par terre et enfin l'écran qui dégoulinait.

« Sainte Mère ! »

Walter s'approcha et tenta de l'essuyer avec la main, mais ne parvint qu'à l'étaler davantage tout en laissant une pléthore d'empreintes digitales gluantes.

« Sapristi ! »

Il tira la manche de son pull par-dessus son poing et appliqua le tissu sur l'écran, frottant si fort que le verre se mit à couiner. Il eut un peu plus de succès, car son chandail absorbait l'essentiel du liquide, mais il recouvrit l'écran entier d'un film opaque. Du moins les empreintes seraient-elles parties. En revanche, le fait que la vidéo porno soit maintenant diffusée à travers une sorte de brouillard n'échapperait à personne.

Il était en train de tirer sur l'autre manche de son chandail pour se livrer à une seconde tentative quand il entendit un grondement métallique accompagné de grincements et prit conscience avec un frisson d'effroi que cela ne pouvait être que le son des portes que l'on rouvrait.

« Oh, s'il vous plaît, mon Dieu. Non. »

En moins d'une seconde, la cassette vidéo prit fin et l'intérieur du cube fut brusquement rendu à l'obscurité. C'était sans nul doute un don du ciel : clémence et secours pour un fidèle serviteur qui essayait seulement de faire le bien. Walter ne perdit pas de temps. Il rampa dans sa cachette et replaça le panneau.

Le message était clair : son péché, comme sa transgression de la loi, avaient été immédiatement compris et pardonnes. Aux yeux de tous, il avait disparu. Il était délivré de ses ennemis. Le Seigneur protège les siens.

Les mains vides

« On n'en a chopé qu'un jusqu'ici, annonça la radio de Shaw. Il avait une arme factice, mais il l'a laissée tomber vite fait quand il a vu que les nôtres n'étaient pas en toc. Cela dit, il n'était pas seul, on en est sûrs, mais on n'a pas très bien vu. »

Shaw et Angélique vinrent se ranger en dernier derrière les deux camionnettes, dont les passagers s'étaient rapidement déployés à l'intérieur et autour du bâtiment. L'un des voleurs avait été appréhendé par les policiers en civil avant que le reste des troupes n'arrive, ce qui fut signalé sur les ondes alors qu'ils arrivaient à la hauteur des grilles du parc entourant le musée. En lieu et place de la satisfaction qu'elle aurait dû éprouver, Angélique se sentait dans le même état que lorsqu'elle était en service et entendait Richard Gordon[1] annoncer que l'équipe des visiteurs venait de marquer un but à Ibrox. L'enthousiasme et le ravissement non dissimulé de sa voix étaient en totale contradiction avec l'impact de cette révélation sur l'auditrice qu'elle était.

Ils se dirigèrent d'un pas vif vers l'entrée, où un policier en uniforme leur tint la porte.

---

1. Présentateur sportif de la radio, dont les sympathies sont clairement acquises au club de football d'Aberdeen.

« Qu'est-ce que vous voulez dire par on n'a pas très bien vu ? La galerie Horsburgh était censée être aussi éclairée que le stade de Blackpool. Qu'est-ce qui s'est passé ?

– Ils n'étaient pas dans la collection Horsburgh, Monsieur. Ils se trouvaient dans le hall sud. Hawkins pense en avoir vu trois sur les écrans de surveillance, mais ils sont allés au centre de la galerie, là où elle fait un coude, et ont tiré sur la caméra. C'est ça qui a déclenché l'alarme. »

Shaw et Angélique se regardèrent, se posant la même question muette : qu'est-ce qu'ils fichaient dans le hall sud ?

« Je suis à l'entrée, dit Shaw.

– On vous l'amène tout...

– Non, restez où vous êtes. J'arrive. À toutes les unités, d'autres suspects en vue ? »

Shaw roula les yeux : seul le silence lui répondait. Il fut finalement rompu par Anderson, le partenaire en civil de Hawkins.

« Monsieur, les volets de sécurité se sont abaissés automatiquement quand ils ont déclenché le système de sécurité. Il y a de grandes chances qu'ils soient encore à l'intérieur. On a juste un petit souci technique pour les relever, mais l'employé qui est avec moi dit qu'ils seront ouverts à nouveau dans quelques minutes.

– D'accord. Quand il aura fini, soyez gentil de lui demander si, par hasard, il pourrait déconnecter cette putain d'alarme.

– Oui, Monsieur. »

Shaw s'avança à grandes enjambées vers le hall sud. Angélique le suivait à quelques mètres, mais son allure n'était pas la cause de la distance qui se creusait entre eux. Elle savait à présent avec certitude que la vision de Zal menottes aux poignets n'était pas de celles qu'elle avait hâte d'avoir.

Shaw arriva le premier dans le vestibule à verrière du hall sud.

« C'est lui ? entendit-elle Shaw demander.

– Oui, Monsieur. Il ne veut rien dire. Tu veux pas qu'on entende ton accent, hein ? » demanda Hawkins d'un ton sarcastique.

Angélique entra dans le vestibule pour voir Shaw penché sur un prisonnier menotté mais plein d'arrogance, l'expression impassible de son visage révélant un vétéran des arrestations. Angélique ne lui accorda qu'un rapide coup d'œil, qui suffit à calmer sa crainte numéro un. Ce n'était pas Zal. Puis, le regardant à nouveau, elle s'aperçut qu'elle le connaissait.

« Quand cette petite frappe l'ouvrira, il n'aura pas l'accent américain, leur dit-elle. C'est Liam McGhee. C'est lui le CON.

– Pardon ? dit Shaw.

– Le Conseil « Œcuménisme et Natalité ». Vous n'avez pas pu en entendre parler dans la capitale. Avant, c'était un escroc à la petite semaine, mais un jour, miracle, il découvre l'existence de Notre Père qui êtes aux Cieux. Du coup, il a lancé son propre groupe de pression religieux. Qu'est-ce que tu fais ici, Liam ? T'as encore vu la lumière sur la route de Damas et tu t'es reconverti en voleur ? »

Il persista dans son silence, le regard fixe, faisant semblant de ne lui prêter aucune attention.

« Il y a un petit moment que tu ne t'es pas fait arrêter, hein, Liam ? On n'est plus obligé de garder le silence, tu sais.

– Hawkins, remettez-le à la page, ordonna Shaw.

– Oui, Monsieur.

– Ceci est un acte de contestation légitime, lâcha soudain McGhee. En tant que chrétiens et en tant que parents, nous avons le droit d'agir si l'argent public est dépensé à des saletés que la morale réprouve.

– Tu n'as pas d'enfants, Liam, fit remarquer Angélique.

– Nous avons la responsabilité de tous les enfants. »

Devant eux, les rideaux de métal se mirent mollement en mouvement. Shaw et Angélique s'avancèrent immédiatement. Angélique prit sa radio, ne sachant pas si Shaw partageait sa connaissance des lieux.

« Les portes de sécurité du hall sud sont en train de s'ouvrir. Nous sommes à l'entrée ouest. Que quelqu'un se grouille d'aller à l'entrée est. »

Shaw approuva d'un signe de tête et se baissa pour passer sous le rideau de métal.

« Quelqu'un peut-il nous remettre la lumière ? demanda-t-il à sa radio.

– Oui, Monsieur. »

Angélique se pencha et le suivit dans la galerie d'exposition.

« Ils en veulent à la pornographie ?

– Les conneries habituelles. Un tout petit peu plus élaboré que les pancartes et les slogans hystériques, mais l'idée est la même.

– Je m'en tamponne de leurs idées, c'est leur timing qui me fout en boule. Ces trouducs ont tout fait foirer. » Il poussa un soupir abattu, avec l'air de quelqu'un qui envisage sérieusement de flanquer un grand coup de poing au milieu du tableau le plus proche. « Tant pis, qu'on chope les autres et qu'on en finisse. Alors, bande de bons à rien, vous avez trouvé quelqu'un ?

– Monsieur, répondit la radio. Agent Keir. Je suis

à l'extérieur. Il y a un véhicule à l'arrière du bâtiment, devant le sas des livraisons. Merde, désolé, j'ai rien dit. C'est un utilitaire de la mairie, posé sur des briques.

– Fantastique, marmonna Shaw. N'oubliez pas de nous rappeler si vous voyez un caddie qui traîne, surtout.

– Désolé, Monsieur.

– Putain de blaireau. »

Ils avancèrent à travers l'exposition vers la partie qui formait un angle aigu, où ils furent rejoints par trois collègues qui arrivaient de la direction opposée, manifestement dépourvus de tout suspect.

« Il ne peut pas être venu tout seul, ce taré.

– J'en doute, lui certifia Angélique. Il a dit "nous".

– Ouais, mais ces connards prétentieux disent toujours "nous". »

Shaw sembla soudain remarquer la statue près de laquelle ils se trouvaient. Il la regarda longuement, osant à peine y croire, avant de glousser malgré lui :
« C'est donc ça qui a mis le Commando des Illuminés sur pied de guerre ?

– J'en ai bien peur. Ce grand gaillard les a mis au garde-à-vous.

– J'appellerais pas vraiment ça de la pornographie.

– Non, la pornographie, elle est à l'intérieur du... »

Angélique s'apprêtait à lui indiquer le cube, mais fut devancée par le *Voyeur* lui-même, les écrans vidéo extérieurs se mettant brusquement à fonctionner.

Quelques secondes plus tard, les quatre murs montraient les images d'un homme assez agité, fixant la caméra, le visage rubicond.

Shaw regarda les écrans avec une expression désabusée.

« Ça fait un moment que j'ai pas bossé aux Mœurs, mais je pense pas qu'ils fassent la queue pour ça à Soho. Oh, attendez. Regardez ! »

L'homme entreprit alors de libérer son pénis en érection. Les cinq officiers de police, dans un silence consterné, le virent ensuite se masturber fiévreusement, avec de grands mouvements frénétiques, les traits déformés, jusqu'à ce qu'il éjacule sans contrôle, dans de grands jets qui atterrirent sur l'écran.

« Heureusement que c'est pas en 3D, hein ? fit observer l'un d'eux.

— Ça s'appelle *Voyeur*, dit Angélique. Ils passent une cassette porno à l'intérieur, mais le gag, c'est que pendant que vous êtes dedans en train de la regarder, il y a une caméra qui vous... » Elle s'arrêta net, venant juste de comprendre.

« Quoi ?

— Il est toujours là-dedans. »

Elle regarda à nouveau les écrans. Papy Branlette essuyait l'écran avec sa manche et ils le virent ensuite se glisser sous le banc et replacer le panneau.

« Allez me le chercher, ordonna Shaw.

— Pas question que je le touche, répliqua Angélique. Il est couvert de sperme. »

Quelques instants plus tard, c'est un activiste tout tremblant qui fut traîné hors du cube par deux agents.

« Y a-t-il quelque chose qui ne colle pas chez vous ? ironisa Angélique.

— Ceci est une action légit... Je... En tant que membre du...

— Hé, attendez... Mais je vous connais ! s'exclama l'un des flics en uniforme. Vous n'aviez pas une colonne dans le *Post* ? Avec votre photo, en face de l'éditorial ? »

Si Papy Branlette avait pu devenir encore plus livide, il aurait franchi la zone des ultraviolets.

« Ah oui, fit un autre. Maintenant que tu en parles. Je l'ai jamais acheté, c'est ma femme… Thorn, c'est bien ça ? En sperme et en os !

– Je… Écoutez, ce n'est pas ce que… Je suis journaliste. Je suis en mission d'infiltration pour le… J'ai été obligé de le faire, je n'avais pas le choix. »

Il se mit à pleurer, s'essuyant sans y penser le visage avec sa manche qui y déposa des traînées de semence.

« Ce n'était pas mon idée. Tout est de la faute de l'Américain.

– Américain ? demandèrent d'une seule voix Shaw et Angélique.

– Oui. Masterton. Demandez-lui, c'est lui le meneur. C'est lui qui a… »

Ni Angélique ni Shaw ne l'écoutaient plus.

« Pourquoi ai-je l'impression étrange de revivre le fiasco de Buchanan Street ? » demanda Angélique.

Shaw attrapa sa radio, la colère l'ayant envahi tout entier, jusqu'au bout de ses doigts crispés sur le plastique.

« Est-ce qu'on a arrêté quelqu'un d'autre ? Un Américain ? »

Silence.

« Fait chier. Est-ce que quelqu'un pourrait au moins débrancher cette putain d'alarme ?

– Monsieur ? finit par dire une voix.

– Oui. Quoi ?

– On nous rapporte un incendie, peut-être une explosion, dans une station désaffectée près d'Argyle

Street, côté Dumbarton Road. Près du musée et de la galerie d'art de Kelvingrove.

– Nom de Dieu de bordel de merde. Mais nous... Qu'y a-t-il de vendable là-bas ? demanda-t-il à Angélique. À part des animaux empaillés et ce grand tableau de Dali ?

– Le Trésor des Aztèques, dit l'un des agents. Mon gamin crève d'envie de voir ça.

– Mais ça n'ouvre qu'en janvier, lui précisa Shaw. L'expo est à Londres en ce moment. Ils sont encore en train d'installer le nouveau système de sécurité.

– Ils sont à la bourre, c'est clair. L'expo a fermé fin octobre à Londres et devait démarrer ici début décembre.

– Vous voulez dire que tout le matos est déjà là ?

– Ben, oui. Dans les coffres au sous-sol.

– Dites-moi que c'est un cauchemar », implora-t-il en se tournant vers Angélique.

Elle ne put que le confirmer.

« L'or du Mexique aux gangsters mexicains.

– Et nous, on glande à les attendre du mauvais côté de cette putain de rivière ! »

Il se mit à courir, faisant signe aux autres de bouger leurs fesses.

« Shaw à toutes les unités. Rendez-vous immédiatement à la galerie d'art de Kelvingrove. Cambriolage en cours, je répète : cambriolage en cours. »

Il relâcha le bouton et mit fin à la transmission, se tournant vers Angélique pendant qu'ils couraient vers la sortie. « Je me demande qui j'essaie de convaincre. Ce sera fini quand on arrivera. »

Ils grimpèrent dans la voiture et démarrèrent à toute vitesse, l'arrière du véhicule dérapant sur les graviers sous l'accélération donnée par Shaw. Derrière eux, les camionnettes se remplissaient, faisant retentir leur sirène, tandis que l'alarme du musée continuait obstinément à résonner.

« Je dois commencer à me faire trop vieux pour ces conneries, dit-il. Vous m'aviez bien dit de garder l'esprit ouvert et moi, comme un imbécile, j'ai décidé que c'était là que ça se passerait.

– Mais vous avez deviné juste sur au moins un point, Monsieur. C'est bien cette nuit que ça se passe.

– Oui, mais j'aurais dû choisir une autre chanson de Neil Young : *Why Do I Keep Fucking Up*[1] ! »

Les yeux de Zal restaient fixés sur son téléphone, la lueur de l'écran et le scintillement de l'ordinateur de Karl étant les deux seules sources de lumière à l'intérieur de la camionnette pleine à craquer. Il attendait un message, et l'endroit ne changeait pas grand-chose à l'affaire – quand on partage un espace aussi étroit avec quatre autres personnes et que la tension s'accumule depuis trois heures. Il n'y avait pas que cette attente silencieuse et l'importance de l'enjeu qui contribuaient à rendre l'atmosphère aussi lourde. Personne n'en aurait parlé, mais personne n'avait besoin de le faire. Karl et Léo s'étaient déjà trouvés à l'arrière d'une camionnette par le passé, à attendre avec appréhension dans un silence forcé, jusqu'à ce que Zal les y enferme au moment où l'action était censée commencer.

Ajoutée à tout cela, la présence hautement indésirable de la taupe de service, Dominguez. Il avait toujours été convenu – clause non négociable de l'arrangement – qu'un « représentant » des Estobal

---

[1]. *Pourquoi est-ce que je foire toujours tout ?*

resterait en présence de la marchandise depuis le vol jusqu'à la livraison, pour garantir l'absence de toute interférence fâcheuse. L'idée que Zal puisse se trouver en possession de biens d'une telle valeur sans être surveillé rendait Alessandro extrêmement nerveux – malgré la menace qui pesait sur la vie de Parnell – et cette appréhension s'était considérablement accrue, on peut le comprendre, à la lumière du sort que Zal avait réservé au nervi de Hannigan à la banque. Résultat, ils se retrouvaient avec Rico Dominguez sur les bras pour toute la durée de l'opération. Seul fait positif, le cousin d'Alessandro leur avait certifié qu'il savait se servir d'une visseuse électrique.

Le message qu'ils attendaient illumina le portable de Zal.

« Bon, chuchota-t-il. Jérôme nous donne le feu vert : il est prêt et en position. On attend juste le… ah, ça y est. Confirmation : il a fait péter la station. Ils vont tous filer sur Kelvingrove.

– C'est le moment d'aller chercher le cadeau de Noël d'Alessandro, dit Dominguez.

– Pas tout à fait, le contredit Zal. Encore un instant. »

Dominguez fit mine de vouloir dire quelque chose, mais Zal l'en dissuada en plaçant un doigts sur ses propres lèvres.

Quelques secondes plus tard, le son des sirènes de police se joignit au hurlement persistant de l'alarme.

« Karl ? »

Karl fit pivoter son écran afin que Zal puisse le voir. L'une des trois caméras miniatures que Zal avait dissimulées aux abords du musée le jour où il y avait rencontré Angélique montrait la porte d'entrée. Les véhicules de police étaient tous partis, ne laissant sur place que deux agents en uniforme qui discutaient dans le hall avec le personnel du musée et son conservateur, récemment arrivé sur les lieux. Satisfait, Zal donna le signal.

« Messieurs ? Allons mettre nos talents à l'œuvre. »

Ils descendirent prestement et en silence, chacun d'entre eux équipé d'une roue et d'une visseuse électrique. Ils prirent position autour du véhicule, s'agenouillant pour ôter sans bruit quatre piles de briques, dont le rôle véritable n'était pas de soutenir la camionnette, mais de dissimuler les crics hydrauliques fixés par des boulons qui se chargeaient de cette tâche. C'était le résultat des petits ajustements effectués par Léo une semaine auparavant dans un garage de Newcastle, et qui permettaient, en moins de temps qu'il ne faut pour appuyer sur un bouton, de soulever le véhicule pour permettre un remplacement rapide des roues.

Ils s'étaient garés devant le sas de livraison du musée peu de temps avant la fermeture, à un moment où l'affluence des voitures qui quittaient les lieux via la route traversant le parc permettait l'approche discrète d'un véhicule isolé, rendu d'autant plus invisible qu'il était maquillé aux couleurs du Service des parcs et jardins de la mairie de la ville de Glasgow. Une fois en place, grâce à l'ordinateur de Karl qui surveillait les abords sous trois angles d'approche, ils purent en toute tranquillité donner au véhicule une apparence d'innocente immobilité.

L'alarme discontinue couvrit le bruit produit par la mise en place des pneus, effectuée en un temps digne des stands de Daytona. C'était la priorité numéro un : préparer le véhicule qui servirait à s'enfuir avant même de penser à quoi que ce soit d'autre.

Le personnel du musée était selon toute probabilité déjà à l'étage, essayant toujours de comprendre pourquoi ils ne parvenaient pas à déconnecter l'alarme. Ils ne pouvaient pas savoir que Jérôme avait bricolé quelques fils sur le panneau d'alimentation qui se trouvait au sous-sol.

En ce moment même, le système de sécurité ne faisait que répondre à un dysfonctionnement global – et qui serait enregistré comme tel par l'ordinateur central, mais qu'ils attribuaient évidemment à la destruction d'une caméra de vidéo surveillance lors de l'incursion du CON. Raisonnement qu'ils tiendraient sans doute aussi lorsque les volets métalliques se fermeraient pour la seconde fois sur le hall sud. Mais même dans le cas contraire, ce qui comptait, c'est que personne ne pourrait de toute façon y pénétrer : ni les veilleurs de nuit, ni les agents en uniforme, pas plus que les deux flics en civil ridiculement repérables qui gardaient le Butin Horsburgh.

Leur véhicule de nouveau sur roues, Léo prit place sur le siège du conducteur pendant que Karl sautait à l'arrière pour vérifier le périmètre grâce à son ordinateur. Léo fit demi-tour et se mit en marche arrière pour amener la camionnette sur la rampe d'accès juste devant les portes en métal télécommandées de la zone de déchargement : elles étaient en train de s'ouvrir. Jérôme les attendait derrière et les conduisit à l'intérieur.

« Vous savez, je trouve que c'est l'enfance de l'art de cambrioler un musée lorsque l'on dispose du trousseau complet des clés du personnel, dit-il en brandissant les sus-mentionnées avec un large sourire.

– Comment les avez-vous eues ? demanda Dominguez.

– Secret professionnel, » répondit Zal en lançant à

Jérôme un regard furieux pour s'être risqué sur un terrain aussi glissant. Jérôme comprit le message et avala péniblement sa salive.

« Je suppose que les Œuvres du Seigneur ont donné toute satisfaction ? demanda Zal pour dissimuler leur échange muet.

– Oh, certes. Un grand coup en faveur de la décence et des bonnes mœurs a été porté ce soir. J'espère simplement que ces trous du cul vont apprécier la prison autant que moi. Venez, nous avons rendez-vous avec un grand suceur de queue devant l'Éternel. » Il regarda Dominguez. « Mais bien sûr, avant cela, nous devons voler une statue pour lui.

– *Hijo de puta.*

– Va te faire voir. »

Jérôme les conduisit jusqu'à l'ascenseur à double entrée, à l'intérieur duquel il avait déjà placé le transpalette utilisé par le personnel du musée pour déplacer les choses lourdes ou encombrantes. L'ascension vers le hall sud leur prit environ vingt secondes. Jérôme déverrouilla l'accès grâce à l'une de ses clés et ils débouchèrent à l'entrée est de l'exposition sur l'histoire de l'allégorie.

Jérôme resta près de l'ascenseur pendant que Zal et Dominguez s'avançaient vers l'angle de la salle, où ils chargèrent le *West Coast (,) Man* de Pepe Nunez sur le transpalette. Zal utilisa des pinces pour libérer la statue de ses entraves électroniques, provoquant ainsi comme prévu la fermeture des rideaux de sécurité, ce qui empêcherait toute découverte précipitée de leurs activités – ainsi que toute curiosité malvenue.

Le mélange hindou

Ils étaient à mi-chemin du tunnel de la Clyde. Angélique s'agrippait à la poignée pendant que Shaw zigzaguait sur la ligne blanche, sirène à fond, girophare bleu sur le toit et pied au plancher. La voiture atteignait presque une vitesse diana-cide, tant Shaw avait hâte d'arriver à Kelvingrove. C'est à ce moment qu'Angélique eut une illumination.

« Merde. On refait exactement la même chose.

– On refait quoi ?

– On se précipite dans la mauvaise direction. Faites demi-tour.

– Je ne peux pas faire un putain de demi-tour, on est dans le tunnel de la Clyde !

– Oui, et dans le mauvais sens ! C'est vers le sud qu'il faut qu'on aille. Il nous a fait avaler son bluff.

– Il y a toujours Hawkins et Anderson à la collection Horsburgh. Il n'y a pas de bluff qui tienne. Et Kelvingrove est dans le noir. Nous ne pouvons pas fermer les yeux là-dessus.

– Vous avez raison, Monsieur, parce que *nous devons faire notre travail* – il *compte sur nous* pour le faire.

– Putain de bordel de merde », dit Shaw, ce qu'elle prit pour une conclusion convergente.

« Faites-moi confiance sur ce coup-là. Laissez les autres s'occuper de Kelvingrove, je veux absolument retourner là-bas pour y regarder à deux fois. »

Shaw exécuta un dérapage contrôlé dès qu'ils sortirent du tunnel, faisant glisser la voiture sur la voie d'en face et replongeant à vive allure sous la rivière.

Angélique saisit la radio du véhicule et interpella Hawkins, qui ne partageait pas son agitation.

« Il ne se passe rien, sauf que cette putain d'alarme nous casse toujours les oreilles… Oh, et on me dit que la fermeture des sas de sécurité du hall sud s'est encore déclenchée. Si je pouvais trouver la prise, je te débrancherais tout ça, moi ! »

L'exposition du hall sud. Exactement là où Zal l'avait emmenée.

« Entrez immédiatement là-dedans.
– Dans quoi ?
– Là où il y a l'expo. Ouvrez les portes ou pétez les fenêtres, mais entrez à tout prix.
– Oui, M'dame. »

Ils furent de retour au musée en moins de dix minutes, le traitement de choc infligé au moteur par Shaw ne s'allégeant pas même à leur arrivée sur la route étroite qui traversait le parc.

« Contournez le bâtiment », lui dit Angélique alors qu'ils en approchaient. Il ralentit, revint à une vitesse moins terrifiante, et tourna à droite vers l'embranchement où un panneau indiquait : « Interdit aux véhicules non autorisés. »

« Là, dit Angélique en montrant du doigt la rampe de chargement.
– Quoi ? Je ne vois rien.
– C'est bien le problème. L'agent Keir a dit tout à

l'heure qu'il y avait une camionnette ici, posée sur des briques. »

Shaw regarda d'un œil torve la pleine cargaison de vide qui s'y trouvait à présent.

« Vous savez quoi ? Je suis content de savoir qu'on ne va pas choper ce saligaud.
– Pourquoi ?
– Parce qu'on mène la vie dure aux ex-flics qui atterrissent en taule, et c'est là que je finirais après lui avoir écrasé les couilles. »

S'avançant de quelques mètres, ils purent voir à l'intérieur du hall sud où se trouvaient rassemblés – très mauvais présage – employés et policiers.

Angélique ne put attendre d'être à l'intérieur pour être informée de ce qui se passait. Elle s'empara à nouveau de la radio.

« On vient juste de réussir à rouvrir les portes, lui dit Hawkins d'un ton d'excuse qui ne lui dit rien de bon.
– Et ?
– C'est la statue, la grande, de Machin, là, vous savez, le gars qui suce sa quéquette. Elle n'est plus là. »

Shaw laissa tomber son front sur le volant, ajoutant au hululement sans fin des alarmes du musée le vacarme soutenu de son propre klaxon. Il releva la tête au bout de quelques secondes et se tourna vers le siège voisin. Lorsqu'il parla, ce fut avec un calme admirable – sans doute l'expression d'une fureur maîtrisée à grand-peine.

« Au vu de ce nouveau rebondissement, un certain nombre de questions me viennent à l'esprit, inspecteur de Xavia. Trop nombreuses pour en dresser la liste dans l'instant, en fait, mais celle qui vient en tête est sans aucun doute : À QUOI RIME TOUT CE BORDEL, MERDE ?

Léo tourna à gauche, vers une zone industrielle, et se gara sur le parking à l'arrière d'un grand magasin de meubles, où il coupa le moteur. Une autre camionnette les attendait, comparable en taille, mais d'une couleur et d'un modèle différents. Zal sortit le premier et se mit immédiatement en devoir d'ôter la pellicule aux couleurs des Parcs et Jardins. En dessous, on pouvait lire « CAR. Services de messagerie – Livraison garantie. » Léo fit de même côté conducteur pendant que Zal ouvrait les portes arrière.

Dominguez avait l'air un peu perplexe, et le fut davantage encore lorsqu'il vit la seconde camionnette.

« Hé, c'est quoi, ces conneries ? C'est pas là qu'on a rendez-vous. Qu'est-ce que vous mijotez, bande de branleurs ?

– Rien, le rassura Zal. Simplement... Taxe-moi de cynisme si ça te chante, mais j'ai eu cette petite intuition paranoïaque que ton boss pouvait me réserver une surprise désagréable une fois que je ne lui serai plus d'aucune utilité.

– Je ne suis pas au courant de ça, mais il réservera sûrement une surprise désagréable à ton amigo Parnell si tu lui fourgues pas sa camelote.

– Oh, je vais la lui donner. Mais la livraison va se faire selon les modalités que j'ai choisies, pas selon celles dictées par Alessandro.

– C'est ce que tu crois, dit Dominguez, dégainant un pistolet et reculant d'un pas de façon à les mettre tous les quatre en joue. Toi et moi, on remonte dans cette putain de camionnette, tout de suite, et on va au lieu de rendez-vous prévu, *comprende* ?

– Sinon quoi ? Tu nous auras pas tous les quatre. Tu seras mort avant.

– Me cherche pas. Monte dans cette putain de camionnette.

– Va te faire foutre », lui répondit Zal.

Dominguez appuya sur la gâchette, qui claqua avec un bruit sec, comme quand on n'a plus de balles. Zal lui asséna un grand coup de poing dans la gorge, avec toute la force dont il disposait. Dominguez tomba à genoux sur le bitume en se tenant le cou ; son arme cliqueta sur le sol à côté de lui.

Zal tendit son poing fermé au-dessus de la tête de Dominguez et laissa s'échapper une pluie de balles, qui roulèrent sur le sol dans un petit crépitement métallique. De tels tours étaient plus aisés à réussir avec des cartes ou des pièces, mais une main bien entraînée pouvait y parvenir avec des objets bien plus lourds ou malaisés à manipuler. Il avait fait les poches de ce salopard lorsqu'ils étaient passés le prendre et avait remis l'arme à sa place, délestée de ses balles, au moment où ils chargeaient la statue dans le fourgon.

« Bien. Comme je le disais, la livraison aura lieu selon les modalités que j'ai choisies.

– J'irai nulle part... sans la statue, coassa Dominguez. C'était ça le marché.

– Tout à fait. C'est précisément la raison pour laquelle tu vas rester à l'arrière avec la statue jusqu'à la livraison. Tu vois, tu n'es pas seulement là pour t'assurer que je ne fais pas de coup fourré avec la statue, tu es aussi là pour témoigner que je n'ai rien fait de suspect. Pour moi, l'important, c'est Parnell, tu piges ? Et je ne vais pas fournir de prétexte à Alessandro pour le descendre.

– Où tu vas ? demanda Dominguez pendant que Zal marchait vers le second fourgon.

– À notre rendez-vous. Où veux-tu que j'aille ? »

Zal y parvint en moins de vingt minutes. Comme il s'en était douté, l'adresse n'était pas celle d'un entrepôt ou d'un garage, mais celle d'un terrain vague sur lequel était garée une unique voiture. Deux hommes en sortirent dès qu'il y engagea la camionnette. L'un d'eux était Paco Gomez, membre de la garde prétorienne d'Alessandro, et le second avait l'air d'appartenir à la confrérie Versace de Hannigan. Ils s'avancèrent chacun vers une portière en sortant leur arme.

« Je ne vois pas Alessandro, dit Zal. C'était pourtant notre arrangement. Je ne livrerai la marchandise qu'à lui et à lui seul.

– Tu vas nous la livrer à nous, sinon je te fais sauter la cervelle, lui répondit Gomez.

– Descends de là et envoie les clés » grogna l'autre.

Zal sortit les mains en l'air. « Comme vous voulez, leur dit-il. Mais vous avez intérêt à ne pas oublier votre ami Dominguez.

– Va le chercher », ordonna Gomez à Versace. Puis il refit face à Zal. « Et toi, t'as intérêt à ce que son compte rendu te soit favorable.

– N'ayez aucune inquiétude. Moi, je respecte les termes de l'accord.

– Il n'est pas là, annonça Versace, de la colère dans la voix. Ce putain d'fourgon est vide. »

Gomez opina du chef, un rictus sarcastique sur le visage, mais pas particulièrement surpris.

« Alessandro nous avait prévenus, t'es un vrai sac d'embrouilles.

– Comme je l'ai dit, je remettrai la marchandise à

Alessandro en mains propres. » Zal sortit son portable. « Bon, si vous remballiez les flingues avant de me dire où est le vrai lieu de rendez-vous et que vous remontiez dans votre putain de bagnole ? *Après* quoi, j'appelle mon pote pour qu'il amène Dominguez et la statue au bon endroit. »

Gomez secoua la tête. « Tu vas appeler ton pote et tu vas monter dans cette putain de bagnole avec nous. Alessandro veut te remercier personnellement.

– Je n'en ai jamais douté. Mais il est hors de question que je monte dans cette putain de bagnole. J'ai dit, à Alessandro et à lui *seul*. Pas de flingues, pas de gangsters. »

Gomez leva son arme et visa Zal entre les deux yeux.

« Monte dans cette bagnole et passe ton putain de coup de fil.

– Appuie sur la gâchette et vous ne reverrez jamais la statue. Si je ne reviens pas entier, mes amis descendront Dominguez et feront disparaître la statue pour toujours.

– Tes amis, hein ? Tiens, écoute ça : j'appuie sur cette gâchette et on va chercher ton pote Karl au 6, Botanic Crescent, où il loge depuis quatre jours. On l'emmène dans un endroit tranquille avec plein de petits outils électriques et un fer à souder, et on le torture pendant quelques heures. Puis, juste avant qu'il ne puisse plus du tout parler, on lui propose une fin rapide s'il nous dit où est la statue. T'es pas le seul à penser à tout, pauvre mec. Passe ce coup de fil. »

Voilà à quoi rime tout ce bordel

L'endroit avait l'air d'être parfaitement aménagé pour un massacre, pensa Harry, ou alors pour une séance de torture particulièrement salissante. Un revêtement plastique recouvrait chaque centimètre carré du sol, un brûleur à l'oxyacétylène attendait, prêt à l'emploi, et une belle collection de voyous, dont la plupart étaient armés. L'entourage de Hannigan avait l'air de passer une audition pour des rôles dans un film de gangsters, et ils en avaient trop le look pour être vrais. C'était une bande de moins que rien, de la putain de vermine des banlieues. Sûrement les gamins les plus hard du quartier, mais un tout petit quartier. Aux States, il y avait des camions à plateau plus grands que cette ville. Et ils étaient là en train de se pavaner, de faire jouer leur musculature, sans doute pour bien marquer leur territoire, mais sans doute aussi pour compenser leur sentiment inconscient d'infériorité maintenant que les vrais durs étaient là. Le fait qu'il y ait en outre deux millions de livres appartenant à leur patron dans deux mallettes posées sur le sol devait constituer, il faut bien le reconnaître, une motivation sérieuse pour prendre la pose.

Hannigan, lui, avait le bon sens et le recul nécessaire pour voir cette transaction comme ce qu'elle était en réalité : un don du ciel, un heureux caprice du destin, mais certes pas la preuve qu'il jouait dorénavant dans la cour des grands. Le Vieux aurait apprécié Hannigan, il en était sûr. Hannigan était ambitieux mais pragmatique, il connaissait les limites imposées par sa situation, et savait en tirer le meilleur parti de manière réaliste. Cette transaction allait consolider sa position et lui offrir un nouvel avantage dans la course, mais cela ne signifiait pas pour autant qu'il était soudain parvenu en compétition internationale.

Et Alessandro, jouait-il dans la cour des grands ? La compétition internationale n'était pas pour lui ; voilà au moins une certitude, qu'il soit en Europe ou non à ce moment précis. Les Estobal en avaient l'envergure, sans aucun doute, mais le gosse ressemblait davantage aux rigolos de Hannigan – il jouait au gangster. Innez avait vu juste : il avait beau avoir les mains sur le gouvernail et l'équipage à ses ordres, il ne savait pas pour autant manœuvrer ce foutu bateau. Tout sourires, il se tenait aux côtés de Hannigan, affichant une attitude désinvolte, comme s'il était habitué à superviser ce genre de conneries – comme si c'était sa énième transaction en multi-millions de dollars. Un regard plus attentif révélait des ongles rongés jusqu'au sang, des frissons de nervosité qui lui parcouraient tout le corps et l'angoisse de voir venir ce moment (si proche et néanmoins si lointain) où il pourrait enfin se sortir du mauvais pas dans lequel il s'était fourré tout seul.

Dans tout business, alternent des périodes creuses. Les gens croient toujours que le crime organisé est en perpétuel essor, mais les gangs connaissent aussi des pics de croissance et des moments de récession, comme n'importe quel autre secteur d'activités. Les choses s'étaient corsées pour les Estobal avant même que le Vieux ne claque. Il y a des choses qu'aucun dirigeant ne peut contrôler, même s'il les prévoit. Et dans ces moments-là, il faut une main sûre à la barre, un décideur capable de maintenir le cap de l'organisation pendant ces périodes tumultueuses, pour que le navire soit toujours en bon état au retour du beau temps. Inutile de préciser qu'Alessandro ne correspondait pas du tout à cette description.

Le Vieux n'était pas entièrement aveugle au sujet du gosse. Il lui trouvait beaucoup de qualités qui, avec le temps, s'épanouiraient, une fois que l'expérience et quelques dures leçons auraient discipliné l'impétuosité de ses instincts. Si Alessandro était devenu patron à un moment plus favorable pour la famille, son énergie et même son impulsivité auraient pu devenir des moteurs de succès et d'expansion.

Du moins le coût de ses erreurs aurait-il été plus facilement amorti. Mais il était arrivé pendant une période de relative austérité ; et non seulement il manquait des dispositions requises pour gérer cette situation, mais il n'avait même pas l'intelligence de s'en rendre compte. Il pensait que la fête avait commencé, que ses rêves allaient enfin se réaliser : bref il était trop occupé à *jouer* au gangster pour appréhender la réalité de la situation.

Miguel était là pour conseiller et donner son assentiment, mais tant que le pouvoir exécutif était aux mains d'Alessandro, son rôle se limiterait à ces tentatives de temporisation ; sans compter qu'Alessandro avait tendance à ne tenir aucun compte des conseils de Miguel, histoire de lui prouver qu'il n'avait pas besoin de lui et de bien lui faire sentir qui était le chef.

Leur marge de manœuvre ne cessait de diminuer et les lois de la sélection naturelle commandaient l'extinction de ceux qui ne parvenaient pas à s'adapter. Leurs circuits d'approvisionnement étaient démantelés, et il allait falloir prendre à bras le corps les problèmes d'infrastructure. Leur business reposait tout bonnement sur l'introduction de cocaïne en Californie du Sud à partir du Mexique, et s'ils ne trouvaient pas très vite de nouveaux moyens d'y parvenir, ils appartiendraient bientôt à l'histoire. Leurs stocks s'épuisaient rapidement au nord de la frontière tandis qu'ils s'accumulaient au Sud, aussi inutiles qu'une monnaie qu'on retire de la circulation.

Miguel envisageait plusieurs possibilités, mais préparait tout le monde aux conséquences inévitables de chacune d'entre elles. Les nouvelles méthodes signifieraient forcément des quantités plus restreintes et plus rares, du moins pendant un temps, avec des répercussions évidentes sur le revenu de ceux qui se trouvaient en haut de la pyramide. Dans le même temps, ils devaient envisager la possibilité de vendre leur surplus au sud de la frontière à un prix considérablement réduit, pour pallier le risque de tout se faire piquer par la police ou par des concurrents, qui allaient inévitablement découvrir le pot aux roses un jour ou l'autre.

Néanmoins, Alessandro avait eu une meilleure idée.

Il connaissait ce type, Pepe Nunez, qui jouissait d'une excellente réputation en tant que sculpteur.

Il travaillait au Mexique, mais exposait en Amérique. Nunez travaillait surtout les métaux, notamment le plomb, qui, en plus d'être facilement malléable, présentait l'avantage annexe d'être totalement étanche aux rayons X. La brillante idée d'Alessandro était de forcer Nunez à fabriquer un cheval de Troie destiné à passer la cocaïne empilée au Mexique : Nunez la placerait à l'intérieur d'une statue en plomb évidée, qui serait « achetée » par un propriétaire de galerie à Los Angeles et exportée dans le but d'y être exposée. La came serait soigneusement scellée et la statue passée au Kärcher pour enlever toute trace de cocaïne sur l'extérieur ; mais comme garantie supplémentaire et pour jeter un peu de poudre aux yeux, Alessandro insista pour que la statue soit à l'effigie d'un homme en train de sniffer un rail.

Nunez étant déjà un artiste très en vue, il fut facile de dépêcher un reporter et un photographe au Mexique, avec pour résultat un article dans le *L.A. Times*, à propos de cette nouvelle œuvre très controversée qui attendait d'être exportée. Il y eut des lettres, des plaintes et malgré les protestations de libres-penseurs horrifiés par le détournement de sa vision artistique, Nunez certifia aux autorités que la vraie cocaïne serait remplacée par du talc quand son œuvre serait exposée aux States. Cela signifiait malgré tout que si les chiens sentaient quelque chose lors du passage en douane, l'explication pourrait en être fournie, publicité et documentation à l'appui.

Bien sûr que les chiens ont senti des traces de coke sur la statue, mais on a tout enlevé maintenant, et de plus, monsieur l'Agent, ne voyez-vous pas que c'est de l'*art* ?

C'était vachement ingénieux – mis à part le fait qu'Alessandro menaça Nunez de mort au lieu de rétribuer ses bons offices. On ne peut pas faire confiance à un homme désespéré. Non qu'Alessandro ait fait confiance à Nunez, loin de là : il l'obligea à travailler nu et sous surveillance constante jusqu'à ce que la statue soit terminée. Après quoi, elle resta sous bonne garde en permanence. Malheureusement, les gardiens avaient été chargés de faire gaffe que Nunez (ou quiconque) ne joue pas au con avec la statue, mais pas d'éviter que Nunez joue au con avec *eux*.

Cette espèce de petit sournois de fils de pute avait drogué le maton de service pendant la nuit en lui foutant un truc dans sa bière. Quand le pauvre gland s'était réveillé, Nunez avait disparu, et la statue avec. Et quand ils en entendirent parler à nouveau, ce fut pour apprendre que Nunez l'avait vendue à un musée au Royaume-Uni, où elle passa la douane sans encombre, grâce à des articles de la presse locale qui avait pompé toute l'histoire dans le *L.A. Times*. Le fait que l'artiste lui-même ait disparu de la surface de la terre n'avait fait qu'ajouter au mythe entourant la statue.

Ainsi, au lieu d'arriver à Los Angeles dans une galerie servant de couverture aux Estobal, elle était partie à Glasgow, dans un musée ouvert au public, bourré de systèmes de sécurité et de surveillance, comme si c'était cette putain de *Mona Lisa*.

Alessandro avait mis tous ses œufs dans le même panier et ce panier se retrouvait à Pétaouchnock, exposé aux regards de centaines d'abrutis de visiteurs.

Désespéré, ce même Alessandro se mit à compter sur la seule personne qu'il estimait capable de piquer la statue : Innez. Qui se trouve être également la dernière personne au monde en qui il devrait placer ses espoirs, mais le gamin n'a pas vraiment le choix. Ceci étant, même avec Innez pieds et poings liés dans l'histoire, il doit encore travailler sur le dénouement heureux de son scénario – vu qu'il a pour cinq millions de dollars de coke à cinq mille kilomètres du seul endroit où il est en mesure de la vendre. Le voilà donc dans l'obligation de trouver un acheteur local, quelqu'un qui puisse non seulement écouler une telle quantité, mais qui dispose des liquidités pour la payer cash. Et c'est là que Hannigan entre en scène.

Hannigan a bâti sa petite entreprise principalement grâce à l'héroïne, mais dispose du réseau nécessaire pour revendre tout ce qui peut lui tomber sous la main. La cocaïne n'en fait pas habituellement partie, vu qu'un cartel de concurrents l'a progressivement évincé de ce marché pour mieux imposer sa propre mainmise. La position de fragilité d'Alessandro signifie qu'il peut soudain en obtenir une quantité énorme à un prix avantageux, mais cela n'est que l'aspect économique de la chose.

C'est ce qu'il veut en faire qui aurait plu au Vieux. Hannigan a l'intention d'inonder la ville de cette came bon marché, ce qui fera forcément baisser les prix pratiqués par ses concurrents, les obligera à réduire leurs profits et mettra par conséquent leur petit commerce à genoux.

Tout le monde est gagnant. Hannigan obtient cinq millions de dollars de cocaïne pure pour à peine plus que la moitié de sa valeur. Alessandro rattrape son coup foireux et malgré une vente à perte, encaisse un bénéfice supérieur à celui que les entreprises plus prudentes de Miguel auraient rapporté sur la même période. Le lièvre coiffe la tortue au poteau et le vaillant vaisseau des Estobal fait voile vers l'avenir.

Tout cela étant subordonné à la livraison de la statue par Innez, si ce dernier du moins ne trouvait pas le moyen de les entourlouper en cours de route – raison pour laquelle Alessandro était aussi calme qu'un rat shooté à la caféine. Ils avaient beau tenir Parnell comme garantie, Alessandro lui-même avait suffisamment de jugeote pour trouver que l'insistance d'Innez quant à sa présence lors de la livraison sentait le piège à plein nez. C'est pourquoi, pour une fois, le gamin était allé trouver Miguel et lui avait réellement demandé conseil.

Miguel donna son aval en s'appuyant sur trois points : un piège n'en est un que si l'on ne le voit pas venir ; deuzio, étant donné qu'ils dépendaient des talents d'Innez, cela ne leur laissait pas d'alternative ; et tertio, le fait de passer Noël du mauvais côté de l'Atlantique apprendrait à Alessandro à assumer les conséquences d'une affaire dans laquelle on tend à son ennemi le bâton pour se faire battre. Bien entendu, il ne partagea cette dernière considération qu'avec Harry, y ajoutant quelques conseils appropriés en cas d'imprévu.

West Coast (,) Man trônait déjà sur le sol de l'entrepôt quand Zal fut amené par Gomez et Versace. Dominguez l'avait apporté lui-même en fourgon, après le coup de fil que Zal avait passé à ses amis. Ces derniers lui avaient remis les clés et pris la poudre d'escampette.

Ils avaient utilisé une voiture planquée près du parking et quitté la ville, se trouvant en ce moment même quelque part sur la route de Manchester, d'où ils prendraient chacun un avion dès le lendemain matin. Zal avait subodoré les intentions de Gomez quant aux outils électriques et en avait fait part aux autres, juste au cas où l'un d'entre eux aurait eu envie de s'attarder. Cela aurait été stupide : tous savaient qu'ils avaient joué leur rôle et que le reste n'était plus de leur ressort.

Le hangar était rempli de sbires de la bande de Hannigan en uniforme réglementaire, mis à part le type avec le chalumeau qui portait un bleu de chauffe et des lunettes de protection. Hannigan assistait à l'opération avec un intérêt non dissimulé, debout près des deux mallettes qu'il s'apprêtait à remettre en échange du contenu de *West Coast (,) Man*. Harry l'Américain était présent également, se tenant discrètement à l'écart.

Alessandro accueillit Zal à bras ouverts, le gratifiant d'un sourire radieux.

« Señor Innez, comme c'est gentil d'être venu. Merci de vos efforts. Un travail de grande valeur, vraiment. D'une valeur de deux millions de livres, pour être exact.

– J'ai dit que je ne remettrai la statue qu'à vous, et à vous seul.

– Et me voici, comme promis.

– Mais vous n'êtes pas tout à fait seul.

– Non, cet aspect-là me posait un léger problème. » Alessandro empoigna la chevelure de Zal et la tira violemment en arrière. « J'ai eu cette idée idiote, que peut-être tu essayais de m'entuber. Ah, c'est vrai, il fallait que je me tape tout le voyage et qu'on soit en tête à tête pour que tu me livres la marchandise ! » Il lâcha les cheveux de Zal et fit un pas en arrière. « Tu me prends pour un con ?

– Tu es venu, non ? Donc tu es un con, Sandy, c'est une certitude. »

Alessandro écrasa la bouche de Zal d'un coup de poing, pendant que Gomez lui immobilisait les bras par-derrière afin de faciliter des frappes ultérieures. Alessandro asséna quelques impacts supplémentaires sur le visage et le corps de Zal avant que sa rage ne s'atténue. Cela faisait mal, mais Zal avait connu bien pire. Ce mec était une vraie tapette, depuis toujours. Il ne tiendrait pas une journée en taule, non seulement parce qu'il n'était pas assez coriace, mais parce qu'il ne s'en rendait même pas compte.

« C'est toi le con si tu as cru pouvoir m'entuber. Qu'est-ce que t'avais en tête ? Me faire venir seul et me flinguer ? Me balancer aux flics ?

– Je n'essaie d'entuber personne, lui dit Zal. C'est Parnell qui m'intéresse. Si j'avais voulu te tirer dessus, pourquoi est-ce que je serais venu jusqu'ici, pourquoi je me serais tapé toutes ces conneries, hein ? »

Alessandro prit le temps de réfléchir. Il s'en fallait de peu qu'on entende les cliquetis des rouages de sa logique se mettre en place. Il avait l'air de quelqu'un dont les lèvres bougent lorsqu'il lit, si tant est que cet ahuri ait jamais lu un livre.

« Tu as honoré ta part du contrat, j'honorerai la mienne. Il n'arrivera rien à Parnell. Tout ce qui m'intéresse, c'est les affaires. Malheureusement, cela signifie que tu ne le reverras jamais. Tout ce polyéthylène ne servira pas seulement à récupérer la poudre. Dès que nous en aurons terminé ici, nous en terminerons aussi avec toi.

– Tu vas gâcher un atout précieux, non ?

– À la seconde où nous avons la coke, tu n'es plus un atout, tu deviens une menace. Je ne peux pas me permettre de laisser ce petit cerveau retors en liberté, tu vois ? Ce serait vraiment *con* de ma part, n'est-ce pas ? » Il gifla Zal du revers de la main pour bien souligner son argument. « Je vais plutôt te confier aux bons soins de mon associé, M. Merkland, ici présent. Je me suis laissé dire que vous aviez des souvenirs communs. »

Zal regarda sur sa droite. Merkland lui fit signe de la main dans laquelle il tenait un pistolet, puis se passa l'index sur le cou.

« Tu vas me trancher la gorge avec un flingue ? Ton Q.I. frôle toujours le génie, hein, Athéna ?

– Ouais, très drôle. Qu'est-ce que tu disais déjà ? Ah, ouais ! Qu'c'est un cerveau qui m'manque pour jouer au con avec toi ? Ben, mon pote, dans environ deux minutes, c't'à toi qu'il manquera l'cerveau et y s'ra plus utile qu'à saigner. »

Zal détourna les yeux vers la statue. Le type avec le chalumeau était de l'autre côté, hors de leur champ de vision, mais le silence soudain de l'instrument les avertit qu'un pan de métal avait finalement été découpé. Merkland tapota sa montre en arborant un grand sourire. Alessandro se contenta de croiser les bras et de regarder.

Le type en bleu de chauffe toussa et cracha, puis recula. Lorsqu'il se releva en ôtant son masque, une expression de dégoût était peinte sur son visage.

« C'est plein de caca. »

Alessandro avait l'air perplexe et un tantinet nerveux. Dominguez le rassura.

« Il a dit coco. Ils disent comme ça ici, non ?

– De la bonne coco, hein ? dit Alessandro à Hannigan avec un sourire engageant. Vraiment bonne.

– Non, j'ai dit caca. Caca, comme dans matière fécale, comme dans excrément, comme dans merde, quoi ! »

Il leva une main de couleur brune pour illustrer son propos. Alessandro et Hannigan se précipitèrent immédiatement vers l'orifice pour vérifier ses dires, et ceux qui étaient du bon côté de la bête se penchèrent aussi pour jeter un œil.

« Oh, putain !

– Bordel, qu'est-ce que… ?

– Beurk, ça fout la gerbe.

– Oh, merde…

– Cette statue est effectivement pleine de merde, dit

Hannigan d'un ton accusateur, la main devant le nez et la bouche.

– C'est impossible. Dominguez...

– Je ne l'ai pas quittée une seconde, patron. Personne n'y a touché.

– Eh bien, il me semble évident que si ! s'écria Hannigan. On ne fait pas disparaître une cargaison de coke comme par magie !

– Alakazammi, c'est le grand rififi », dit calmement Zal.

Alessandro fit quasiment un bond par-dessus la statue pour saisir Zal à la gorge.

« Où est ma coke, espèce de putain d'enculé ? » hurla-t-il en collant une arme sur le visage de Zal.

« Comme je l'ai dit à ton employé Paco sur le terrain vague, tue-moi et tu ne le sauras jamais. Mes amis sont partis depuis longtemps et je suis de toute façon le seul à savoir où elle est cachée.

– Ton ami Parnell mourra en hurlant de douleur, enfoiré.

– Pas si tu veux ta coke, merdeux. Le marché tient toujours, Sandy, mais la livraison se fera à ma manière. Je savais que tu essaierais de me buter dès que tu aurais eu ce que tu voulais. Je veux juste sauver mon ami : je n'en ai rien à foutre de ta came. Comme je l'ai dit, je te la remettrai, à toi et à toi seul. Pas de flingues, pas de flingueurs, seulement toi et moi. Comme ça, je pourrai m'en aller sain et sauf.

– Faites ce qu'il vous dit, conseilla Hannigan d'un ton dur.

– Tu vois... dit Zal. M. Hannigan sait bien qu'on traite simplement une affaire. Tu laisses tomber ton arme, nous sortons d'ici, on prend ta voiture et je te conduis à la marchandise. Sinon, tu peux laisser

M. Merkland me trouer la peau avec une balle d'une valeur de deux millions de livres. À ta guise... »

Alessandro regarda les deux mallettes posées sur le sol : elles lui semblaient soudain bien plus inaccessibles que quelques instants auparavant.

Tu brûles

Une silhouette solitaire passa rapidement sous les néons en sortant de l'entrepôt et se dirigea vers une voiture parmi celles qui étaient garées dehors.

« Ils s'échappent, murmura Bob Hogg. Allons-y avant qu'il ne soit trop tard.

— Fermez votre putain de gueule, siffla Shaw en lui montrant son poing serré, signe qu'il fallait ne pas bouger ou menace de ce qui se produirait si l'un d'entre eux désobéissait.

La silhouette s'immobilisa et regarda alentour, ayant peut-être entendu quelque chose. Tous retinrent leur respiration, Hogg avec plus d'angoisse que les autres, puisqu'il était celui qui avait rompu le silence. L'homme se remit à marcher, grimpa dans une BMW bleue et s'éloigna, mais s'arrêta environ cent mètres plus loin, tous phares éteints.

« Qu'est-ce qu'il fout ? demanda Hogg avec humeur.

— Allez donc le lui demander.

— J'irais si vous me laissiez faire. Qu'est-ce qu'on attend maintenant ?

— On vous le dira quand on le saura. »

Ils étaient couchés à plat ventre sur une berge herbeuse qui dominait un entrepôt du Port Dundas, à un kilomètre au plus du club de snooker qui servait de quartier général à Hannigan dans St. George Cross. Garés dans les rues adjacentes, se trouvaient plusieurs fourgons pleins de policiers armés en gilet pare-balles, prêts à intervenir au signal de Shaw. Ils attendaient que Zal quitte le bâtiment avec Alessandro, bien que la raison leur en échappe.

Angélique avait reçu un appel sur son portable lorsqu'ils se trouvaient encore au musée et que Shaw menaçait de retourner l'un des marteaux laissés par le CON contre les œuvres exposées dans le hall sud afin de trouver un exutoire à sa rage. Par bonheur, elle fut en mesure de lui offrir la tête de Hannigan comme dérivatif.

L'appel émanait de Karl, le plus ancien complice de Zal. Il lui donna l'adresse de l'entrepôt vers lequel se dirigeait la statue volée. Ils y trouveraient Hannigan et ses hommes, ainsi que deux millions de livres en espèces. Néanmoins, Karl insista (à la manière de Zal) sur le fait que les flics « n'auraient rien jusqu'à ce qu'ils aient tout. » Ils ne devaient pas entrer avant que Zal ne quitte le bâtiment avec Alessandro, en direction d'un endroit que Zal ne leur indiquerait qu'une fois arrivé à destination. « Si vous entrez avant, le dossier de Hannigan se limitera à du recel d'objets volés, et sans vouloir manquer de respect à Pepe Nunez, cette statue ne vaut pas deux millions de livres. »

Étant donnée la disposition d'esprit de Shaw à ce moment-là, Angélique ne l'imaginait pas se plier à ces instructions sans un gros travail de persuasion préalable, voire un début de psychothérapie, mais il se contenta d'opiner du chef, comme s'il venait de comprendre des choses qui lui avaient échappé jusque-là.

« Ça pue, cette histoire, chef », dit Anderson,

indiquant son point de vue, mais l'attitude de Shaw avait radicalement changé.

« Nous allons faire exactement ce que nous dit Innez, déclara-t-il. Il a toujours été réglo. Il n'a nul *besoin* de faire ça pour nous, et il le fait donc par choix. Tout ce qui compte, c'est qu'il nous livre Hannigan, et vu nos glorieuses opérations policières de ce soir, c'est bien plus que nous ne méritons. »

Ils entendirent des voix venant de l'entrepôt : des cris, des disputes, des vociférations. Le contenu en était inintelligible, mais la tension bien réelle.

Shaw et Angélique échangèrent des regards inquiets, pensant sans doute à la même chose. Quelque chose se passait mal, très mal, et Zal était à l'intérieur. Elle était sur le point de supplier Shaw de donner l'assaut quand une porte s'ouvrit et Zal sortit, accompagné d'Alessandro, comme prévu.

Ils montèrent dans un coupé Mercedes rouge de location, un brin ostentatoire, et démarrèrent. Quelques secondes après leur passage, la BMW bleue, phares allumés cette fois, se lança à leur poursuite.

Shaw se leva et saisit sa radio. « À toutes les unités, maintenant ! Allez, allez, allez ! »

Les camionnettes arrivèrent presque immédiatement sans actionner leur sirène. Mais le crissement des pneus et le bruit des moteurs constituaient un avertissement suffisant pour les oreilles entraînées de leurs cibles. Les voitures de police se placèrent en travers de la chaussée et des trottoirs pour empêcher tout accès motorisé, pendant que les GIA investissaient l'entrepôt par trois côtés.

Alors qu'ils descendaient le long de la berge d'un pas vif, Angélique vit un sas de déchargement s'ouvrir violemment à l'arrière du bâtiment. Un homme se précipita au-dehors, faisant feu au hasard avec son pistolet pour couvrir sa progression le long de l'allée bétonnée qui menait au bas de la pente. Tous trois plongèrent, mais alors que Shaw et Hogg s'aplatissaient dans l'herbe, Angélique effectua une roulade, se retrouvant en position accroupie. Un genou en terre, elle tira quatre fois avec son Walther, projetant le tireur dos au mur tandis que son arme lui échappait.

« Merde, dit-elle.

— Qu'est-ce qu'il y a ? s'enquit Shaw. Vous l'avez eu.

— Je sais. Mais j'ai réalisé il y a quelque temps que j'avais plus de cadavres que d'amants à mon actif. Je pensais avoir rétabli l'équilibre récemment, mais me voilà à nouveau en déficit.

— Pas si l'ambulance arrive à temps, dit Shaw. Mais je vous suis reconnaissant de ne pas avoir laissé cette considération ralentir votre doigt sur la gâchette.

— Ça, c'était du ralenti, Monsieur. Vous devriez voir mes réflexes quand je n'ai pas eu d'amant depuis un moment ! »

Angélique aida Shaw à se relever pendant que Hogg appelait une ambulance. Il n'y avait pas eu de coups de feu à l'intérieur, il semblait donc qu'ils n'auraient heureusement besoin que de celle-là.

« Je reste avec lui, proposa Hogg en s'accroupissant à côté du blessé. Oh, il y a du laisser-aller, X, tu n'as fait mouche que trois fois : bras droit, épaule, jambe. Il vivra.

— Putain d'salope, grogna l'homme. T'es morte, t'entends ? Chienne de flic.

— Monsieur Athéna ! Quelle joie d'entendre à nouveau votre douce voix. Dire que je n'ai pas eu le plaisir de vous revoir depuis qu'Innez vous a roulé à la banque.

– Ce type est le cinquième homme ? demanda Shaw. Le couillon de service ?

– Exact. Tout se met en place, n'est-ce pas ?

– Je vous dirai ça quand nous aurons vu ce qu'il y a à l'intérieur. »

À l'intérieur, il y avait une soirée de gala, réunissant toutes les vedettes de la pègre de Glasgow. Hannigan se tenait là, les mains derrière la tête, en compagnie d'une demi-douzaine d'associés ainsi que des deux compagnons de voyage d'Alessandro Estobal, ayant tous fort obligeamment adopté la même posture que leur hôte. Autour d'eux se trouvaient une vingtaine de policiers en armes et au beau milieu de la scène trônait *West Coast (,) Man*, présentant tous les signes extérieurs d'une éviscération massive.

« Puis-je vous aider en quoi que ce soit, monsieur l'officier ? » dit Hannigan lorsque Shaw entra. C'était du Hannigan tout craché : il ne parlait qu'en présence des gradés et quand il le faisait, avec son sens habituel du décorum, on lui aurait donné le bon Dieu sans confession tant il avait l'air calme et posé. Même les mains derrière la tête et tout un arsenal braqué sur lui, il se comportait comme s'il avait été invité pour le thé.

C'était aussi la raison pour laquelle – rendons à César… – il n'y avait eu aucune effusion de sang, en dépit du nombre d'armes à feu dans la pièce. Hannigan était le genre d'escroc persuadé qu'il pourrait toujours échapper à la taule : cela lui était arrivé si souvent, il faut dire… Tant qu'il resterait des avocats sur terre, il n'y avait aucune raison de s'engager dans un concours de tir perdu d'avance. Il avait donc plaidé en faveur d'une reddition en douceur lorsqu'il s'était rendu compte de ce qui se passait. À l'évidence, tout le monde n'avait pas entendu, ou n'avait pas eu le bon sens d'écouter, mais à part le finale d'Athéna à la Butch Cassidy, la police ne rencontra pas de résistance.

Shaw fit le tour de la sculpture en se dirigeant vers Hannigan.

« Je vois que tu t'es lancé dans la torture de statue ? Perds pas ton temps, Bud. Celle-là ne dira rien. Enfin, pas avec ce braquemart dans l'bec en tout cas.

– Jock Shaw. Il y a une éternité. Qu'est-ce qui nous vaut votre retour en ces lieux ?

– Ah, la nostalgie, j'imagine. Je me suis dit que j'allais t'arrêter encore une fois, en souvenir du bon vieux temps.

– Pour quel motif ?

– Eh bien, pour être tout à fait honnête, heu… je n'en suis pas encore tout à fait certain. Mais j't'explique : on commence par recel de biens volés et puis on verra après pour le reste.

– Ces valises sont toutes les deux lestées d'un sacré paquet de pognon, Monsieur, l'informa l'un des flics.

– Ah, oui ! Deux millions de livres sterling, si mes renseignements sont exacts. Et c'est ce qui me tracasse un peu, Bud. Tu vois, je suis sûr d'avoir lu dans le journal que cette statue avait coûté au musée, allez, disons vingt mille livres.

– Que voulez-vous, monsieur Shaw, c'est de l'art. Un jour, un tableau ne vaut même pas le prix de la toile sur laquelle il est peint et le lendemain, il s'arrache pour trois millions chez Sotheby's.

– Sans doute, mais j'ai du mal à piger comment on pourrait faire grimper le prix de ce truc-là en l'éventrant, surtout qu'il a l'air d'être rempli de fumier bien frais. À moins, bien sûr, que vous ne vous soyez attendu à ce qu'il contienne autre chose ? De la drogue, peut-être. Qu'est-ce que vous en pensez, inspecteur de Xavia ?

– De la drogue, Monsieur ? Bud Hannigan ? Avec deux parrains du clan Estobal ? Noooon… Et certainement pas pour deux millions cash. Pour l'amour du ciel, une transaction pareille pourrait expédier un homme en prison pour vingt ans.

– Tant que ça, Angélique ? Vraiment ? Mon Dieu, mon Dieu…

– En effet, dit Hannigan, il est donc regrettable que vous n'ayez trouvé qu'un gros tas de fumier. »

*

« C'est ici. Garez-vous », dit Zal tandis que la Mercedes approchait. L'atelier, fait de deux boxes réunis en un seul local, était tout au bout de la ruelle. Alessandro immobilisa la voiture et regarda l'obscur passage d'un air suspicieux.

« S'il m'arrive quoi que ce soit, Parnell crève, prévint-il.

– Ouais, merci de me le rappeler, Sandy. J'avais failli oublier. Allez, viens, finissons-en. »

Ils marchèrent d'un pas vif entre les deux rangées de portes qui se faisaient face. De la bruine avait commencé à tomber, et le froid mordant de l'air semblait annoncer de la neige.

« J'aimerais bien passer Noël sous la neige. Je n'en ai jamais vu en vrai, remarqua Zal.

– T'as intérêt à me filer ma neige à moi pour Noël, sinon tu finiras comme ce connard de Nunez. T'es au courant de ce qu'est capable de faire un junkie en manque pour avoir sa dose ? Eh bien, multiplie ça par mille et t'obtiens un Estobal. »

Zal produisit une clé, ouvrit la porte et fit signe à Alessandro d'entrer.

« Toi d'abord, ordonna Alessandro. Et pas d'embrouille. Et allume c'te putain d'lumière. »

Zal obéit. Alessandro le suivit dans l'étroit passage qui servait d'entrée et de réserve. Les murs étaient couverts d'étagères sur lesquelles était stocké le matériel appartenant à l'artiste propriétaire des lieux. Zal ouvrit ensuite la porte qui menait à l'atelier proprement dit et actionna un autre interrupteur. L'éclairage révéla une pièce encombrée. Le bas des murs était constellé de peinture de différentes couleurs et nuances partout où l'on voyait le plâtre à nu. Le reste des murs était dissimulé par des tentures, de grands draps blancs flottant comme des bannières, car l'artiste qui logeait là temporairement préférait travailler à l'intérieur de ce qu'il appelait « un espace vierge de l'esprit. »

Cet environnement aurait dû sembler familier à Alessandro, dangereusement familier, ainsi que le style confusément semblable de bon nombre des œuvres qui se trouvaient là. Néanmoins, Sandy avait la mémoire courte – ce qui était à prévoir, et malgré sa perplexité, son attention fut vite captivée par un seul et unique ouvrage, qui occupait la place d'honneur au centre de la pièce : *West Coast (,) Man*. Identique à lui-même, et parfaitement intact.

« Mais bordel, qu'est-ce que... Merde. Je pige pas.

– L'original, comme promis.

– Tu les as échangés ! Tu les as échangés pendant que ce con de Dominguez ne regardait pas.

– Non. Il n'a pas quitté des yeux ce que nous avons volé au musée. Mais l'original ne s'est jamais trouvé au musée.

– Alors, où... Je veux dire, comment... Merde !

— Mon père m'a appris… Tu te souviens de mon père ? Un type que tu as fait buter rien que pour flatter ta vanité ? Oui ? Eh bien, il m'a appris une chose : un tour de cartes qu'on fait à la va-vite au coin d'une rue, c'est pareil qu'un coup monté à grande échelle. Le type qui regarde ne sait jamais qui d'autre est dans le coup, ni combien ils sont à l'être. Il peut y avoir un complice dans le public, ça peut être celui à qui on bande les yeux, mais il est possible que *tout le monde* soit dans le coup, sauf lui.

— Je comprends rien à tes conneries. Comment t'as échangé ces putains de statues ? Et où t'as eu la deuxième ? C'est une copie conforme, il y a même la signature dans le cul. Comment tu l'as copiée ?

— Ce n'est pas moi.

— C'est *moi* qui l'ai copiée. »

Alessandro se retourna pour voir un homme surgir de derrière les tentures et se trouva face à face avec Pepe Nunez.

« *Ola.*

— *Chinga. Madre mia.* Merde ! »

Alessandro tituba en tentant de s'éloigner de Pepe, comme s'il avait été frappé par la foudre, et se retrouva au sol après avoir percuté la statue en reculant.

« Pepe et moi, on se connaît depuis longtemps. On a fait les Beaux-Arts ensemble. Je suppose que tu n'étais pas au courant. Karl était avec nous, et un autre gars appelé Blanc-Bec[1]. Évidemment, aujourd'hui, il se doit d'employer son nom d'usage, à savoir Thomas White, vu qu'il est conservateur de la galerie Dalriada, et tout… »

---

1. Indice laissé par l'auteur dans les pages précédentes : *white* signifiant blanc.

Alessandro se releva. Son cerveau cliquetait à tout-va, mais il n'avait pas encore saisi toutes les ramifications de ce qu'il entendait, encore moins leurs conséquences imminentes. Peut-être l'aurait-il pu si on lui avait laissé un mois pour cogiter et du papier pour prendre des notes.

« Ouais, super. Tous les artistes s'enculent en rond et tous sont des gros malins. Ravi de l'apprendre. Mais vous serez bientôt tous crevés si ma coke est pas dans la statue.

– Bien sûr qu'elle y est, Alessandro. Il faut bien qu'elle y soit quand les flics vont arriver pour te coffrer.

– Les flics ? Mon cul ! dit-il, mais la peur se lisait sur son visage.

– Ton cul ? Tiens, jette un œil là-dessus. » Zal lui tendit son portable pour qu'il lise le message qu'il avait envoyé à Angélique en pressant sur une touche à la seconde où ils étaient entrés dans l'atelier.

Alessandro fit mine de s'enfuir, mais Zal l'immobilisa d'un coup de poing dans l'estomac qui le fit tomber, suffoquant, à ses pieds.

« Va chercher une corde, dit-il à Pepe.

– Avec plaisir.

– Nous allons te ligoter à cette statue : vous pourrez vous sucer mutuellement la queue et ensuite les flics te mettront en taule pour si longtemps que ton abonnement aux matchs des Lakers aura eu le temps d'alunir quand tu sortiras.

– Cela n'arrivera pas », gronda une voix rauque.

Toutes les têtes se tournèrent vers la porte, dans l'embrasure de laquelle se tenait Harry l'Américain, arme au poing.

« Merde.

– Chier.

– Écartez-vous de M. Estobal », ordonna-t-il.

Alessandro se releva pour la seconde fois.

« Hé, mais c'est M. Nunez, en chair et en os. Vous avez meilleure mine que la dernière fois.

– J'ai rassemblé mes esprits depuis, dit Pepe d'un air bravache.

– D'où est-ce que vous sortez ? demanda Alessandro.

– C'est un truc que m'a appris votre oncle Hector. Si on a un mauvais feeling, c'est qu'il y a quelque chose qui cloche. Dès que j'ai vu ce qui sortait de la statue, j'ai mis les bouts. Je me suis mis à l'écart pour voir ce qui allait se passer. J'ai bien fait, non ?

– Ah ouais ? Et si vous êtes si malin que ça, comment ça se fait que c't'enculé de Nunez soit encore en vie ?

– Je vous ai dit ce que j'avais vu. Je vous ai montré les photos. Je suppose que ni vous ni moi n'avons regardé d'assez près. Comment t'as fait ça ? demanda-t-il à Pepe.

– Viande de chèvre.

– Et la tête ? Ah, mais oui : t'es sculpteur.

– Exact. Je ne modèle pas que le métal.

– Comme c'est touchant… dit Alessandro. À présent, butons ces trouducs et sortons la marchandise d'ici.

– Il est trop tard pour la statue, lui dit Harry. Les flics arrivent et on ne peut pas la déplacer. M. Innez nous a bel et bien entubés, je vous l'avais prédit. Mais c'est pas entièrement de votre faute. C'est une *sacrée* coïncidence que vous ayez proposé votre grand projet à Nunez et qu'il se trouve être un pote d'Innez. On peut pas prévoir une déveine pareille. Sacrée putain de coïncidence…

– Foutons le camp d'ici, dit Alessandro. Je déteste cette putain d'ville. Et je veux que tu saches, Innez, avant même que ton cadavre soit refroidi, Parnell aura eu de la visite. Et après ça, je traquerai chacun de tes copains pédés et je les tuerai aussi. »

Il cracha au visage de Zal et se retourna vers Harry.

« Fais-le. »

Harry leva son arme et ôta le cran de sûreté. Zal le regarda dans le blanc des yeux.

« Voyons par quel tour de passe-passe tu vas t'en sortir cette fois, ironisa Alessandro.

– N'y vois rien de personnel, petit, lui dit Harry. C'est le business qui veut ça. »

Harry fit un rapide mouvement sur la droite et toucha Alessandro en plein front. La balle ressortit et alla se ficher dans la statue, qui se mit à saigner de la cocaïne.

Harry rendit son regard à Zal, sans baisser son arme.

« C'est moi qui ai tué ton père, petit. Je voulais que tu l'apprennes de ma bouche. Mais à présent nous sommes quittes. Fin des hostilités. »

Zal avala sa salive, trop d'émotions affluaient en lui pour qu'il puisse les gérer toutes en même temps. C'est l'instinct de survie, plus pragmatique, qui prit les choses en mains.

« Fin des hostilités », confirma-t-il.

Harry se retourna vers Pepe.

« C'était ton idée, pas vrai ? C'est toi qui es allé voir Alessandro et il a prétendu que le plan était de lui.

– Je suis bien allé voir Alessandro, acquiesça Pepe. Mais c'est Zal qui a conçu toute l'opération.

– Tu as manigancé tout ça depuis le début ?

– Ouais, dit Zal. Incroyable tout ce à quoi on peut penser quand on a trois ans devant soi et rien d'autre à faire que mettre au point sa vengeance.

– Mmm. Bon, comme j'ai dit, on est quittes. Mais il faut que tu disparaisses, et pour toujours, j'entends. C'est toi qui as fait ça, tu comprends ? Pas moi. C'est toi qui a niqué les Estobal et je suis arrivé trop tard pour t'empêcher de flinguer le gamin.

– C'est moi qui ai niqué les Estobal, mais ne me dites pas que ce n'était pas prémédité. Vous m'avez utilisé pour couvrir une passation de pouvoirs interne.

– T'es finaud, Innez. Beaucoup trop. C'est pour ça que tu ne peux pas revenir à Los Angeles. On a un commerce à faire tourner et nous avons grand besoin de stabilité à présent. Tout le monde savait qu'Alessandro finirait par se faire descendre un jour ou l'autre. Nous lui avons laissé une chance de se racheter, mais… Ce sera plus facile pour tout le monde si on fait porter le chapeau à quelqu'un d'extérieur. Ne me fais pas regretter de ne pas t'avoir tué.

– Et Parnell ?

– C'est Miguel qui va prendre les commandes à partir d'aujourd'hui. Miguel est un homme d'affaires, et Parnell n'est pas son affaire.

– OK. » Zal se mit à marcher vers la porte.

« Hé, petit ! appela Harry.

– Ouais ?

– Hannigan s'est fait choper ?

– C'est clair.

– Merde. Enfin, j'm'en doutais mais…

– Quoi ?

– Je suppose que tu sais pas où j'pourrais me faire faire une pipe digne de ce nom dans c'te ville. »

Bis !

Angélique sortit du pub enfumé, délaissant ses échos braillards au profit du silence de la nuit et de la rue lavée par la pluie. Elle ne pouvait pas rester. Tout le monde avait insisté et alignait des verres à son intention, mais elle savait qu'elle aurait dû se trouver ailleurs. Elle s'était éclipsée, prétextant la nécessité d'aller aux toilettes, et n'était pas revenue.

Ils faisaient tous une bringue du tonnerre, mais elle ne partageait pas leur exultation, ses émotions intimes l'inclinant davantage à une veillée funèbre. Hip hip hip hourra ! Deux millions en liquide et une statue volée, identique à une autre bourrée à craquer de coco sur laquelle ils avaient trouvé un unique impact de balle ourlé de sang. Alessandro avait disparu, mais rien n'est jamais parfait et d'ailleurs, personne ne s'était plaint. Ils avaient obtenu un sacré résultat en une seule nuit, compte tenu des erreurs de jugement et autres âneries qui l'avaient émaillée. Ce résultat leur avait été apporté sur un plateau par quelqu'un qui était parti pour de bon et elle venait juste de s'en rendre compte.

Elle avait toujours su que cela finirait comme ça, mais c'est seulement quand elle avait vu la seconde statue dans l'atelier désert qu'elle avait pris conscience que c'était la fin. Tout était fini, tout, et ses collègues voulaient qu'elle fasse la bringue ? En un contraste saisissant avec les suites de Dubh Ardrain, tout le monde l'acclamait comme le héros du jour, et Shaw n'y était pas pour rien. Paradoxalement, cela ne fit qu'accentuer son sentiment d'urgence à s'en aller.

Après toutes ces années passées à distance, à se regarder en chiens de faïence, leurs efforts pour lui manifester qu'elle était vraiment un membre à part entière de l'équipe ne firent que lui démontrer le contraire.

On dit que Noël est l'époque des miracles. Elle n'était pas croyante, mais fut reconnaissante d'en accepter l'augure quand le mot « TAXI » lui apparut, ô combien improbable, se détachant en lettres d'or en cette nuit sacrée. Elle le héla et s'y engouffra, s'asseyant au plus profond du siège alors qu'il démarrait. Elle se sentait comme une fuyarde dans la nuit pluvieuse. Elle regardait par la fenêtre défiler les bâtiments, les parcs, les statues, tous ses repères ; ces endroits lui semblaient aussi familiers que son visage dans la glace, et tout aussi distants et intangibles que l'univers inversé qui s'étendait derrière le miroir.

Elle devait prendre une décision. Enfin, non, pas exactement. Elle devait s'avouer à elle-même que cette décision avait déjà été prise quelque temps auparavant. Il ne lui restait plus qu'à l'entériner.

Le taxi la déposa devant chez elle, où elle monta les marches au son de la musique d'au moins quatre fêtes ayant lieu ailleurs dans l'immeuble.

« Joyeux Noël. »

Elle leva les yeux en arrivant sur son palier. Zal était assis sur son paillasson, les bras noués autour des genoux, trempé et tremblant un peu.

« Je croyais que tu étais parti.

– Je devrais. Mon avion est parti, en tout cas. Il fallait que je te revoie, même si c'est seulement pour qu'on se dise au revoir.

– Je pourrais t'arrêter. Tu en es conscient, non ?

– Tu peux faire de ce moment mon Gethsémani[1] si tu veux, Angélique. T'embrasser une dernière fois justifie amplement le risque que je prends. »

Elle ne l'embrassa pas, et elle ne l'arrêta pas non plus. Elle ouvrit la porte et il la suivit à l'intérieur. Ils s'installèrent dans son salon où elle servit deux verres de pur malt pour se réchauffer.

« Alessandro. Il est mort, n'est-ce pas ? » demanda-t-elle.

Zal fit oui avec la tête.

« Tu l'as tué ? C'est pour cette raison que tu as fait tout ça ? Pour te venger ?

– Je ne l'ai pas tué. C'est Harry l'Américain qui l'a descendu.

– Qui ?

– Le flingueur numéro un des Estobal. C'était une manip interne, une passation de pouvoirs. Mais tu as raison sur un point. C'est bien la vengeance qui est au cœur de tout. »

Zal lui expliqua l'opération pendant qu'ils sirotaient leur whisky. Depuis l'élaboration initiale jusqu'à l'estocade finale.

« J'avais d'autres idées, d'autres plans, ajouta-t-il. Mais chaque élément est venu se mettre en place pour celui-là. On devait opérer au Canada au départ, mais quand Tom a obtenu son nouveau poste l'an dernier,

---

1. Référence au jardin où le Christ fut arrêté après avoir été trahi par Judas.

ça ressemblait vraiment à un coup de pouce du destin. J'allais enfin à Glasgow, comme j'avais toujours été censé le faire. »

On ne pourrait rien prouver contre Thomas White, l'avertit Zal. Et comme Nunez avait déjà réalisé une troisième statue (ainsi que ces armes factices du plus bel effet), le musée ne serait pas lésé. Les seuls dindons de la farce étaient les gangsters et le CON, que White avait immédiatement repéré comme pigeon idéal lors de leur petite manif devant sa galerie.

Tout n'avait été qu'illusion, une illusion à grande échelle (dont le moindre détail avait été pensé), exécutée avec une précision irréprochable, une fois toutes les pièces – et tous les joueurs – en place. Et c'est ce qui tourmentait Angélique depuis qu'elle avait vu la scène finale dans l'atelier d'artiste.

« Alessandro n'était pas censé mourir, si ? demanda-t-elle. Puisque tu avais négocié sa capture avec nous, en échange de la protection de Parnell.

– C'est exactement ce qui était convenu. Mais Parnell n'en avait pas vraiment besoin... Dexter est ami avec des mafieux bien plus puissants qu'Alessandro. Mais on n'est jamais trop prudent, alors j'avais besoin de conclure ce marché avec vous.

– Avec nous ou avec d'autres. Peu importait qui. Tu t'es seulement arrangé pour que je le propose, comme tu t'es arrangé pour que je fasse sortir tout le monde de la banque. Et si ça n'avait pas été moi, ça aurait été quelqu'un d'autre. Il fallait juste quelqu'un pour tenir le rôle. »

Zal ne dit rien. Angélique sentit les larmes lui monter aux yeux. Elle ne voulait pas qu'il la voie pleurer, mais elle ne pouvait rien faire pour s'en empêcher.

« Et mon rôle s'est limité à ça. J'ai été la pauvre poire, l'abrutie prise au hasard dans le public.

– Ce n'est pas vrai.

– Si, c'est vrai. Tu m'as embringuée là-dedans et utilisée du début à la fin, comme tu as utilisé tous les autres. Que tu me prennes pour une andouille une fois, c'était compréhensible ; mais j'ai même été jusqu'à coucher avec toi, merde. »

Il était bien trop tard pour ravaler ses larmes à présent. Elles coulaient à flots. Zal s'agenouilla devant elle et lui prit la main, mais elle la retira immédiatement.

« Laisse-moi tranquille. »

Il s'assit par terre.

« Je crois que tu devrais t'en aller maintenant, » lui dit-elle.

Zal se mit debout mais ne bougea pas.

« Est-ce que je t'ai menti ? demanda-t-il avec douceur.

– Tu t'es servi de moi. Tu m'as trompée.

– Est-ce que j'ai menti, une seule fois ? Est-ce que je t'ai monté un gros baratin pour t'obliger à faire des choses que tu ne voulais pas faire ? Est-ce que j'ai inventé une histoire bidon, est-ce que j'ai fait semblant ? Angélique, c'est ce que je suis, c'est moi. Tu as tout eu. Je n'ai rien édulcoré. Si je t'ai entraînée dans cette histoire, c'est parce que c'était la seule façon pour moi de me rapprocher de toi. Et quand je t'ai vue dans cette banque, crois-moi, j'ai su qu'il fallait que je me rapproche de toi. Même si ce n'était que pour un petit moment. »

Angélique le regarda à travers ses larmes. Pour la première fois il semblait vulnérable, pour la première fois peut-être, il y avait quelque chose d'implorant dans ces iris bleus par ailleurs redoutables.

Mais quel autre moyen lui restait-il de la berner à présent ? Elle se leva : il ne fallait pas qu'elle perde pied.

« Alors, c'est ça ? Tu as ressenti un petit quelque chose pour un officier de police et il était impensable que le fait insignifiant qu'elle enquête sur ton cas ait un effet dissuasif ?

– C'est bien plus qu'un *petit quelque chose*. Et tu le sais, bon sang. Je n'ai pas voulu ce qui nous arrive, pas plus que toi. Mais c'est arrivé. J'aurais très bien pu m'en passer à un moment pareil, enfin ! Ça s'est juste goupillé ainsi. Et toi, hein ? Inspecteur ? Quand je t'ai téléphoné, est-ce que tu t'es dit : "J'vais me mettre à la colle avec un braqueur de banques – étant donné que je suis flic, ça paraît vachement stable comme base pour une relation à long terme" ? Tu savais que ça ne durerait pas – peut-être que c'est ça qui t'a attirée. »

Angélique soupira. Rien ne blesse plus que la vérité. Les choses avaient été bien plus faciles à gérer durant le bref moment où elle ne l'avait pas cru.

« Peut-être que c'est ça qui m'a attirée, répéta-t-elle doucement. Mais l'attirance, c'est ce qui se passe au début. C'est ce qui vient après qu'on ne peut pas prévoir.

– Tu crois que je ne le sais pas ? »

Elle lui prit les deux mains et le regarda dans les yeux.

« Reste, dit-elle.

– Je ne peux pas. Tu le sais. Il faut que je disparaisse. C'est là mon boulot.

– Je te retrouverai. C'est ça mon boulot. Où que tu ailles, je te suivrai à la trace et je te trouverai.

– J'y compte bien. Mais je dois quand même disparaître.

– Oui, mais pas tout de suite. »

Angélique était allongée dans l'obscurité, la tête sur la poitrine de Zal plongé dans le sommeil. Le vacarme des fiestas s'était progressivement atténué, même si elle entendait encore des chants alcoolisés dans la rue, d'invités titubant et trébuchant sur le chemin zigzagant de leur domicile.

Elle pensa à Andie McDowell et Bill Murray dans *Un Jour sans fin*, tentant de rester éveillés, car ils savaient que dès qu'ils sombreraient dans le sommeil, la magie entre eux aurait disparu au matin. Ses yeux se fermaient, elle sentait sa résistance faiblir. Ce serait fini bientôt. Mais pas tout de suite.

Elle fut réveillée par la sonnette de sa porte.

Elle mit un moment à comprendre d'où provenait le son et encore plus longtemps à se rappeler ce qu'on attendait d'elle en pareil cas. Elle s'extirpa de son lit en vacillant et avait presque atteint la porte de sa chambre lorsqu'elle prit conscience qu'elle était nue. C'est à cet instant qu'elle se souvint de ce qui s'était passé la nuit précédente et que la réalité déferla en masse.

Elle se retourna et vit le lit vide.

Elle enfila vite fait un tee-shirt – devant derrière comme elle s'en aperçut plus tard – et se dirigea vers l'entrée. Elle ouvrit la porte et découvrit un gros paquet rectangulaire enrobé de papier cadeau. Elle le prit et courut à la fenêtre. Dans la rue, un homme était en train de monter dans une voiture garée juste devant son immeuble. Elle ne fit que l'apercevoir, mais elle était certaine de l'avoir vu la veille au soir : c'était le conservateur canadien du musée, Thomas White.

Sachant qu'elle ne pourrait en accomplir davantage sans stimulant, Angélique se servit une tasse de café et l'emporta dans sa chambre avec le paquet. Elle avala deux doses de concentré de caféine puis ouvrit son cadeau, plaçant ensuite son contenu débarrassé du papier rouge et or debout contre la cheminée.

C'était son portrait. L'artiste l'avait flattée, mais c'était bien elle. Elle n'avait jamais semblé aussi jolie. Même sa mère n'aurait pu dire qu'elle était aussi jolie que ça (enfin, quoique si, peut-être…), mais c'était elle néanmoins.

Elle se tenait debout dans un musée devant une toile de Monet qu'elle reconnut. Sa tête était peinte de profil et son œil regardait dans une certaine direction, comme si elle attendait quelqu'un. Au-dessus d'elle, se trouvait une immense verrière, sans aucun doute allégorique, mais qui confirmait sa présente localisation géographique : le musée d'Orsay. De la main gauche, elle tenait une carte de vœux, sur laquelle, après un examen attentif, on pouvait lire « *Bon anniversaire.* »

Sur le même bras, à hauteur du poignet, une montre indiquait midi.

En même temps qu'elle buvait une autre gorgée de café, elle remarqua une forme étrange, indistincte dans le coin en bas à gauche. Elle posa sa tasse et plaça la toile sur le manteau de la cheminée, puis s'agenouilla sur le sol en position excentrée.

Angélique sourit quand l'anamorphose dévoila un sept de carreau.

Elle décrocha le combiné et composa un numéro. Le téléphone sonna longtemps, mais elle savait que cet endroit serait ouvert, même le jour de Noël. Son appel

fut transféré en différents lieux, mais pour finir elle fut connectée à son domicile, où une voix de femme lui répondit.
 « *Allô ?*
 – *Bonjour*, dit Angélique. *Je voudrais parler à M. Dougnac, s'il vous plaît.* »

Table

Prologue : au service du consommateur	9
I – Tous vos avoirs m'appartiennent	
Épanouie, tu parles	41
Récits de témoins : Andy Webster (19 ans)	77
Récits de témoins : Michelle Jackson (26 ans) .	90
Esprit de siège	115
Deux tribus	122
Récits de témoins : Angélique de Xavia (mention de l'âge exclue)	130
Le gentleman cambrioleur	144
Encore un truc qui tourne mal	157
Stratégies d'évacuation (1)	190
Stratégies d'évacuation (2)	193
La lyre d'Orphée joue *Follow Follow* puis enchaîne avec	201
Bien dérobé	214
II – Pour mon prochain tour, j'aurai besoin d'un volontaire	
L'ambassadeur américain	221
Reconstitution et autres fables	236

Juste un petit verre	262
Interlude : le reporter le plus intrépide d'Écosse (non, pas celui-là)	295
Soyez ma perte	314
Talon d'Achille	325

III – Numéro d'escamotage

Acculée	387
Ça commence à ressembler méchamment à...	393
Alchimie	403
L'ombre et la proie	420
Arrosage automatique	425
Les mains vides	437
Le mélange hindou	450
Voilà à quoi rime tout ce bordel	457
Tu brûles	470
Bis !	483

RÉALISATION : IGS-CP À L'ISLE-D'ESPAGNAC (16)
CPI BRODARD ET TAUPIN À LA FLÈCHE
DÉPÔT LÉGAL : JUIN 2010. N° 100466 (58042)
IMPRIMÉ EN FRANCE

Collection Points Policier

P18. L'Héritage empoisonné, *Paul Levine*
P19. Les Égouts de Los Angeles, *Michael Connelly*
P29. Mort en hiver, *L.R. Wright*
P81. Le Maître de Frazé, *Herbert Lieberman*
P103. Cadavres incompatibles, *Paul Levine*
P104. La Rose de fer, *Brigitte Aubert*
P105. La Balade entre les tombes, *Lawrence Block*
P106. La Villa des ombres, *David Laing Dawson*
P107. La Traque, *Herbert Lieberman*
P108. Meurtre à cinq mains, *Jack Hitt*
P142. Trésors sanglants, *Paul Levine*
P155. Pas de sang dans la clairière, *L.R. Wright*
P165. Nécropolis, *Herbert Lieberman*
P181. Red Fox, *Anthony Hyde*
P182. Enquête sous la neige, *Michael Malone*
P226. Une mort en rouge, *Walter Mosley*
P233. Le Tueur et son ombre, *Herbert Lieberman*
P234. La Nuit du solstice, *Herbert Lieberman*
P244. Une enquête philosophique, *Philip Kerr*
P245. Un homme peut en cacher un autre, *Andreu Martín*
P248. Le Prochain sur la liste, *Dan Greenburg*
P259. Minuit passé, *David Laing Dawson*
P266. Sombre Sentier, *Dominique Manotti*
P267. Ténèbres sur Jacksonville, *Brigitte Aubert*
P268. Blackburn, *Bradley Denton*
P269. La Glace noire, *Michael Connelly*
P272. Le Train vert, *Herbert Lieberman*
P282. Le Diable t'attend, *Lawrence Block*
P295. La Jurée, *George Dawes Green*
P321. Tony et Susan, *Austin Wright*
P341. Papillon blanc, *Walter Mosley*
P356. L'Ange traqué, *Robert Crais*
P388. La Fille aux yeux de Botticelli, *Herbert Lieberman*
P389. Tous les hommes morts, *Lawrence Block*
P390. La Blonde en béton, *Michael Connelly*
P393. Félidés, *Akif Pirinçci*
P394. Trois heures du matin à New York
       Herbert Lieberman
P395. La Maison près du marais, *Herbert Lieberman*
P422. Topkapi, *Eric Ambler*
P430. Les Trafiquants d'armes, *Eric Ambler*
P432. Tuons et créons, c'est l'heure, *Lawrence Block*

P435. L'Héritage Schirmer, *Eric Ambler*
P441. Le Masque de Dimitrios, *Eric Ambler*
P442. La Croisière de l'angoisse, *Eric Ambler*
P468. Casting pour l'enfer, *Robert Crais*
P469. La Saint-Valentin de l'homme des cavernes
       George Dawes Green
P483. La Dernière Manche, *Emmett Grogan*
P492. N'envoyez plus de roses, *Eric Ambler*
P513. Montana Avenue, *April Smith*
P514. Mort à la Fenice, *Donna Leon*
P530. Le Détroit de Formose, *Anthony Hyde*
P531. Frontière des ténèbres, *Eric Ambler*
P532. La Mort des bois, *Brigitte Aubert*
P533. Le Blues du libraire, *Lawrence Block*
P534. Le Poète, *Michael Connelly*
P535. La Huitième Case, *Herbert Lieberman*
P536. Bloody Waters, *Carolina Garcia-Aguilera*
P537. Monsieur Tanaka aime les nymphéas
       David Ramus
P539. Énergie du désespoir, *Eric Ambler*
P540. Épitaphe pour un espion, *Eric Ambler*
P554. Mercure rouge, *Reggie Nadelson*
P555. Même les scélérats…, *Lawrence Block*
P571. Requiem caraïbe, *Brigitte Aubert*
P572. Mort en terre étrangère, *Donna Leon*
P573. Complot à Genève, *Eric Ambler*
P606. Bloody Shame, *Carolina Garcia-Aguilera*
P618. Un Vénitien anonyme, *Donna Leon*
P626. Pavots brûlants, *Reggie Nadelson*
P627. Dogfish, *Susan Geason*
P636. La Clinique, *Jonathan Kellerman*
P639. Un regrettable accident, *Jean-Paul Nozière*
P640. Nursery Rhyme, *Joseph Bialot*
P644. La Chambre de Barbe-Bleue, *Thierry Gandillot*
P645. L'Épervier de Belsunce, *Robert Deleuse*
P646. Le Cadavre dans la Rolls, *Michael Connelly*
P647. Transfixions, *Brigitte Aubert*
P648. La Spinoza Connection, *Lawrence Block*
P649. Le Cauchemar, *Alexandra Marinina*
P650. Les Crimes de la rue Jacob, *ouvrage collectif*
P651. Bloody Secrets, *Carolina Garcia-Aguilera*
P652. La Femme du dimanche
       Carlo Fruttero et Franco Lucentini
P653. Le Jour de l'enfant tueur, *Pierre Pelot*
P669. Le Concierge, *Herbert Lieberman*

P670.	Bogart et moi, *Jean-Paul Nozière*
P671.	Une affaire pas très catholique, *Roger Martin*
P687.	Tir au but, *Jean-Noël Blanc*
P693.	Black Betty, *Walter Mosley*
P706.	Les Allumettes de la sacristie, *Willy Deweert*
P707.	Ô mort, vieux capitaine…, *Joseph Bialot*
P708.	Images de chair, *Noël Simsolo*
P717.	Un chien de sa chienne, *Roger Martin*
P718.	L'Ombre de la louve, *Pierre Pelot*
P727.	La Morsure des ténèbres, *Brigitte Aubert*
P734.	Entre deux eaux, *Donna Leon*
P742.	La Mort pour la mort, *Alexandra Marinina*
P754.	Le Prix, *Manuel Vázquez Montalbán*
P755.	La Sourde, *Jonathan Kellerman*
P756.	Le Sténopé, *Joseph Bialot*
P757.	Carnivore Express, *Stéphanie Benson*
P768.	Au cœur de la mort, *Laurence Block*
P769.	Fatal Tango, *Jean-Paul Nozière*
P770.	Meurtres au seuil de l'an 2000 *Éric Bouhier, Yves Dauteuille, Maurice Detry, Dominique Gacem, Patrice Verry*
P771.	Le Tour de France n'aura pas lieu, *Jean-Noël Blanc*
P781.	Le Dernier Coyote, *Michael Connelly*
P782.	Prédateurs, *Noël Simsolo*
P792.	Le Guerrier solitaire, *Henning Mankell*
P793.	Ils y passeront tous, *Lawrence Block*
P794.	Ceux de la Vierge obscure, *Pierre Mezinski*
P803.	La Mante des Grands-Carmes *Robert Deleuse*
P819.	London Blues, *Anthony Frewin*
P821.	Palazzo maudit, *Stéphanie Benson*
P834.	Billy Straight, *Jonathan Kellerman*
P835.	Créance de sang, *Michael Connelly*
P847.	King Suckerman, *George P. Pelecanos*
P849.	Pudding mortel, *Margaret Yorke*
P850.	Hemoglobine Blues, *Philippe Thirault*
P851.	Exterminateurs, *Noël Simsolo*
P859.	Péchés mortels, *Donna Leon*
P860.	Le Quintette de Buenos Aires *Manuel Vázquez Montalbán*
P861.	Y'en a marre des blondes, *Lauren Anderson*
P862.	Descente d'organes, *Brigitte Aubert*
P875.	La Mort des neiges, *Brigitte Aubert*
P876.	La lune était noire, *Michael Connelly*
P877.	La Cinquième Femme, *Henning Mankell*

P882.	Trois Petites Mortes, *Jean-Paul Nozière*
P883.	Le Numéro 10, *Joseph Bialot*
P888.	Le Bogart de la cambriole, *Lawrence Block*
P892.	L'Œil d'Ève, *Karin Fossum*
P898.	Meurtres dans l'audiovisuel, *Yan Bernabot, Guy Buffet, Frédéric Karar, Dominique Mitton et Marie-Pierre Nivat-Henocque*
P899.	Terminus pour les pitbulls, *Jean-Noël Blanc*
P909.	L'Amour du métier, *Lawrence Block*
P910.	Biblio-quête, *Stéphanie Benson*
P911.	Quai des désespoirs, *Roger Martin*
P926.	Sang du ciel, *Marcello Fois*
P927.	Meurtres en neige, *Margaret Yorke*
P928.	Heureux les imbéciles, *Philippe Thirault*
P949.	1 280 Âmes, *Jean-Bernard Pouy*
P950.	Les Péchés des pères, *Lawrence Block*
P963.	L'Indispensable Petite Robe noire, *Lauren Henderson*
P964.	Vieilles Dames en péril, *Margaret Yorke*
P965.	Jeu de main, jeu de vilain, *Michelle Spring*
P971.	Les Morts de la Saint-Jean, *Henning Mankell*
P972.	Ne zappez pas, c'est l'heure du crime, *Nancy Star*
P976.	Éloge de la phobie, *Brigitte Aubert*
P989.	L'Envol des anges, *Michael Connelly*
P990.	Noblesse oblige, *Donna Leon*
P1001.	Suave comme l'éternité, *George P. Pelecanos*
P1003.	Le Monstre, *Jonathan Kellerman*
P1004.	À la trappe !, *Andrew Klavan*
P1005.	Urgence, *Sara Paretsky*
P1016.	La Liste noire, *Alexandra Marinina*
P1017.	La Longue Nuit du sans-sommeil, *Lawrence Block*
P1029.	Speedway, *Philippe Thirault*
P1030.	Les Os de Jupiter, *Faye Kellerman*
P1039.	Nucléaire chaos, *Stéphanie Benson*
P1040.	Bienheureux ceux qui ont soif…, *Anne Holt*
P1042.	L'Oiseau des ténèbres, *Michael Connelly*
P1048.	Les Lettres mauves, *Lawrence Block*
P1060.	Mort d'une héroïne rouge, *Qiu Xiaolong*
P1061.	Angle mort, *Sara Paretsky*
P1070.	Trompe la mort, *Lawrence Block*
P1071.	V'là aut'chose, *Nancy Star*
P1072.	Jusqu'au dernier, *Deon Meyer*
P1081.	La Muraille invisible, *Henning Mankell*
P1087.	L'Homme de ma vie, *Manuel Vázquez Montalbán*
P1088.	Wonderland Avenue, *Michael Connelly*
P1089.	L'Affaire Paola, *Donna Leon*

P1090. Nous n'irons plus au bal, *Michelle Spring*
P1100. Dr la Mort, *Jonathan Kellerman*
P1101. Tatouage à la fraise, *Lauren Henderson*
P1102. La Frontière, *Patrick Bard*
P1105. Blanc comme neige, *George P. Pelecanos*
P1110. Funérarium, *Brigitte Aubert*
P1111. Requiem pour une ombre, *Andrew Klavan*
P1122. Meurtriers sans visage, *Henning Mankell*
P1123. Taxis noirs, *John McLaren*
P1134. Tous des rats, *Barbara Seranella*
P1135. Des morts à la criée, *Ed Dee*
P1146. Ne te retourne pas !, *Karin Fossum*
P1158. Funky Guns, *George P. Pelecanos*
P1159. Les Soldats de l'aube, *Deon Meyer*
P1162. Visa pour Shanghai, *Qiu Xiaolong*
P1174. Sale temps, *Sara Paretsky*
P1175. L'Ange du Bronx, *Ed Dee*
P1187. Les Chiens de Riga, *Henning Mankell*
P1188. Le Tueur, *Eraldo Baldini*
P1189. Un silence de fer, *Marcello Fois*
P1190. La Filière du jasmin, *Denise Hamilton*
P1197. Destins volés, *Michael Pye*
P1206. Mister Candid, *Jules Hardy*
P1207. Déchaînée, *Lauren Henderson*
P1215. Tombe la pluie, *Andrew Klavan*
P1224. Le Vagabond de Holmby Park, *Herbert Lieberman*
P1225. Des amis haut placés, *Donna Leon*
P1228. Chair et Sang, *Jonathan Kellerman*
P1230. Darling Lilly, *Michael Connelly*
P1239. Je suis mort hier, *Alexandra Marinina*
P1240. Cendrillon, mon amour, *Lawrence Block*
P1242. Berlinale Blitz, *Stéphanie Benson*
P1245. Tout se paye, *George P. Pelecanos*
P1251. Le Rameau brisé, *Jonathan Kellerman*
P1256. Cartel en tête, *John McLaren*
P1271. Lumière morte, *Michael Connelly*
P1291. Le croque-mort a la vie dure, *Tim Cockey*
P1292. Pretty Boy, *Lauren Henderson*
P1306. La Lionne blanche, *Henning Mankell*
P1307. Le Styliste, *Alexandra Marinina*
P1308. Pas d'erreur sur la personne, *Ed Dee*
P1309. Le Casseur, *Walter Mosley*
P1318. L'Attrapeur d'ombres, *Patrick Bard*
P1331. Mortes-eaux, *Donna Leon*
P1332. Déviances mortelles, *Chris Mooney*

P1344.	Mon vieux, *Thierry Jonquet*
P1345.	Lendemains de terreur, *Lawrence Block*
P1346.	Déni de justice, *Andrew Klavan*
P1347.	Brûlé, *Leonard Chang*
P1359.	Los Angeles River, *Michael Connelly*
P1360.	Refus de mémoire, *Sarah Paretsky*
P1361.	Petite musique de meurtre, *Laura Lippman*
P1372.	L'Affaire du Dahlia noir, *Steve Hodel*
P1373.	Premières Armes, *Faye Kellerman*
P1374.	Onze jours, *Donald Harstad*
P1375.	Le croque-mort préfère la bière, *Tim Cockey*
P1393.	Soul Circus, *George P. Pelecanos*
P1394.	La Mort au fond du canyon, *C.J. Box*
P1395.	Recherchée, *Karin Alvtegen*
P1396.	Disparitions à la chaîne, *Ake Smedberg*
P1407.	Qu'elle repose en paix, *Jonathan Kellerman*
P1408.	Le Croque-mort à tombeau ouvert, *Tim Cockey*
P1409.	La Ferme des corps, *Bill Bass*
P1414.	L'Âme du chasseur, *Deon Meyer*
P1417.	Ne gênez pas le bourreau, *Alexandra Marinina*
P1425.	Un saut dans le vide, *Ed Dee*
P1435.	L'Enfant à la luge, *Chris Mooney*
P1436.	Encres de Chine, *Qiu Xiaolong*
P1437.	Enquête de mor(t)alité, *Gene Riehl*
P1451.	L'homme qui souriait, *Henning Mankell*
P1452.	Une question d'honneur, *Donna Leon*
P1453.	Little Scarlet, *Walter Mosley*
P1476.	Deuil interdit, *Michael Connelly*
P1493.	La Dernière Note, *Jonathan Kellerman*
P1494.	La Cité des Jarres, *Arnaldur Indridason*
P1495.	Électre à La Havane, *Leonardo Padura*
P1496.	Le croque-mort est bon vivant, *Tim Cockey*
P1497.	Le Cambrioleur en maraude, *Lawrence Block*
P1539.	Avant le gel, *Henning Mankell*
P1540.	Code 10, *Donald Harstad*
P1541.	Les Nouvelles Enquêtes du juge Ti, vol. 1 Le Château du lac Tchou-An, *Frédéric Lenormand*
P1542.	Les Nouvelles Enquêtes du juge Ti, vol. 2 La Nuit des juges, *Frédéric Lenormand*
P1559.	Hard Revolution, *George P. Pelecanos*
P1560.	La Morsure du lézard, *Kirk Mitchell*
P1561.	Winterkill, *C.J. Box*
P1582.	Le Sens de l'arnaque, *James Swain*
P1583.	L'Automne à Cuba, *Leonardo Padura*
P1597.	La Preuve par le sang, *Jonathan Kellerman*

P1598.	La Femme en vert, *Arnaldur Indridason*	
P1599.	Le Che s'est suicidé, *Petros Markaris*	
P1600.	Les Nouvelles Enquêtes du juge Ti, vol. 3	
	Le Palais des courtisanes, *Frédéric Lenormand*	
P1601.	Trahie, *Karin Alvtegen*	
P1602.	Les Requins de Trieste, *Veit Heinichen*	
P1635.	La Fille de l'arnaqueur, *Ed Dee*	
P1636.	En plein vol, *Jan Burke*	
P1637.	Retour à la Grande Ombre, *Hakan Nesser*	
P1660.	Milenio, *Manuel Vázquez Montalbán*	
P1661.	Le Meilleur de nos fils, *Donna Leon*	
P1662.	Adios Hemingway, *Leonardo Padura*	
P1678.	Le Retour du professeur de danse, *Henning Mankell*	
P1679.	Romanzo Criminale, *Giancarlo de Cataldo*	
P1680.	Ciel de sang, *Steve Hamilton*	
P1690.	La Défense Lincoln, *Michael Connelly*	
P1691.	Flic à Bangkok, *Patrick Delachaux*	
P1692.	L'Empreinte du renard, *Moussa Konaté*	
P1693.	Les fleurs meurent aussi, *Lawrence Block*	
P1703.	Le Très Corruptible Mandarin, *Qiu Xiaolong*	
P1723.	Tibet or not Tibet, *Péma Dordjé*	
P1724.	La Malédiction des ancêtres, *Kirk Mitchell*	
P1761.	Chroniques du crime, *Michael Connelly*	
P1762.	Le croque-mort enfonce le clou, *Tim Cockey*	
P1782.	Le Club des conspirateurs, *Jonathan Kellerman*	
P1783.	Sanglants Trophées, *C.J. Box*	
P1811.	- 30°, *Donald Harstad*	
P1821.	Funny Money, *James Swain*	
P1822.	J'ai tué Kennedy ou les mémoires d'un garde du corps	
	Manuel Vázquez Montalbán	
P1823.	Assassinat à Prado del Rey et autres histoires sordides	
	Manuel Vázquez Montalbán	
P1830.	La Psy, *Jonathan Kellerman*	
P1831.	La Voix, *Arnaldur Indridason*	
P1832.	Les Nouvelles Enquêtes du juge Ti, vol. 4	
	Petits Meurtres entre moines, *Frédéric Lenormand*	
P1833.	Les Nouvelles Enquêtes du juge Ti, vol. 5	
	Madame Ti mène l'enquête, *Frédéric Lenormand*	
P1834.	La Mémoire courte, *Louis-Ferdinand Despreez*	
P1835.	Les Morts du Karst, *Veit Heinichen*	
P1883.	Dissimulation de preuves, *Donna Leon*	
P1884.	Une erreur judiciaire, *Anne Holt*	
P1885.	Honteuse, *Karin Alvtegen*	
P1886.	La Mort du privé, *Michael Koryta*	
P1907.	Drama City, *George P. Pelecanos*	

P1913.	Saveurs assassines. Les enquêtes de Miss Lalli *Kalpana Swaminathan*
P1914.	La Quatrième Plaie, *Patrick Bard*
P1935.	Echo Park, *Michael Connelly*
P1939.	De soie et de sang, *Qiu Xiaolong*
P1940.	Les Thermes, *Manuel Vázquez Montalbán*
P1941.	Femme qui tombe du ciel, *Kirk Mitchell*
P1942.	Passé parfait, *Leonardo Padura*
P1963.	Jack l'éventreur démasqué, *Sophie Herfort*
P1964.	Chicago banlieue sud, *Sara Paretsky*
P1965.	L'Illusion du péché, *Alexandra Marinina*
P1988.	Double Homicide, *Faye et Jonathan Kellerman*
P1989.	La Couleur du deuil, *Ravi Shankar Etteth*
P1990.	Le Mur du silence, *Hakan Nesser*
P2042.	5 octobre, 23 h 33, *Donald Harstad*
P2043.	La Griffe du chien, *Don Wislow*
P2044.	Les Nouvelles Enquêtes du juge Ti, vol. 6 Mort d'un cuisinier chinois, *Frédéric Lenormand*
P2056.	De sang et d'ébène, *Donna Leon*
P2057.	Passage du Désir, *Dominique Sylvain*
P2058.	L'Absence de l'ogre, *Dominique Sylvain*
P2059.	Le Labyrinthe grec, *Manuel Vázquez Montalbán*
P2060.	Vents de carême, *Leonardo Padura*
P2061.	Cela n'arrive jamais, *Anne Holt*
P2139.	La Danseuse de Mao, *Qiu Xiaolong*
P2140.	L'Homme délaissé, *C.J. Box*
P2141.	Les Jardins de la mort, *George P. Pelecanos*
P2142.	Avril rouge, *Santiago Roncagliolo*
P2157.	À genoux, *Michael Connelly*
P2158.	Baka !, *Dominique Sylvain*
P2169.	L'Homme du lac, *Arnaldur Indridason*
P2170.	Et que justice soit faite, *Michael Koryta*
P2172.	Le Noir qui marche à pied, *Louis-Ferdinand Despreez*
P2181.	Mort sur liste d'attente, *Veit Heinichen*
P2189.	Les Oiseaux de Bangkok, *Manuel Vázquez Montalbán*
P2215.	Fureur assassine, *Jonathan Kellerman*
P2216.	Misterioso, *Arne Dahl*
P2229.	Brandebourg, *Henry Porter*
P2254.	Meurtres en bleu marine, *C.J. Box*
P2255.	Le Dresseur d'insectes, *Arni Thorarinsson*
P2256.	La Saison des massacres, *Giancarlo de Cataldo*
P2271.	Quatre Jours avant Noël, *Donald Harstad*
P2272.	Petite Bombe noire, *Christopher Brookmyre*
P2276.	Homicide special, *Miles Corwin*
P2277.	Mort d'un Chinois à La Havane, *Leonardo Padura*

P2288.	Les Nouvelles Enquêtes du juge Ti, vol. 7
	L'Art délicat du deuil, *Frédéric Lenormand*
P2290.	Lemmer, l'invisible, *Deon Meyer*
P2291.	Requiem pour une cité de verre, *Donna Leon*
P2292.	La Fille du Samouraï, *Dominique Sylvain*
P2296.	Le Livre noir des serial killers, *Stéphane Bourgoin*
P2297.	Une tombe accueillante, *Michael Koryta*
P2298.	Roldán, ni mort ni vif, *Manuel Vásquez Montalbán*
P2299.	Le Petit Frère, *Manuel Vásquez Montalbán*
P2321.	La Malédiction du lamantin, *Moussa Konaté*
P2333.	Le Transfuge, *Robert Littell*
P2354.	Comédies en tout genre, *Jonathan Kellerman*
P2355.	L'Athlète, *Knut Faldbakken*
P2356.	Le Diable de Blind River, *Steve Hamilton*
P2381.	Un mort à l'Hôtel Koryo, *James Church*
P2382.	Ciels de foudre, *C. J. Box*
P2397.	Le Verdict du plomb, *Michael Connelly*
P2398.	Heureux au jeu, *Lawrence Block*
P2399.	Corbeau à Hollywood, *Joseph Wambaugh*
P2407.	Hiver arctique, *Arnaldur Indridason*
P2408.	Sœurs de sang, *Dominique Sylvain*
P2426.	Blonde de nuit, *Thomas Perry*
P2430.	Petit Bréviaire du braqueur, *Christopher Brookmyre*
P2431.	Un jour en mai, *George Pelecanos*
P2434.	À l'ombre de la mort, *Veit Heinichen*
P2435.	Ce que savent les morts, *Laura Lippman*

Collection Points

DERNIERS TITRES PARUS

P2296.	Le Livre noir des serial killers, *Stéphane Bourgoin*
P2297.	Une tombe accueillante, *Michael Koryta*
P2298.	Roldán, ni mort ni vif, *Manuel Vásquez Montalbán*
P2299.	Le Petit Frère, *Manuel Vásquez Montalbán*
P2300.	Poussière d'os, *Simon Beckett*
P2301.	Le Cerveau de Kennedy, *Henning Mankell*
P2302.	Jusque-là… tout allait bien !, *Stéphane Guillon*
P2303.	Une parfaite journée parfaite, *Martin Page*
P2304.	Corps volatils, *Jakuta Alikavazovic*
P2305.	De l'art de prendre la balle au bond Précis de mécanique gestuelle et spirituelle *Denis Grozdanovitch*
P2306.	Regarde la vague, *François Emmanuel*
P2307.	Des vents contraires, *Olivier Adam*
P2308.	Le Septième Voile, *Juan Manuel de Prada*
P2309.	Mots d'amour secrets. 100 lettres à décoder pour amants polissons *Jacques Perry-Salkow, Frédéric Schmitter*
P2310.	Carnets d'un vieil amoureux, *Marcel Mathiot*
P2311.	L'Enfer de Matignon, *Raphaëlle Bacqué*
P2312.	Un État dans l'État. Le contre-pouvoir maçonnique *Sophie Coignard*
P2313.	Les Femelles, *Joyce Carol Oates*
P2314.	Ce que je suis en réalité demeure inconnu, *Virginia Woolf*
P2315.	Luz ou le temps sauvage, *Elsa Osorio*
P2316.	Le Voyage des grands hommes, *François Vallejo*
P2317.	Black Bazar, *Alain Mabanckou*
P2318.	Les Crapauds-brousse, *Tierno Monénembo*
P2319.	L'Anté-peuple, *Sony Labou Tansi*
P2320.	Anthologie de poésie africaine, Six poètes d'Afrique francophone, *Alain Mabanckou (dir.)*
P2321.	La Malédiction du lamantin, *Moussa Konaté*
P2322.	Green Zone, *Rajiv Chandrasekaran*
P2323.	L'Histoire d'un mariage, *Andrew Sean Greer*
P2324.	Gentlemen, *Klas Östergren*
P2325.	La Belle aux oranges, *Jostein Gaarder*
P2326.	Bienvenue à Egypt Farm, *Rachel Cusk*
P2327.	Plage de Manacorra, 16 h 30, *Philippe Jaenada*
P2328.	La Vie d'un homme inconnu, *Andreï Makine*
P2329.	L'Invité, *Hwang Sok-yong*

| P2330. | Petit Abécédaire de culture générale
40 mots-clés passés au microscope, *Albert Jacquard* |
|---|---|
| P2331. | La Grande Histoire des codes secrets, *Laurent Joffrin* |
| P2332. | La Fin de la folie, *Jorge Volpi* |
| P2333. | Le Transfuge, *Robert Littell* |
| P2334. | J'ai entendu pleurer la forêt, *Françoise Perriot* |
| P2335. | Nos grand-mères savaient
Petit dictionnaire des plantes qui guérissent, *Jean Palaiseul* |
| P2336. | Journée d'un opritchnik, *Vladimir Sorokine* |
| P2337. | Cette France qu'on oublie d'aimer, *Andreï Makine* |
| P2338. | La Servante insoumise, *Jane Harris* |
| P2339. | Le Vrai Canard, *Karl Laske, Laurent Valdiguié* |
| P2340. | Vie de poète, *Robert Walser* |
| P2341. | Sister Carrie, *Theodore Dreiser* |
| P2342. | Le Fil du rasoir, *William Somerset Maugham* |
| P2343. | Anthologie. Du rouge aux lèvres. Haïjins japonaises.
Haïkus de poétesses japonaises du Moyen Age à nos jours |
| P2344. | Poèmes choisis, *Marceline Desbordes-Valmore* |
| P2345. | « Je souffre trop, je t'aime trop », Passions d'écrivains
sous la direction de Olivier et Patrick Poivre d'Arvor |
| P2346. | « Faut-il brûler ce livre ? », Écrivains en procès
sous la direction de Olivier et Patrick Poivre d'Arvor |
| P2347. | À ciel ouvert, *Nelly Arcan* |
| P2348. | L'Hirondelle avant l'orage, *Robert Littell* |
| P2349. | Fuck America, *Edgar Hilsenrath* |
| P2350. | Départs anticipés, *Christopher Buckley* |
| P2351. | Zelda, *Jacques Tournier* |
| P2352. | Anesthésie locale, *Günter Grass* |
| P2353. | Les filles sont au café, *Geneviève Brisac* |
| P2354. | Comédies en tout genre, *Jonathan Kellerman* |
| P2355. | L'Athlète, *Knut Faldbakken* |
| P2356. | Le Diable de Blind River, *Steve Hamilton* |
| P2357. | Le doute m'habite.
Textes choisis et présentés par Christian Gonon
Pierre Desproges |
| P2358. | La Lampe d'Aladino et autres histoires pour vaincre l'oubli
Luis Sepúlveda |
P2359.	Julius Winsome, *Gerard Donovan*
P2360.	Speed Queen, *Stewart O'Nan*
P2361.	Dope, *Sara Gran*
P2362.	De ma prison, *Taslima Nasreen*
P2363.	Les Ghettos du Gotha. Au cœur de la grande bourgeoisie
Michel Pinçon et Monique Pinçon-Charlot
P2364.	Je dépasse mes peurs et mes angoisses
Christophe André et Muzo

P2365.	Afrique(s), *Raymond Depardon*
P2366.	La Couleur du bonheur, *Wei-Wei*
P2367.	La Solitude des nombres premiers, *Paolo Giordano*
P2368.	Des histoires pour rien, *Lorrie Moore*
P2369.	Déroutes, *Lorrie Moore*
P2370.	Le Sang des Dalton, *Ron Hansen*
P2371.	La Décimation, *Rick Bass*
P2372.	La Rivière des Indiens, *Jeffrey Lent*
P2373.	L'Agent indien, *Dan O'Brien*
P2374.	Pensez, lisez. 40 livres pour rester intelligent
P2375.	Des héros ordinaires, *Eva Joly*
P2376.	Le Grand Voyage de la vie. Un père raconte à son fils *Tiziano Terzani*
P2377.	Naufrages, *Francisco Coloane*
P2378.	Le Remède et le Poison, *Dirk Wittenbork*
P2379.	Made in China, *J. M. Erre*
P2380.	Joséphine, *Jean Rolin*
P2381.	Un mort à l'Hôtel Koryo, *James Church*
P2382.	Ciels de foudre, *C.J. Box*
P2383.	Robin des bois, prince des voleurs, *Alexandre Dumas*
P2384.	Comment parler le belge, *Philippe Genion*
P2385.	Le Sottisier de l'école, *Philippe Mignaval*
P2386.	«À toi, ma mère», Correspondances intimes *sous la direction de Olivier et Patrick Poivre d'Arvor*
P2387.	«Entre la mer et le ciel», Rêves et récits de navigateurs *sous la direction de Olivier et Patrick Poivre d'Arvor*
P2388.	L'Île du lézard vert, *Eduardo Manet*
P2389.	«La paix a ses chances», *suivi de* «Nous proclamons la création d'un État juif», *suivi de* «La Palestine est le pays natal du peuple palestinien» *Itzhak Rabin, David Ben Gourion, Yasser Arafat*
P2390.	«Une révolution des consciences», *suivi de* «Appeler le peuple à la lutte ouverte» *Aung San Suu Kyi, Léon Trotsky*
P2391.	«Le temps est venu», *suivi de* «Éveillez-vous à la liberté», *Nelson Mandela, Jawaharlal Nehru*
P2392.	«Entre ici, Jean Moulin», *suivi de* «Vous ne serez pas morts en vain», *André Malraux, Thomas Mann*
P2393.	Bon pour le moral ! 40 livres pour se faire du bien
P2394.	Les 40 livres de chevet des stars, The Guide
P2395.	40 livres pour se faire peur, Guide du polar
P2396.	Tout est sous contrôle, *Hugh Laurie*
P2397.	Le Verdict du plomb, *Michael Connelly*
P2398.	Heureux au jeu, *Lawrence Block*

P2399.	Corbeau à Hollywood, *Joseph Wambaugh*
P2400.	Pêche à la carpe sous Valium, *Graham Parker*
P2401.	Je suis très à cheval sur les principes, *David Sedaris*
P2402.	Si loin de vous, *Nina Revoyr*
P2403.	Les Eaux mortes du Mékong, *Kim Lefèvre*
P2404.	Cher amour, *Bernard Giraudeau*
P2405.	Les Aventures miraculeuses de Pomponius Flatus *Eduardo Mendoza*
P2406.	Un mensonge sur mon père, *John Burnside*
P2407.	Hiver arctique, *Arnaldur Indridason*
P2408.	Sœurs de sang, *Dominique Sylvain*
P2409.	La Route de tous les dangers, *Kriss Nelscott*
P2410.	Quand je serai roi, *Enrique Serna*
P2411.	Le Livre des secrets. La vie cachée d'Esperanza Gorst *Michael Cox*
P2412.	Sans douceur excessive, *Lee Child*
P2413.	Notre guerre. Journal de Résistance 1940-1945 *Agnès Humbert*
P2414.	Le jour où mon père s'est tu, *Virginie Linhart*
P2415.	Le Meilleur de L'os à moelle, *Pierre Dac*
P2416.	Les Pipoles à la porte, *Didier Porte*
P2436.	István arrive par le train du soir, *Anne-Marie Garat*
P2417.	Trois tasses de thé. La mission de paix d'un Américain au Pakistan et en Afghanistan *Greg Mortenson et David Oliver Relin*
P2418.	Un mec sympa, *Laurent Chalumeau*
P2419.	Au diable vauvert, *Maryse Wolinski*
P2420.	Le Cinquième Évangile, *Michael Faber*
P2421.	Chanson sans paroles, *Ann Packer*
P2422.	Grand-mère déballe tout, *Irene Dische*
P2423.	La Couturière, *Frances de Pontes Peebles*
P2424.	Le Scandale de la saison, *Sophie Gee*
P2425.	Ursúa, *William Ospina*
P2426.	Blonde de nuit, *Thomas Perry*
P2427.	La Petite Brocante des mots. Bizarreries, curiosités et autres enchantements du français, *Thierry Leguay*
P2428.	Villages, *John Updike*
P2429.	Le Directeur de nuit, *John le Carré*
P2430.	Petit Bréviaire du braqueur, *Christopher Brookmyre*
P2431.	Un jour en mai, *George Pelecanos*
P2432.	Les Boucanières, *Edith Wharton*
P2433.	Choisir la psychanalyse, *Jean-Pierre Winter*
P2434.	À l'ombre de la mort, *Veit Heinichen*
P2435.	Ce que savent les morts, *Laura Lippman*
P2437.	Jardin de poèmes enfantins, *Robert Louis Stevenson*